Henriette und der Traumdieb

Für die wahre Henriette,
die Zwillinge, die wirklich
an zwei Tagen Geburtstag feiern,
und die verlorene Tochter

1. Auflage 2017
© Ueberreuter Verlag GmbH, Berlin 2017
ISBN 978-3-7641-5112-6
Copyright © 2017 by Akram El-Bahay
Dieses Werk wurde vermittelt durch die Literaturagentur
Scriptzz, www.scriptzz.de

Lektorat: Emily Huggins
Umschlaggestaltung: Maximilian Meinzold
Druck und Bindung: GGP Media GmbH, Pößneck
Gedruckt auf Papier aus geprüfter nachhaltiger Forstwirtschaft.

www.ueberreuter.de

Akram El-Bahay

HENRIETTE
UND DER
TRAUMDIEB

ueberreuter

INHALT

EIN GESTOHLENER TRAUM

Die Aufregung war groß in dem kleinen Haus am Ende der Straße. Herr Punktatum, einer der beiden Besitzer der Buchhandlung *Anobium & Punktatum,* war tot. Sein Tod war ganz plötzlich gekommen. Und ebenso plötzlich war es laut geworden. Fremde Menschen liefen polternd durchs Treppenhaus. Tiefe Stimmen hallten darin umher. Echos gesprochener Worte jagten einander die steinernen Wände entlang und die hölzernen Treppenstufen ächzten mitleiderregend unter schweren Schritten.

Im ersten Stock drückten sich zwei Kinder die Nasen am Wohnzimmerfenster platt, um zu beobachten, was sich unten auf der Straße abspielte. Henriette Ende hatte einen besseren Platz ergattert als ihr Bruder Nick und einen guten Blick auf die nasse Straße. Zwei Männer schlossen gerade die Flügeltüren eines dunklen Wagens, der unter einer Kastanie parkte. Der Baum hatte längst alle Blätter verloren. Der Winter stand vor der Tür und es war nur eine Frage von Tagen, ehe aus dem Regen, der unermüdlich vom Himmel fiel, Schnee werden würde. Dicke Tropfen schlängelten sich an der Fensterscheibe entlang wie kleine Flüsse. Der Himmel war grau. Es war einer dieser typischen, verregneten Novembertage, die nasse Socken und die Aussicht auf eine Erkältung mit sich brachten.

Henriette konnte es noch immer kaum glauben, dass der

alte Buchhändler vergangene Nacht im Schlaf gestorben war. Erst gestern Abend hatte sie ihn noch gesehen. Gerade als sie und ihr Zwillingsbruder in das Haus der Großmutter gestürmt waren, die sie wie jedes Jahr kurz vor Weihnachten besuchten. Herr Punktatum hatte ihnen die Tür aufgehalten und hinterhergerufen, sie sollten vorsichtig sein und sich auf den alten Treppenstufen nicht den Hals brechen. Und nun war er selbst tot. Woran mochte er wohl gestorben sein?

Henriette fragte ihren Bruder Nick, der jedoch nicht antwortete. Die beiden Männer stiegen soeben in das Auto und Nick bemühte sich vergebens, den Kopf so zu drehen, dass er in das Innere des dunklen Wagens spähen konnte. Als Henriette die Frage wiederholte, gab er es auf und sah sie nachdenklich an.

»Tja, wer weiß?«, überlegte er. »Vielleicht ein Herzinfarkt. Ich meine, er war uralt. Oder vielleicht war ein Einbrecher schuld, der es auf seinen Schmuck abgesehen hatte? Womöglich ist er erschossen worden.«

»Was für ein Unsinn!«, meinte Henriette entschieden und sah ihren Bruder missbilligend an. Sie hatte eigentlich damit rechnen müssen, dass Nick hinter dem Tod von Herrn Punktatum ein Verbrechen vermutete. Für ihn konnte das Leben gar nicht abenteuerlich genug sein. Ein Einbrecher! Typisch Nick! »Überhaupt hat Herr Punktatum wohl kaum Schmuck besessen«, ergänzte sie und strich sich energisch eine ihrer dunkelblonden Locken aus dem Gesicht. »Er hat doch alleine gelebt.«

»Na ja, stimmt«, gab Nick widerwillig zu. »Ich habe ihn auch nie mit Kette und Ohrringen gesehen.«

Er kicherte und Henriette schüttelte den Kopf. Wie konnten sie und Nick eigentlich Zwillinge sein? Es gab Momente, und dies war so einer, in denen sie sich fragte, ob er nicht im Krankenhaus vertauscht worden war. Bis auf die blonden Haare, die bei Nick allerdings völlig glatt waren, sahen sie sich nicht einmal besonders ähnlich, vom Verhalten einmal ganz zu schweigen. Nun, Henriette war immerhin auch einen Tag älter. Sie war in der Nacht des 14. August geboren, ihr Bruder kurz nach Mitternacht am folgenden Tag.

Ehe Nick weiterüberlegen konnte, kam ihre Großmutter in das Zimmer und scheuchte sie von der Fensterbank. »Runter da! Ein Toter ist nun wirklich nichts für Kinder«, rief sie und schickte die beiden kurzerhand in ihre Zimmer zum Auspacken der Koffer. Noch immer lagen diese dort geöffnet auf dem Boden, gefüllt mit dicken Pullovern, warmen Socken und tausend anderen Dingen. Gestern Abend hatten sie keine Lust gehabt, ihre Sachen einzuräumen. Und heute waren sie den ganzen Tag über mit ihrer Oma, Mathilda Ende, unterwegs gewesen, bis der Regen eingesetzt hatte. Erst bei ihrer Rückkehr hatten sie erfahren, was dem alten Buchhändler widerfahren war.

»Es ist entsetzlich«, meinte Oma Mathilda, während sie Henriette beim Auspacken half. »Ich habe ihm gestern Vormittag noch das Paket gebracht, das ich angenommen hatte«, erzählte sie, während sie Henriettes Hosen in eine große

Kommode legte. »Und da war er wie immer. Freundlich und höflich. Sicher war in dem Paket eines dieser alten Kochbücher, die er so liebte. Es ist ihm immer so schwergefallen, sie wieder zu verkaufen. Ich höre noch seine sanfte Stimme, wie er sagt: ›Kein Büchernarr sollte Buchhändler werden.‹«

»Und dann?«, fragte Nick, der seinen Kopf zur Tür hereinsteckte.

Oma Mathilda sah ihn mit hochgezogenen Augenbrauen an. »Und dann hat er es noch im Hausflur geöffnet und hineingesehen. Bestimmt war es ein wertvolles Buch. Vor lauter Aufregung konnte er kein Wort mehr sagen. Das war das letzte Mal, dass ich Herrn Punktatum gesehen habe. Tja«, seufzte sie, »irgendwann muss man eben damit beginnen, sich für jeden Tag zu bedanken.«

Immer wieder kehrten Henriettes Gedanken zu Herrn Punktatum zurück. Und kaum hatte sie all ihre Sachen in der großen Kommode verstaut, gab es für sie kein Halten mehr. Sie beschloss, dem kleinen Buchladen im Erdgeschoss einen Besuch abzustatten.

Der Laden war ganz sicher kein Geschäft für Kinder. Zumindest keines, in dem es Wände voller bunter Bilderbücher gab. Solche mit Einbänden, von denen Piraten zähnefletschend herabfunkelten. In diesem Buchgeschäft fand man auch keine Detektivgeschichten, in denen Kinder Kriminalfälle lösten, an denen selbst erfahrene Polizisten verzweifelten. Und es gab erst recht keine Bücher über Prinzessinnen in rosa Kleidern. Allenfalls eine alte Ausgabe von Grimms

»Kinder- und Hausmärchen«. Ohne Bilder, versteht sich. Henriette aber störte das wenig.

Der kleine Buchladen war etwas Besonderes. Schon alleine sein Duft war zauberhaft. Dort roch es nach altem Papier, verstaubt und von der Sonne verblichen, und nach dicken Ledereinbänden, die die Geschichten in ihrem Inneren vor der Zeit schützten wie eine Rüstung einen Ritter. Der Fußboden bestand aus alten Holzdielen, die bei jedem Schritt knarrten, als wollten sie den Besuchern zuflüstern, in welchem Teil des Ladens sie das richtige Buch finden würden. Am Eingang stand ein Tresen mit einer altmodischen, messingfarbenen Registrierkasse, die laut klingelte, wenn die Schublade geöffnet wurde. Die Bücher waren ausnahmslos alt und ihr seit heute einziger Verkäufer war es auch. Er war auch der Grund, warum Henriette unbedingt in den Buchladen wollte. Sein Name war Konradin Anobium.

Mit Herrn Anobium konnte Henriette sprechen. Richtig sprechen. Er hatte gewissermaßen die richtige Stimme dazu. Keine, die nur vernünftige Dinge sagte. Herr Anobium steckte so voller Unvernunft, dass er begriff, was Henriette fühlte und beschäftigte. Manchmal sogar, bevor sie es selbst richtig wusste. Und im Gegensatz zu Nick machte er sich nie über etwas lustig.

Henriette fühlte sich noch immer ganz durcheinander. Wie es Herrn Anobium da wohl erst gehen musste? Sie konnte sich nicht ausmalen, was der Tod seines besten Freundes für ihn bedeutete. Aber auch sie war eine Freundin von Herrn

11

Anobium und es war die Pflicht von Freunden, füreinander da zu sein. Henriette schlich leise die Stufen herunter.

Durch die hohen Fenster, die auf jeder Zwischenetage hinaus zum Hof blickten, drang graues und müdes Abendlicht hinein. Der Regen trommelte mit nassen Fingern gegen die Scheiben.

Unten angekommen lief Henriette hinüber zu der Tür, die vom Treppenhaus in den Buchladen führte. Abgeschlossen. Das machte nichts. Herr Anobium blieb immer lange im Geschäft und sichtete neue alte Bücher oder las in denen, die bereits seit Jahren in den Regalen geduldig auf neue Besitzer warteten. Sie klopfte. Das Geräusch hing für einen Moment flüchtig in der Luft. Doch die Tür blieb verschlossen.

Sie klopfte noch einmal.

»Hallo, Herr Anobium? Ich bin es, Henriette.«

Nichts geschah.

Henriette runzelte die Stirn. Es gab noch eine Tür, an der sie es versuchen konnte. Henriette ging hinaus und starrte missmutig in den Regen. Es schien, als wollte er die Welt fortspülen. Am Himmel zuckte ein Blitz und wenige Sekunden später donnerte es. Unwillkürlich musste sie an Jules Vernes Buch »20 000 Meilen unter dem Meer« denken. Als einmal keine Kunden im Laden gewesen waren, hatte Herr Anobium den Roman aus einem Regal gezogen.

»Warst du schon einmal in einem Unterseeboot und hast die Wunder gesehen, die unter dem Meeresspiegel auf neugierige Augen warten?«, hatte er sie damals gefragt und angefangen, ihr vorzulesen. Es war ein ganz ähnlicher Tag wie heute gewesen. Grau und regnerisch. Und die Stimme von Herrn Anobium hatte Henriette in die Tiefen des Meeres hinabgezogen, sie aus dem Buchgeschäft fortgeführt und in eine andere Welt gelockt. Henriettes Augen waren zwar offen gewesen, doch sie sahen nur noch, was Anobiums Worte ihr zeigten. Immer tiefer ging es hinab unter die Meeresoberfläche. Dorthin tauchte das Unterseeboot Nautilus einfach vor einem Gewitter ab.

Nun, sie konnte dem Unwetter ähnlich leicht entkommen. Henriette drückte die Klinke der Eingangstür des Buchladens hinunter. Aber enttäuscht stellte sie fest, dass auch sie sich nicht öffnen ließ. Henriette spähte durch das große Fenster. Alles dunkel. Kein Lichtschein. Henriette seufzte wieder. Vom Regen völlig durchnässt machte sie auf dem Absatz kehrt und ging wieder nach oben. Sie musste also den Rest des Abends mit ihrem Bruder verbringen. Konnte es noch schlimmer werden?

Ja, viel schlimmer sogar. Doch davon ahnte Henriette nichts, denn zunächst gab es einen kleinen Lichtblick. Nach dem Essen kochte ihre Oma Kakao. Keinen aus Pulver, der so fad war, dass er sich nur mit Mühe an den Geschmack von Schokolade erinnern konnte, sondern echten Kakao. Das Rezept hatte Herr Punktatum ihr aus einem seiner Kochbücher gegeben. Schokolade, Honig und Zimt. Er schmeckte wunderbar und er ließ Henriette sogar die abenteuerlichen Gedankenspiele ihres Bruders ertragen, der unermüdlich mutmaßte, was hinter dem Tod von Herrn Punktatum stecken mochte. Mittlerweile gab es für Nick nur noch eine Antwort: Mord.

»Natürlich ging es um dieses seltsame Paket«, sagte er. »Doch wer war der Mörder? Vielleicht steckte in dem Paket ein besonders wertvolles Buch? Was, wenn die Bücher-Mafia hinter ihm her war?« Eine ganze Weile rätselte er so vor sich hin, bis Oma Mathilda die beiden Kinder ins Bett scheuchte. Es gab für jeden einen Kuss, (den Nick mit dem empörten Hinweis kommentierte, er sei doch schon dreizehn!), und dann wurde das Licht gelöscht.

Von einem Augenblick zum anderen füllte Dunkelheit Henriettes Zimmer.

Die Dunkelheit brachte Müdigkeit und Träume mit sich. In ihr war alles anders als in der Tageswelt. Nachts hörte man neue Geräusche, roch andere Düfte und selbst Vertrautes sah mit einem Mal fremd und wundersam aus. Es gab Menschen, die Angst vor der Dunkelheit in ihren Herzen trugen. Die ihre Bettdecken über die Gesichter zogen, weil sie sich davor fürchteten, dass ihre Augen nur noch zu sehen vermochten, was ihnen die eigene Fantasie in den Kopf malte. Nicht so Henriette. Sie fürchtete sich nicht vor der Nacht. Im Gegenteil. Sie freute sich auf sie. Und das aus einem guten Grund.

Henriette verfügte über ein besonderes Talent. Etwas, das sie überragend gut konnte. Besser als jeder andere Mensch, den sie kannte. Henriette konnte träumen.

Das hört sich zunächst einmal nicht sehr außergewöhnlich

an. Aber Henriettes Träume waren anders als die Träume anderer Menschen. Oder besser: Sie war anders als andere Träumer. Die meisten Menschen können sich nur an wenige Bruchstücke ihrer Träume erinnern. Kaum mehr als verschwommene und unscharfe Bilder bleiben bei ihnen hängen. Als seien ihre Köpfe Netze und die Erinnerungen an ihre Träume kleine Fische, die ohne Mühe durch die Maschen schlüpfen konnten. Henriette aber vermochte sich immer und zu jeder Zeit an ihre Träume zu erinnern. Die Bilder in ihrem Kopf waren stets klar und lebendig. Ein- oder zweimal hatte Henriette sogar das Gefühl gehabt, sich an Träume anderer Menschen zu erinnern. Doch das war etwas, das sie für sich behielt.

Von ihren eigenen Träumen aber erzählte Henriette jeden Morgen ihren Eltern und Nick. Obwohl sie an ihren Gesichtern genau erkennen konnte, dass diese ihr nicht glaubten. Als würde sie sich die Abenteuer der Nacht nur ausdenken. Aber das stimmte nicht. Es gab einige Traumfiguren, die es sich in Henriettes Kopf gemütlich gemacht hatten und regelmäßig in ihren Träumen erschienen. Wie zum Beispiel Hauptmann Prolapsus, der nie auf einem Pferd ritt, sondern sein Reittier selbst auf dem Rücken trug. Oder der doppelte Ritter, den es gleich zweimal gab. Besonders stolz war Henriette aber auf ihren ältesten Traum. In diesem war sie noch kein Jahr alt. Wer bitte außer ihr besaß so einen alten Traum?

Nur einer hielt die Geschichten von Henriettes Träumen nicht für ausgedacht: Herr Anobium. Aus seinen Augen stachen nie Zweifel hervor, wenn ihm Henriette von ihren nächtlichen Abenteuern erzählte. Nein, er fragte nach und rätselte mit Henriette, was genau ihre Träume wohl bedeuten könnten. Henriettes wilde Träume, so nannte er sie.

Und das waren sie auch: wild.

Nun lag Henriette erwartungsvoll da und kuschelte sich unter ihr Federbett, während sich die schlaftrunkene Schwärze wie eine zweite Decke über ihr ausbreitete. Henriette wartete auf den Moment, an dem sie auf die andere Seite glitt.

Die Nacht ist wie ein Netz von Straßen, auf denen man im Traum entlanggehen kann. Einige, aufregend und schön, muss man unbedingt erkunden. Andere aber stecken voller Gefahren. Und in der Nacht, die nun anbrach, verirrte sich Henriette auf eine dieser gefährlichen Straßen.

Als sie am nächsten Morgen aufwachte und sich erschrocken im Bett aufsetzte, wusste sie, dass etwas Schreckliches geschehen war. Etwas unvorstellbar Gemeines und Hinterhältiges.

Ein Verbrechen.

Jemand hatte ihren Traum gestohlen.

BEI DER SCHWARZEN TANTE

»Gestohlen?« Nick sah seine Schwester zweifelnd an, während sie nebeneinander am Frühstückstisch saßen. Aus der Küche war Oma Mathilda zu hören, die wie jeden Morgen leise vor sich hin sang. »Wie kann man denn einen Traum stehlen?«

Henriette antwortete nicht. Sie ärgerte sich. Wie hatte sie auch nur einen Moment lang glauben können, Nick würde verstehen, wovon sie sprach?

»Ich weiß oft nicht mehr, was ich geträumt habe. Eigentlich«, er sah nachdenklich auf das Salamibrot in seiner Hand, »weiß ich es fast nie. Du hast ihn bloß vergessen. Wie jeder andere auch.« Er biss in sein Brot und kaute.

»Ich habe ihn nicht vergessen«, fuhr ihn Henriette gereizt an. »Ich weiß, dass er gestohlen wurde. Weil ich morgens immer weiß, was ich nachts geträumt habe. Es kommt nie vor, dass ich einen Traum vergesse. Direkt nach dem Aufstehen sind die Bilder noch so klar, dass ich manchmal glaube, dass sie Wirklichkeit sind.«

»Na ja«, sagte Nick, schob sich den letzten Bissen in den Mund und stand auf, »muss ja ziemlich durcheinander sein, dein Kopf, wenn du nicht unterscheiden kannst, was Wirklichkeit und was Traum ist. Ich weiß das immer. Und deshalb weiß ich auch, dass wir jetzt losmüssen.« Er sah seine

Schwester auffordernd an, die jedoch keine Anstalten machte, aufzustehen. »Falls du nämlich geträumt hast, dass wir heute nicht Tante Annabel besuchen, dann muss ich dir leider sagen, dass das nicht die Wirklichkeit war.«

Der jährliche Besuch bei Tante Annabel kam jedes Mal mit einer Gewissheit, die beide Kinder schaudern ließ. Tante Annabel war die große Schwester ihrer Oma und (dies war einer der wenigen Punkte, in dem Henriette und Nick ein und dieselbe Meinung vertraten) der unausstehlichste Mensch der Welt. Jedes Mal, wenn die Kinder das Haus betraten, in dem Tante Annabel mit ihrer Haushälterin lebte, war es, als würden sie in ein dunkles Schloss gehen, aus dem sie erst nach vielen, mit bleischwerer Langeweile gefüllten Stunden entrinnen konnten. Die schwarze Tante. So nannten Nick und Henriette sie, denn Tante Annabel trug stets Schwarz, seit sie vor über zwanzig Jahren zur Witwe geworden war. Selbst die Süßigkeiten, die sie auftischte, waren ungenießbar. Einmal war es Nick gelungen, eines der Bonbons eine halbe Minute zu lutschen, ehe er es angewidert ausspuckte. Selbst eine Zitrone, sagte er später, hätte nicht saurer sein können.

Bei Tante Annabel saß man stets ewig im schiefen Haus – das war auch eine Namensgebung der Zwillinge. Denn die alten Möbel von Tante Annabel, verzogen von der Last der Jahre, schienen allesamt keinen rechten Winkel mehr zu besitzen.

Sie klopften. Das Klacken von Rollstuhlrädern drang unter dem Schlitz der Haustür hindurch.

»Mathilda, Henriette, Nikolaus?«, klang es dumpf hinter der Tür.

Nick zuckte beim Klang seines vollständigen Namens zusammen.

»Seid ihr es? Dann kommt doch endlich herein.«

Die Tür öffnete sich. Die Haushälterin der schwarzen Tante nickte ihnen zu, als begrüßte sie neue Mitgefangene. Der unverwechselbare Duft des schiefen Hauses, eine Mischung aus Mottenkugeln, staubigen Polstermöbeln und uralten Erinnerungen, drang ihnen in die Nase.

Die Zwillinge sahen sich an und seufzten. Dann betraten sie das Reich der schwarzen Tante.

Die Stunden vergingen quälend langsam. Wenn eine Pause entstand, weil keiner mehr etwas zu sagen wusste, wurde es entsetzlich still. Das Ticken der alten Standuhr dröhnte so laut, als wäre es der Takt, in dem sich die ganze Welt zu drehen hätte. Die Zwillinge saßen auf ungemütlichen Stühlen. Ihre Rücken waren kerzengerade durchgedrückt. »Sitzt ordentlich. Das schont die gestickten Muster auf den Rückenlehnen«, hatte Tante Annabel ihnen eingeschärft.

Schon nach den ersten Worten, die Tante Annabel und Oma Mathilda miteinander wechselten, schweiften Henriettes Gedanken ab. Wo war ihr Traum nur hin? Sie versuchte sich krampfhaft zu erinnern. Wenigstens an irgendetwas. Ein Gefühl, ein Bild, ein paar Worte. Doch die vergangene Nacht hatte nur Schwärze und Leere hinterlassen. Und unter der Decke aus pechschwarzer, nachtmüder Dunkelheit spürte Henriette die Lücke. Sie hatte nicht nichts geträumt. Sie hatte auch nicht vergessen, was sie geträumt hatte. Nein, das Bild der vergangenen Nacht war ihr gewaltsam entrissen worden. Gestohlen.

Mit angespannter Miene verfolgte sie den Minutenzeiger der Uhr, der sich quälend langsam drehte, wie eine in die Jahre gekommene Schnecke. Henriette seufzte und sah aus dem Fenster. Wie immer, wenn die Zeit nicht vergehen wollte, schickte sie ihre Gedanken auf Reisen. Es war ganz einfach. Sie brauchte nur einen ersten Gedanken, irgendeinen Anfang, und ihr Kopf begann, die Geschichte von alleine weiterzuerzählen. Ein Tagtraum legte sich um sie wie das Netz einer Spinne. Es war nicht das erste Mal, dass sie diesen Traum rief. Jedes Mal in den langen Stunden bei der schwarzen Tante flüchtete sie sich in ihn hinein. In den Traum vom entführten Bruder.

Henriette blinzelte und die Welt um sie herum wandelte sich. Dunkelheit kam und brachte einen Wald, in dem weder Sonne noch Mond je schienen. Lange, dornenbesetzte Triebe krochen über den Holzboden von Tante Annabels Wohnzimmer und kletterten die schiefen Möbel empor, bis sie ein Teil des Waldes waren. Henriette stand von ihrem Stuhl auf, an dessen Lehne leuchtend-braune Beeren hingen, und sah sich um. Nick war fort, doch Henriette ahnte, wo er war. Weit entfernt von hier, im Herzen des Waldes, gab es ein Haus, das innen größer war als außen. Ein Haus, dessen Mauern in leuchtenden Farben gestrichen waren und das so fröhlich schien, als könnte man in ihm nur schöne Tage erleben. Doch in seinem Inneren lebte eine schauerhafte Gestalt. Und dort war auch Nick.

»Sie hat es wieder getan?« Henriette sah ihre Oma alleine an einem Kaffeetisch sitzen, mitten unter den Bäumen. Ein leerer Rollstuhl stand vergessen neben ihr.

»Ja«, sagte Henriette. »Sie hat ihn zu sich gelockt.«

Oma Mathilda schüttelte grimmig den Kopf. »So ein törichter Junge. Er sollte doch wissen, dass man von Fremden keine Süßigkeiten annehmen darf. Und diese werden ihm erst recht nicht schmecken.«

Ja, er hätte es wissen sollen, dachte Henriette. Das war die Quittung dafür, dass Nick immer so gierig war.

»Aber wir können ihn nicht alleinelassen«, sagte Oma Mathilda, als habe sie ihr die Gedanken von der Stirn gelesen.

Henriette nickte. »Komm«, sagte sie und ging voraus.

Etwas raschelte. Kleine Füße liefen über die Decke aus alten Blättern, die sich auf den Waldboden gelegt hatte.

»Was war das?«, fragte Henriette und sah sich unbehaglich um.

»Alben«, antwortete Oma Mathilda, während sie dem Weg folgten. Es gab nur einen Weg in diesem verfluchten Wald. »Lass sie dich nicht berühren, sonst verpassen sie dir einen Traum, der dir die Knochen zu Staub zerfallen lässt.«

Der Weg wand sich immer tiefer in den Wald hinein. Bald schon erreichten sie das bunte Haus. Es wirkte so einladend, dass Henriette nur mit Mühe dem Drang widerstehen konnte, die Tür aufzureißen und hineinzulaufen. Wer hier lebte, wusste, wie man Kinder anlockte. Eine Hexe mit kohlschwarzem Herz.

»Das Fenster«, wisperte Oma Mathilda und Henriette machte sich an die Arbeit. Ihre kleinen Finger schoben sich gerade in den Spalt zwischen Rahmen und Fensterbrett, als sie das Fauchen hörte. Sie wirbelte auf der Stelle herum und der Schrei, der in ihr aufsteigen wollte, blieb ihr in der Kehle stecken.

Ein Alb war aus dem Wald gekommen. Glühende Augen in einem kleinen pelzigen Körper starrten sie an. Der Alb schnüffelte, als würde er Henriettes Furcht wittern, und verzog das Gesicht zu einem schrecklichen Lächeln. Henriette wollte ihre Oma warnen, doch die war verschwunden. Mit einem Mal fühlte sich Henriette wie der einsamste Mensch auf der Welt.

Der Alb kam auf sie zu. Er fletschte die Zähne. Mit seiner Klaue griff er nach ihr, doch in diesem Moment trat plötzlich eine Gestalt von der Seite an ihn heran und rammte ihm einen Ast gegen den Kopf. Der Alb keuchte überrascht auf, dann sank er in sich zusammen.

»Danke«, flüsterte Henriette.

Oma Mathilda nickte ihr kurz zu und betrachtete mit grimmiger Genugtuung den bewusstlosen Alb. »Das wird ihm und seinen pelzigen kleinen Freunden eine Lehre sein. Und jetzt kümmern wir uns um Nick.«

»Wir müssen sie töten«, meinte Henriette, nachdem sie durch das Fenster geklettert waren.

»Nur wenn es sein muss«, antwortete Oma Mathilda. »Vielleicht kann sie erlöst werden.«

Erlöst! Henriette schüttelte den Kopf. Man darf Hexen nicht trauen. Sie müssen getötet werden. Immer.

Aufmerksam sah Henriette sich um. Wenn man es erst einmal betreten hatte, war das Haus viel größer, als es von außen den Anschein hatte. Verlassene Korridore warteten im Dämmerlicht darauf, unachtsame Besucher in die Irre zu führen. Wie jedes Mal, wenn Henriette in diesem Tagtraum hier ankam, hatte sie das Gefühl, von neugierigen Augen beobachtet zu werden. Zuletzt kamen sie an eine Tür, die in hellem Rot gestrichen war. Rot wie Blut, dachte Henriette. Sie stieß die Tür auf und betrat einen riesigen Raum. An dessen Ende erkannte sie die schwarze Hexe. Sie saß auf einem dunklen Thron, die langen Finger ineinander verschlungen, und lachte, als sie die beiden sah.

So hässlich die Hexe mit ihrer langen Nase und den Warzen über dem Mund auch war, Henriette wandte den Blick nicht von ihr ab.

»Wo ist er?«, rief Oma Mathilda ihr zu und ging, von Henriette gefolgt, auf den Thron zu.

»Der Lockvogel sitzt im Käfig«, sagte die Hexe schrill und deutete mit einem ihrer langen Finger an die Decke. Ein rostiger Vogelkäfig hing dort und in ihm saß Nick.

»Bitte!«, rief er zu ihnen herunter. Die Panik ließ seine Stimme ungewohnt hoch klingen.

Die dummen Sprüche sind dir wohl ausgegangen, dachte

Henriette. Ein wenig Angst hatte Nick sicher verdient. Doch wegnehmen lassen würde sie sich ihren Bruder nicht.

Henriette sah zu ihrer Oma hinüber. Sie wusste, dass sie versuchen würde, die Hexe zu bekehren. Wie immer.

»Gib es auf«, sagte Oma Mathilda. »Wir sind vom selben Blut.«

»Blut ist gut«, zischte die Hexe. Ihre tief in den Höhlen liegenden Augen zuckten wild von einem zum anderen. »Und eures wird mir besonders schmecken.«

»Komm mit uns!«, beharrte Oma Mathilda. »Erinnere dich daran, wie es war, ehe du das hier geworden bist.«

Die Hexe zögerte und ihr Blick glitt in die Ferne. »Ich war glücklich«, flüsterte sie.

»Ja. Und das kannst du wieder sein.«

»Wirklich?«, fragte die Hexe. »Hilfst du mir?«

»Ja«, sagte Oma Mathilda und ging auf die Hexe zu.

»Nein!«, schrie Henriette, doch es war schon zu spät. Die Hexe schlug Oma Mathilda die spitzen Fingernägel in den Arm und lachte triumphierend.

»Lass sie los!«, rief Henriette. Verdammt, dachte sie. Man darf Hexen einfach nicht trauen. Sie müssen getötet werden. Wirklich immer.

»Ach, und warum?«, säuselte die Hexe mit widerwärtiger Fröhlichkeit. »Hier befehle ich.«

»Du wirst mir gehorchen«, sagte Henriette mit fester Stimme.

»Mach dich nicht lächerlich«, zischte die Hexe böse. »Sei

ein nettes Mädchen und ich schenke dir einen schnellen Tod. Du besitzt nichts, was mich dazu bringen könnte, dir zu gehorchen.«

»Doch«, sagte Henriette. Sie straffte sich innerlich. Dies war ihr Moment. Sie besiegte die Hexe und rettete ihre Oma und ihren Bruder. »Ich kenne deinen Namen.«

»Den kennt niemand«, kreischte die Hexe.

Jetzt, dachte Henriette. »Ist das wirklich so, *Annabel*?«

Die Hexe würde nun sterben. Ihr Name war das Einzige, was sie fürchtete. Ihr dunkelstes Geheimnis, das ihr nachtschwarzes Herz in alle Ewigkeit schlagen ließ.

Doch die Hexe saß nur dort und rührte sich nicht mehr. Henriette runzelte verwundert die Stirn. Wieso starb die Hexe nicht, wie sonst auch immer?

»Was ist?«, fragte Nick von der Decke herab. »Ist es nicht vorbei?«

Nein, dachte Henriette. Etwas war anders. Verwirrt sah sie sich um. Es war, als habe etwas den Traum verändert. Und dann trat aus dem dunklen Flur, aus dem auch Henriette und Oma Mathilda wenige Augenblicke zuvor gekommen waren, eine Gestalt auf sie zu. Das war neu. Viele Male war Henriette schon hier gewesen und hatte im Angesicht der schwarzen Hexe um ihr Leben gefürchtet. Doch nie war diese Gestalt aufgetaucht. Es schien ein Mann zu sein. Henriette konnte ihn nicht genau erkennen, denn er hatte sein Gesicht unter einer Kapuze verborgen. Sie konnte sich nicht erinnern, ihn schon einmal gesehen zu haben.

»Es tut mir leid«, flüsterte die Gestalt Henriette zu. Henriette kannte diese Stimme! Doch woher? Sie kam nicht darauf. Henriette schauderte, als die Gestalt auf sie zukam.

Henriette schrie.

Und fiel vom Stuhl.

»Was ist denn nur mit dem Kind los?«, fragte Tante Annabel vorwurfsvoll. »Ihr dürft nicht auf meinen Stühlen herumturnen. Sie sind sehr empfindlich.«

Ein wenig verwirrt setzte sich Henriette wieder. Sie war aus ihrem Tagtraum zurück und ihr Herz schlug wie verrückt.

»Ach, Annabel«, hörte sie ihre Oma sagen. »Kinder brauchen Bewegung, sonst wird ihnen langweilig. Weißt du noch, wie du mit Nick und Henriette früher immer dieses Spiel gespielt hast?«

Tante Annabel warf ihrer Schwester einen kühlen Blick zu. »Ja«, sagte sie nach einer kurzen Pause freudlos, »das war ein großer Spaß.«

Henriette erinnerte sich schaudernd, wie sie auf dem knochenharten Knie ihrer Großtante gesessen hatte.

... wenn sie fällt, dann schreit sie.

Und wie sie geschrien hatte. Das Bild selbst war verschwommen, aber das Gefühl war noch ganz klar. Eine Mischung aus der Angst, hinunterzufallen, und dem Widerwillen, Tante Annabel nahe sein zu müssen. Henriette schüttelte sich, was ihr einen tadelnden Blick ihrer Großtante einbrachte.

26

Der letzte Teil des Besuchs bestand aus einer schier endlosen Verabschiedung. Nie konnte man ganz sicher sein, wann sich die beiden alten Schwestern endgültig voneinander trennen würden. Halb von ihren Stühlen erhoben, begannen sie stets noch das ein oder andere Gespräch und ließen sich dann wieder auf die Sitzflächen fallen. Henriette schielte zur Tür, hinter der die Freiheit lag. Mit fast unerträglicher Langsamkeit näherten sie sich ihr. Und dann, nur einen Moment bevor Henriette hätte schreien können, öffnete die Haushälterin schließlich den Ausgang und die Freiheit hatte sie wieder.

Nick und Oma Mathilda hatten Schwierigkeiten, mit Henriette Schritt zu halten, so schnell trieb sie die beiden die Straße entlang und in den Bus, der sie endlich nach Hause bringen würde. Sie wusste, mit wem sie dringend sprechen musste.

»Er ist seltsam«, sagte Nick während der Fahrt. Hatte er so leicht erraten können, an wen sie dachte?

»Er ist schlau, nicht seltsam«, berichtigte Henriette ihren Bruder.

»Er ist verrückt. Glaub mir. Wer den ganzen Tag mit Büchern verbringt, hört sie irgendwann reden.«

»Bestimmt sagen sie klügere Dinge als du«, erwiderte Henriette kühl.

Als sie an ihrer Station angekommen waren und den letzten Rest des Weges nach Hause gingen, schien Nick nur mit Mühe einen seiner üblichen bissigen Kommentare unterdrücken zu können. Denn das kleine Buchgeschäft am Ende der Straße war dunkel und verlassen. Schon wieder. Fassungslos stand Henriette vor dem Eingang und musste sich bemühen, ihre Tränen zurückzuhalten. Nein, das konnte nicht sein. Sie suchte nach einem Schild an der Tür. Nach irgendeinem Hinweis, der ihr verriet, wann das Geschäft wieder geöffnet sein würde. Doch da war nichts. Niedergeschlagen machte Henriette auf dem Absatz kehrt und ging ins Haus.

In ihrem Zimmer nahm Henriette eines der Bücher, die dort aufbewahrt wurden, und begann zu lesen. Oma Mathilda war eine der treuesten Kunden von *Anobium & Punktatum* und das zeigte sich auch in ihrer Wohnung. In fast jedem Zimmer standen Bücher oder stapelten sich auf dem Boden.

Henriette hatte früh begriffen, dass zwischen zwei Buchdeckeln ganze Welten eingeschlossen sein konnten. Für Henriette waren es greifbare Träume. Die Worte der Geschichte konnten sie mitnehmen. Fort von den düsteren Gedanken um gestohlene Träume. Und als Henriette müde ins Bett ging, war sie fast gewillt zu glauben, dass ihr Traum vielleicht doch nicht gestohlen worden war und sie sich möglicherweise alles nur eingebildet hatte. Das wäre doch eine schöne Vorstellung, oder? Dass alles nur eingebildet gewesen war. Fast wie ein schlechter Traum.

Am nächsten Morgen war das Gefühl, bestohlen worden zu sein, noch schlimmer als beim ersten Mal. Wieder kam es ihr vor, als sei eine Lücke zurückgeblieben. Und zwar genau

28

dort, wo die Erinnerung an ihren Traum in ihrem Kopf hätte eingebrannt sein sollen.

Es war klar, dass Nick ihr auch diesmal nicht glaubte. Doch nach einem Blick auf seine niedergeschlagene Schwester verkniff er sich eine Bemerkung. Schließlich murmelte er etwas wie »Das wird schon alles wieder« und ließ Henriette den Rest des Tages in Ruhe.

Am Abend – Herr Anobium hatte sich entgegen aller Hoffnung den ganzen Tag nicht in seinem Geschäft blicken lassen – war Henriette so verzweifelt, dass sie sich den mit Abstand fantasielosesten Menschen anvertraute, die es auf der Welt gab. Ihren Eltern. Am Telefon. Natürlich konnten auch sie nicht verstehen, was geschehen war.

»Jetzt übertreib nicht, Henriette«, sagte ihre Mutter. »Träume werden nicht gestohlen, sie werden bloß vergessen.« Ihre Mutter verstand einfach gar nichts. Dennoch fühlte sich Henriette nach dem Telefonat ein wenig besser. Alleine schon einem anderen Menschen zu erzählen, was geschehen war, hatte gutgetan.

Als sie wenig später im Bett lag, wirbelten düstere Fragen durch ihren Kopf. Ob es nur ihr so ging? Oder wurden auch die Träume anderer Menschen gestohlen und in Wirklichkeit gar nicht vergessen? Wer stahl überhaupt Träume? Vielleicht ein Alb, eines dieser Wesen, die schlechte Träume brachten. Es konnte doch sein, dass ein Alb Gefallen an schönen Träumen fand. Dass er für jeden schlimmen Traum, den er brachte, einen schönen mit sich nahm.

Je mehr Henriette darüber nachdachte, desto schläfriger wurde sie. Es dauerte nicht lange und sie überschritt die Schwelle in die Traumwelt. Ihr Atem ging ruhig.

*✱
*

Einen Raum weiter schlief auch Nick ein. Draußen fing es wieder an zu regnen. Obwohl Weihnachten nicht mehr fern war, wollte es einfach nicht schneien. Stattdessen tobte ein Gewitter über die Stadt. Der Junge war unruhig. Doch es lag nicht an den Blitzen, die den Nachthimmel aufleuchten ließen, und auch nicht an dem Donner, der dröhnend über das Land zog, als würden dort zwischen den Wolken Riesen wohnen und eine ferne Schlacht schlagen. Es lag an Nicks Träumen.

Heute Nacht war er dort nicht allein.

Man könnte sagen, jemand hatte sich in der Tür geirrt.

Als Nick nach kurzer Zeit erschrocken erwachte, dachte er für einen Moment, das Gewitter hätte ihn geweckt. Verwirrt tastete er um sich. Da war die Decke, dort sein Kissen. Alles schien in Ordnung zu sein. Einige Augenblicke saß er aufrecht in seinem Bett. Sein Herz schlug rasend schnell, als wollte es vor Furcht aus seiner Brust entkommen. Sein Atem ging hastig. Verwirrt bemerkte er, dass seine Finger wehtaten.

Die Erinnerung kam zurück. Etwas hatte ihn geängstigt. Doch es war nicht das Gewitter. Nick hatte etwas gesehen. Eine dunkle Gestalt. Schemenhaft war sie in seinem Traum vorgekommen. Wovon hatte er noch einmal geträumt? Ach ja, von einem Geschäft. Er hatte etwas kaufen wollen. Und immer wieder war er an dieser Gestalt vorbeigegangen. Nick hatte das Gesicht unter der Kapuze nicht genau erkennen können. Diese Gestalt war wirklich seltsam gewesen. Irgendetwas stimmte nicht an ihr. Sie hatte nicht die richtige Farbe und nicht die richtige Größe. Sie bewegte sich falsch. Sie war ganz einfach vollkommen fehl am Platz.

Und dann hatte sich mitten in dem Geschäft eine Tür geöffnet. Es war eine besondere Tür. Ganz und gar golden. Sie strahlte. Die Gestalt hatte etwas gezischt. Sie war ärgerlich gewesen. Dann war sie durch die Tür gegangen. Was dahinter war, hatte Nick nicht erkennen können. Helles Licht war plötzlich durch den Türrahmen geflutet. Die Tür wäre zugefallen, aber im letzten Moment hatte Nick die Hand ausgestreckt, um sie aufzuhalten. Dabei hatte er seine Finger in der Tür eingeklemmt. Es hatte so wehgetan, dass er aufgewacht war.

Nick sah auf seine Finger hinab, die natürlich völlig unverletzt waren. Dann rollte er sich in seine Decke ein und war bald wieder eingeschlafen.

Nick träumte. Nun ging er eine Straße entlang. Viele Menschen kamen ihm entgegen und er musste aufpassen, dass sie ihn nicht anstießen. »Hey!«, rief er, als er einem Mann in letzter Sekunde ausweichen musste. Der Mann schien ihn gar nicht zu bemerken und ging einfach weiter. Nun kamen Nick immer mehr Menschen entgegen. Sie drängten auf ihn zu, als würden sie vor etwas flüchten. Keiner nahm von ihm Notiz. Er wich den Leuten aus, so gut er konnte, doch mit jeder Sekunde wurde die Straße voller. Da bemerkte er aus dem Augenwinkel eine Treppe, die hinabführte. Vielleicht der Einstieg zur U-Bahn? Die Menschen um ihn herum schienen die Treppe zu meiden. Der Platz davor war ganz frei.

Ohne zu überlegen, kämpfte sich Nick bis zu ihr vor und blieb dann auf der obersten Stufe stehen. Die Menge zog achtlos an ihm vorbei. Eine der Vorüberkommenden aber warf ihm einen kritischen Blick zu. »Nicht da lang«, zischte die Frau und blieb stehen. Sie musterte ihn wütend.

Nick runzelte die Stirn. Warum nicht hier lang?, dachte er. Als die Frau auf ihn zuging, trat Nick eine Stufe herab.

Die Frau zögerte. »Nicht da lang«, sagte sie noch einmal. »Da unten stimmt etwas nicht.« Dann wurde sie von der Menge mitgerissen.

Nick sah ihr verwundert nach. Er ließ sich grundsätzlich nicht gerne etwas sagen. Die Treppe verschwand nach wenigen Metern im Dunkeln. Ohne weiter darüber nachzudenken, stieg er hinab. Die Geräusche der trampelnden Schritte verhallten bald. Dann war es ganz still um ihn herum. Tiefer und tiefer ging es hinab. Seltsamerweise hatte Nick keine Angst. Etwas Vertrautes wartete auf ihn. Er fühlte es. Die Treppe führte ihn um eine Kurve und …

Nick kniff die Augen zu, so hell wurde es mit einem Mal. Er sah eine goldene Tür. Sie strahlte blendend hell in der Dunkelheit. Was machte denn diese Tür hier? Sie kam ihm bekannt vor. Nachdenklich ging Nick einen Schritt auf sie zu. Sie war bloß angelehnt und klapperte im Wind, der fauchend die Treppe entlangzog. Er öffnete die Tür ganz. Dahinter war es so hell, dass er seinen Blick abwenden musste.

Nick zögerte. Sollte er es wagen? Sollte er hindurchgehen? Er erinnerte sich an eine schemenhafte Gestalt, die in einem anderen Traum an einem anderen Ort hindurchgegangen war. Warum sollte er es nicht auch tun?

Nick atmete tief ein.

Und dann trat er durch die Tür.

»Henriette, Henriette, wach endlich auf!«

Nick rüttelte an seiner Schwester, die in ihrem Bett lag und leise schnarchte. Das Gewitter tobte noch immer, als wollte es die Welt und jeden, der auf ihr lebte, zu Tode ängstigen. Henriette machte keine Anstalten aufzuwachen. Schließlich wusste Nick sich nicht mehr anders zu helfen: Er hielt Henriette die Nase zu.

Erschrocken fuhr seine Schwester hoch und sah Nick verwirrt an. Sie brauchte einen Moment, bis sie ganz wach war. »Was soll das?«, rief sie ärgerlich und stieß seine Hand von ihrem Gesicht weg.

Nick lauschte in den Flur. Niemand regte sich. Er legte einen Finger an die Lippen. »Nicht so laut.« Er atmete tief durch. Was er Henriette sagen wollte, war ganz unfassbar. Für einen Moment glaubte er, dass das, was er gerade erlebt hatte, nur ein Traum gewesen war. Aber genau das war es ja auch, dachte er bei sich. Ein Traum. Wie sollte er das seiner Schwester erklären?

Henriette merkte, dass etwas nicht stimmte. Dies war kein Streich, den Nick ihr spielen wollte. So benahm er sich nicht, wenn er sich über sie lustig machte. Sie runzelte die Stirn und rückte an die Bettkante, bis ihr Gesicht ganz nah an dem ihres Bruders war. Ihre Nasen berührten sich fast.

»Was ist los?« Sie sprach leise, aber jede Silbe drängte Nick dazu, ihr alles zu erzählen.

Er schluckte.

»Ich glaube, ich weiß, was mit deinen Träumen geschehen ist.«

KONRADIN ANOBIUMS BÜCHER

»Du weißt was?« Henriettes Stimme war wieder lauter geworden. Nick zuckte zusammen. Er schlich zur Zimmertür und schloss sie vorsichtig. Dann ging er zurück zu Henriettes Bett. Wieder donnerte es.

»Es ist ein bisschen kalt«, sagte Nick und sah auf seine nackten Füße hinab.

Widerstrebend schlug Henriette ihre Decke hoch und bedeutete ihrem Bruder, sich neben sie zu setzen. »Und jetzt erzähl mir alles.«

Nick setzte sich neben sie und einen Moment lang suchte er nach dem richtigen Wort, mit dem er beginnen konnte. Seine Gedanken waren noch ganz durcheinander. Sie wirbelten in seinem Kopf hin und her, als wären sie ein Schwarm aufgescheuchter Bienen. »Ich war in deinem Traum«, begann er schließlich. »Verstehst du? Nein? Habe ich mir gedacht. Hm, also anders. Ich habe von dieser Tür geträumt. Aus Gold. Ein Typ ist hindurchgegangen. Er hat nicht in meinen Traum gehört. Also ich meine, er war schon irgendwie da, aber dann ist er hinausgegangen. Hindurch, meine ich. Durch die Tür. Dann bin ich die Treppe runter und auch hindurchgegangen. Und dann war ich in deinem Traum.«

Henriette sah ihn verwirrt an.

Nick seufzte. »Eigentlich ist es egal, wo die Tür genau war.

Sie war in jedem Fall in meinem Traum. Und ein Mann ist hindurchgegangen. Ich glaube wenigstens, dass es ein Mann war. Und dann bin auch ich durch die Tür gegangen. Auf der anderen Seite, da war … da war dein Traum. Es muss dein Traum gewesen sein.«

»Mein Traum?« Henriettes Blick war starr auf Nick gerichtet. In ihrem Kopf fühlte sie eine Lücke. Sie spürte sie ganz deutlich. Wieder ein Traum gestohlen. Sie presste die Lippen aufeinander und lauschte gebannt Nicks Worten.

»Es war unser Wohnzimmer«, fuhr Nick fort. »Früher. Ich habe Mama und Papa gesehen. Sie sahen anders aus als jetzt. Auf dem Boden lag eine bunte Decke. Und darauf ein kleines Kind. Es war irgendwie verschwommen. Ich habe es nicht erkennen können. Mama hat es hochgenommen und etwas zu ihm gesagt. Dann habe ich ein anderes Kind schreien hören. ›Diesmal bist du mit Trösten dran‹, hat Mama gesagt. Und Papa ist rausgegangen. Durch eine der vielen Türen, die da waren. Eine war besonders seltsam. Sie war von dunklen Blättern umschlossen. Als würde sie in einen Wald führen.«

Henriette sah ihren Bruder mit großen Augen an. »Wenn das ein Scherz sein soll, dann …«

»Nein«, fiel Nick ihr hastig ins Wort. »Es ist kein Scherz. Es ist doch dieser Traum von dir. Dein ältester Traum.«

Henriette wusste nicht, was sie sagen sollte. Ihr Bruder hatte ihr wirklich gerade ihren ältesten Traum beschrieben. »Aber was ist«, begann sie zögerlich, »wenn du meinen Traum einfach nachgeträumt hast?«

»Wie soll das denn gehen?«

»Ich habe dir doch schon so oft von ihm erzählt. Was ist, wenn du ihn einfach selbst geträumt hast? Als hättest du ein Bild gemalt, das ich dir vorher beschrieben habe.«

Nick schüttelte entschieden den Kopf, aber Henriette fand, dass sich ihre Theorie ganz klug anhörte. Sie konnte sich einfach nicht vorstellen, dass Nick in einen ihrer Träume gestolpert war. Das war völlig ausgeschlossen. Nein, es musste so gewesen sein, wie sie es gerade gesagt hatte.

Sie lächelte matt. »Ich hätte mich wirklich gefreut, wenn du mir hättest sagen können, was mit meinen Träumen geschehen ist, aber …«

»Warte«, unterbrach Nick sie. Er überlegte einen Moment. »Ich bin noch nicht fertig.« Er stockte.

»Was?«

»Als Papa rausgegangen war, kam ein anderer hinein. Ein Mann, ganz in Schwarz gekleidet. Der, der vor mir durch die Tür gegangen ist. Und nun war er hier. Also dort. In deinem Traum. Er kam einfach rein und hat sich umgesehen. Ich glaube, er hat gar nicht gemerkt, dass ich da war.«

Unwillkürlich musste Henriette an den Tagtraum im schiefen Haus denken. Für einen Moment hatte auch sie dort etwas gesehen. Eine Gestalt, ganz dunkel. Und plötzlich kam ihr der verrückte Gedanke, dass ihr Bruder vielleicht doch keinen Unsinn erzählte.

»Und dann«, fuhr Nick fort, »ist er zu dem Kind gegangen, das auf dem Boden lag, und hat es angesehen.«

»Angesehen? Das hört sich nicht besonders schlimm an.«

»Aber als er das tat, löste sich alles auf. Ich meine, einfach alles. Wirklich alles. Der ganze Traum ist in eine Art Kugel gezogen worden, die der Mann in der Hand hatte. Dann hat er eine Tür mitten in diesem verblassenden Zimmer geöffnet und ist hindurchgegangen. Und dann war ich alleine.« Nicks Hände zitterten und Henriette spürte, dass er wirklich Angst gehabt haben musste. Sie nahm seine Hände in ihre. Nick war so durcheinander, dass er sich nicht dagegen wehrte. »Im letzten Moment, ehe alles weg war, habe ich meine Tür wiedergefunden. Die goldene.«

»Du meinst die Tür, durch die du in das Zimmer gekommen bist?«

»Genau«, sagte Nick. »Die mich in deinen Traum geführt hat.«

Henriette schwieg verblüfft.

»Eines war wirklich seltsam«, sagte Nick in die Stille hinein. »Dieser Mann hat etwas geflüstert. Irgendwie kam mir die Stimme bekannt vor.«

Henriette starrte Nick an. Sie wusste nicht, ob sie sich fürchten oder freuen sollte. Dann musste sie lächeln. »Ja«, sagte sie und fühlte sich mit einem Mal erleichtert. »Das ist merkwürdig. Wunderbar merkwürdig.« Henriette konnte sich nicht daran erinnern, dass sie ihren ältesten Traum geträumt hatte. Sie war wieder bestohlen worden. Diesmal aber war sie nicht niedergeschlagen oder den Tränen nahe. Das, was ihr Bruder ihr berichtet hatte, war so unglaublich, dass es kaum in ihren Kopf ging. Vor allem aber war es ein Beweis dafür, dass sie mit ihrer Vermutung recht hatte.

»Was ist eigentlich geschehen, als du durch diese goldene Tür gegangen bist?«, fragte sie.

»Ich bin einfach aufgewacht. Glaubst du mir?«, fragte Nick ein wenig unsicher.

Henriette nickte. Es gab für das, was Nick behauptete, keine Erklärung. Es war eigentlich ausgeschlossen.

»So etwas könntest du dir nicht ausdenken«, sagte sie und Nick fragte sich, ob sie ihn damit beleidigt hatte oder nicht.

Später, als Henriette am Frühstückstisch saß, fühlte sie sich müde, aber auch erleichtert. Natürlich begriff sie noch immer nicht, wie Nick in ihren Traum gekommen war. Und ehrlich gesagt, empfand sie die Vorstellung, dass ihr Bruder einen Blick in ihren Traum geworfen hatte, als ziemlich unangenehm. Aber das war nichts im Vergleich dazu, dass sie nun wusste, was mit ihr geschehen war.

Sie hatte kein Auge mehr zumachen können, nachdem Nick ihr Zimmer verlassen hatte. Wie spät mochte das gewesen sein? Vier oder fünf Uhr? Henriette hatte sich ein Buch genommen und zu lesen versucht, doch ihre Gedanken waren immer wieder von den Buchstaben vor ihr auf einen anderen Weg gelenkt worden.

Wer stahl ihre Träume? Und warum?

Und was vielleicht noch wichtiger war: Was konnte sie dagegen tun?

Henriette warf Oma Mathilda über den Frühstückstisch hinweg einen nachdenklichen Blick zu. Nein, sie würde ihr nicht helfen können. Der Diebstahl von Träumen war bestimmt nichts, mit dem sich ihre Großmutter auskannte.

Sie sah zu Nick hinüber. Ihr Bruder gähnte herzhaft. Er war sicher nicht die beste Hilfe, die sie bekommen konnte. Ihr Bruder war immer irgendwie lästig gewesen, doch in dieser Nacht hatte sich etwas zwischen ihnen verändert. Nick hatte die Gestalt gesehen, die ihren Traum gestohlen hatte. Er glaubte ihr. Sie hatte keinen anderen, der ihr helfen konnte.

Noch nicht.

Nach dem Frühstück bedeutete sie ihrem Bruder mitzukommen, während ihre Großmutter leise singend den Abwasch erledigte. Sie folgten den knarrenden Treppenstufen hinunter vor die Tür, die in den Buchladen führte. Henriette hielt einen Moment den Atem an. Bitte sei da!, dachte sie.

Und tatsächlich. Aus dem Buchgeschäft kam ein warmer, heller Glanz, der die Schatten der vergangenen Nacht vertrieb. Henriette spürte, wie ihr mit einem Mal leichter ums Herz wurde. Ein Lächeln breitete sich wie von selbst auf ihrem Gesicht aus. Doch Nicks verzog sich, als habe man ihm eines von Tante Annabels Bonbons in den Mund geschoben. Sie hatten absolut unterschiedliche Meinungen über den Mann, der auf der anderen Seite der Tür Bücher verkaufte.

Konradin Anobium war ein netter, älterer Herr. So zumindest hätte ihn Henriette beschrieben. Sie fand, dass er wie eine schlanke Ausführung des Nikolaus aussah. Er hatte einen weißen Bart und in seinem Habichtgesicht, unter einem Dach aus dunklen Brauen, lagen blaue Augen, die einen stets aufmerksam und wach ansahen.

Nick hingegen mochte Herrn Anobium nicht besonders. Henriettes Bruder hatte noch nie viel mit Büchern anfangen können und daher hatte er von vorneherein wenig Interesse an einem Buchhändler. Noch dazu an einem, der Bücher verkaufte, von denen Nick noch nie etwas gehört hatte und die es sonst nirgendwo zu kaufen gab. Der wichtigste Grund für Nicks Abneigung war jedoch ein Zwischenfall, der sich in dem Buchladen *Anobium & Punktatum* ereignet hatte und dessen Folgen selbst heute, Jahre später, noch sichtbar waren: Oma Mathilda hatte in dem Geschäft nach einem Geschenk für eine Freundin gesucht. Weder Nick noch seine Schwester konnten damals lesen. Henriette vertrieb sich an jenem Tag die Zeit damit, die Rücken der Bücher zu betrachten. Die verschlungenen Buchstaben, die für sie fremdartige Worte auf die Einbände malten, schienen ihr etwas in einer Sprache zuzuflüstern, die sie noch nicht verstehen konnte. Schon da hatte sie etwas für Bücher übriggehabt.

Nick aber langweilte sich. Er langweilte sich wie noch nie in seinem Leben. Und so fing er an, seine Schwester zu ärgern. Am Ende des unvermeidlichen Streits hatte Nick ein Buch geworfen und Henriette am Kopf getroffen. Die Narbe konnte man noch heute erkennen. Auf das geworfene Buch folgten Weinen, Schreien, eine tröstende Oma und Herr Anobium, der Nick einen Blick zugeworfen hatte, den Henriettes Bruder seither den Anobium-Blick nannte. Nie zuvor und auch danach nicht hatte Nick je kältere Augen gesehen. Herr Anobium hatte nichts sagen müssen. Sein Blick war schlimmer gewesen als jedes strenge Wort.

Seither empfand Nick eine Abneigung gegen den Buchhändler. Henriette aber mochte Herrn Anobium. Sehr sogar. Seit sie denken konnte, war etwas Vertrautes von ihm ausgegangen. Obwohl sie sich nur wenige Tage im Jahr sahen, war es jedes Mal, als würden sie lediglich eine unterbrochene Unterhaltung wiederaufnehmen.

Herr Anobium konnte mit seiner alten Stimme wunderbar vorlesen. Er verstand es, ihr die Bilder ferner Orte in den Kopf zu malen und sie mitzunehmen auf Straßen, die einen unachtsamen Wanderer in gefährliche Abenteuer führen konnten. Henriettes Herz aber hatte er nicht dadurch erobert. Dieses Kunststück war ihm gelungen, als sie ihm vor Jahren das erste Mal von ihren Träumen erzählt hatte. Sie hatte damit gerechnet, dass er ihr das gleiche milde Lächeln schenken würde wie ihre Eltern. Oder schlimmer noch: dass er sie auslachen würde. Stattdessen aber war sein Blick voller Stolz gewesen. Seither wollte er immer von ihr hören, welches die aufregendsten Träume des zurückliegenden Jahres gewesen waren. Nie, wirklich nie, hatte er sich über sie lustig gemacht. Ihre Träume waren, abgesehen von den Geschichten, die er ihr vorlas, ihr gemeinsames Lieblingsthema. Ein oder zwei Geschichten in jedem Urlaub. Mehr schafften sie nie. Und jeden Tag des Vorlesens bezahlte Henriette mit der Erzählung eines ihrer Träume.

»Er wird uns helfen«, sagte Henriette zu Nick, der ihr einen stummen Blick zuwarf. Dann drückte sie die Klinke hinunter.

Als Henriette nun die Eingangstür des Ladens öffnete, drang der Duft von altem Papier in ihre Nase. Konradin Anobiums Bücher. Sie sah sich um. Fast meinte sie, die tausend und abertausend Seiten verheißungsvoll knistern zu hören. Als würden sie Henriettes Namen wispern, sie locken und sie zu den Abenteuern rufen, die sie in sich trugen.

Über der Tür hing eine Schelle. Als Henriette die Tür geöffnet hatte, war ein heller, blecherner Ton erklungen, als ob ein metallener Spatz über dem Eingang nistete und die Kunden begrüßte. Die Tür fiel ins Schloss. Gespannt sahen die Bücher in den Regalen auf die Zwillinge herab. Ebenso stumm blickten Henriette und Nick zurück. Nach einer Ewigkeit, so kam es zumindest Henriette vor, hörte sie endlich die Stimme, auf die sie so sehnsüchtig gewartet hatte.

»Hallo, was kann ich für Sie … oh, du bist es. Hallo, Henriette. Du hast deinen Bruder mitgebracht. Hm, was ist denn mit dir los? So traurig? Streit mit den Eltern? Nein? Hat dich jemand geärgert? Auch nicht? Schlecht geträumt?«

Und dann fing Henriette an zu weinen.

Bis zu diesem Moment hatten Nick und Henriette geglaubt, dass ihre Großmutter den besten Kakao der Welt kochen konnte. Doch es zeigte sich, dass sich Herr Anobium noch besser darauf verstand. Im hinteren Teil des Ladens gab es eine kleine Küche, in der er sich und Herrn Punktatum oft Tee gekocht hatte. Nun jedoch schmolz Herr Anobium dort Schokolade in einem Topf. Als sie flüssig war, goss er Milch hinein, fügte einige Gewürze hinzu und rührte. Mit klopfendem Herzen saß Henriette auf dem Lesestuhl, auf dem sonst Kunden Platz nahmen, und beobachtete Herrn Anobium durch die offene Tür. Auch Nick hatte sich gesetzt. Vor ihnen auf einem kleinen, wackligen Tisch lag ein Stapel mit Büchern, die Herr Anobium noch in die Regale einsortieren musste.

Schließlich kam der alte Buchhändler mit drei Tassen, aus denen es verheißungsvoll qualmte, zu ihnen hinüber, setzte sich zu ihnen und reichte ihnen die Tassen. Henriette pustete den feinen, weißen Dampf fort und nahm einen Schluck. Die Schokolade schmeckte dunkel und stark. Wie eine Nacht voller Träume. Die leichte Süße von Zimt breitete sich langsam in ihrem Mund aus. Und ihre kalte Traurigkeit verging, als sie den Chili schmeckte, der die Wangen rot färbte. Henriette lächelte. Die Welt wurde wieder ein Stück besser.

Auch Nick trank aus seiner Tasse. Widerstrebend musste er zugeben, dass Herr Anobium wirklich guten Kakao kochen konnte, und mit abscheulichem Genuss nippte er an dem heißen Getränk.

44

»Also«, begann Herr Anobium und sah Henriette in die Augen. Sein Blick war weich und freundlich. »Was ist los?«

Da begannen die Worte aus ihr herauszusprudeln. Sie erzählte alles. Nicht unbedingt in der richtigen Reihenfolge. Aber alles.

Herr Anobiums Miene blieb unergründlich, als Henriette ihren Bericht beendet hatte. Eine Zeit lang sagte keiner etwas, während ihre Worte noch in der Luft zu hängen schienen. Der alte Buchhändler saß stumm da und starrte nachdenklich ins Leere. Mit einem Mal regte sich das schlechte Gewissen in Henriette. Ihr wurde bewusst, dass Herr Anobium gerade erst einen Freund verloren hatte. Er musste doch tieftraurig sein. Sicher hätte sie ihm ihr Beileid aussprechen müssen! Wenn er aber deswegen verärgert oder gar enttäuscht war, so zeigte er es nicht.

Noch immer schweigend stand Herr Anobium langsam auf und ging zu einem abseitsstehenden Regal. Dort, das wusste Henriette, lagen die wertvollsten Bücher. Sie waren so kostbar, dass sie eigentlich unverkäuflich waren. Diese Bücher waren der größte Schatz des Geschäfts. Der Blick von Herrn Anobium wanderte über die Titel auf den Rücken der Bücher und schließlich zog er eines von ihnen hervor. Er schlug es auf und begann, noch immer schweigend, darin zu blättern. Als er die richtige Seite gefunden zu haben schien, kam er zurück zu Nick und Henriette und setzte sich.

»Sag mir noch einmal, wie du dich jetzt fühlst.«

Henriette sah Herrn Anobium fragend an.

»Ich meine«, sagte er, »wie es sich anfühlt, wenn einem ein Traum gestohlen worden ist.«

Henriette musste sich nicht anstrengen, um sich das Gefühl in Erinnerung zu rufen. Herr Anobium hielt seinen Blick fest auf Henriette gerichtet, während sie es ihm erklärte. Dann musste Nick ihm noch einmal die Gestalt beschreiben, die er zuerst in seinem und dann in Henriettes Traum gesehen hatte. Unwohl rutschte er dabei auf dem Stuhl hin und her, doch Anobiums Blick hielt ihn gebannt.

Als der Buchhändler genug gehört hatte, lehnte er sich in seinem Stuhl zurück. Eine Hand an den Mund gelegt, knetete er seine Unterlippe. »Kann das sein?«, murmelte er zu sich selbst. »Nein. Oder etwa doch? Hat es damit etwas zu tun?« Seine Gedanken schienen für einen Moment weit weg zu sein. Dann legte Herr Anobium das Buch, das er geholt hatte, auf den Tisch vor sie.

Er straffte sich, als hätte er eine Entscheidung getroffen, und sah Henriette ernst an. »In deinem Kopf«, sagte er, »steckt ein Traumdieb.«

Er drehte das Buch zu ihnen und deutete auf die Seite, die er aufgeschlagen hatte. Die Schrift war alt und weder Nick noch Henriette konnten die Buchstaben lesen. Sie wussten nicht einmal, in welcher Sprache das Buch geschrieben war. Doch neben den schnörkeligen Buchstaben gab es eine Illustration. Sie zeigte eine Gestalt.

Nick keuchte erschrocken. Das war das Wesen, das er gesehen hatte. Herr Anobium hatte recht. Ein Traumdieb!

Sein Gesicht, verborgen unter einer Kapuze, war nicht zu erkennen. In seiner Hand hielt der Traumdieb eine kleine Kugel und hinter ihm entdeckte Nick auf dem Bild eine Tür. Das Bild war nur schwarz-weiß, doch Nick kannte die Form der Tür. Sie sah genauso aus wie die, durch die er in Henriettes Traum gelangt war!

Herr Anobium nickte, als könnte er Nick die Gedanken von der Stirn ablesen. Dann nahm er die leer getrunkenen Tassen und stand auf.

Henriette aber starrte das Bild ungläubig an. Sie dachte an den Tagtraum, den sie bei ihrer Großtante gehabt hatte. Sie hatte die dunkle Gestalt dort nur kurz gesehen. Es konnte schon sein, dass es ein Traumdieb gewesen war. Doch als sie in ihrem Kopf nach einem kleinen Stück Erinnerung an ihre Nachtträume suchte, war da nichts. Gestohlen, dachte Henriette und ihre Augen verengten sich vor Ärger, während sie das Bild ansah. Von einem wie dir. Du glaubst vielleicht, ich könnte mich nicht an dich erinnern. Aber jetzt weiß ich, wie du aussiehst, dachte sie grimmig.

VON TRAUMDIEBEN UND ALBEN

Herr Anobium war in der Küche verschwunden, um wieder Schokolade zu schmelzen. Henriette sah sich in der Zwischenzeit um. Ohne Herrn Punktatum war alles hier so anders. Sonst hatte er immer an der alten Registrierkasse gestanden oder war zwischen den Regalen entlanggegangen und hatte neue alte Bücher zu den anderen gestellt.

Aus der Küche hörte Henriette ein Klappern, dann erschien Herr Anobium mit frisch gefüllten Tassen. Er stellte sie auf den Tisch und ging zur Tür. Dort hängte er das Schild mit der Aufschrift »Geschlossen« an einen Haken am Türrahmen und sperrte zu. Schwer ließ er sich auf seinen Stuhl fallen. Er öffnete den Mund, dann zögerte er für einen Moment. »Glaubst du an Geister?«, fragte er schließlich.

Henriette runzelte die Stirn. Nein, dachte sie, natürlich nicht. Nur kleine Kinder glauben an so etwas. Andererseits …

»Gibt es denn Geister?«, fragte sie vorsichtig. Dann schüttelte Henriette den Kopf, als müsste sie ihre Frage selbst beantworten. »Nein«, sagte sie, »Geister gibt es nicht wirklich. Oder?«

Herr Anobium wog den Kopf hin und her. »Ein Traumdieb, musst du wissen, ist ein Geist. Und du hast einen im Kopf, würde ich sagen. Einen, der öfter kommt, oder einen,

48

der bereits entschieden hat, dass er sich in deinem Kopf einnisten will. Also wäre es besser, wenn du an ihn glaubst.«

Henriette sank gegen die Lehne ihres Stuhls. In ihrem Kopf drehte sich alles. Sie wusste nicht, was sie sagen sollte.

»Aber sind Geister nicht weiße Gestalten, die um Mitternacht in verlassenen Schlössern und auf Friedhöfen erscheinen?«, fragte Nick.

Herr Anobium musterte ihn wie jemanden, den er lieber vergessen wollte und von dem er nun verärgert feststellen musste, dass er noch da war. »Nein, das sind dumme Gestalten aus schlechten Geschichten«, sagte er kühl. »Geister, *wirkliche* Geister, sind wie Erinnerungen, die nicht vergessen werden wollen. Sie sind körperlos in der echten Welt. Sie existieren nur in den Gedanken der Menschen. Wie erkläre ich es euch am besten? Vielleicht so: Die Gedanken sind wie eine eigene Welt. Eine Welt voller Erinnerungen. Sie ist dem Ort, an dem Geister leben sollen, nicht unähnlich. Und es gibt Türen von der einen in die andere Welt. Durchgänge, die Geister nutzen können, um in die Gedanken der Menschen zu gelangen. In deinem Fall ist es ein Traumdieb, der in deinen Kopf gelangt ist.«

Herr Anobium machte eine Pause und bewegte die Finger, als wollte er die Worte aus der Luft pflücken. »Träume sind wild und unberechenbar«, fuhr er schließlich fort. »Unbändige Bilder von Erlebtem. Für Traumdiebe sind sie das Schönste, was es gibt. Sie stehlen die Träume und behalten sie für sich.«

»Wofür?«, fragte Nick, der den ärgerlichen Blick von Herrn Anobium vergessen hatte und nun gebannt zuhörte.

»Um sie sich anzusehen. Immer wieder und wieder. Gestohlene Träume vergehen nicht. Traumdiebe betrachten sie, um das Leben nicht zu vergessen. Denn sonst würden sie sich womöglich selbst vergessen. Du hast von einer Art Kugel erzählt, in die der Traumdieb Henriettes Traum gezogen hat.«

»Ja«, sagte Nick. »Er hat sie festgehalten.«

Herr Anobium deutete auf die Kugel, die der Traumdieb auf dem Bild in der Hand hielt. »Das ist ein Traumfänger. Er vermag die Bilder zu bewahren, die der Dieb stiehlt. Und später, wenn er sich in seinem Versteck einen der gestohlenen Träume ansehen will, muss er sie nur aus seinem Traumfänger holen.«

»Sind die Träume, die er stiehlt, für immer weg?« Henriette hatte die Frage ganz leise gestellt.

Herr Anobium zuckte mit den Schultern. »Ich weiß nicht. Vielleicht ja. Wer weiß, vielleicht sieht sich der Traumdieb gerade in diesem Moment deinen Traum an.«

Henriette schüttelte sich bei diesem Gedanken. »Woher wissen Sie das alles?«

»Ich bin Buchhändler. Meinst du, ich habe nicht jedes Buch aus diesem Geschäft gelesen? Das und noch viele mehr. Doch nur in den wenigsten wird von Traumdieben berichtet. Sie sind gerissen und scheu. Und in der Regel können sich Menschen, die einem von ihnen begegnet sind, nicht an sie erinnern. Doch einigen wenigen ist es gelungen, sie in ihren Köpfen aufzuspüren. Seit erkannt wurde, dass es Traumdiebe gibt, gibt es auch Bücher, die von ihnen berichten. Es ist wie mit den Alben. Ihr habt doch schon von den Träumen gehört, die sie einem aus schlechten Erinnerungen in den Kopf weben. Albträume.«

Die Zwillinge nickten stumm.

»Alben«, fuhr Herr Anobium fort, »sind den Traumdieben ähnlich. Und doch sind sie es wieder nicht. Es sind boshafte kleine Kerle, die nur Schlechtes im Sinn haben. Und sie haben sich nie groß darum geschert, ob man sie entdeckt oder nicht. Deshalb sind sie auch so bekannt. Es gab eine Zeit, da haben die Leute wegen ihnen sogar halb im Sitzen geschlafen, denn es hieß, die Alben würden sich einem sonst auf die Brust setzen und schlechte Träume bringen. Traumdiebe hingegen sind nicht im eigentlichen Sinne böse. Sie brauchen Träume. Ohne sie können Traumdiebe nicht leben. Sie sind, wie ich schon gesagt habe, Geister. Und Geister sind Seelen verstorbener Menschen, die am Leben festhalten. Um jeden Preis. Sie sind nicht bereit, zu sterben.« Herr Anobium griff nach seiner Tasse und nahm einen Schluck. Mit seinen wachen Augen sah er von einem zum anderen.

Nick runzelte die Stirn. Eine Frage drängte aus seinem Mund. »Wieso war er eigentlich erst in meinem Kopf und dann in Henriettes?« Herr Anobium hatte noch nicht zur Antwort angesetzt, da kam auch schon die nächste Frage: »Und was ist das für eine komische Tür? Sie war in meinem ersten Traum und auch in meinem zweiten.« Nick deutete auf das Bild.

Herr Anobium musterte Nick. »Darüber kann ich nichts

mit Gewissheit sagen«, erklärte er. »Denn von einem Fall wie diesem habe ich noch nie gelesen.« Er strich sich mit einer Hand nachdenklich über sein Kinn. »Aber mir kommt ein Gedanke. Der Traumdieb war also zunächst in deinem Traum. Dann hat er eine Tür aufgestoßen und ist verschwunden. Und du hast sie nicht zufallen lassen.« Er sah Nick prüfend an wie ein Lehrer, der herausfinden wollte, ob ihn ein Schüler anschwindelte.

»Ja«, bestätigte Nick, der sich zwang, dem Blick standzuhalten.

»Als du erneut eingeschlafen bist, war die Tür noch immer da. Sie ist sozusagen von dem einen Traum in den anderen mitgewandert. Es waren doch zwei verschiedene Träume, oder?«

»Ja.«

Herr Anobium nickte. »Es könnte daran liegen, dass ihr Zwillinge seid.«

»Was könnte daran liegen?«, fragte Nick.

Doch ehe Herr Anobium antworten konnte, hatte Henriette bereits das Wort ergriffen. »Dass er sich in der Tür geirrt hat.«

Herr Anobium sah sie an, wie ein Lehrer seine Lieblingsschülerin, die gerade eine besonders schwere Matheaufgabe gelöst hat.

»Er wollte wieder in meinen Kopf eindringen. In meine Träume, oder?«

Herr Anobium nickte. »Genau das denke ich.«

»Aber er ist in deinem gelandet, Nick, weil wir Zwillinge sind«, sagte Henriette. »Wir sind uns ähnlich.«

Nicks Blick sagte, dass er in diesem Punkt ganz anderer Meinung war.

Henriette ignorierte ihn. »So ähnlich, dass er, wo immer er auch herkommen mag, die falsche Tür genommen hat und bei dir gelandet ist.«

Langsames Verstehen zeichnete sich auf Nicks Gesicht ab. »Und dann«, Nick sprach bedächtig, als er nach den richtigen Worten suchte, »hat er seinen Irrtum bemerkt und eine neue Tür aufgemacht, eine in deinen Kopf.« Er strahlte, weil er es geschafft hatte, das Rätsel zu lösen.

Herr Anobium stimmte ihm mit offensichtlichem Widerstreben zu.

»Aber wieso kann auch ich hindurchgehen? Und wieso war diese Tür überhaupt noch in meinem Traum? In meinem zweiten Traum, meine ich.«

»Von Türen, die offen geblieben sind, habe ich noch nie etwas gelesen«, sagte Herr Anobium. »Vielleicht ist so etwas auch einfach noch nie vorgekommen. Wer weiß, vielleicht sind eure Träume von nun an miteinander verbunden, solange diese Tür offen steht.«

Henriette sah Nick nachdenklich an. Sie fand die Vorstellung, dass ihr Bruder in ihre Träume gelangen konnte, noch immer unglaublich. Sie fühlte sich von Nick beobachtet und das konnte sie nicht ausstehen. Andererseits war sie nicht alleine. Und das fand sie ein wenig tröstend.

»So oder so wird der Traumdieb glauben, dass Henriette keine Ahnung hat, dass er sie Nacht für Nacht bestiehlt«, meinte Herr Anobium. »Die Heimlichkeit schützt ihn wie ein Mantel aus dunklem Licht. Er weiß nicht, dass ihr ihn gesehen habt. Die anderen Menschen, die er bereits bestohlen hat, sind morgens aufgewacht und haben sich nicht mehr an ihre Träume erinnern können. Für sie war es ganz normal, nicht zu wissen, was sie nachts erlebt haben.«

Nicks Augen wurden groß. »Sie meinen, in den Köpfen von anderen Menschen stecken auch Traumdiebe?«

»Natürlich. In sehr vielen steckt ein Traumdieb. Diese Geister bleiben, solange es ihnen gefällt. Meistens aber nur einige Nächte. Sicher hast du auch schon früher Besuch von einem bekommen.«

Nick kratzte sich am Kopf. Wie oft hatte er sich schon morgens nicht mehr an seine Träume erinnern können? Ihn überkam ein unangenehmes Gefühl.

»Wird er mich wieder in Ruhe lassen?«, fragte Henriette mit klopfendem Herzen.

Herr Anobium nahm einen Schluck aus seiner Tasse. »Sag noch einmal, wie viele Tage sind nun schon seit dem ersten Verbrechen verstrichen?«

Verbrechen. Henriette nickte grimmig. Das Wort war genau das richtige. Was hier geschah, war ein Verbrechen. Anders konnte man es nicht nennen. »Zwei Tage. Oder besser Nächte.«

»Hm.« Herr Anobium legte seine Stirn in Falten. »Das ist

nicht lange. Hast du eigentlich schon einmal bemerkt, dass dir ein Traum fehlt? Früher einmal?«

»Nein«, sagte Henriette. Doch dann hielt sie inne. Schon in der Nacht vor dem ersten Diebstahl war etwas Seltsames geschehen. Sie erinnerte sich erst jetzt, da Herr Anobium sie gefragt hatte. Da war ein Traum, der nicht richtig geendet hatte. Es fehlte etwas an ihm. Das letzte Stück war nicht dort, wo sie es vermutete. Die Erinnerung an ihn hing in ihrem Kopf wie ein Bild, das man nie zu Ende gemalt hatte. Oder bildete sie sich das nur ein? Sie zuckte mit den Schultern. Vermutlich war es nicht wichtig. »Nein«, meinte sie daher nur.

Herr Anobium nickte erleichtert. »Gut«, sagte er. »Dann ist das dein erstes Mal. Seltsam, dass es so lange gedauert hat, bis dich ein Traumdieb belästigt. Vielleicht ist es besonders schwer, in deinen Kopf zu kommen. Lass uns noch ein wenig warten. Vielleicht löst sich das Problem von ganz allein und dein ungebetener Gast zieht weiter. In einen anderen Kopf.« Dabei musterte er Nick.

»Aber doch nicht in meinen, oder?«, fragte Nick und zuckte zusammen.

»Warum nicht? Immerhin scheint er den Weg zu kennen«, sagte der Buchhändler und Nick fühlte für einen Moment den Anobium-Blick auf sich ruhen.

»Und wenn er es nicht tut? Wenn er meinen Kopf einfach nicht verlassen will?« Henriette hatte Angst, diese Frage zu stellen. Was wäre wohl, wenn er für immer …? Ihre Unterlippe begann zu zittern. »Bitte, ich brauche Ihre Hilfe.«

Herr Anobium sah sie mitleidig an. Für einen Moment wirkte er unentschlossen, als müsse er eine schwerwiegende Entscheidung treffen, dann seufzte er.

»Na gut«, sagte er. »Nur für den Fall, dass er sich wirklich in deinem Kopf breitmacht, werde ich in meine Bücher schauen. Vielleicht finde ich einen Weg, wie sich Traumdiebe vertreiben lassen.« Er machte eine Pause und sah Henriette in die Augen. »Hab keine Angst, Henriette. Du wirst dich wieder an deine Träume erinnern können. Da bin ich ganz sicher.«

Später am Abend ging Henriette noch einmal hinunter in das Buchgeschäft. Diesmal alleine. Der Besuch bei Herrn Anobium hatte ihr gutgetan. Sie wusste nun, wer, oder besser was, ihr die Träume stahl. Und in ihr war die zögerliche Hoffnung erwacht, dass sie dieses Wesen aus ihrem Kopf vertreiben konnte. Henriette atmete tief ein, als sie im Treppenhaus vor der Tür stand, die in das Buchgeschäft führte. Bei diesem Besuch ging es nicht um sie. Sie schämte sich fast dafür, dass sie Herrn Anobium vorhin nicht ihr Beileid ausgesprochen hatte. Oder wenigstens gefragt hatte, wie er sich fühlte. Das wollte sie nun nachholen.

Die Tür war nicht verschlossen und Henriette trat leise ein. Herr Anobium saß an dem Tisch, an dem er sich zuvor mit den Kindern unterhalten hatte. Er war ganz in ein Buch vertieft, dessen schwarzer Einband im Schein einer alten Leselampe glänzte. Für einen Moment sah es so aus, als seien die Seiten, die Herr Anobium betrachtete, leer. Er hatte seinen Gast nicht bemerkt. Henriette räusperte sich.

»Oh, wo kommst du denn her?«, rief Herr Anobium überrascht und schloss schnell das Buch.

Plötzlich kam Henriette der Gedanke, dass sie stören könnte. »Ich wollte …«, sie stockte, während sie nach den richtigen Worten suchte. Sie hatte sich keine zurechtgelegt. Gab es überhaupt die richtigen Worte, um jemandem sein Beileid auszusprechen? Oder klangen sie nicht alle fad und blass? Herr Anobium sah sie fragend an.

»Es tut mir leid, dass Sie traurig sind«, sagte Henriette. Das hörte sich ehrlich an. Viel besser als das übliche »herzliche Beileid«.

Der alte Buchhändler lächelte leise. »Ohne Traurigkeit keine Freude. Für jeden schönen Tag ein trauriger. Herr Punktatum ist nicht der erste Freund, den ich habe sterben sehen. Und dies sind nicht die ersten traurigen Tage, die ich erlebe.« Für einen Moment sah er durch Henriette hindurch und murmelte: »Nein, gewiss nicht. Nicht die ersten.« Dann sah er sie wieder an. »Aber es werden auch wieder fröhliche kommen. Ganz sicher.«

Draußen hatte es erneut angefangen zu regnen. Es stürmte und der Wind drang fauchend durch die Ritzen der Fenster, als wolle er Henriette und Herrn Anobium davor warnen, hinauszugehen.

Der Buchhändler deutete auf einen der Stühle am Tisch. »Ich habe gerade versucht, mehr über Traumdiebe in Erfahrung zu bringen. Interessante kleine Biester, kann ich dir sagen. Aber für diesen Tag habe ich genug von ihnen. Wonach steht dir heute der Sinn?«, fragte er. »Abenteuer? Märchen? Liebe?«

Nun musste Henriette lächeln. Sie setzte sich und sah nach draußen. Es kam ihr fast so vor, als wäre dort draußen ein wilder tobender Ozean und sie und Herr Anobium mussten hier in dem Buchladen als Verbündete allen Gefahren trotzen, die sich um das Geschäft zusammenbrauten. Und ein wenig war es auch so, fand sie. Er hatte seinen besten Freund verloren und sie ihre Träume. Keine Frage, er hatte das härtere Los gezogen.

Nun, dachte sie, wovon sollte er ihr diesmal erzählen?

»Ich will von einem Ort hören, der genau das Gegenteil von dem Unwetter dort draußen ist.«

Es donnerte. Herr Anobium starrte einen Moment lang in die Finsternis, die seinen Laden umschloss. Dann stand er auf, nahm das Buch, in dem er gelesen hatte, mit sich und verschwand zwischen den Regalen. Als er zurückkam, hielt er ein kleines Buch in den Händen, dessen Einband türkis schimmerte. »Warst du schon einmal in der Wüste?«

Henriette schüttelte den Kopf.

»Tausendundeine Nächte wären einige zu viel. Aber dies hier ist eine kleine, alte Geschichte, die ebenso gut ist. Sie wird dir gefallen. In ihr gibt es keinen Regen, auch wenn ihre

Helden sicher nichts gegen ein wenig Abkühlung von der heißen Wüstensonne hätten.« Herr Anobium setzte sich und schlug das Buch auf. Dann begann er zu erzählen.

Die Finsternis um sie herum schien wie eine schwarze Leinwand, auf die Herr Anobiums Stimme eine neue Welt malte. Fremde Orte erwachten zum Leben. Dünen erhoben sich und fielen wieder in sich zusammen. Die Bewohner der Wüste gingen durch den Laden und die Luft schien mit einem Mal von exotischen Düften erfüllt zu sein. Für einen Moment vergaß Henriette alle Sorgen und schloss die Augen. Es war fast, als wäre auch sie unter der sengenden Wüstensonne, weit weg vom Regen. Und weit entfernt von Traumdieben.

Herr Anobium hatte lange gelesen. So lange, dass Henriette fast zu spät nach oben gekommen wäre. Das Gewitter hatte aufgehört und die Welt hatte sich wieder beruhigt. Bevor sie ins Bett gingen, nahm Henriette Nick beiseite.

»Wir sollen sie nicht benutzen«, sagte sie.

»Wen?«, fragte Nick.

»Die Tür. Herr Anobium hat es mir eben noch gesagt.«

»Wieso?« Nick sah seine Schwester ärgerlich an. Er hatte sich darauf gefreut, noch einmal durch die Tür zu gehen. Dort, auf Henriettes Seite, hatte er etwas erlebt, das er unbedingt noch einmal erfahren wollte. Er hatte es nicht erzählt, weil es ihm selbst so merkwürdig vorkam, aber als er durch die Tür gegangen war, schien es ihm, als wäre er aufgewacht. Aufgewacht in Henriettes Traum. Er hatte plötzlich klar denken können und alles viel bewusster erlebt als in seinen eigenen Träumen. Dieses Gefühl war berauschend gewesen. Und er wollte es unbedingt wieder erleben.

»Herr Anobium sagt, dass es zu gefährlich ist. Er will erst mehr über Traumdiebe und ihre Türen lesen und dann einen Weg finden, wie wir den Dieb vertreiben können.«

»Anobium.« Nicks Stimme triefte vor Verachtung.

»*Herr* Anobium«, verbesserte Henriette.

»Na gut, wenn du meinst. Dann lass dir deinen Traum stehlen. Ich habe genug eigene Träume.«

»Herr Anobium wird einen Weg finden, dass es endet«, sagte Henriette trotzig und ging in ihr Zimmer.

Nick sah ihr nach. »Ich auch«, sagte er leise und ging in sein Bett.

Während sich Henriette, aufgewühlt von dem Streit mit Nick, noch unruhig hin und her drehte, war ihr Bruder fast im selben Moment eingeschlafen, in dem er die Augen geschlossen hatte. Seine Träume begannen. Zu seinem Schrecken fand er sich in seiner Schule wieder. Er war in seinem Klassenraum. Kinder, von denen er die meisten nicht kannte, saßen neben ihm. Es herrschte eine spürbare Anspannung um ihn herum.

»Was ist los?«, fragte er den Jungen neben sich. In der wirklichen Welt saß dort sein bester Freund Maximilian. Den Jungen, der in seinem Traum sein Sitznachbar war, hatte Nick hingegen noch nie gesehen.

»Wir schreiben gleich einen Test«, sagte der Junge und sah Nick fragend an. »Hast du etwa nicht gelernt?«

Nick stöhnte innerlich. Nein, natürlich nicht. Doch noch während er begann, sich Sorgen zu machen, drang ein anderer Gedanke in sein Bewusstsein.

Du musst zu der Tür.

Ja natürlich, dachte er. Die Tür! Bloß weg von hier.

Nick stand auf und verließ den Klassenraum. Er durchquerte hastig den Flur und ging durch eine Glastür. Dahinter lag das Treppenhaus. Nick stieg die Stufen hinauf. Stockwerk für Stockwerk folgte er der Treppe. Je höher er kam, desto häufiger fehlten einige der Stufen. Er sprang über die Lücken, die sich vor ihm auftaten, und ging weiter. Dann wurden die Abstände zwischen den Stufen größer. In Nick stieg die Angst auf, er könnte es nicht bis ganz nach oben schaffen. Mehr als einmal musste er all seinen Mut zusammennehmen, um über das nächste Loch zu springen. Schließlich aber gelangte er an das Ende der Treppe.

Nick trat aus dem Treppenhaus ins Freie. Er stand auf einem flachen Dach, das von einer Mauer umsäumt wurde. Efeu rankte an dem Stein entlang. Und dort, inmitten der Mauer, war die Tür. Als wäre sie schon immer da gewesen. Sie glänzte und funkelte.

Nick legte die Hand auf den Knauf. Die Tür war nur angelehnt. Er öffnete sie. Hinter ihr war es so hell, dass er den Arm vor die Augen halten musste.

Warum will ich eigentlich hindurch?, fragte er sich. Nick

61

erinnerte sich nicht. Aber tief in sich spürte er den drängenden Wunsch, auf die andere Seite zu gehen. Er wusste nicht, was ihn dort erwartete, aber er musste dort etwas erledigen. Nur was?

Nick atmete tief ein.

Und trat durch die Tür.

HENRIETTES TRAUMKABINETT

Ein Feld, das kein Ende zu haben schien. Ein dunkler Himmel, der sich über smaragdgrünes Gras spannte. Und in der Ferne eine Burg, die ebenso düster wie der Himmel war. Nick hatte keine Ahnung, wo er sich befand. Harter Wind schlug ihm ins Gesicht. In den Fenstern der Burg brannten Lichter. Glühende Augen, die Ausschau nach Fremden hielten.

Nick sah sich um. Langsam kehrten die Erinnerungen zurück. Ich will mich hier mit Henriette treffen. Den Traumdieb fangen. In seinem eigenen Traum war er sich dessen nicht bewusst gewesen. Er hatte sich nur an den Wunsch erinnert, durch die goldene Tür zu gehen. Hier aber, im Traum seiner Schwester, konnte Nick wieder klar denken. Wo war Henriette? War sie schon da? Er machte einige Schritte von der Tür weg, doch noch ehe er sich umsehen konnte, griffen kräftige Arme nach ihm. Links und rechts standen mit einem Mal Ritter in glänzenden Rüstungen. Sie waren so plötzlich erschienen, als hätte der Wind sie hergetragen. Sie hielten Nick gepackt und nahmen ihn gefangen. Nick wehrte sich. Er wand sich und versuchte dem Griff der Männer zu entgehen. Genauso gut hätte er versuchen können, Stahl zu verbiegen.

»Wir haben ihn!«, rief der eine Ritter. Seine Stimme unter dem Helm klang seltsam blechern.

»… haben ihn!«, erklang es unter dem Helm des anderen Ritters mit genau der gleichen Stimme.

Es schien Nick fast, als hätte einer der Ritter sein Spiegelbild befreit.

»Wir müssen ihn dem Hauptmann bringen.«

»… Hauptmann bringen«, echote es wieder.

»Dafür werden wir belohnt werden.«

»… belohnt werden.«

»Hey!«, rief Nick wütend. »Was tut ihr da?«

Die beiden Ritter hielten inne und ihre Visiere drehten sich zu Nick.

»Er kann sprechen.«

»… kann sprechen.«

Nick sah von einem zum anderen. Was war hier los? Hatte Henriette einen Albtraum? »Natürlich kann ich sprechen. Was denkt ihr denn?«

Noch ehe die Ritter antworten konnten, erklang das Geräusch von Schritten hinter ihnen. Sie drehten sich mit Nick herum. Eine weitere Gestalt war erschienen. Noch ein Ritter. Auch er steckte in einer glänzenden Rüstung. Er trug etwas auf dem Rücken und ein großer Kopf lugte über seinem Helm hervor.

Als er vor ihnen stand, erkannte Nick, was der Ritter trug.

Es war ein sehr kleines und überaus fettes Pony.

Keuchend setzte der Ritter das Pony auf den Boden.

»Ach, wenn wir Euch doch nur helfen könnten, Eure Last zu tragen«, sagte der erste Ritter.

»… Last zu tragen«, drang das Echo hinter dem Visier des zweiten Ritters hervor.

Der Ritter, der hinzugekommen war, winkte ab. Er stand vor ihnen mit leicht gebeugten Knien und stützte die Arme auf seine Oberschenkel. »Wir alle müssen das Schicksal erfüllen, das die Träumerin für uns vorgesehen hat.« Er schüttelte den Kopf. »Wenn sie doch nur Ponys etwas weniger lieben würde.«

Nicks Mund klappte auf und dann wieder zu. Er wusste nicht, was er dazu sagen sollte.

Der Neuankömmling erhob sich ächzend. »Nun gut, was habt ihr für mich?«

Die beiden Ritter, die Nick festhielten, salutierten zackig. Nick war für einen Moment frei. Doch er war zu verblüfft, um die Gelegenheit zur Flucht zu nutzen. Starr und steif stand er zwischen den Rittern und wartete gespannt, was als Nächstes geschehen würde.

»Melde, wir haben ihn gefangen.«

»… ihn gefangen.«

»Wen?«, fragte der dritte Ritter und reckte und streckte sich.

»Den Eindringling, Herr Hauptmann.«

»… Herr Hauptmann.«

»Oh.«

Der Hauptmann machte einen Schritt auf Nick zu und musterte ihn durch sein Visier.

»Wir sollten ihn zum Traummeister bringen.«

»… Traummeister bringen.«

Der Hauptmann kratzte sich am Kopf. »Ja, das sollten wir wohl.« Er sah missmutig zu seinem Pony hinüber. Genüsslich lag es im Gras und kaute. »Setzt ihn auf den Sattel.«

Unter Ächzen und Stöhnen hob der Hauptmann das dicke Pony samt Nick auf seinen Rücken. Für einen Moment maß er die Entfernung zur Burg, dann seufzte er hörbar. »Warum muss sie Ponys so sehr mögen?«, murmelte er, ehe er losging. Die beiden Ritter folgten.

»Was werden sie wohl mit ihm tun?«, fragte der eine.

»… ihm tun?«

»Du weißt schon, was sie mit ihm tun werden.«

Alle drei wandten Nick den Kopf zu. Trotz der geschlossenen Visiere spürte Nick die Betroffenheit in ihren Blicken. Er schluckte. Konnte ihm in Henriettes Traum etwas zustoßen? Vielleicht hätte er doch nicht auf eigene Faust durch die Tür gehen sollen?

Unbehaglich sah er sich um. Er hatte Mühe, sich auf dem Pony zu halten. In der Ferne erkannte er die Tür, durch die er gekommen war. Glänzend hob sie sich gegen den wolkenverhangenen Himmel ab. Immerhin, dachte Nick, ist sie noch da. Aber würde er es im Notfall schaffen, zu ihr zu gelangen? Der Hauptmann mit dem Pony würde ihm kaum folgen können, aber die beiden anderen sahen gut in Form aus. Nick war der Schnellste in seiner Klasse. Doch ob er auch schneller war als die beiden Ritter?

Oh Henriette, dachte er. Wo bist du?

Schließlich konnte Nick die geöffneten Flügel des Burgtores vor sich erkennen. Die Burg schien auf den ersten Blick verlassen. Niemand war auf den Zinnen der hohen Türme zu sehen. Keine Wachen patrouillierten den Wehrgang entlang, nicht eine Menschenseele stand am Tor, um Feinde abzuwehren. Hinter dem Tor war es dunkel. Als sie jedoch hindurchgingen, entzündeten sich wie von Geisterhand Fackeln, die in rostigen Haltern an den Wänden hingen. Nick und die Ritter durchquerten einen langen Gang. Vor ihnen glaubte er Schatten zu erkennen, die sich tiefer in die Dunkelheit zurückzogen, sobald Nicks Blick auf sie fiel. Ein Wispern und aufgeregtes Tuscheln erfüllte die Luft.

Schließlich gelangten sie zu einem Tor. Es war geschlossen und so riesig, dass das Haus seiner Großmutter samt des Buchladens ohne Probleme hindurchgepasst hätte. Staunend besah Nick die silbernen Torflügel. Sie waren vollkommen glatt, bis auf eine Inschrift ganz oben. Nick legte den Kopf so weit in den Nacken, wie er nur konnte.

»Henriettes Traumkabinett. Eintritt für alle, die keine Angst vor wilden Träumen haben«, las er stumm.

Der Hauptmann, der das Pony und ihn getragen hatte, ging in die Knie. Die beiden Ritter, die sie begleitet hatten, hoben Nick vom Rücken des Ponys. Das Tier schüttelte stolz die Mähne, sprang auf den Boden und trabte davon. Eine Weile geschah nichts, denn der Hauptmann war kraftlos gegen die Torflügel gesunken. Schließlich aber richtete er sich auf und schob das Visier hoch. Ein dickes Gesicht mit einem feuerroten Schnurrbart, der einem Walross gut zu Gesicht gestanden hätte, kam zum Vorschein. Der Hauptmann schlug mit seiner eisernen Faust gegen das Tor.

»Wer da?«, ertönte eine dunkle Stimme, die den ganzen Gang erfüllte. Unweigerlich stellte sich Nick einen Riesen vor, in dessen bärtigem Gesicht ein Mund voller spitzer Zähne nur darauf wartete, ihn zu verschlingen.

»Ach, komm schon«, rief der keuchende Ritter ärgerlich. »Wer, meinst du, ist hier? Hauptmann Prolapsus. Ich habe …« Die beiden Ritter räusperten sich hörbar. »Ich und der doppelte Ritter«, verbesserte er sich schnell, »haben ihn gefangen.«

»Gefangen? Wer befindet sich in eurem Gewahrsam?«, donnerte die Stimme.

»Wer befindet sich in eurem Gewahrsam?«, äffte der Hauptmann die Stimme leise nach und die beiden anderen Ritter lachten zustimmend. »Wer wohl? Natürlich der Traumdieb.«

Nick brauchte einen Moment, ehe er die Worte des Hauptmanns erfasst hatte. »Der Traumdieb? Ich? Nein. Halt mal! Ihr glaubt doch nicht, ich sei der Traumdieb?« Nick zerrte vergeblich am Griff der beiden Ritter. Doch das Tor schwang auf und Nick wurde hindurchgestoßen.

Hinter ihm fielen die Flügel mit einem Donnern ins Schloss. Nick war gefangen.

Er befand sich in einer Halle, die so groß war, dass er ihre Enden nicht erkennen konnte. Während ihre Mitte, oder wenigstens der Teil von ihr, den er für die Mitte hielt, von Licht beschienen war, lag alles andere in tintenschwarzer Dunkelheit. Nun, da das Tor geschlossen war, ließen die beiden Ritter Nick los.

»Vorwärts!«, kommandierte der Hauptmann und stieß ihn vor sich her. Der Hauptmann ging ein wenig gebeugt und steif. So wie Nicks Vater, wenn er einen Hexenschuss hatte.

Nick stolperte den Raum entlang. Henriettes Traumkabinett, dachte er. Was für ein seltsamer Name. Was war wohl ein Traumkabinett? Während er vom Hauptmann durch den Saal dirigiert wurde, drehte Nick den Kopf hin und her. Und mit jedem Mal erkannte er mehr Gestalten, die wie aus dem Nichts erschienen. Ja, Nick war sich sicher, dass die Halle gerade noch leer gewesen war. Leer, bis auf ihn und die drei Ritter. Nicht einmal das Pony war ihnen gefolgt. Der Hauptmann hatte ihm die Torflügel eigenhändig vor der Nase zugeschlagen. Nun aber füllte sich die Halle. Von überallher kamen sie. Wesen, die Nick noch nie gesehen hatte. Sie schienen aus einer Art silbergrauem Nebel zu bestehen, hatten die Körper von Menschen, sahen aber nicht wie Menschen aus. Ständig änderte sich ihr Äußeres. Nie waren ihre Gesichter deutlich zu erkennen. Zu beiden Seiten des Weges versammelten sich die Wesen und musterten ihn mit Abscheu und Ärger.

Nick kam sich wie ein Verbrecher vor. Dabei hatte er nichts

getan. Er hatte doch nur Henriette helfen wollen. Wo war sie überhaupt?

Der Weg, den er entlanggestoßen wurde, endete an einer Treppe, die dem Tor genau gegenüberlag. Sie führte zu einem Podest, auf dem an zwei Pfählen eine Hängematte befestigt war. Auf halbem Weg erkannte Nick einen Stuhl. Jemand saß auf ihm.

»Ist er das?« Es war die Stimme, die sie vorhin im Gang gehört hatten.

»Ja«, rief Hauptmann Prolapsus.

»Was?«

»Ja!« Diesmal schrie der Ritter.

»Ich versteh dich nicht.«

»Ach, dann komm doch runter, du aufgeblasener …«

»Warte, ich komme runter.«

Die Gestalt erhob sich und ging auf einen langen Stab gestützt die Treppe herab. Mit jedem Schritt, mit jeder Stufe, schien sie zu schrumpfen, bis sie schließlich nur noch so klein wie ein Zwerg war. Auf dem Kopf hatte die Gestalt einen gewaltigen Hut, der ebenso aus rotem Samt bestand wie der Anzug, den sie trug. Wäre Nick nicht so unbehaglich zumute gewesen, hätte er laut losgelacht.

»Das ist er?« Die kleine Gestalt deutete mit dem Stab auf Nick und sah ihn misstrauisch an. »Hat anscheinend seine Gestalt geändert. Er sieht ja aus wie …«

»Er kam durch die Tür«, sagte der Hauptmann.

»Die Tür? Welche Tür?«

»Die Tür. Du weißt schon.« Der Hauptmann rollte genervt mit den Augen. »*Die* Tür.«

»Ach so, *die* Tür.« Das Männlein mit dem roten Hut wandte sich an Nick, dann aber hielt es inne und warf dem Hauptmann einen missbilligenden Blick zu. »Es muss übrigens heißen ›Die Tür, *Herr Traummeister*‹.«

Der Hauptmann winkte ab. »Wie auch immer. Es ist Zeit. Sie kommt. Ich muss sie abholen.« Er deutete mit dem Daumen auf Nick. »Wer weiß, ob er alleine ist. Vielleicht sind da noch mehr von seiner Sorte. Bis gleich.« Und damit drehte der Hauptmann sich um und eilte mit gekrümmtem Rücken davon.

Nick sah ihm nach. Sie kommt, dachte er. Hatte der Hauptmann von Henriette gesprochen? Sie würde alles aufklären können. Wenn sie doch nur endlich da wäre.

Der Traummeister musterte Nick mit strenger Miene. »Stimmt es, was der Hauptmann sagt? Bist du durch diese Tür gekommen?«

»Ja«, sagte Nick. »Aber wenn ihr glaubt, ich sei der Traumdieb, dann habt ihr euch geschnitten.«

»So so, du bist es also nicht. Obwohl du weißt, dass unsere Herrin von einem Traumdieb bestohlen wird. Gut. Sag mir, wer bist du dann?«

»Ich bin Henriettes Bruder. Das hier ist ihr Traum und ich will den Traumdieb fangen.«

Für einen Moment herrschte Schweigen. Nick versuchte, die Furcht tief in sich zu verbergen. Er sah von einem zum anderen. Einen Augenblick lang glaubte er, die Wesen um ihn herum würden ihm glauben. Dann aber begann sich der Traummeister vor Lachen zu schütteln.

»Der Bruder? Na ja, du siehst auf jeden Fall wie er aus. Und du behauptest, du wärst durch die Tür gekommen?« Der Traummeister wischte sich eine Träne aus dem rechten Auge.

»Ja«, sagte Nick ärgerlich. »So war es. Ihr müsst mir glauben.«

»Dann sag mir, Türgänger, woher du gekommen bist?«

»Aus meinem Traum, natürlich.«

Der Traummeister prustete vor Lachen. »Hört ihr? Er ist aus seinem Traum gekommen. Dann sag mir, Träumerinbruder, wer dann gerade deinen Traum träumt.«

Darauf wusste Nick keine Antwort. Woher auch? Wie sollte er wissen, was in seinem Traum geschah, wo er doch hier in Henriettes Traum war?

»Ein Hulmi bist du jedenfalls nicht.«

»Ein was?«

Der Traummeister überhörte Nicks Frage und fuhr ungerührt fort. »Und auch kein Alb. Dafür bist du nicht hässlich genug. Du hast in den Träumen unserer Herrin nichts zu suchen. Was also solltest du sein, außer ein Traumdieb?«

Nicks Mund klappte auf und zu, ohne dass sich ein Wort hervorwagte. Er konnte nichts mehr sagen. Das hier war einfach zu verrückt.

»Was machen wir mit dir, Traumdieb?« Der Traummeister warf Nick einen schnellen Blick zu, der irgendwie mitleidig wirkte. »Ich befürchte, es gibt nur eine Antwort auf diese Frage.« Er wandte sich an die Wesen, die vor der Treppe standen und jedem Wort, das gesprochen wurde, gespannt lauschten.

»Das Vergessen«, riefen sie im Chor.

In diesem Moment erreichte die Angst in Nick seinen Hals und ihre Finger drückten langsam zu. Er wusste nicht, wovon diese Wesen sprachen, doch er ahnte, dass er sich in ernster Gefahr befand.

Stille breitete sich in dem riesigen Saal aus. Die Wesen um Nick herum wichen zurück und es wurde plötzlich heller. Nicks Blick fiel auf eine der Wände. Er erkannte, dass sie voller Türen war. Nicht nur am Fuß der Wand. Vielmehr führten Treppen an der Wand entlang zu weiteren Eingängen. Es waren Hunderte, womöglich Tausende. Mehr als Nick zählen konnte. Und sie sahen alle gleich aus.

Alle, bis auf eine. Sie war direkt vor der Wand in den Boden eingelassen. Eine Falltür. Etwas Gefährliches ging von ihr aus. Alle Augenpaare waren auf sie gerichtet.

Unwillkürlich versuchte Nick einen Schritt zurückzugehen, doch die beiden Ritter hielten ihn fest gepackt.

Der Traummeister sah Nick ernst an. »Wir lassen es nicht zu, dass du unsere Herrin weiter bestiehlst. Die Träumerin wird dich vergessen. Für immer. Ganz und gar.«

»Was ist hinter der Tür?«, flüsterte Nick ängstlich.

»Das Ende jedes Gedankens. Nichts, was durch diese Tür gelangt ist, kam je wieder.«

Nick stemmte sich vergeblich gegen den Griff der Ritter.

»Werft ihn hinein!«, sagte die kleine Gestalt.

Nicht mehr an ihn erinnern? Erst jetzt begriff Nick, dass er sich in Lebensgefahr befand. »Nein!«, schrie er. »Nein, das dürft ihr nicht tun. Ich habe nicht gelogen. Ich will zu Henriette.«

Er wand sich und kämpfte, doch die Ritter schleiften ihn ohne Gnade zu der Falltür, dem Traummeister hinterher. Nick lief es kalt den Rücken hinunter. Was geschah, wenn Henriette ihn einfach vergaß? Wäre er dann ... weg? Würde sein Körper, der in diesem Moment im Bett schlief, ebenfalls verschwinden? Oder würde dort nur eine leere Hülle liegen, die nie mehr erwachte, weil ihr Geist vergessen worden war?

»Ritter!«, rief der Traummeister. »Öffnet die Tür.«

Mit schreckgeweiteten Augen sah Nick, wie einer der doppelten Ritter ihn losließ, auf die Falltür zuging und sie hochzog. Obwohl das Gesicht unter einem Visier verborgen war, merkte Nick, dass auch der Ritter Angst hatte.

Die offene Tür lag vor ihm.

Dort war ... Leere.

Nichts.

Die Wesen, die sich hinter Nick versammelt hatten, stöhnten erschrocken auf. »Schrecklich«, sagte eines von ihnen und fiel in Ohnmacht.

»Werft ihn hinab«, sagte die kleine Gestalt neben Nick und wandte sich ab, als würde der Anblick des Vergessens seinen Augen Schmerzen bereiten.

Der Ritter, der die Tür geöffnet hatte, kam zurück und packte Nick wieder am Arm.

»Nein, nein!«, schrie Nick. Noch nie in seinem Leben hatte er eine solche Angst verspürt. Tränen schossen ihm in die Augen. Er wollte nach Hause. Die Ritter aber hielten ihn fest umklammert. Unerbittlich schoben sie ihn auf das Loch unter der Falltür zu.

Nick kniff die Augen zu. Er wollte nicht sehen, was vor ihm war.

»Die Träumerin«, erklang mit einem Mal eine leise Stimme. Sie kam von hinten, irgendwo aus dem Pulk der Wesen, die sich versammelt hatten, um Zeuge von Nicks Ende zu werden. Sofort breitete sich lautes Gemurmel in dem Saal aus. Die beiden Ritter hielten verwirrt inne. Sie drehten ihre Köpfe zum Traummeister, der ebenso ratlos wirkte wie sie selbst.

»Haltet ihn fest«, befahl er und wandte sich mit einem wütenden Schnauben um. »Wenn das ein Scherz ist«, begann er und ging mit zackigen, kleinen Schritten durch die Menge, »dann wird es ordentlich … Oh!« Der Traummeister blieb wie erstarrt stehen.

Eine Gasse hatte sich in der Menge gebildet. Der Traummeister stand dort wie angewurzelt und starrte nach vorne. Das Gemurmel war einer angespannten Stille gewichen.

Und dann erkannte Nick seine Schwester. Sie ging mit langsamen, unsicheren Schritten durch die Menge. Hauptmann Prolapsus folgte ihr. Noch nie war Nick glücklicher gewesen, Henriette zu sehen. Die Ritter hielten ihn noch immer gepackt, doch auch sie waren wie erstarrt.

Henriette ging weiter und weiter. Bis sie an das Ende der Menge gelangt war. Dann blieb sie stehen. Ihre Augen waren geschlossen.

»Henriette!«, schrie Nick.

Ein ärgerliches Gemurmel erhob sich unter den Wesen. Als würden Tausende und Abertausende wütende Bienen die Luft erfüllen.

Nick ließ sich davon nicht beeindrucken. »Henriette!«, rief er noch einmal flehentlich. Die Angst erstickte seine Stimme beinahe.

Und Henriette öffnete die Augen.

Als wäre sie aus einem Traum geweckt worden, blinzelte Nicks Schwester. Erstaunt sah sie sich um. Mit offenem Mund musterte sie die Gestalten um sie herum.

Der Traummeister schlug sich die Hände vor den Mund. »Sie ist … erwacht.« Die Worte hatte er nur geflüstert. Wie ein leichter Windhauch lagen sie in der Luft und wurden von den Wesen im Saal weitergetragen.

»Die Träumerin ist erwacht.« Von überallher kamen die Worte nun.

Henriette blickte sich erstaunt um. Als Letztes fiel ihr Blick auf den Boden. Nick hatte versucht, sich loszureißen, und die beiden Ritter hatten sich daraufhin auf ihn geworfen.

»Äh«, sagte sie, und noch ehe sie ein Wort sagen konnte, riefen die Wesen vor ihr »Äh«, wie im Chor.

»Sie hat ›Äh‹ gesagt. Hat man jemals ein schöneres Wort gehört?«, sagte eines der Wesen zum anderen.

»Nein«, kam die Antwort. »Nie!« Einige der Wesen fielen in Ohnmacht, doch keiner kümmerte sich um sie.

Henriette starrte in die Menge, als könne sie nicht glauben, was gerade geschah. Dann sah sie wieder auf ihren Bruder hinab, der noch immer auf dem Boden festgehalten wurde. »Nick? Was tust du denn da? Und was ist das hier für ein Ort?«

Unter dem Knäuel aus Rittern drang nur ein dumpfes Stöhnen hervor. An Nicks Stelle antwortete der Traummeister. Die kleine Gestalt vor Henriette straffte sich, was sie jedoch kaum größer werden ließ. »Das, edle Träumerin«, sagte sie, »ist der große Saal Eures Traumkabinetts.«

Der Traummeister nahm die Hand der staunenden Henriette, die sich widerstandslos zu der Treppe mit dem Podest führen ließ. Die beiden Ritter rappelten sich auf. Sie sahen einander an, zuckten mit den Schultern und nahmen Nick kurzerhand mit sich, als sie Henriette und dem Traummeister folgten. Hauptmann Prolapsus blieb einige Augenblicke unschlüssig stehen, dann schloss er die Falltür und machte sich ebenfalls auf den Weg zum Thron.

Am Fuße der Treppe, die hinauf zu der Hängematte führte, blieb der Traummeister mit Henriette stehen. Die Wesen um sie herum sprachen aufgeregt durcheinander.

»Seid still!«, rief der Traummeister. »Oder ich werfe euch alle dem nächsten Alb vor.« Sofort ebbte das Gemurmel ab.

Der Traummeister deutete mit seinem langen Stab auf die Hängematte. »Dies, meine Herrin, ist euer Thron.«

»Mein Thron?« Henriette sah fragend zu der Hängematte hoch. Sie sah genauso aus wie die, die Henriettes Vater ihr einmal im Garten zwischen zwei knorrigen Apfelbäumen aufgehängt hatte. Es war ihr Lieblingsplatz, an dem sie die besten Tagträume hatte.

Henriette wandte sich Nick zu, der noch immer im Griff der beiden Ritter war. Plötzlich schlug sie sich die Hand vor den Mund. »Das ist ja der doppelte Ritter!«, rief sie.

Die beiden Ritter ließen Nick verblüfft los.

»Die Herrin hat unseren Namen gesagt.«

»… Namen gesagt.«

Nick nutzte die Gelegenheit und lief zu Henriette.

»Der doppelte Ritter«, sagte Henriette ungläubig. »Und das dort ist ja Hauptmann Prolapsus, der immer sein eigenes Pony trägt. Also träume ich. Aber ich fühle mich so wach. Ist das ein Traum?«

»Ich hoffe es sehr«, sagte Nick. »Denn, wenn das hier die Wirklichkeit ist, drehe ich durch. Sieh dir mal diese Gestalten dort an. Sie sind aus Nebel oder so. Weißt du, was sie sind?«

Henriette sah zu den Wesen, die ihren Blick starr vor Ehrfurcht nach vorn gerichtet hielten. »Ich habe sie noch nie gesehen«, murmelte sie.

»Das stimmt, Eure Hoheit«, sagte der Traummeister. »Und doch sind sie Euch schon oft begegnet. In Euren Träumen.

Habt Ihr Euch schon einmal gefragt, aus welchem Stoff Eure Träume sind?«

Henriette runzelte die Stirn. »Aus welchem Stoff? Nein, natürlich nicht. Sie sind doch in meinem Kopf, oder?«

»Sicher sind sie das. Eure Träume stammen alle aus Eurem Kopf. Sie sind eine wilde Mischung von Erinnerungen, Ängsten und Hoffnungen. Doch damit die Bilder entstehen können, braucht Ihr die Hulmi.«

»Was sind Hulmi?« Henriette ging einige langsame Schritte auf die Wesen zu, die ihr am nächsten waren.

»Die Hulmi, ergebenste Träumerin, sind der Stoff, aus dem Eure Träume sind. Eure Träume, die stets und immer vortrefflich sind.«

»Aha.« Henriette klopfte dem Traummeister geistesabwesend auf die Schulter, woraufhin die kleine Gestalt verzückt seufzte.

Nick erwartete jeden Moment, dass der Traummeister vor Aufregung in Ohnmacht fallen würde.

»Die Hulmi«, fuhr der Traummeister fort, »nehmen in Euren Träumen all die Gestalten an, die ich für den jeweiligen Traum ausgesucht habe.«

»Du suchst meine Träume aus?«, fragte Henriette überrascht.

»Ja, das ist meine Aufgabe«, antwortete der Traummeister und schwoll an vor Stolz. Dann aber sah er sie unsicher an. »Sie gefallen Euch doch, oder?«

»Sie sind hervorragend.« Henriette lächelte. »Jedenfalls,

wenn ich mich an sie erinnern kann«, fügte sie ein wenig traurig hinzu.

»Dann ist es gut«, sagte der Traummeister. »Ich gehe durch die Türen«, er deutete auf die Wände, die so übersät von ihnen waren, dass kaum das Mauerwerk zu erkennen war, »und steige hinab in Euren Kopf, meine ehrenwerte Traumfürstin. Ich suche nach den Gedanken und Erinnerungen, die unbedingt geträumt werden sollten, und nach denen, die unbedingt geträumt werden müssen.«

»Und du wählst diese Erinnerungen und Gedanken aus?«, fragte Henriette und fasste sich prüfend an den Kopf.

Der Traummeister nickte. »Ich darf Euch sagen, meine hochgeschätzte Kaiserin, dass Eure Träume die besten sind, die ich je gesehen habe.«

»Hast du denn je andere gesehen?«, fragte Nick bissig.

»Natürlich nicht«, sagte der Traummeister kühl. »Ich bin der Traummeister unserer Herrin. Ich habe kein Verlangen, in andere Köpfe zu blicken.«

»Und für meine Träume brauche ich sie?« Henriette deutete auf die Hulmis.

»So ist es. Sie werden zu den Figuren Eurer Träume. Die meisten kommen nur einige wenige Male vor. Die Hulmi verlieren dann bald wieder ihre Gestalt und werden zu dem, was Ihr jetzt vor Euch seht, höchstunübertreffliche Gebieterin. Einige wenige aber haben das Glück, immer wieder in euren Träumen vorzukommen.«

»So wie der doppelte Ritter.« Henriette trat vor einen der

Hulmis. Vorsichtig hob sie eine Hand und berührte die Wange des Traumwesens. Der Hulmi legte sein Gesicht in Henriettes Hand, ganz so wie ein Hund seinen Kopf auf den Schoß seines Herrn.

»So ist es, meine träumende Fürstin. Wir haben diesen Tag so sehr erwartet und insgeheim befürchtet, dass er vielleicht nie kommen würde.« Die Stimme des Traummeisters überschlug sich. »Doch nun ist er endlich da.«

»Welchen Tag?«, fragte Henriette und zog vorsichtig ihre Hand zurück.

»Der Tag, an dem Ihr schlafend erwacht, meine träumende Imperatorin.«

Henriette runzelte die Stirn und sah Nick fragend an. Ihr Bruder zuckte bloß mit den Schultern. »Schlafend erwacht? Wie soll das gehen? Schlafe ich oder bin ich wach?«

Der Traummeister lächelte nachsichtig. »Euer Körper schläft. Doch Euer Geist ist wach. Aber es ist kein Traum, weil Eure Träume noch nicht begonnen haben. In der Nacht, wenn sich die Welt mit Dunkelheit und Schlaf füllt, werden die Geister der Menschen frei. In ihren Träumen gehen sie auf die Reise und erleben Abenteuer. Doch die meisten können die Welt hinter den Träumen«, er machte eine Bewegung, die das Traumkabinett einschloss, »nicht wahrnehmen. So wart Ihr bisher auch. Jede Nacht seid Ihr hierhergekommen, schlafwandelnd und ohne freien Willen. Ihr konntet Euren Thron nicht aus eigener Kraft besteigen, sondern musstet geführt werden. Einige wenige Träumer jedoch erwachen, so wie Ihr heute. Sie kommen mit offenen Augen in ihr Traumkabinett. Sie betreten es, besteigen ihren Thron ohne Hilfe und geben ihrem Traummeister und den Hulmi Befehle. Ihre Wünsche werden wahr. Sie sind Wunschträumer.«

»Wunschträumer?«

»Wunschträumer können alles erleben. Alles. Versteht Ihr, Herrin? Was ist Euer größter Wunschtraum?«

Henriette blinzelte überrascht über diese Frage. »Mein größter Wunschtraum?« Sie überlegte. Was hatte sie schon immer träumen wollen? Ferne Orte, aufregende Abenteuer?

»Ich möchte fliegen können.« Sie hatte geflüstert, aus Angst, der Traummeister oder die Hulmi könnten lachen. Doch die Traumwesen sahen sie nur ehrfürchtig an.

»Der größte aller Träume«, sagte die kleine Gestalt vor Henriette. »Aber auch der schwierigste. Fliegen. Viele Träumende sind an dieser Aufgabe gescheitert. Sie schlafen mit der Hoffnung ein, die Fesseln der Erde in ihren Träumen abstreifen zu können, doch fast alle bleiben wie Steine am Boden. Eine wahrhaft mächtige Wunschträumerin aber kann sich sogar diesen Wunsch erfüllen. Sie selbst lässt ihn wahr werden.«

»Und ich bin so eine … Wunschträumerin?«

Der Traummeister schüttelte den Kopf. »Noch nicht, meine Herrin. Ihr habt den ersten Schritt gemacht. Nicht mehr, aber auch nicht weniger. Ihr habt die Augen geöffnet. Nun müsst Ihr lernen zu sehen.« Der Traummeister klopfte Nick auf die Schulter. »Gut gemacht.«

»Was habe ich gut gemacht?«, fragte Nick überrascht. »Gerade eben noch wolltet ihr mich umbringen.«

»Ach«, der Traummeister machte eine Bewegung, als wollte er den Vorwurf verscheuchen wie ein lästiges Insekt. »Da haben wir noch nicht gewusst, dass du wirklich der Bruder der Träumerin bist. Aber du hast die Herrin geweckt. Ich weiß nicht, wie du es angestellt hast. Wirklich seltsam, das alles. Aber sie ist wach. Danke!«

»Bitte«, murmelte Nick.

Henriette räusperte sich. »Ich würde gerne lernen, wie man Wünsche träumt«, sagte sie, »doch ich habe einen anderen Wunsch. Ein Dieb stiehlt meine Träume. Und ich weiß nicht, was ich dagegen tun kann.«

Der Traummeister trat vor sie, nahm ihre Hand und fiel auf die Knie. »Wir haben bereits versucht, ihn zu fangen. Vergeblich. Er ist schlau und gerissen. Doch mit Eurem Talent, Herrin, kann es gelingen, ihn zu fangen. Lernt Eure Wünsche zu träumen. Wir werden es Euch lehren. Und dann …«, ein Ausdruck huschte über sein Gesicht, den Nick bei einem Löwen erwarten würde, dem man ein blutiges Stück Fleisch hinhielt, »… werden wir ihm einen Traum bieten, an dem er sich verschlucken wird.«

Der Traummeister erhob sich wieder und klatschte in die Hände. »Aber jetzt ist erst einmal Zeit für die Träume dieser Nacht. Setzt Euch, meine Gebieterin. Nehmt zusammen mit Eurem Bruder Platz auf Eurem Thron.« Er deutete auf die Hängematte.

Henriette ging die Stufen zu ihrem Thron empor und setzte sich auf die schaukelnde Matte. Ihr Herz schlug vor Aufregung fest in ihrer Brust. Ihre Augen wanderten unruhig hin und her, während sich Nick neben sie setzte. »Das war dumm und leichtsinnig von dir. Du hättest nicht herkommen dürfen. Herr Anobium hatte uns gewarnt.«

Nick wollte etwas zu seiner Verteidigung vorbringen, aber Henriette redete einfach weiter. »Trotzdem ist es toll, dass du da bist. Vielen Dank. Wirklich. Ohne dich wäre ich hier echt allein.«

»Das ist schon in Ordnung«, sagte Nick überrascht. Dass Henriette ihm danken würde, hatte er nicht erwartet. Er warf einen Blick in den Saal des Traumkabinetts, in dem sich die Hulmis eng aneinanderdrängten. »Aber alleine wärst du auch ohne mich nicht, denke ich.«

Die Hulmis tuschelten miteinander.

»Seid still!«, rief der Traummeister mit tiefer und durchdringender Stimme. Missbilligend ließ er seinen Blick über die nebelhaften Wesen wandern. Dann wandte er sich Henriette und Nick zu und schwang seinen Stab wie ein Zauberer. Dabei deutete er auf das Tor, das gegenüber von Henriettes Hängematte lag und durch das Nick den Saal des Traumkabinetts betreten hatte. »Haltet euch fest! Schnallt euch an! Erlebt nun die großartigen Träume der begabtesten Träumerin, die die Welt je gesehen hat. Erlebt Henriettes Träume!«

IN BADRAS ZELT

Das Tor schwang auf. Ein zarter Windhauch fuhr hindurch und verteilte sich überall, in jedem Winkel des Raums. Er war warm und der Duft von heißem Sand lag in ihm. Henriette starrte gebannt auf das Tor. Dem Windhauch folgte erst die Hitze und dann der Sand. Die Körner verstreuten sich überall auf dem Boden. Sie bildeten eine feine Schicht nach der anderen. Dünen entstanden. Berge aus Sand und tiefe Täler. Dann brachte der Wind den Himmel. Strahlend blau spannte er sich über Henriettes Kopf. Eine glühend heiße Sonne brach aus ihm hervor. Die Hulmis, die nun knietief im Sand steckten, lachten. Der Traummeister tippte einige von ihnen an. Während die, die er berührt hatte, fortgingen, wurden die anderen vom Windhauch erfasst und lösten sich auf wie Frühnebelschwaden.

»Keine Sorge«, rief der Traummeister Henriette zu, die fürchtete, den Traumwesen würde ein Leid zugefügt. »Sie werden hier in diesem Traum nicht gebraucht. Aber ihnen geht es gut, auch wenn sie ihre Gestalt verlieren. Und die, die fortgehen, kehren in veränderter Form zurück. Ihr braucht sie unbedingt in diesem Traum.«

Henriette wollte fragen, was dies für ein Traum werden würde, doch noch ehe sie einen Laut herausbekommen konnte, veränderte sich noch etwas. Henriette und Nick tauchten in den Traum hinab. Henriette hatte das Gefühl, als würde sie eine steile Wasserrutsche hinabrasen. Sie schrie unwillkürlich auf.

»Wow!«, entfuhr es Nick anerkennend, während er auf dem Stuhl umherrutschte, auf dem er plötzlich saß. Er sah Henriette neben sich. Sie saßen beide ganz vorne in einem Bus, den Nick als ihren Schulbus erkannte. Henriette hielt das Lenkrad in den Händen. Sie fuhren kaum schneller, als Oma Mathilda laufen konnte. Doch der Bus ruckelte und schaukelte bei jeder Düne, die sie überquerten, als würden sie mit voller Geschwindigkeit über sie hinwegrasen. Vor ihnen erhob sich eine besonders große Düne. Die beiden Zwillinge stießen hart gegeneinander, als der Bus über ihren Kamm hüpfte.

»Au!«, rief Nick und sah Henriette ärgerlich an. »Pass auf!«

»Steig aus, wenn es dir nicht gefällt«, sagte Henriette, ohne den Blick von der Strecke zu lassen. Genau genommen gab es jedoch keine Strecke. Sie waren nur von Sand umgeben. Hier gab es keine Straßen, keine Bäume und kein Haus. Hier gab es einfach gar nichts.

»Was machen wir überhaupt?« Nick sah sich um. »Wieso fahren wir in unserem Schulbus durch die Wüste? Träumst du so etwas öfter?«

»Nein.« Die Antwort hatte jemand gegeben, der sich einige Reihen hinter ihnen befand. Nick drehte sich erschrocken um und entdeckte hinter einer der Sitzreihen ein Paar Füße, die in den Gang hineinragten. Ansonsten war niemand in dem Bus.

»Hast du das gehört?«, fragte Nick leise.

Henriette nickte. »Komm, sieh nach, wer das ist.«

»Bist du bescheuert? Wer weiß, wer das ist.«

Henriette drehte den Kopf und warf Nick einen strengen Blick zu. »Genau das möchte ich gerne wissen! Wer soll es schon sein? Das hier ist mein Traum. Hier kann es wohl kaum etwas Gefährliches geben.«

Nick öffnete den Mund und schloss ihn dann wieder, ohne dass ein Wort aus ihm hervorgekommen wäre. Er sah noch einmal zu den Schuhen, die im Takt des ruckelnden Busses wippten. Gut, wirklich gefährlich sehen sie nicht aus, dachte er. Doch während er zu der Gestalt hinüberging, war er sehr vorsichtig. Zu seiner Überraschung erkannte er den Busfahrer, der sie sonst immer mit dem Bus zur Schule fuhr, auf einer Sitzbank liegen. Der Mann schien zu schlafen. Er hatte einen Arm über das Gesicht gelegt. Seine Brust hob und senkte sich ruhig und regelmäßig. Nick schaute unschlüssig zu Henriette hinüber.

»Mach nicht so ein Gesicht«, sagte der Busfahrer. Nick fragte sich, wie der Busfahrer seine Miene hatte erkennen können. Den Arm hatte er nicht vom Gesicht genommen.

»Wer ... wer ...?«, wollte Nick fragen.

»Der Busfahrer«, kam die Antwort unter dem Arm hervor.

»Aber ...«

»Ist ein Traum.«

»Ach so.«

»Na, siehst du. Alles klar so weit?«

»Nein. Überhaupt nicht«, meinte Nick. »Was ist hier los?«

Der Busfahrer lachte. »Es ist ein Traum. Das ist hier los. Noch nie geträumt?«

»Doch«, sagte Nick, der sich anstrengte, möglichst gelassen zu klingen. »Aber es ist der erste Traum, den Henriette und ich gemeinsam träumen.«

Der Busfahrer nahm den Arm vom Gesicht und setzte sich gähnend auf. Er reckte sich wie nach einem langen Schlaf und sah aus dem Fenster. Die Wüste draußen zog unbeirrt an ihnen vorbei. Ein uferloses Meer aus Sand. Der Busfahrer stand auf und zog eine übergroße Taschenuhr aus der Jacke. Er sah auf das Zifferblatt und nickte. »Es ist Zeit«, murmelte er. Er drückte ein Haltesignal neben sich. Augenblicklich stoppte der Bus.

»Was ist los?«, rief Henriette hinter dem Steuer. »Der Bus ist auf einmal ausgegangen.«

»Ihr seid angekommen.« Der Busfahrer deutete auf einen Punkt hinter einer nahen Düne.

Nick kniff die Augen zusammen. »Ich kann aber nichts erkennen.«

Ohne ihm eine Antwort zu geben, ging der Busfahrer nach vorne, öffnete die Fahrertür und deutete nach draußen. »Endhaltestelle.«

»Wie kommen wir wieder zurück?«, fragte Henriette und musterte den Busfahrer misstrauisch.

»Das kommt darauf an, wo zurück ist und wann ihr da hinwollt.« Er hielt die Uhr hoch. Henriette sah, dass sie keinen Zeiger mehr besaß. Sie stand langsam auf und ging die beiden Treppenstufen hinab, die aus dem Bus führten. Nick folgte ihr. Als sie draußen waren, setzte sich der Busfahrer hinter das Steuer und drückte einen Knopf. Die Türen schlossen sich schnaufend, dann fuhr der Bus los und verschwand mit einem lauten Klappern hinter einer Düne.

»Die großartigen Träume der begabtesten Träumerin, die die Welt je gesehen hat?« Nick schüttelte den Kopf.

»Das habe nicht ich gesagt«, erwiderte Henriette. »Der Busfahrer hat doch dorthin gedeutet«, wechselte sie rasch das Thema und zeigte auf die nahe Düne.

»Was soll dort schon sein?«

Henriette zuckte mit den Schultern. »Komm, wir finden es heraus.«

Hinter der Düne entdeckten sie ein einzelnes Zelt. Es war klein und schmal. Gerade groß genug für ein oder zwei Menschen. Strahlend weiß leuchtete es in der Sonne. Außer dem Zelt gab es jedoch scheinbar nichts.

»Das gefällt mir nicht«, sagte Nick und sah sich misstrauisch um.

In Henriettes Augen aber glitzerte es. »Das ist doch einfach unglaublich. Es ist alles so … echt. Ich fühle die Sonne, als sei sie wirklich da.«

»Ja, es ist richtig heiß«, gab Nick zu und wischte sich den Schweiß von der Stirn, der ihn in die Augen biss.

»Und ich fühle den Sand unter meinen Füßen. Es ist so, als

wäre er echt. Dabei ist er das nicht. Und das alles existiert in meinem Kopf.«

»Ja, das ist ja ganz toll. Aber obwohl das hier alles in deinem Kopf passiert, weißt du nicht, was in dem Zelt ist.«

»Du bist ein Angsthase.«

»Ich?« Nick sah seine Schwester entrüstet an. Und ohne ein weiteres Wort ging er auf das Zelt zu. Seine Hand zitterte zwar ein wenig vor Aufregung, aber es gelang ihm dennoch, den Eingang des Zelts einigermaßen würdevoll und kühn zu öffnen.

Henriette folgte ihm. Zu ihren Füßen fanden sie einen bunten, fein verzierten Teppich, sonst nichts. Es war heiß und stickig. Die Luft roch alt und abgestanden.

»Hier ist niemand«, sagte Henriette. Ihre Worte klangen dumpf. Tatsächlich war das Zelt vollkommen leer. Es gab nur den Eingang, durch den sie gekommen waren, und ihm gegenüber einen Ausgang.

»Warum träumst du nicht vom Meer?«, meinte Nick, dem der Schweiß immer stärker von der Stirn tropfte. Er ging auf den Ausgang zu und verließ das Zelt. Henriette blieb noch einen Moment, dann wandte sie sich wieder zum Eingang und trat ebenfalls nach draußen. Ein leichter Wind wehte ihr um die Nase und erfrischte sie.

»Was sollen wir jetzt machen, Nick?«, fragte sie und sah über die endlosen Dünenketten in die Ferne.

Es kam keine Antwort.

»Nick?«, fragte Henriette noch einmal.

Wieder erhielt sie keine Antwort. Henriette runzelte die Stirn. Warum hörte Nick sie nicht? Sie ging um das Zelt herum. Auf der Rückseite blieb sie stehen. Der Ausgang, durch den Nick gegangen war, fehlte. Ebenso wie Nick.

Nick konnte doch nicht verschwunden sein. Henriette sah sich unbehaglich um. Mit einem Mal hatte sie das Gefühl, beobachtet zu werden. Sie drehte sich hastig um, konnte aber nichts Verdächtiges entdecken. Mit einem mulmigen Gefühl wandte sie sich dem Zelt zu. Hier war niemand.

Ihr Magen verkrampfte sich. Sie musste zuallererst Nick finden. Dann konnte sie sich darum kümmern, ob sie wirklich beobachtet wurde oder ob sie sich das nur einbildete.

Kurz entschlossen ging sie zurück zum Eingang des Zelts. Sie trat hindurch und sah wieder den Ausgang, durch den Nick verschwunden war. Seltsam, dachte sie. Vorsichtig schob sie den Zeltstoff zur Seite. Dahinter war es dunkel. Ein eigentümlicher Duft schlug ihr entgegen. Das war wirklich verrückt. Dort hätte eigentlich die Wüste sein müssen. Sie zögerte, dann machte sie einen vorsichtigen Schritt nach vorne. Plötzlich packte sie eine Hand am Arm und zog sie durch den Ausgang. Henriette schrie auf.

Etwa fünfzig Menschen drehten den Kopf in ihre Richtung. Es war Nicks Hand, die sie festhielt. Henriette sah ihn verblüfft an. Dann blickte sie sich hastig um. Sie waren nicht in der Wüste, stattdessen befanden sie sich in einem weiteren Zelt. Anders als das kleine Vorzelt war es riesig. Helles Licht fiel durch den bunten Deckenstoff. Kleine Springbrunnen säumten die Zeltränder. Zwischen ihnen waren bunte Sitzkissen ausgelegt, auf denen Männer und Frauen in orientalischen Gewändern saßen. Es gab eine Vielzahl kleiner Tische mit Schüsseln voller klebriger Süßigkeiten. Kleine Rollen, die Pistazien auf dem Rücken trugen, oder Plätzchen, die wie ein Sichelmond geformt und mit so viel Puderzucker bestäubt waren, dass sie weiß wie Schnee schimmerten. Einige der Menschen rauchten Wasserpfeife oder tranken Tee, der in silbernen Kannen dampfte. Ein feines Vanillearoma lag in der Luft.

Fremdartige Gesichter mit dunklen Augen musterten Henriette und Nick. Doch schon nach wenigen Augenblicken verloren die Leute um sie herum das Interesse an den Zwillingen und vertieften sich wieder in ihre Gespräche. Bald schon war das Zelt in ein lautes Gemurmel getaucht. Von irgendwoher setzte eine leise Musik ein.

»Du musst unbedingt eines der Gazellenhörnchen probieren«, meinte Nick aufgeregt und zeigte auf die zuckerbestäubten Süßigkeiten.

»Gazellenhörnchen? Himmel! Was ist hier los?«, fragte Henriette und riss ihre Hand los.

Nick deutete auf ein Sitzkissen vor ihr. Widerstrebend setzte sich Henriette.

»Keine Ahnung«, antwortete Nick. »Aber du wirst auf jeden Fall besser im Träumen. Du hast sogar ein Kamel hier reingebracht.« Nick deutete auf das Tier, das sich am anderen Ende des Zelts gelangweilt umsah.

»Das da habe wohl kaum ich mir einfallen lassen«, zischte Henriette.

»Oh doch, das hast du«, sagte ein älterer Mann, der mit einem messingfarbenen Tablett auf sie zukam. Er nahm zwei Gläser mit dampfendem Minztee herunter und stellte sie auf das kleine Tischchen vor Henriette. Dann zog er sich selbst ein Kissen und eine Wasserpfeife heran. Er trug ein blau-schwarzes Gewand und um den Kopf ein schwarzes Tuch, das gerade seine Augen freiließ. Er schob es zur Seite und darunter kam ein braun gebranntes Gesicht zum Vorschein mit mehr Falten als ein überreifer Pfirsich. Der Alte schenkte ihnen ein schneeweißes Lächeln. Dann zog er an der Wasser-pfeife, sodass die Flüssigkeit in der bunten Glasflasche wild blubberte, und deutete auf die Süßigkeiten. »Gazellenhörn-chen? Oder lieber ein in Honig getränktes …«

»Wer bist du?«, unterbrach Henriette den Mann.

Wenn er sich darüber ärgerte, so zeigte er es nicht.

»Er heißt Badra«, antwortete Nick und schob sich eines der sichelförmigen Plätzchen in den Mund. »Er ist ein Be-duine und der Besitzer dieses Zelts.«

»Na ja, Besitzer ist vielleicht ein wenig zu viel gesagt. Ich passe hier auf.«

Henriette musterte den Mann. »Ich habe mir weder ihn noch das hier ausgedacht.«

Badra lächelte. »Oh doch, das hast du, meine Teuerste.« Wollte der Mann sich über sie lustig machen? Doch Henriet-te erkannte in dem Gesicht des Mannes keine Spur von Spott.

»Du weißt, wer ich bin?«

Badra nickte ernst. »Die Träumerin.«

»Und du bist wirklich sicher, dass mir das hier eingefallen ist?«

»Ich weiß es. Es ist dein Traum. Dein Kopf hat dies alles erschaffen.«

»Aber ich war doch nie in der Wüste. Woher sollte ich denn wissen, wie es hier aussehen muss?«

Badra zuckte mit den Schultern. Er sah wirklich alt aus. Bestimmt war er mindestens sechzig Jahre. »Träumer wissen nicht immer, woher die Bilder kommen, von denen sie träumen. Vielleicht hast du einmal etwas vorgelesen bekommen, das in einem solchen Zelt oder in der Wüste spielte.«

Henriette sah sich um und dachte dabei an den Abend im Buchladen. Sie erinnerte sich an die Stimme von Herrn Anobium, die ihr von einem Ort wie diesem hier berichtet hatte. »Das könnte sein. Seit wann gibt es das Zelt? Erst seit dieser Nacht?«

»Nein.« Badra lachte und nahm noch einen Zug aus der Wasserpfeife. »Schon seit einer Ewigkeit.« Er bemerkte Henriettes Gesichtsausdruck. »Gut, wenn du es so besser verstehst: Seit einigen Minuten eine Ewigkeit. Das mit der Zeit ist so eine Sache in Träumen. Sie macht ganz einfach, was sie will. Vergeht gar nicht oder viel schneller, als sie sollte. Wirklich lästig.«

»Und was tun wir hier?« Henriette sah ihren Bruder fragend an.

94

»Was Träumer immer in Träumen tun. Sie erleben.« Badra lachte schon wieder. »Genießt die Zeit, die ihr hier habt. Sie wird wahrscheinlich schneller vorbei sein, als ihr wollt.«

»Er hat recht«, meinte Nick und zog sich selbst eine Wasserpfeife heran. Badra schüttelte den Kopf.

»Was ist?«, fragte Nick ärgerlich.

»Henriettes Traum. Henriettes Regeln«, antwortete der Beduine. »Deine Schwester würde nie erlauben, dass du in ihrem Traum rauchst.«

Nick sah Henriette säuerlich an.

»Das hier gefällt mir«, sagte sie und grinste.

Sie saßen eine ganze Weile beisammen und unterhielten sich. Badra erzählte ihnen von seinen Abenteuern in der Wüste. Es waren spannende Geschichten und Henriette konnte kaum glauben, dass sie sich all das ausdachte, während es geschah. Ihr wurde schwindlig, als sie sich vorzustellen versuchte, dass sie gerade in ihrem eigenen Kopf saß und ein Glas Tee trank.

Badra schien zu erahnen, was sie dachte. »Es muss seltsam sein, seinen ersten wachen Traum zu erleben.«

»Du weißt, dass ich eine Wunschträumerin bin?«

»Eine Wunschträumerin *wirst*«, verbesserte Badra. »Sicher weiß ich das. Alle reden davon.«

Nick strich mit den Fingern über das Muster aus glänzenden Perlmuttsteinen, die den Tisch zierten. »Das ist alles so echt hier«, sagte er erstaunt.

»Das ist auch der Traum einer angehenden Wunschträumerin. Und er ist so echt, als wäre er die Wirklichkeit selbst.«

Badra klatschte in die Hände und einen Moment später erschien ein Junge. Er hielt einen Teller voller Süßigkeiten aus Blätterteig und Nüssen in der Hand.

»Das ist Habib, mein Sohn«, erklärte Badra und erhob sich geschmeidig von seinem Sitzkissen. »Er wird deinem Bruder Gesellschaft leisten, während ich dir alles zeige.«

Der Junge, der kaum älter als fünfzehn Jahre sein konnte, stellte den Teller auf dem Tisch ab. Sein Haar war so dunkel wie die tiefste Nacht und seine Augen waren so braun wie Kakaobohnen. Der Junge lächelte Nick und Henriette an. »Es freut mich, dich kennenzulernen, Herrin«, sagte er.

»Herriet… ich meine, Henriette. Ich heiße Henriette.« Sie räusperte sich ungewohnt nervös.

»Ich weiß.« Der Junge lachte.

»Habib, vielleicht möchte der Bruder unserer Herrin auf dem Kamel eine Runde durch das Zelt drehen«, sagte Badra und deutete auf das Tier.

»Auf Dédé? Wenn du meinst, Vater. Sollen wir?«

Nick grinste. »Auf jeden Fall. Wie schnell kann es denn laufen?«

Henriette tippte ihren Bruder auf die Schulter. »Sei schön vorsichtig«, ermahnte sie ihn. »Das hier ist mein Traum. Mach keine Unordnung!«

»Ich passe schon auf, dass er keinen Unsinn macht«, sagte Habib und lächelte Henriette an. »Vielleicht möchtest du später auch einmal auf deinem Kamel reiten?«

»Vielleicht«, sagte Henriette und erhob sich nun ebenfalls.

Sie blies sich eine ihrer lästigen dunkelblonden Locken, die ihr immer wieder über die Augen fiel, aus dem Gesicht.

»Hier entlang«, sagte Badra und deutete nach rechts. Gemeinsam gingen er und Henriette durch das Zelt. Die Menschen um sie musterten sie verstohlen.

»Und die habe ich mir auch alle ausgedacht?«, fragte Henriette, während sie an den Fremden vorbeiging.

Badra nickte.

»Aber woher kommen die denn alle? Ich habe keinen von ihnen je getroffen.« Henriette sah eine wunderschöne Frau mit dunklen Augen und schwarzen Locken, die ihr zuzwinkerte.

»Du unterschätzt dich und deinen Kopf, Herrin. Es reicht, wenn du jemanden nur für den Bruchteil eines Lidschlags auf der Straße gesehen hast. Sein Bild ist dann für alle Zeit tief in deinem Kopf abgelegt. Und wenn der Traummeister es für richtig hält, dann holt er es hervor und setzt es in einen deiner Träume.«

»Dann gibt es diese Menschen alle wirklich?« Henriette ging an einem Tischchen vorbei, auf dem eine Kanne mit einer tiefschwarzen Flüssigkeit stand. Der bitterschwere Duft gewürzten Kaffees stieg ihr in die Nase.

»Nicht alle. Manche hast du dir selbst ausgedacht. Sie sind gewissermaßen mehrere Menschen, die du kennst. Aber andere sind genau so, wie du sie in der Wirklichkeit gesehen hast.«

Sie erreichten eine unscheinbare Tür, die in die Zeltwand

eingelassen war. Henriette strich mit der Hand über das dunkle Holz. Ehe sie fragen konnte, was hinter ihr lag, hatte Badra sie auch schon aufgestoßen. Ein heller Flur erstreckte sich vor ihnen. Boden und Wände waren mit Marmor und Alabaster ausgekleidet. In einiger Entfernung ragten Säulen aus dem Boden empor und trugen eine reich verzierte Decke.

»Ich will dir etwas Besonderes zeigen. Siehst du die Durchgänge?«

Erst jetzt bemerkte Henriette, dass sich in einer der Wände mehrere Türen befanden, von denen keine der anderen ähnelte.

»Wohin führen sie?«

»Jede bringt dich in einen anderen Traum. Jeden hat der Traummeister ausgewählt. Und du entscheidest, welchen du als nächsten in dieser Nacht träumen willst.«

»Ich möchte aber gar keinen anderen Traum als diesen«, sagte Henriette. Mit offenem Mund ging sie einige Schritte den Flur entlang und betrachtete die vielen unterschiedlichen Türen. Sie blieb vor einer kleinen mit einem runden Fenster stehen. »Und wenn ich die Klinke herunterdrücke und hindurchgehe? Was geschieht dann?«

»Dann endet der Traum in der Wüste und die Nacht geht für dich an einer anderen Stelle weiter.« Badra horchte an der Tür. »Ich glaube, Meer und Abenteuer warten hinter dieser.«

Henriettes Blick blieb einige Sekunden auf der Tür haften, dann ging sie weiter. Einige der Türen waren so unauffällig, dass sich Henriette kaum vorstellen konnte, dahinter einen aufregenden Traum zu finden. Dann aber kam sie zu einer Tür, die Henriette einen Schrecken versetzte. Sosehr sie sich auch anstrengte, sie konnte ihren Blick nicht von ihr abwenden. Sie schien aus der Nacht selbst herausgeschnitten worden zu sein. Das tintenschwarze Holz verschluckte alles Licht. Um den Rahmen trieben Blätter, die ebenso schwarz wie das Holz der Tür waren. Eine drückende Stille, wie man sie gelegentlich in tiefen Wäldern erlebt, breitete sich aus.

»Diese Tür wollte ich dir zeigen. Sei vorsichtig«, flüsterte Badra und legte Henriette die Hand auf die Schulter.

»Was ist dahinter?« Henriette wollte die Tür berühren, doch Badra hielt ihren Arm fest.

»Ein Albtraum.«

Henriette ging unwillkürlich einen Schritt zurück.

»Er hat von all den Träumen, die du heute Nacht erleben könntest, die meiste Kraft über dich. Du merkst es, nicht wahr? Er zieht dich an. Albträume sind schrecklich. Sie sind machtvoll. Und deshalb müssen sie geträumt werden.«

»Aber wieso?«

»Weil hinter jedem Traum eine Erinnerung, ein Gedanke oder ein Gefühl steht. Und sie haben so lange Gewalt über dich, bis du sie oft genug geträumt hast und sie verblassen.«

»Aber ich könnte doch diese Tür ganz einfach ungeöffnet lassen. Für alle Zeit.« Sosehr Henriette ihre Träume liebte, so sehr hasste sie ihre Albträume. Sie schüttelte sich. Diesen hier hasste sie besonders. Sie wusste es, ohne zu ahnen, was hinter der Tür lag. Ihr Herz schrie ihr zu, wegzugehen. Aber die Tür rief sie noch lauter zu sich.

»Das würde den Albtraum nur noch stärker machen. Ein ungeträumter Albtraum erlangt mehr Macht über dich, als du aushalten könntest. Er muss ganz einfach geträumt werden.« Die freundliche, sanfte Miene von Badra war einem ernsten Ausdruck gewichen. »Ich wollte, dass du weißt, dass es diese Tür gibt.«

Henriettes Herz schlug wild in ihrer Brust. »Woher kommt der Albtraum?«

»Aus deinen dunkelsten Erinnerungen und Gedanken, die du so weit fortgeschoben hast, dass sie beinahe vergessen sind«, sagte Badra leise. »Eines aber ist ungewöhnlich an diesem hier. Er wurde nicht vom Traummeister ausgewählt. Er ist von selbst erschienen. Er …«, Badra suchte nach den richtigen Worten, »will unbedingt geträumt werden. Ich spüre Gefahr, Herrin. Am besten sprichst du mit dem Traummeister darüber.«

Henriette sagte nichts. Es fiel ihr schwer, den Blick von der Tür abzuwenden. Der Wunsch, hindurchzugehen, wuchs mit jeder Sekunde.

»Das ist keine gewöhnliche Tür«, mahnte Badra. »Die Erinnerung dahinter ist sehr stark. Der Albtraum, den sie erschafft, ist mächtig. Es ist deine erste Nacht als Wunschträumerin. Du bist noch nicht bereit, diesen Traum zu träumen.«

»Aber ich muss wenigstens einen Blick hinter die Tür werfen«, flüsterte Henriette. Sie konnte nichts dagegen tun. Die

Tür zog sie immer stärker an. Schritt für Schritt ging sie darauf zu. Badra wollte ihr die Hand auf den Arm legen, um sie daran zu hindern, die Tür zu öffnen. Doch Henriette wehrte ihn ab. »Du darfst dich nicht gegen den Willen der Träumerin stellen.« Die Stimme aus ihrem Mund klang seltsam fremd. Sie war mit einem Mal hart und duldete keinen Widerspruch.

Badra gehorchte ihr und trat einen Schritt zurück. »Sei vorsichtig!«, flüsterte er eindringlich.

Henriettes Hand glitt langsam auf die Klinke der Tür zu. Sie zuckte zurück, als sie das Metall berührte. Die Klinke versprach ihr bittere Momente und doch konnte Henriette nicht von der Tür ablassen. Sie umfasste die Klinke erneut. Diesmal hielt sie das Metall fest umklammert, obwohl die Berührung unangenehm war. Sie hatte das Gefühl, beobachtet zu werden. Henriette legte ein Ohr an die Tür. Ein leises Murmeln drang durch das Holz. Kannte sie diese Stimmen nicht? Eine wenigstens hatte sie schon einmal gehört. Sie presste den Kopf stärker gegen die Tür. Aber das Murmeln wurde schwächer und dann hörte sie beinahe nichts mehr. Da war nur noch ein fernes Raunen und Flüstern. Wortlose Stimmen. Henriette zog mit aller Kraft an der Klinke. Dennoch konnte sie die Tür nicht bewegen. Sie ließ sie wieder los.

»Ich brauche deine Hilfe«, sagte sie und wandte sich zu Badra um.

Henriette erstarrte.

Das war nicht Badra. Sie hatte die Gestalt, der sie nun gegenüberstand, schon zweimal gesehen. Das eine Mal in dem Tagtraum bei ihrer Tante und das andere Mal in dem Buch von Herrn Anobium. Das Wesen war ganz in Schwarz gehüllt. Eine weite Kapuze verbarg das Gesicht.

Der Traumdieb.

»Gib ihn mir«, sagte die Gestalt mit einer Stimme, die Henriette wieder so bekannt vorkam. Der Traumdieb machte einen Schritt auf Henriette zu. Sie war ganz und gar unfähig sich zu bewegen. »Öffne die Tür und gib mir deinen Traum. Ich brauche ihn.«

»Nein.« Das Wort kostete Henriette unglaublich viel Mühe.

Der Traumdieb zog eine silberne Kugel unter seinem Umhang hervor. Der Traumfänger, dachte Henriette. Im nächsten Moment löste sich die Welt um sie herum auf, wie der Nebel am Morgen, wenn die Sonne aufsteigt.

»Es tut mir leid.«

Hatte sich der Traumdieb wirklich bei ihr entschuldigt? Und wieso kam ihr die Stimme nur so bekannt vor? Von weit weg hörte sie jemanden ihren Namen schreien. Dann wusste sie nichts mehr.

»Henriette! Was ist mir dir?« Nick kam den Flur entlanggerannt, der sich mit jedem Augenblick mehr auflöste. Das Kamel folgte ihm neugierig. Doch nach wenigen Schritten war es verschwunden. Nick kam schlitternd zum Stehen und fiel neben Henriette auf die Knie. Nick legte seine Hand auf Henriettes Wange. Sie fühlte sich warm an. Seine Schwester atmete ruhig und gleichmäßig. Hätte es Nick nicht besser gewusst, so hätte er geglaubt, dass Henriette schlief. Vorsichtig rüttelte er an ihr, doch sie reagierte nicht. Er sah auf. Die Wände verblassten. Auch Badra verlor seine Form.

»Der Traum der Träumerin wurde gestohlen.« Jedes seiner Worte war nur noch ein bedauerndes Flüstern.

»Und jetzt?« In Nick stieg eine kalte Angst auf. »Wird Henriette …?« Er konnte den Satz nicht beenden.

»Nein. Sie stirbt nicht. Sie erlebt nur eine weitere traumlose Nacht.« Auf Badras Gesicht erschien ein trauriges Lächeln. »Mach es gut, Träumerinbruder. Und lass dir noch etwas Zeit mit deiner ersten Pfeife.«

Und damit verging der Beduine Badra und alles andere mit ihm. Bloß Henriette und Nick blieben zurück. Im nächsten Moment fand er sich mit seiner Schwester im Saal des Traumkabinetts wieder. Henriette lag mit geschlossenen Augen in der Hängematte. Nick selbst stand, die Hände noch zu Fäusten geballt, neben ihr. Außer den beiden war nur noch der Traummeister da.

»Ich weiß es bereits«, sagte die kleine Gestalt. Ärger und Wut schwangen ebenso in seiner Stimme wie Kummer und Sorge. »Der Traum wurde gestohlen. Wenn die Träumerin erwacht, wird sie sich wieder an nichts erinnern können.«

DIE ERSTE LEKTION

Und so war es auch. Der nächste Morgen brachte Henriette nichts als das quälende Gefühl, dass ihr etwas Wertvolles gestohlen worden war. Sie saß auf ihrem Bett, noch nicht ganz wach, und starrte missmutig aus dem Fenster.

Der Regen hatte den Herbst aus der Welt gewaschen und dem Winter Platz gemacht. Es hatte endlich geschneit und auf dem Fenster blühten Eisblumen. Jenseits der Tür hörte Henriette ihre Großmutter das Frühstück machen. Früher wäre Henriette aus Vorfreude auf einen neuen Tag mit Oma Mathilda aus dem Bett gesprungen, in die Küche gelaufen und hätte geholfen, den Tisch zu decken. Aber heute blieb Henriette sitzen.

Eine ganze Nacht war ausgelöscht worden. Als hätte es sie nie gegeben. Wütend presste Henriette die Lippen aufeinander. Es lag kaum etwas Tröstendes darin, dass sie wusste, was geschehen sein musste. Der Traumdieb hatte zugeschlagen. Wieder einmal. Und doch …

Diesmal war etwas anders.

Im ersten Moment konnte Henriette nicht genau sagen, was es war. Sie schloss die Augen. Und plötzlich fand sie in ihrem Kopf, fast verborgen von der Lücke, die der gestohlene Traum hinterlassen hatte, die Erinnerung an das Traumkabinett. Im selben Moment, in dem Henriette verblüfft die

Hand vor den Mund schlug, riss Nick die Tür zu ihrem Zimmer auf.

»Du …«, begannen sie beide zur gleichen Zeit. Dann fielen sie sich um den Hals.

Oma Mathilda rief Nick und Henriette mehrmals zum Frühstück, ehe sich die beiden unterbrechen ließen. Nick musste Henriette immer wieder erzählen, was sie gemeinsam geträumt hatten. Schließlich, als Nicks Worte ihr oft genug das Beduinenzelt und die Wüste in den Kopf gemalt hatten, zog Henriette ihren Morgenmantel über und schlüpfte in ihre blauen Pantoffeln. Sie lächelte. Sie wusste zwar nicht, wie sie den Traumdieb aus ihrem Kopf vertreiben konnte. Aber sie war nicht mehr allein. Nun gab es Nick, der ihr von den Gestalten aus ihren Träumen erzählen konnte. Und das reichte, um sie zuversichtlich zu stimmen.

Später, nach dem Frühstück, vertrödelten sie den Tag. Es war Sonntag und der Buchladen geschlossen. Nur allzu gerne wäre sie zu Herrn Anobium gelaufen, um ihm von allem zu berichten. Doch er wohnte nicht hier im Haus und sie würde ihn erst morgen wieder sprechen können. Was er wohl dazu sagen würde, dass Nick durch die Tür gegangen war? Sicher würde er es nicht gutheißen. Aber Henriette war ihrem Bruder dankbar. Nie hätte sie es für möglich gehalten, dass sie einmal so glücklich sein würde, wegen etwas, das Nick getan hatte.

Die Zwillinge gingen mit ihrer Oma spazieren. Dick eingepackt in ihre Wintersachen stapften sie im nahe gelegenen Park durch den Schnee. Ein oder zwei Mal dachte Henriette daran, ihre Oma in alles einzuweihen. Aber sie verwarf den Gedanken ebenso schnell, wie er gekommen war. Sie würde ihren Enkeln nicht glauben. Nachdem sie sich in einem Café mit Kakao und Kuchen gestärkt hatten, kehrten sie am frühen Abend zurück in das kleine Haus am Ende der Straße. Henriette fühlte sich hervorragend müde. Ihr Kopf war so frei wie seit Tagen nicht mehr. Sie würde fantastisch träumen können.

»Ich frage mich«, sagte sie später beim Zähneputzen, »warum ich mich noch daran erinnern kann, was in diesem Traumkabinett geschehen ist.«

»Du meinst, obwohl dir der Traum gestohlen wurde?« Nick lehnte in der Tür und zuckte mit den Schultern. »Der Traummeister hat etwas von einer Welt hinter den Träumen gesagt. Vielleicht kann dir der Traumdieb die Erinnerung an sie nicht stehlen. Warst du schon vorher einmal dort?«

»Ich kann mich nicht erinnern«, sagte Henriette nachdenklich. »Aber der Traummeister hat gesagt, dass ich bisher immer geschlafen habe, wenn ich dort war. Erinnerst du dich eigentlich daran, dass du schon einmal in deinem Traumkabinett warst?«

»Nein«, sagte Nick und kratzte sich am Kopf. »Ich weiß nicht einmal, ob ich auch so etwas besitze.«

»Bestimmt sogar«, meinte Henriette und ging aus dem Badezimmer. »Aber wahrscheinlich schläfst du auch immer, wenn du in ihm sitzt. Ich bin ja nur deinetwegen aufgewacht. Glaubst du mir jetzt?«

Sie gingen durch den langen Flur, der zu ihren Zimmern führte. Nick blieb an der Tür zu seinem stehen. »Was soll ich glauben?«

»Was ich von meinen Träumen erzählt habe.«

»Ja«, sagte Nick etwas widerstrebend. »Könnte schon sein. Vielleicht war nicht alles gelogen.«

»Hey!«, sagte Henriette und schlug ihren Bruder mit der Faust gegen die Schulter.

»Ja gut, wahrscheinlich stimmt es.« Nick rieb sich die Stelle, an der ihn seine Schwester getroffen hatte und die mehr wehtat, als er zugeben wollte. »Es ist doch auch wirklich völlig unglaublich, oder? Keiner würde uns glauben, was gerade geschieht. Ich kann es ja selbst fast nicht glauben.«

»Herr Anobium tut es.«

»Ach.« Nick wischte den Namen mit einer Handbewegung weg.

»Meinst du, es wird heute Nacht wieder so sein? Dass ich wach bin in meinen Träumen?«

»Wenn ich dabei bin, bestimmt. Also sei nett zu deinem Bruder, sonst laufe ich vielleicht an der Tür vorbei.«

»Wenn sie noch da ist«, meinte Henriette.

»Warum sollte sie denn nicht da sein? Du machst dir viel zu viele Gedanken. Es wird schon klappen.« Nick lächelte sie schief an.

Henriette klopfte ihrem Bruder gedankenverloren auf

die Schulter. Der Schmerz ließ ihn zusammenfahren. »Gute Nacht, Nick«, sagte sie.

In ihrem Bett zog sich Henriette die Decke bis zum Hals hoch. Die Dunkelheit war längst in alle Ecken ihres Zimmers gekrochen. Zeit zu träumen, dachte sie und schloss die Augen. Diesmal aber dauerte es länger als sonst, bis der Schlaf kam. Henriettes aufgeregtes Herz schlug schnell. Sie wälzte sich hin und her und fürchtete schon, den Weg in die Traumwelt nicht zu finden. Dann aber nahm die Dunkelheit um sie zu und war bald finsterer als das tiefste Nachtschwarz. Henriette schlief ein.

Am Ende der Dunkelheit erkannte sie eine Gestalt. Hauptmann Prolapsus stand dort, am Rand ihrer Gedanken, und winkte ihr zu. Auf seinem Rücken trug er das fette Pony und hatte sichtlich Mühe, es mit nur einer Hand festzuhalten.

»Steigt auf«, sagte er und drehte sich so, dass Henriette den Rücken des Ponys erreichen konnte.

»Hallo«, sagte Henriette. »Was machst du hier?«

»Ich hole Euch ab, Herrin. Es ist sicherer, solange dieser Traumdieb hier herumschleicht.«

Mit ein wenig Mühe gelang es Henriette, auf den Rücken des Ponys zu klettern. Ein, zwei Mal knackte das Kreuz des Hauptmanns bedrohlich. Dann balancierte er seine Last aus und machte sich keuchend und schnaufend auf den Weg.

»Ich kann auch zu Fuß gehen«, bot Henriette an.

»Das ist sehr gütig«, japste Hauptmann Prolapsus und ging zitternd weiter durch das Nirgendwo, in dem sie sich befanden. »Aber nicht nötig. Ihr seid leicht wie eine Feder, meine Herrin.« Leise murmelte er: »Aber der fette Gaul ist schwerer als ein Elefant.«

»Warum trägst du eigentlich das Pony, anstatt auf ihm zu reiten?«

»Das wüsste ich auch gerne«, murmelte der Hauptmann leise. Doch laut sagte er: »Sicher fandet Ihr es wenig gerecht, dass diese schönen Tiere schwere Ritter tragen müssen. Daher habt Ihr mir erlaubt, mein Reittier zu schonen und es auf den Rücken zu nehmen.« Keuchend ging der Hauptmann weiter durch die Finsternis.

»Wo sind wir hier?«, fragte Henriette nach einer Weile, in der sie scheinbar gar nicht vorangekommen waren.

»Am Anfang der Welt hinter den Träumen.« Jedes Wort stieß Prolapsus aus wie eine alte Lokomotive den Dampf. »Dieser Weg führt zum Traumkabinett.«

Henriette sah sich neugierig um. Nach und nach hellte sich die Finsternis um sie herum auf. Bald glaubte sie, eine Wiese unter sich erkennen zu können. Eine Landschaft breitete sich vor ihr aus. Hügel und Bäume, Straßen und Wege und eine Burg am Ende des Horizonts.

»Ist das mein Traumkabinett?«, fragte Henriette.

»Ja«, brachte der Hauptmann zwischen zwei tiefen Atemzügen hervor. »Da steht es. Am Ende dieses sehr, sehr langen Weges.«

»Ich frage mich, ob Nick ihn schon gefunden hat«, sagte Henriette.

»Hat er«, antwortete der Hauptmann. »Euer Bruder scheint viel früher eingeschlafen zu sein als Ihr. Der doppelte Ritter hat ihn bereits vor Euren Thron gebracht.«

»Wie komme ich eigentlich sonst in mein Traumkabinett«, fragte Henriette, nachdem sie eine Weile geschwiegen hatten.

»Ihr geht den Weg entlang. Jeder Träumer findet ihn. Immer. Jede Nacht.«

»Ich dachte«, sagte Henriette, während sie sich schaukelnd auf dem Sattel des Ponys hielt, »dass man einfach in einen Traum hineingleitet. An diesen ganzen Weg hier kann ich mich überhaupt nicht erinnern.«

Es dauerte einen Moment, ehe die schnaufende Antwort des Hauptmanns kam. »Könnt Ihr Euch an den Moment erinnern, an dem die Träume beginnen?«

Henriette überlegte. »Nein«, sagte sie schließlich. »Irgendwie bin ich immer einfach mittendrin.«

»Seht Ihr? Kein Hineingleiten. Ihr schlaft ein und erst, wenn Ihr im Traumkabinett angelangt seid, fangen die Träume an.«

Vor ihnen erhob sich nun der Eingang des Traumkabinetts. Die Torflügel waren geöffnet. Staunend ließ sich Henriette hineintragen und der Eingang schloss sich wie von Geisterhand.

Als sie den großen Saal des Traumkabinetts betraten, hatten die Hulmis bereits ein Spalier gebildet, das zu Henriettes Thron führte. Erwartungsvolle Stille hatte sich unter den Traumwesen ausgebreitet. Nick saß bereits auf der Hängematte und winkte ihr zu. Henriette sah sich um. Das Traumkabinett kam ihr immer noch wie ein Wunder vor. Sie stieg, so würdevoll es ging, von dem fetten Pony ab, dankte dem Hauptmann, der daraufhin rot anlief, und ging den Weg zwischen den Hulmis entlang. Am Fuß der Treppe stand der Traummeister. Er sah Henriette mit einer seltsamen Mischung aus Erhabenheit und Ernsthaftigkeit an. Mit seinem großen Hut reichte er Henriette beinahe bis ans Kinn.

»Meine Herrin«, sagte er und verbeugte sich tief, wobei ihm der Hut fast vom Kopf fiel. »Ich hoffe, Ihr hattet einen schönen Tag. Auf ihn wird nun eine schöne Nacht folgen.«

»Wird sie das?«, fragte Henriette. »Ich werde mich wahrscheinlich nicht an das erinnern können, was ich in ihr erlebe. Wie kann ich ruhig träumen, wenn ein Traumdieb in meinem Kopf steckt?«

Die kleine Gestalt sah seine Herrin aufmunternd an. »Erhabenste Träumerin, verzweifelt nicht. Es ist eine Sache, Euch Eure Träume zu stehlen, während Ihr schlaft. Aber es ist eine andere, sie Euch zu entreißen, während Ihr im Traum wach seid. Ihr werdet kämpfen, meine Herrin.«

»Und wie?«, fragte Henriette. »Was kann ich schon gegen dieses Wesen ausrichten?«

»Ihr habt die Gabe, mit wachen Augen zu träumen. Ihr habt das Talent, zu bestimmen, was in Euren Träumen geschieht.«

»Das Wunschträumen«, flüsterte Henriette.

»Nur die allerwenigsten Träumer sind dazu in der Lage. Und Ihr betretet das Traumkabinett mit offenen Augen! Das ist schon ein Wunder und doch erst der Anfang. Es ist noch so viel mehr möglich.« Der würdevolle Gesichtsausdruck des Traummeisters wich mit einem Mal einem beinahe bösartigen Grinsen. »Wenn Ihr erst über Eure Träume befehlt, wird sich der Traumdieb wünschen, nie in Euren Kopf gekommen zu sein.«

Henriette ließ sich vom Traummeister die Treppe hinauf zur Hängematte führen.

»Eure Hoheit«, begrüßte Nick sie spöttisch. Henriette stieß ihm den Ellenbogen gegen die Schulter.

»Und nun?«, fragte sie unsicher. »Was muss ich jetzt tun?«

»Ganz einfach. Träumt. Um alles andere kümmern wir uns.« Der Traummeister nahm seinen langen Stab und klopfte mit ihm dreimal kräftig auf den Boden. Alle Augen richteten sich auf das große Tor, das Henriettes Thron gegenüberlag. Langsam und wie von Geisterhand bewegt begannen sich seine Flügel zu öffnen. Weder Nick noch Henriette konnten erkennen, was dahinter lag. Alles jenseits des Tores war in ein undurchdringliches Silbergrau getaucht. Dasselbe Grau, aus dem auch die Hulmis gemacht waren.

Ein schwacher Wind kam durch das Tor. Er war kaum kräftiger als ein müder Luftzug an einem heißen, sonnigen Tag. Doch als seine sanften Finger die Hulmis streichelten, vergingen sie sofort. Mit dem Windhauch veränderte sich der Raum. Über ihnen färbte sich die Decke schmutzig grau. Ein wolkenverhangener Himmel erschien. Die Wände wichen zurück und aus dem Boden wuchsen Häuser. Immer höher schraubten sie sich, bis ihre Spitzen gegen die Wolken zu stoßen schienen. Der Thron, der Traummeister, Hauptmann Prolapsus – alles verschwand.

Nick und Henriette fanden sich auf dem Boden sitzend in einer Straßenschlucht wieder. Kaum ein Lichtstrahl schaffte es hinunter. Die Häuser, so hoch wie Berge, sperrten die Sonne fort. Der Himmel war kaum zu erkennen. Um die Zwillinge herum liefen riesenhafte Menschen. Mit abgehackten Bewegungen staksten sie umher, so als hätten ihnen langbeinige Spinnen das Laufen beigebracht.

»Was ist das für ein seltsamer Traum?«, fragte Nick.

Henriette sah sich um. »Dieser Traum ist alt. Wirklich alt. Ich habe ihn schon lange nicht mehr geträumt.«

»Na ja. Mal sehen, was dieser Ort zu bieten hat.« Nick wollte aufstehen und einen Schritt machen. Zu seiner Überraschung jedoch fiel er hin. Ärgerlich stand er wieder auf und versuchte erneut, einen Schritt zu gehen. Abermals stürzte er.

Henriette musste lachte. »Das hatte ich ganz vergessen«, sagte sie. »Ich konnte hier nicht richtig laufen.«

»Was ist das denn für ein blöder Traum?«, empörte sich Nick. »Wir können nicht laufen. Und erst diese komischen Leute hier.« Zwei der spinnenhaften Riesen staksten über sie hinweg.

»Der da ist ganz normal«, sagte Henriette und deutete auf eine Gestalt, die aus einiger Entfernung auf sie zukam. Sie trug ein strahlend blaues Gewand und ein schwarzes Kopftuch.

»Das ist ja Badra«, rief Nick erfreut. Er winkte dem Mann zu, der die Hand zum Gruß erhob.

»Badra?«

»Der Beduine, von dem du gestern geträumt hast. Ich hatte dir doch von ihm erzählt. Er ist ziemlich schlau, glaube ich wenigstens.«

Der alte Beduine spazierte langsam auf sie zu. »Hallo, Herrin«, sagte er.

»Hallo.« Henriette starrte den Mann verblüfft an. Sie konnte sich kaum jemanden vorstellen, der weniger in diese Riesenstadt gepasst hätte.

Der Beduine nahm sein Tuch vom Kopf und darunter lächelte er sie mit schneeweißen Zähnen an. Er verbeugte sich tief. »Meine Träumerin«, sagte er, als er sich wieder erhoben hatte, »es ist mir eine Ehre, dass ich erneut vor dich treten darf. Mein zweiter Traum an deiner Seite!«

»Es tut mir leid«, sagte Henriette vorsichtig und musterte den Mann, »aber ich erinnere mich nicht. Warum bist du hier? Du gehörst nicht in diesen Traum.«

»Eigentlich nicht«, gab Badra zu und sah sich interessiert um. »Eine ungewohnte Welt für einen wie mich. Doch es ist ein Traum von dir und ich würde in jedem von ihnen erscheinen.« Er beugte sich hinab zu Henriette. »Allerdings kenne ich da einige Traumgestalten, die würden sich beschweren, wenn sie im falschen Traum auftauchen müssten. Die würden sich glatt weigern. Mir macht das nichts aus. Überhaupt, ich habe eine Aufgabe.«

»Was denn für eine Aufgabe?«, wollte Henriette wissen.

»Ich bin dazu bestimmt worden, dir das Wunschträumen beizubringen. Der Traummeister selbst hat mich hierhergeschickt. Übrigens, nenn mich Badra, Herrin.«

»Gut, Badra. Wir könnten wirklich Hilfe gebrauchen. Es gibt da nämlich ein Problem. In diesem Traum kann man nicht laufen. Wenigstens gilt das für uns.«

Der Beduine sah sich um. »Die Stadt stammt aus einer sehr alten Erinnerung von dir. Wahrscheinlich ist dies die Stadt, in der ihr lebt.«

Nick schüttelte den Kopf. »Nein, so sieht es dort nicht aus. Solche Häuser gibt es nirgends. Und erst die Menschen!«

»Sie sind seltsam, nicht wahr? Aber so sehen sie für die kleinsten Kinder aus. Groß. Riesengroß. Riesen, die in Riesenstädten leben. Und ihr könnt nicht laufen?«

»Nein«, sagte Henriette. »Nick hat es versucht. Aber er ist immer wieder hingefallen.«

Badra nickte. »So wie …«

»… ein kleines Kind, das noch nicht laufen kann!«, beendete Henriette, die plötzlich verstand.

»Ein wirklich alter Traum. Keine Angst. Er ist nicht gefährlich.«

Henriette stand ganz vorsichtig auf. Wenn sie sich nicht bewegte, schien sie nicht umzufallen, stellte sie erleichtert fest. »Also ist das kein Albtraum?«

»Ein Albtraum? Das war er vielleicht mal. Als ihn die Alben in ihrem dunklen Wald aus deinen schlechten Gefühlen und bösen Erinnerungen zusammengewebt haben. Aber heute dürfte er seine Kraft verloren haben. Du hast sie ihm in den vielen Jahren, die er schon in deinem Kopf steckt, gewissermaßen weggeträumt. Und wenn er doch noch etwas von seiner angstmachenden Kraft behalten hat, bin ich ja da. Ich werde schon auf euch beide aufpassen.« Badra deutete auf die breite Straße, die sich neben ihnen entlangzog. »Ich war noch nie hier. Kommt, wollen wir uns mal ein wenig umsehen?«

Einer der riesenhaften Menschen stieg über die kleine Gruppe hinweg. Henriette sah ihm nach, wie er die Straße entlangstelzte.

»Ich würde mich hier nur zu gerne mit dir umsehen, Badra«, sagte sie. »Es ist schon einige Zeit her, dass ich hier war. Aber du musst wissen, dass ich nicht zum Spaß träume. Nicht heute Nacht. Der Traumdieb ist irgendwo und ich muss ihn unbedingt finden.«

»Ich weiß, Herrin. Ich bin ihm schon einmal begegnet. Gestern Nacht. Aber noch ist es zu früh für dich, um ihn zu jagen. Der Traumdieb ist ein mächtiger Gegner. Er lebt in den Träumen. Hier ist er stark. Unfassbar stark. Nicht einmal deine stärkste Traumfigur könnte es in einem Kampf mit ihm aufnehmen.«

»Und wie soll ich den Traumdieb dann aus meinem Kopf verjagen?« Henriette schmeckte den Ärger bitter auf der Zunge. »Was kann ich gegen ihn ausrichten, wenn er zu stark für mich ist?«

Badra legte den Kopf schief und sah Henriette an, als habe

sie etwas Dummes gesagt. »Eine normale Träumerin hätte keine Chance gegen einen Traumdieb. Aber du, Herrin, du wirst eine Wunschträumerin sein. Du kannst lernen, deine Träume ganz nach deinem Belieben zu lenken. Dann wird der Traumdieb kein Gegner für dich sein.«

»So etwas hat der Traummeister auch gesagt«, meinte Nick.

»Vertraut mir einfach«, erwiderte Badra. »Der Weg zum Wunschträumen ist weit. Und er beginnt genau hier. Wir sollten mal sehen, was am Ende der Straße ist. Wollen wir gehen?«

»Gehen? Sehr witzig«, sagte Nick freudlos. »Geh schon mal vor. Wir haben hier bloß einige kleine Schwierigkeiten.«

»Nichts in der Welt ist schwierig. Es sind nur unsere Gedanken, die den Dingen diesen Anschein geben.« Badra lächelte sie an. »Passt mal auf. In den Träumen gelten alle Regeln, die ihr aus der Wirklichkeit kennt, in Ordnung? Aber sie gelten nicht alle zur gleichen Zeit. Manche kann die Träumerin bewusst außer Kraft setzen.«

»Und wie soll uns das beim Gehen helfen?« Nick starrte den Beduinen missmutig an.

»Indem die Herrin die Regeln ändert. Sie ist im Moment überzeugt, dass ihr nicht laufen könnt. Also muss sie beginnen zu glauben, dass ihr nicht fallen werdet.« Badra stand auf und hob Nick in die Luft. »So«, sagte er, »ich lasse deinen Bruder nun fallen. Du, Herrin, brauchst dir nur zu wünschen, dass er nicht fallen kann. Es ist die erste Lektion.«

Nick glaubte sich verhört zu haben. »Moment mal. Du lässt mich nicht fallen. Ist das klar?«

»Und wie soll ich mir das wünschen?«, fragte Henriette, ohne Nick zu beachten.

»Du musst es dir selbst glauben«, antwortete Badra.

»Ich soll mir selbst glauben, dass er nicht fallen kann? Ich weiß doch, dass es so sein wird.«

»Dann wird er sich wehtun.«

»Ich will mir nicht wehtun!«, wandte Nick ein, dem dieses Gespräch überhaupt nicht gefiel. Er strampelte wie ein Katzenjunges im Griff seiner Mutter.

»Das wird auch nicht passieren«, meinte Badra.

»Nein, das kann ich nicht«, erklärte Henriette.

»Und wie willst du den Traumdieb bezwingen, wenn du schon an dieser einfachen Aufgabe scheiterst?« Badra funkelte Henriette herausfordernd an.

Henriette hielt seinem Blick wortlos stand. Dann drehte sie ihren Kopf in Nicks Richtung. Sie seufzte. »In Ordnung. Ich versuche es. Lass ihn fallen.«

Nick wollte etwas sagen, doch noch ehe ein Wort seine Lippen verlassen hatte, hatte Badra ihn losgelassen. Mit nach vorne gerichteten Armen fiel er der Straße entgegen. Er schrie. Er schrie eine ganze Weile, denn sein Sturz dauerte lange. Wie in Zeitlupe glitt er der Straße entgegen. Alle anderen um ihn herum, die riesenhaften Menschen, Badra, Henriette, sie alle bewegten sich ganz normal. Aber Nick fiel so schleppend, als würden die Sekunden für ihn langsamer verstreichen.

Badra beugte sich zu ihm hinab und sah ihm interessiert beim Fallen zu. »Nicht schlecht, Herrin«, sagte er anerkennend. »Du hast die Zeit für ihn geändert. Ein wenig umständlich, aber wirklich nicht schlecht.«

»Wie mache ich das?«, fragte Henriette aufgeregt. Ihr war nicht bewusst, dass sie etwas an dem Traum verändert hatte.

»Ich schätze, du wünschst dir, dass sich dein Bruder nicht verletzt. Den Rest macht dein Kopf. Das ist nicht ganz das, was ich im Sinn hatte. Aber es wird auch so gehen. Als Nächstes solltest du dir wünschen, dass ihr beide laufen könnt. Wenn ihr schnell genug lauft, kommt ihr ans Ziel, ehe ihr zu Boden gefallen seid.«

Henriette erhob sich unsicher und wagte nicht, sich zu rühren.

Badra stellte sich hinter sie. »Es kann nichts geschehen, Herrin.«

»Aber was ist, wenn …?«, begann Henriette.

»Kein Aber«, fiel Badra ihr ins Wort. »Es ist Zeit zu laufen.« Er gab Henriette einen Stoß. »Los«, flüsterte er ihr ins Ohr, während sie nach vorne kippte.

Und Henriette lief los.

Mit weit ausgebreiteten Armen rannte sie, nach vorne gebeugt wie ein Vogel, der zum ersten Mal versucht zu fliegen. Hinter sich hörte sie Schritte. Sie wandte sich um, ohne anzuhalten. Nick folgte ein paar Meter hinter ihr, ebenso wie sie mit den Armen rudernd, und holte sie schließlich ein. Gemeinsam liefen sie die Straße entlang. Keiner der riesenhaften Menschen um sie herum nahm Notiz von ihnen. Es schien völlig normal zu sein, dass zwei zwergenhafte Kinder in dieser seltsamen Haltung über die Straße rannten. Je länger Henriette lief, desto lustiger fand sie es. Sie sah hinüber zu Nick und musste lachen. Auch ihr Bruder grinste.

Henriette hob den Kopf und sah sich um. An den Spitzen der riesenhaften Häuser erkannte sie Schienen, die sich um die Dächer wanden wie eine Schlange im Gras. Eine Dampflokomotive zog dort oben, wo die Häuser an die Wolken stießen, einen langen Zug hinter sich her und spuckte dunklen Rauch in den Himmel.

Hinter sich hörte sie Schritte. Badra schloss zu ihnen auf.

»Du kannst ja richtig laufen«, sagte Nick, während Badra neben ihnen entlangging.

»Natürlich, ich bin ja auch erwachsen«, meinte Badra beiläufig. »Außerdem haben Beduinen einfach Stil.« Er lachte und steckte die Zwillinge damit an.

Henriette fühlte sich leicht und unbekümmert. Sie konnte sich nicht erinnern, je einen verrückteren Traum erlebt zu haben. In diesem Moment wichen die Häuser zu beiden Seiten der Straße zurück und die drei bogen auf einen großen Platz ein. Groß war eigentlich nicht das richtige Wort, um ihn zu beschreiben. Er schien endlos zu sein. Wie ein Ozean. Auf diesem Platz gab es ganz einfach nichts.

»Es ist ziemlich anstrengend, so zu laufen«, keuchte Nick. »Ich würde mich gerne mal wieder setzen.«

»Oh, eine hervorragende Idee«, sagte Badra und blieb stehen. Auch die Kinder hielten an und balancierten wild mit den Armen rudernd auf der Stelle.

»Wie wäre es mit einer Sitzgelegenheit?« Der Beduine sah Henriette auffordernd an.

Sie wollte fragen, wo sie denn Stühle herholen sollte. Aber sie ahnte schon, was Badra geantwortet hätte. Sie musste sie sich wünschen. Henriette schloss die Augen und legte die Stirn in Falten.

Nick hätte sich nicht gewundert, wenn sie mit einem Mal rot angelaufen wäre, so sehr strengte sich Henriette an. Einige Augenblicke lang geschah nichts. Dann erschien wie aus dem Nichts ein Stuhl vor ihnen.

»Irre«, entfuhr es Nick. »Das war wirklich …«

»… armselig.« Badra sah kopfschüttelnd auf den Stuhl.

»Hey!«, rief Henriette empört und schlug die Augen auf. »Das war ganz schön schwierig. Ich habe so was noch nie gemacht.«

»Er ist nicht mal gerade«, meinte Badra und wackelte an dem Stuhl, dessen vier Beine allesamt unterschiedlich lang waren. »Nein, so wird das nichts. Du musst dich schon mehr anstrengen.«

»Also dafür, dass du Henriette immerzu Herrin nennst, bist du ziemlich hart zu ihr«, meinte Nick.

»Wenn ich es nicht bin, ist sie es auch nicht. Und wenn sie es nicht ist, wird sie nie eine Wunschträumerin. Denk nicht. Träume!«

Henriette kniff ärgerlich die Augen zusammen. Sie war stolz auf ihren Stuhl und es gefiel ihr nicht, dass sich Badra so abfällig über ihren ersten echten Wunsch im Traum äußerte. Was sollte sie denn seiner Meinung nach herbeiträumen? Bestimmt erwartete er …

»Das gibt es nicht!«, unterbrach Nick ihre empörten Gedanken.

Henriette öffnete verwundert die Augen und erschrak. Vor ihnen stand ein ausladendes orientalisches Sofa. Der fein geschwungene Messingrahmen glänzte sogar in dem trüben Licht unter der Wolkendecke. Bunte Kissen, rot und golden gemustert, luden zum Sitzen ein.

»Nicht unbegabt«, sagte Badra und setzte sich. »Ah.« Er streckte die Beine aus. »Dieser harte Boden ist nichts für mich. Ich brauche Sand unter den Füßen.«

Die staunenden Kinder gingen taumelnd und mit den Armen rudernd auf das Sofa zu und ließen sich neben ihn fallen. Henriette lehnte sich gegen die Kissen und strich mit der Hand über den weichen Stoff. Das hatte sie erschaffen. Sie konnte es kaum glauben. Irgendwo aus einer Falte seines Gewands zog Badra eine silberne Kanne und drei fein verzierte Gläser mit einem Goldrand hervor. Er goss jedem einen kräftig duftenden Minztee ein.

Henriette beschloss, sich nicht darüber zu wundern. Dies war ein Traum. Ihr Traum. Sie nippte vorsichtig an dem heißen Getränk. Sofort fühlte sie sich erfrischt und voller Kraft. Sie pustete, bis er etwas abkühlte, und trank das ganze Glas leer. »Ich hätte nicht gedacht, dass ich so etwas kann. Als du gesagt hast, ich bräuchte mir nur etwas zu wünschen, hatte ich erst geglaubt, du hättest dich lustig über mich gemacht.«

Badra beugte sich zu ihr hinüber. Eine Wolke aus fremden Düften umgab ihn. Er sah ihr genau in die Augen.

»Nie würde ich das tun, meine Herrin.« Mit einem Mal war er ganz ernst. Sie hielt seinem Blick stand, aber da war etwas, das sie zusammenzucken ließ. Ganz tief, in der dunkelsten Schicht der braunen Augen, erkannte sie etwas Wildes und Rücksichtsloses.

»Ich glaube dir. Ich sehe, dass du es ehrlich meinst. Aber du bist auch gefährlich«, flüsterte sie. Um sie herum frischte der Wind auf und wurde zu einem Sturm, der den Kindern die Haare zerzauste.

Badra nickte. »Ja, meine Herrin. Das bin ich. Ich bin es, weil du es bist.«

»Ich bin erst dreizehn.«

»Auch ein dreizehnjähriges Mädchen kann gefährlich sein. Sehr gefährlich, wenn es sein muss.« Und dann zeigte er ihr ein anderes Lächeln. Nicht schneeweiß wie die Welt an einem sonnigen Wintertag, sondern nachtschwarz wie der Grund eines Tintenfasses.

»Ich weiß nicht, ob ich es mag, so zu sein.«

»Es gehört zu dir. Und du musst gefährlich sein, wenn du dieses Abenteuer meistern willst. Gefährlicher noch als der verschlagenste Traumdieb oder der böseste Alb.«

Noch einen Moment lang hielten Henriette und Badra ihre Augen aufeinandergerichtet, dann verschwand die Andeutung der Wildheit aus dem Blick des Beduinen. Der Sturm schwächte ab, bis er nur noch ein laues Lüftchen war.

Badra klatschte in die Hände. »So, und nun wollen wir das tun, weswegen wir hier sind. Die Nacht endet bald und wir haben nicht mehr viel Zeit.«

Henriette und Nick sahen einander überrascht an. »Weswegen sind wir denn hier?«, fragte Henriette.

»Um träumen zu lernen.«

Der Beduine war vom Sofa aufgesprungen und lief los. Einen Moment lang sahen ihm die Zwillinge verwundert nach, dann machten sie sich, mit nach vorne geneigten Oberkörpern, auf, ihm zu folgen. Wenigstens gelang es ihr immer besser, so zu laufen, dachte Henriette, während sie mit den Armen rudernd versuchte, den Beduinen einzuholen.

»Wir brauchen ein Ende«, rief Badra ihnen zu, ohne anzuhalten. »Sonst laufen wir noch über den Platz, bis du aufwachst.«

»Und wie?«

»Wünsch es dir. Stell es dir vor. Glaub es dir selbst.« Badra deutete auf einen Punkt vor sich.

Henriette zog die Stirn kraus. Ein Ende? Wie konnte das Ende eines Platzes aussehen? Sie suchte in ihren Gedanken nach einem Bild, das passen konnte. Henriette schloss die Augen und lief weiter. *Stell es dir vor. Glaub es dir selbst.* Sie meinte, Badras Stimme in ihren Gedanken hören zu können. Da war es. Henriette hatte das Bild gefunden. Sie strengte sich an und versuchte zu glauben, dass das Bild hinter ihren geschlossenen Lidern Wirklichkeit wurde.

»Bleib stehen!«

Nicks Stimme riss sie aus ihren Gedanken. Ihre Augen sprangen auf und sie sah sich auf eine niedrige Mauer zulaufen. Dahinter war nichts als blauer Himmel. Sie zwang ihre Beine, stehen zu bleiben und fiel hin. Keuchend blieb sie liegen. Ein starker Wind pfiff über die Kante und zerrte an ihren Haaren. Vorsichtig kroch sie nach vorne auf die Mauer zu. Henriette schob ihren Kopf darüber.

»Krass!«, rief Nick, der neben ihr lag. Er blickte wie sie hinab.

Unter den beiden fiel die Welt in die Tiefe. Weit unten konnten sie gerade noch Menschen in den Straßen erkennen, die von riesenhaften Wolkenkratzern gesäumt waren. Dort war auch ein großer Platz. Und am Ende des Platzes erkannten sie drei Punkte. Ein großer blauer und zwei kleine.

»Das sind ja wir«, entfuhr es Nick. »Wie kommen wir hier hin? Das ist doch ein Trick.« Er drehte den Kopf zu Badra.

»Kein Trick.« Badra saß im Schneidersitz auf der Mauer und sah die beiden an. »Ihr seid an beiden Orten zur gleichen Zeit.«

Nick sah wieder hinab auf die Straßen und den Platz. Die Menschen, die dort unten in den Straßen entlanggingen, wirkten wie schattenhafte Figuren. Auf dem Dach eines der Häuser, die den Platz säumten, erkannte er eine einzelne Gestalt. Etwas Bedrohliches ging von ihr aus.

Vielleicht ein großer Vogel? Wenn er dort auf dem Dach hockte, dann blickte er im selben Moment von einem der Häuser zu ihnen hinab. Plötzlich sprang die Gestalt in die

Tiefe. Nick wandte sich um und sah auf. Ja, dort war sie. Aber war das ein Vogel? Nick runzelte die Stirn.

Wenn, dann besaß er keine Flügel.

Nick schluckte.

»Der Traumdieb!«, schrie er, als er die Gestalt erkannte.

TRAUMGLANZ

Badra wandte sich Henriette zu. »Hör mir gut zu, Herrin. Ich brauche meinen Sohn. Ruf Habib.«

»Habib?«, fragte Henriette.

»Er soll dich wegbringen«, fuhr Badra ruhig fort.

Hinter ihnen, am Anfang des Platzes, schlug der Traumdieb auf dem Boden auf. Ein echter Mensch wäre sofort tot gewesen, der Traumdieb aber sprang einfach auf die Beine und kam mit schnellen Schritten auf sie zu.

»Wer ist Habib?«, fragte Henriette noch einmal, doch Badra beachtete sie nicht mehr. Aus den Ärmeln seines Gewandes fielen zwei Dolche in seine Hände.

Der Traumdieb kam näher. Henriette sah ihn mit weit aufgerissenen Augen an. Er war ganz in Schwarz gehüllt. Sein Gesicht blieb im Schatten seiner Kapuze verborgen.

»Habib«, zischte Badra noch einmal eindringlich. Dann stürzte er auf den Traumdieb zu.

Wenn Nick seine Schwester nicht mitgezogen hätte, wäre sie dort geblieben und hätte den Kampf bis zu seinem Ende verfolgt. So aber sah sie nur, wie sich Badra gegen den Traumdieb warf und einen blitzschnellen Streich zu dessen Herzen führte. Aber ebenso schnell wich das Geschöpf aus.

»Los, wir müssen fliehen«, keuchte Henriette und folgte Nick widerstandslos.

Die beiden Kinder rannten, so schnell sie konnten. Ein, zwei Mal wagte Henriette, sich umzudrehen. Die beiden Kämpfer hielten sich nicht damit auf, einander abzuschätzen. Mit einer Härte, die Henriette überraschte, griffen sie sich an. Badras Klingen funkelten. Der Traumdieb wich den Angriffen geschickt aus. Ein Schlag riss Badra einen der beiden Dolche aus der Hand.

»Er kann nicht gewinnen«, brachte Henriette hervor. »Der Traumdieb ist zu stark.«

Sie liefen am Rand des Platzes entlang. Neben ihnen ging es hinab in die Tiefe.

»Du musst Habib rufen«, presste Nick hervor.

»Ich kenne keinen Habib.«

»Doch. Du hast ihn bloß vergessen.«

Das ist verrückt, dachte Henriette. Sie blieb schwer atmend stehen. Sie und Nick mussten bereits einige Entfernung zwischen sich und den Traumdieb gebracht haben. »Habib!«, rief sie und kam sich töricht dabei vor.

Nur einen Moment später hörten sie ein seltsames Geklapper hinter sich. Schritte? In Panik drehte sich Henriette um. Für einen Augenblick glaubte sie, der Traumdieb hätte Badra besiegt und wäre ihr nun auf den Fersen. Doch dann erkannte sie zu ihrer Verblüffung ein Kamel. Ein Junge mit tintenschwarzem Haar, nur wenige Jahre älter als sie selbst, saß auf dem Rücken des Tieres. Er zog an den Zügeln und das Tier kam schlitternd zum Stehen.

»Schnell«, sagte er. »Steigt auf. Wir müssen weg.«

»Dein Vater ist in Gefahr«, sagte Nick, der den Jungen scheinbar kannte. »Wir müssen ihm helfen.«

»Du bist Habib?« Henriette starrte den Jungen an. Er kam ihr überhaupt nicht vertraut vor. Aber in seinem Gesicht erkannte sie Züge von Badra. Er hatte eine ebenso scharf geschnittene Nase. Und seine Augen waren genauso braun wie die seines Vaters. Jedoch fehlte die Härte in ihnen, die Henriette in Badras Blick gesehen hatte.

»Bitte, Herrin«, drängte Habib. »Wir müssen weg.«

»Badra kämpft gegen den Traumdieb«, sagte sie.

»Ich weiß. Ich habe es gesehen. Du musst weg, Herrin. Mein Vater wird ihn nicht lange aufhalten können.«

»Oh nein!«, rief Henriette plötzlich. Die drei drehten sich um.

Der Beduine taumelte. Er hielt sich den Kopf. Dann fiel er auf den Boden. Der Traumdieb sah Badra einen Moment lang prüfend an, dann drehte er sich langsam in ihre Richtung.

»Badra!«, schrie Henriette.

»Schnell, wir können jetzt nichts für ihn tun«, drängte Habib.

Henriette sah ihn verständnislos an. »Aber er ist verletzt. Vielleicht ist er sogar …«

»Nein«, antwortete der Junge bestimmt. »Ich würde es fühlen. Schon in der kommenden Nacht wird er wieder wohlauf sein.« Er hielt ihr seine Hand hin. »Und du sollst das auch sein, Herrin. Mit der Erinnerung an diesen Traum.« Trotz der Sorge, die sein Gesicht überschattete, lächelte er sie an.

Und für einen kurzen Moment wich die Angst in Henriette einem sonderbaren Gefühl. Für einen Augenblick nur schien es, als würde alles gut werden. Sie lächelte wie von selbst zurück. »Ich heiße Henriette, nicht Herrin«, sagte sie und wünschte sich, richtig stehen zu können. Ich muss ja völlig lächerlich aussehen, dachte sie.

»Ich weiß«, sagte Habib. »Das hast du mir schon einmal gesagt. Es ist seltsam, dich bei deinem Namen zu nennen.«

»Gefällt er dir etwa nicht?«

»Hey, ihr beiden«, rief Nick drängend. »Bewegt euch. Wir müssen auf Dédé. Er kommt.« Nick bemerkte Henriettes fragenden Blick. »Das Kamel!«

Dédés Hufe schienen den Boden nicht mehr zu berühren, als das Kamel über den Platz schoss. Mit schreckgeweiteten Augen sah Henriette, wie der Traumdieb dennoch zu ihnen aufschloss. Er war unfassbar schnell. Schemenhaft wie ein Schatten folgte er ihnen.

»Haltet euch fest!«, rief Habib den Zwillingen zu.

»Warum? Wo reiten wir hin?«, fragte Henriette atemlos vor Aufregung. Sie stieß Nick an, der zwischen ihr und Habib saß.

»Das kann ich dir erst sagen, wenn ich meine Augen wieder aufmache.«

»Dann mach sie auf!«, rief Henriette und krallte sich in Nicks Jacke.

»In Ordnung.« Einen Moment später schrie Nick: »Das war eine ganz miese Idee.«

In diesem Augenblick sprang Dédé. Höher und höher stieg er in die Luft. Henriette lugte an ihrem Bruder vorbei. Unter ihnen erkannte sie die Mauer und den Abgrund.

Und dann fielen sie.

Henriette wagte nicht, sich umzudrehen. Sie wagte nicht einmal zu atmen. Stocksteif saß sie auf dem Rücken des Kamels. Und obwohl ihr Kopf davon überzeugt war, dass es keine Rettung geben konnte, fühlte sie, dass es Hoffnung gab. Sie sah zu Habib hinüber, der sich in diesem Moment zu ihr umdrehte, als habe er ihren Blick gespürt. Er streckte seine Hand aus und sie griff danach. Henriettes Herz beruhigte sich. Oder schlug es gerade heftiger?

Unter sich sah Henriette die Schienen, die sich um die Dächer der Wolkenkratzer schlängelten wie ein riesenhafter Wurm. Als sie hart auf ihnen landeten, zog Habib seine Hand zurück.

»Was ist?«, fragte sie. Links und rechts von ihr ging es hinab in die Tiefe.

»Der Traumdieb wird gleich hier sein. Du musst diesen Traum verlassen, Herr… Henriette.« Habib sprang vom Rücken des Kamels und landete sicher auf den Schienen. Die Höhe schien ihm, im Gegensatz zu Henriette, nichts auszumachen. Er hielt Henriette seine Hand hin und half ihr von Dédé herunter. Sie warf einen vorsichtigen Blick nach unten. Verwundert stellte sie fest, dass sie gerade stehen konnte und nicht hinfiel.

»Hey, es hat geklappt«, sagte sie.

Habib sah sie fragend an.

»Mein Wunsch. Ich wollte wieder normal gehen können. Wenigstens kann ich richtig stehen. Also, wie geht das mit dem Aufwachen?«

»Ich weiß nicht. Du bist die Träumerin. Versuch es dir zu wünschen.«

»O. k.«, sagte Henriette und dachte daran, dass sie in ihrem Bett lag und die Augen aufschlug. Mit der Erinnerung an diesen Traum. Und an Badra. Und an Habib. Doch es klappte nicht. Sie wachte nicht auf. Henriette schüttelte den Kopf.

»Ich wünschte, Henriette würde sich jemanden wünschen, der uns von hier fortbringen könnte«, murmelte Nick, dem es nicht gelang, seine Augen weiter als nur einen schmalen Spalt zu öffnen.

Ja, dachte Henriette. Jemand, der uns von hier wegbringen könnte. Nur weg aus dieser Riesenstadt.

BUMM.

Die Erde bebte.

»Was war das?«, flüsterte Henriette erschrocken.

BUMM.

Die Häuser zitterten wie Bäume in einem Sturm.

»Ich weiß nicht«, zischte Habib.

BUMM.

Die drei drehten sich um. Über ihnen wuchs etwas Dunkles in den Himmel. Ein Körper. Ein Gesicht. Augen so groß wie Seen fixierten sie.

BUMM.

Noch nie hatte Henriette etwas Größeres als den Riesen gesehen, der zwischen den Häusern erschienen war. Er beugte sich über sie. Eine Hand, so groß, dass sie jeden von ihnen wie eine lästige Fliege hätte zerquetschen können, fuhr hinab. Henriette und Nick schrien. Die Finger der Hand schlossen sich um Henriette und hoben sie so vorsichtig hoch, wie ein Uhrmacher nach einem besonders winzigen Rädchen greift.

Und dann nahm der Riese Henriette mit sich.

Hilflos sah Habib Henriette nach, die wild zappelnd zwischen Daumen und Zeigefinger der linken Riesenhand eingeklemmt war.

Noch ehe Habib etwas tun konnte, sah er einen Schatten durch die Luft fliegen. Der Traumdieb. Er sprang auf Henriette zu. Der Riese drehte sich um und schlug mit seiner freien Hand nach dem Traumdieb. Hart prallte das Wesen gegen einen der Wolkenkratzer. Dann fiel es in die Tiefe.

Der Riese sah ihm einen Moment nach und drehte sich anschließend wieder langsam um.

»Wir müssen ihr helfen«, rief Nick aufgebracht.

Habib nickte. Er sprang vor Nick auf Dédés Rücken. »Halt dich fest«, sagte er.

Und dann trieb er sein Kamel an.

Das Kamel sprang und flog durch die Luft auf den Riesen zu. Nick krallte seine Hände in Habibs Umhang. Der Gigant schien nichts mitzubekommen, als sie auf seinem Kopf landeten. Nick wurde aus dem Sattel geschleudert. Der Schädel war ganz kahl und warm und roch streng. Während sich Nick noch aufrappelte, war Habib schon auf den Beinen und schlich auf das Ende des Kopfs zu. Nick erhob sich vorsichtig. Auch er konnte nun endlich richtig gehen und fiel nicht mehr sofort hin. Für einen Moment atmete er durch. Der Traumdieb war weg. Und ob er in dieser Nacht noch einmal zurückkommen würde, war fraglich. Eigentlich konnte er den Sturz aus dieser Höhe nicht überlebt haben. Doch Nick war sich nicht sicher, welche Regeln für Traumdiebe galten.

Der Riese lief weiter, ohne seine beiden blinden Passagiere zu bemerken. Der Wind um sie herum schrie ihnen in die Ohren. »Du bleibst hier«, sagte Nick zu Dédé.

Wo soll ich denn bitte schön hin?, schien der Blick des Kamels zu sagen. Würdevoll knickte es in sich zusammen und legte sich auf den Kopf des Giganten.

Nick ging zu Habib hinüber. »Wohin geht der Riese eigentlich?«, fragte er. »Hast du eine Ahnung?«

Der Beduinenjunge deutete nach vorne. Ein Wald erhob sich dort mit Bäumen, die so schwarz wie die Nacht selbst waren.

»Ist das gut?«, fragte Nick.

»Nein«, antwortete Habib düster. »Das ist gar nicht gut.«

Henriettes Herz schlug so schnell, als wollte es aus ihrer Brust entkommen. Was war das für ein Wald, zu dem sie das Wesen trug? Die Bäume waren so dunkel, als wären Stämme und Blätter mit Kohle gefärbt worden.

Als der Riese den Waldrand fast erreicht hatte, hielt er an. Er wandte sich schwerfällig um, sah noch einmal zu den hohen Häusern, die am Horizont nun so klein wirkten, als wären sie Teil einer Modelllandschaft, und ging in die Knie. Dann setzte er Henriette überraschend sanft auf dem grasbewachsenen Boden ab.

»Danke«, sagte Henriette und der Riese nickte wie zur Bestätigung. In diesem Moment fielen drei Gestalten von seinem Kopf.

»Fang sie auf!«, rief Henriette, als sie erkannte, wer da in die Tiefe fiel. Der Riese versuchte seine freie Hand unter die winzigen Gestalten zu bringen, doch er war zu langsam. Nur zwei von ihnen erwischte er. Die dritte aber glitt ihm durch die Finger. Nick! Henriette sah ihn seinem sicheren Tod entgegenstürzen.

Nein, dachte sie, den Schrei ihres Bruders in den Ohren. Das darf nicht sein.

Eine Handbreit über dem Boden stoppte Nicks Sturz. Wie eine Puppe an unsichtbaren Fäden blieb er in der Luft hängen und schrie aus Leibeskräften. Dann begriff er, dass er gerettet war. Er hob den Kopf und sah Henriette an. »Äh, warst du das?«

»Ich glaube ja«, sagte Henriette verblüfft. Sie hatte sich

gewünscht, dass Nick den Sturz unbeschadet überstand. Es war ganz einfach gewesen. Sie hatte nicht einmal nachdenken müssen. Alles war wie von selbst geschehen.

»Gut gemacht«, murmelte Nick. »Könntest du …?«

»Wie? Oh ja, natürlich.« Henriette reichte ihm die Hand und half ihm aus der Luft.

Nick klopfte mit den Händen seinen Oberkörper ab, als müsse er sichergehen, dass er noch in einem Stück war.

»Was ist hier eigentlich los? Und wo ist Habib?«, fragte Nick mit noch ziemlich zittrigen Knien, nachdem er tief durchgeatmet hatte.

»Ich bin hier«, sagte der Junge, der auf sie zukam. Er war vom Riesen vor dem Saum des Waldes abgesetzt worden und warf den Bäumen einen misstrauischen Blick zu, als erwartete er, dass sie nach ihm griffen. Hinter sich her zog er das störrische Kamel. Er hob den Kopf und sah zum Gesicht des Riesen hinauf. Die seengroßen Augen blickten ihm entgegen. Habib zog ein Schwert, das am Sattel seines Kamels befestigt war.

Henriette aber legte ihre Hand auf seine. »Es besteht keine Gefahr«, sagte sie. Sie deutete auf den Riesen, der noch immer vor ihnen kniete. »Er hat mich gerettet.«

»Hast du ihn gerufen?«, fragte Habib.

»Irgendwie schon«, murmelte Henriette nachdenklich. »Nick hatte doch gesagt, ich solle mir jemanden wünschen, der uns hilft. Und dann ist er gekommen.«

»Aber ich hatte an jemanden gedacht, der den Traumdieb aufhalten kann, und nicht an einen verdammten Riesen. Und überhaupt: Du musst doch nicht unbedingt das tun, was ich sage«, rief ihr Bruder. »Das tust du doch auch sonst nicht.« Er sah sie aufgebracht an. »Du hättest … und ich auch. Ich meine, wir beide könnten jetzt …«

»Es ist keinem etwas geschehen«, sagte Henriette bestimmt und strich sich die störrische Locke aus dem Gesicht. »Das Einzige, was zählt, ist, dass der Traumdieb weg ist.« Vielleicht sogar für immer, dachte sie.

»Er wird wiederkommen«, sagte der Riese. Henriette und die anderen sahen ihn überrascht an.

»Er kann sprechen«, entfuhr es Nick.

»Und auch hören«, erwiderte der Riese.

»Natürlich, warum auch nicht?«, meinte Nick und versuchte unauffällig einen Schritt nach hinten zu gehen.

Die Stimme war ungewöhnlich, fand Henriette. Sie klang fast so, als ob viele Stimmen zur gleichen Zeit dasselbe sagen würden.

»Woher weißt du, dass er nicht tot oder geflohen ist?«

»Weil wir gesehen haben, dass er zurück in sein Versteck gegangen ist.«

Versteck? Zurück? Henriettes Gedanken überschlugen sich, so hastig kamen sie ihr in den Sinn. »Du hast ihn gesehen?«

Der Riese deutete zum Wald, dessen tiefschwarze Bäume das Licht verschluckten. »Er ist verletzt.«

»Wann hast du ihn das erste Mal gesehen?«, fragte Habib.

Das erste Mal? Wieso das erste Mal? Wie kam Habib darauf, der Riese hätte den Traumdieb schon vorher gesehen? Und dann begriff Henriette. »Du hast gesagt, er sei *zurück* in sein Versteck.« Sie sah zu den schwarzen Bäumen hinüber. Ihr Anblick jagte Henriette einen Schauer über den Rücken. »Du hast ihn dort schon einmal gesehen? In diesem Wald?«

Der Riese nickte.

»Er versteckt sich dort. Er hat sich in meinem Kopf niedergelassen. Und du lebst ebenfalls dort, nicht wahr?« Sie starrte den Riesen an. Er kam ihr bekannt vor. Ja, natürlich. »Ich habe schon früher von dir geträumt. Ich erinnere mich nicht mehr ganz genau. Es ist schon so lange her. Aber ich weiß, dass ich schon von dir geträumt habe.« Ihre Miene verfinsterte sich wie der Himmel angesichts eines nahen Unwetters. »Du gehörst in einen Albtraum.«

Der Riese antwortete nicht. Stattdessen sah er sich prüfend um, als ob er etwas gehört hätte, das nur für seine Ohren bestimmt war. Dann erhob er sich ruckartig. »Die Nacht endet. Es ist vorüber. Wir haben getan, worum du uns gebeten hast, Herrin. Aber denke nicht, dass wir immer so friedlich sein werden, wenn du auf uns triffst.« Er machte einen großen Schritt auf den Wald zu.

Henriette wollte ihm folgen, doch Habib hielt sie zurück. »Nicht«, sagte er. »Dies ist der Nachtschattenwald. Kein Ort für süße Träume.« Henriette sah dem Riesen nach, der in den Wald stapfte. Die Bäume, obwohl gewaltig hoch, reichten ihm gerade bis zur Hüfte.

»Der Nachtschattenwald«, flüsterte Henriette.

»Die Heimat der Alben und der Träume, die sie weben.«

»Dort können wir den Traumdieb finden«, sagte Henriette.

»Was hat der Riese eigentlich damit gemeint, als er *wir* gesagt hat?«, fragte Nick.

Henriette zuckte mit den Schultern. Das war ihr auch aufgefallen. Doch es war nicht das einzige Geheimnis dieser Nacht. Und nicht das wichtigste.

Die Welt um sie herum begann plötzlich zu erstrahlen. Ein goldener Schimmer legte sich über alles. Er erfüllte jeden Grashalm, jeden Stein und jede Wolke. Er war fast zu schön, um Wirklichkeit zu sein. Was war das nur?

»Der Traumglanz«, sagte Habib, der ihr den Gedanken von der Stirn zu lesen schien. »Wenn die Nacht endet, bleibt die Zeit in diesem Traum stehen. Es ist, als würde ein Bild von ihm gemalt, einzig, dir zu gefallen. Ein Bild, das du dir immer wieder ansehen kannst. Oder in das du wieder hineinspringen kannst, wenn du beschließt, noch einmal an diesen Ort zurückzukehren. In einer anderen Nacht. Nur wenigen Träumern ist dieser Anblick vergönnt. Genieß ihn, bis dieser Traum vergeht.«

Henriette sah sich staunend um. Selbst der finstere Nachtschattenwald schien mit einem Mal nicht mehr furchterregend, sondern schön und wundervoll. Irgendwann fühlte Henriette, wie Habib ihre Hand nahm. Schweigend saßen sie nebeneinander und sahen dabei zu, wie die Welt in Glanz erstrahlte.

Plötzlich erfasste Henriette die Angst, dass sie Habib in der kommenden Nacht vielleicht nicht mehr treffen würde. Wer weiß, welchen Traum sie dann erleben würde. Unwillkürlich schloss sie ihre Hand fester um seine.

»Wir werden uns wiedersehen«, beantwortete Habib ihre unausgesprochene Frage.

Ein Lächeln stahl sich wie von selbst auf ihr Gesicht. »Das wäre schön«, sagte sie. »Ich meine, damit wir den Traumdieb endlich fangen können.« Sie räusperte sich nervös und strich sich die widerspenstige Locke aus dem Gesicht.

»Er gefällt mir.« Habibs Stimme war kaum mehr als ein Flüstern.

»Wer gefällt dir?«, fragte Henriette verwirrt.

»Henriette. Der Name gefällt mir«, war das Letzte, was er sagte. Dann endete die Nacht und mit ihr der Traum.

BETÖRENDE BEEREN

Henriette und Nick saßen an dem kleinen Tisch im Buchgeschäft von Herrn Anobium, der in der Küche Kakao kochte. Ein verheißungsvoller Duft zog zwischen den Regalen entlang. Es hatte schon in den frühen Morgenstunden angefangen, wild zu schneien und drinnen schien es fast ebenso frostig zu sein wie draußen. Die alte Heizung klapperte mitleiderregend bei dem Versuch, die Kälte aus dem Raum zu treiben. Das Fauchen des Windes, der gegen die Fenster schlug, als wolle er das Geschäft wegwehen, ließ Nick zusammenzucken. Er fühlte sich unwohl in dem Buchgeschäft. Ganz anders als seine Schwester. Henriette strahlte über das ganze Gesicht. Sie hatte ihren Traum behalten und dem Traumdieb eine Niederlage beigebracht.

Aus der Küche hörten sie ein helles Klimpern, dann erschien Herr Anobium mit drei dampfenden Tassen. »Das wird euch wärmen«, sagte er und zog sich einen Stuhl heran. Henriette nippte an ihrem Getränk.

Die Augen von Herrn Anobium glänzten vor Aufregung, als er sich zu ihnen nach vorne beugte. »Und nun erzählt. Wie ist es gelaufen? Kannst du dich an deinen letzten Traum erinnern?«

Henriettes Lächeln wurde noch breiter. »Oh ja. Ich kann mich an alles erinnern. Der ganze Traum ist noch da.«

»Dann ist er verschwunden«, sagte Herr Anobium zufrieden und pustete in seinen Kakao. »Ich hatte es euch doch gesagt.«

Henriette schüttelte den Kopf. »Nein.« Sie sah Nick vielsagend an. »Das nicht, aber es ist einiges geschehen.«

Herr Anobium sah von einem zum anderen. »Das hört sich nach einer längeren Geschichte an. Also, dann fangt mal an zu erzählen«, sagte er und lehnte sich in seinem Stuhl zurück. »Und lasst euch Zeit. Mir scheint, als würden heute nicht mehr viele Leute den Weg in diesen Laden finden.« Tatsächlich heulte und toste der Wind draußen so laut, dass es sicherlich keiner wagte, auf die Straße zu gehen.

Nick überließ es weitgehend seiner Schwester, von ihrem ersten gemeinsamen Traum zu berichten, und nur dann und wann korrigierte er etwas oder fügte ein Detail hinzu. Ihre leisen Worte füllten den Raum und die alten Bücher um sie herum schienen neugierig zu lauschen. Herr Anobium hörte aufmerksam zu, doch er fragte nicht nach und unterbrach Henriette auch nicht. Selbst als sie erzählte, wie Nick durch die Tür gegangen war, sagte Herr Anobium nichts. Nur in seinen blauen Augen blitzte es kurz auf. Dann kam sie zu dem Moment, in dem der Traumdieb sie angegriffen hatte. Das Lächeln wich aus Henriettes Gesicht. Viel stärker als zuvor spürte sie plötzlich die Kälte, die den Raum durchzog, und selbst der heiße Kakao vermochte sie nicht mehr zu wärmen. Schließlich endete sie und sah erwartungsvoll zu Herrn Anobium auf.

»Ich muss wohl kaum sagen, wie töricht es von deinem Bruder war, durch die Tür zu gehen.« Der alte Buchhändler schüttelte den Kopf.

Nick verschränkte die Arme und sah ihn trotzig an. »Aber so ist Henriette aufgewacht. Sie ist nun eine Wunschträumerin.«

»Wunschträumer. Was weißt du von ihnen? Nichts. Hinter diesem Namen steht eine Geschichte, die älter ist, als du ahnst.« Anobium strich sich mit einer Hand ärgerlich über das Kinn.

»Sie wissen, dass es Wunschträumer gibt?«, fragte Henriette erstaunt.

»Ich habe von ihnen gelesen. Das bisschen jedenfalls, was es von ihnen zu lesen gibt. Du musst wissen, dass es Wunschträumer waren, die die wenigen Berichte über Traumdiebe niedergeschrieben haben. Eine seltene Spezies.«

»Wer? Die Wunschträumer oder die Traumdiebe?«, fragte Nick.

»Beide«, antwortete Herr Anobium knapp.

»Ich gehöre scheinbar zu ihnen«, sagte Henriette leise.

»Möglich«, brummte Herr Anobium, als wäre das nichts Besonderes. »Aber«, er seufzte widerstrebend, »eure törichte Dummheit hat auch etwas Gutes.«

Nick und Henriette sahen sich fragend an.

»Der Traumdieb ist verletzt«, erklärte Herr Anobium. »Er ist jetzt angreifbar. Das könnte für uns die Gelegenheit sein, ihn aus deinem Kopf zu werfen.«

In diesem Moment erklang ein blecherner Ton, und die Tür wurde geöffnet. Es hatte sich scheinbar doch noch jemand hinausgetraut und den Weg zu *Anobium & Punktatum* gefunden. Einen Moment später wurde die Tür von einem älteren Herrn hastig wieder zugedrückt. Herr Anobium stand auf und begrüßte den Kunden. Nick und Henriette blieben sitzen.

»Irgendetwas gefällt mir nicht«, zischte Nick.

»Etwas gefällt dir nicht?« Henriette zog die Stirn kraus. »Ist dein Kakao zu heiß?«

»Unsinn.« Nick winkte ärgerlich ab. »Es geht um ihn.« Er deutete auf Anobium, der ihnen den Rücken zudrehte. Nick wusste nicht recht, wie er es seiner Schwester erklären sollte. Es war ein Gefühl. Nicht mehr. Irgendwie hatte Nick den Eindruck, Anobium würde insgeheim versuchen, sie von dem Traumdieb fernzuhalten, anstatt bei seiner Vertreibung zu helfen. Als er das seiner Schwester sagte, schüttelte sie den Kopf.

»Du magst ihn nicht«, verteidigte Henriette Herrn Anobium. »Du hast ihn nie gemocht. Aber das macht ihn nicht zum Lügner. Warum sollte er versuchen, uns von der Jagd auf den Traumdieb abzuhalten?«

Nick hatte den ganzen Morgen über das nachgedacht, was er nun sagte. Er war sich sicher, dass er recht hatte. »Das vielleicht nicht. Aber denk mal nach. Er wollte verhindern, dass wir gemeinsam träumen. Er will, dass du nachts alleine bleibst. Alleine mit diesem Ding in deinen Träumen.« Seine Stimme überschlug sich fast vor Argwohn. »Henriette, was wäre, wenn Anobium mit dem Traumdieb unter einer Decke steckt?«

Sie hörten erneut das scheppernde Geräusch der Türklingel und der Buchhändler kam wieder zu ihnen an den Tisch.

»Wo waren wir noch gleich? Ach ja, es ging darum, dass der Traumdieb verletzt ist. Das wissen wir. Und wir wissen auch, wo er sich versteckt. Er ist im Nachtschattenwald. Dieser Ort ist unter Kennern nicht ganz unbekannt. Wenngleich Berichte über ihn oft als, na ja, sagen wir Märchen abgetan werden.« Herr Anobium legte die Stirn in Falten. »Dort verbirgt er sich also. Henriette, ich denke, dass er in deinem Kopf bleiben will. Für längere Zeit, denn sonst würde er sich kaum ein festes Versteck suchen.«

Henriette verdrehte die Augen. Für längere Zeit. Nein. Das musste sie verhindern.

»Verletzt.« Herr Anobium brummte gedankenverloren vor sich hin. »Da war doch etwas.« Er stand plötzlich auf, ging zu dem Regal mit den wertvollen Büchern und zog einige von ihnen heraus. Dann kam er zurück und setzte sich. Die Bücher legte er auf den Tisch, schlug das Erste von ihnen auf und blätterte eine Zeit lang darin herum. Nick erkannte es. Es war das Buch, in dem er ihnen das Bild eines Traumdiebs gezeigt hatte. »Nicht das richtige«, sagte der alte Buchhändler zu sich selbst, schlug es zu und nahm ein anderes. Er schien ganz und gar auf das Buch konzentriert. Henriette nutzte die Gelegenheit, ihrem Bruder heimlich einen Vogel zu zeigen.

Wieso sollten Herr Anobium und der Traumdieb Verbündete sein? Das war völliger Unsinn. Er half ihnen doch. Außerdem gab es keinen Menschen auf der Welt, dem Henriette mehr vertraute als Herrn Anobium.

Nick aber war ganz und gar anderer Ansicht. Er schüttelte den Kopf so überheblich, als sei er der Ältere der beiden. Und schenkte Henriette sein abfälligstes Lächeln. Er wusste, wie wütend er sie damit machen konnte.

Der Buchhändler legte derweil auch das nächste Buch weg, nahm ein weiteres und fand scheinbar auch dort nicht, was er suchte.

Henriette kniff wütend die Augen zusammen, dann riss sie sie weit auf und sah Nick so an, wie es sonst nur Herr Anobium tat, wenn er sich über Nick ärgerte.

Nick zuckte zusammen und wollte gerade zu einem lautlosen Gegenangriff ausholen, als der Finger von Herrn Anobium plötzlich auf einer Seite innehielt.

»Hier.« Herr Anobium tippte auf die Seite vor ihm und unterbrach damit Nick und Henriettes stummen Streit. »Hier steht es.« Die mit verschnörkelten Buchstaben auf die Seite gemalten Worte stammten aus einer fremden Sprache und verbargen ihren Sinn vor den Zwillingen. Doch Herr Anobium konnte sie lesen. »*Traumdiebe brauchen die Träume der Menschen, um existieren zu können. Ihr Verlangen nach Erlebtem beruht auf der Unfähigkeit, vom Leben zu lassen. Über die Träume der Menschen fühlen sie sich dem Leben weiter verbunden.*«

»Das wissen wir bereits«, bemerkte Nick.

Herr Anobium las ungerührt weiter. »*Jedoch unterliegen sie in ihrem Dasein ebenso Regeln wie die Träumenden selbst. So können sie, die fremd in dem träumenden Kopf sind, anders als der Träumer verletzt werden.*«

»Das ist auf jeden Fall richtig«, warf Henriette ein.

Herr Anobium nickte zustimmend, dann fuhr er fort: »*Geschieht dies, so besteht ihre einzige Hoffnung in der heilenden Wirkung des Silbernen Nachtschattens, einer Pflanze aus dem Nachtschattenwald. Gelingt es einem verletzten Traumdieb jedoch nicht, seine Verletzung zu kurieren, so vergeht er innerhalb weniger Nächte.*«

»Silberner Nachtschatten? Die Pflanze heißt ja so wie der Wald«, entfuhr es Henriette.

»*Solanum argentum.* Der seltenste Vertreter der Nachtschattengewächse«, erklärte Herr Anobium. »Denn es gibt ihn nur in Träumen. Viel häufiger findet man seinen dunklen Bruder. Den Schwarzen Nachtschatten. Ein passender Name, denn die Träume, die die Alben weben, sind im Grunde nichts anderes als Nachtschatten. Schatten im Dunkeln. Genährt von bitterer Angst und giftigen Erinnerungen. Wir werden uns die Kraft des Silbernen Nachtschattens zunutze machen.« Herr Anobium sah Henriette erwartungsvoll an. »Verstehst du? Das ist die Lösung.«

Henriette sah ihn fragend an.

»Ihr werdet in den Nachtschattenwald gehen und dem Traumdieb eine Falle stellen.«

»Eine Falle?«, fragte sie ungläubig. »Wie denn? Er ist viel zu stark für uns.«

Herr Anobium schüttelte den Kopf. »Er ist verletzt. Und ihr kennt den Ort, an dem er sich verborgen hält und an dem seine einzige Hoffnung auf Rettung zu finden ist.«

»Der Nachtschattenwald«, sagte Henriette leise, als wollte sie das Wort nicht hören.

»Du musst nicht gegen ihn kämpfen. Es reicht, wenn du ihn fängst und bindest. So lange, bis er vergeht. Hast du den Mut dazu?«

Nein, Henriette besaß ihn nicht. Zumindest fand sie ihn nicht. Vielleicht lag er unter Tonnen von Angst begraben. Aber sie nickte dennoch. Nie wieder wollte sie bestohlen werden.

Auch Nick fühlte eigentlich nicht genug Mut in sich, um sich in den Nachtschattenwald zu wagen. Ihn aber hatte Herr Anobium nicht gefragt, wie Nick gekränkt bemerkte.

»Der Nachtschattenwald hat dort begonnen, wo mein Traum aufgehört hat«, sagte sie. »Wir könnten heute Nacht zu dieser Stelle zurückkehren.«

»So würdest du keinen Erfolg haben«, erwiderte Herr Anobium. »Es heißt, der Nachtschattenwald sei endlos, denn er existiert nicht nur in deinem Kopf. Den Erzählungen über ihn nach reicht er in die Köpfe aller träumenden Menschen. Wenn ihr an seinem Saum mit der Suche beginnt, könnte der Traumdieb auf und davon sein, ehe ihr sein Versteck entdeckt.«

»Wie sollen wir den Traumdieb dann finden? Wenn Sie recht haben, könnte er überall sein.«

»Könnte, ja. Aber er wird sich dort aufhalten, wo er den Silbernen Nachtschatten finden kann.« Sein Finger fuhr die Reihen der seltsamen Schriftzeichen nach. »Ja, ja. So war es.« Er nickte, als müsste er sich selbst von seinem Plan überzeugen. »Du musst in das Herz des Waldes. Nur dort wächst diese Pflanze.« Herr Anobium hob den Blick und fixierte Henriette. »Ich will dir nichts vormachen. Das wird kein leichtes Unterfangen. Im Herzen des Nachtschattenwaldes leben deine ältesten Albträume. Sie verbergen sich dort wie Spinnen in ihrem Netz und lauern darauf, geträumt zu werden. Einige werden dich vielleicht nicht mehr schrecken, aber andere können noch viel schlimmer sein, als du dich zu erinnern wagst. Der Wald ist gefährlich.«

Henriette nickte und dann dachte sie an das, was Badra ihr gesagt hatte. »Aber das bin ich auch«, sagte sie leise.

Herr Anobium blätterte weiter in dem Buch und las stumm für sich, begleitet von nachdenklichem Brummen. »Die Beeren, hm. Schwer zu bekommen in dieser Jahreszeit. Aber nicht unmöglich.« Er sah auf. »Komm heute Abend wieder, Henriette. Du wirst etwas benötigen, um tief genug in den Nachtschattenwald zu gelangen. Etwas, das dich direkt in sein Herz bringt.«

Als Henriette am Abend zurück in den Laden kam, war Herr Anobium nicht zu sehen, doch sie hörte ihn in der kleinen Küche mit etwas hantieren.

»Hallo!«, rief sie und setzte sich an den Tisch. Das Buch mit dem Bild des Traumdiebs lag dort aufgeschlagen. Scheinbar hatte Herr Anobium sich noch weiter mit ihm beschäftigt. Henriette betrachtete nachdenklich das Bild. Es überraschte sie, dass sie nicht voller Abscheu für dieses Wesen war. Der Dieb hatte ihr etwas genommen, das für Henriette wertvoller als jeder Schatz war, und doch empfand sie weder Hass noch Wut für ihn. *Es tut mir leid.* Fast konnte sie den Traumdieb flüstern hören. Wenn sie doch nur wüsste, warum er das gesagt hatte.

Herr Anobium riss sie aus ihren Gedanken, als er sich neben sie setzte. In seiner Hand hielt er einige tiefgrüne, gezackte Blätter, an denen violett-schwarze Beeren hingen. Er legte sie auf den Tisch. »Ich hatte Mühe, noch ein paar Früchte aufzutreiben. Sie sind nicht mehr ganz frisch, aber sie werden genug Kraft in sich haben.«

»Was sind das für Früchte?«

»Das ist *Solanum nigrum*. Der Schwarze Nachtschatten.«

Für einen Moment war Henriette zu verblüfft, um etwas zu sagen. »Wo haben Sie die her?«, fragte sie schließlich. Sie starrte die Beeren an, als könnte sie sich an ihnen verbrennen. »Sie wachsen doch nur im Nachtschattenwald.«

Herr Anobium schüttelte den Kopf. »Nein, nein. Du meinst den Silbernen Nachtschatten. Dies hier aber ist eine ganz und gar wirkliche Pflanze. Sie wächst an zahllosen Orten auf der Welt und sie hat eine besondere Wirkung.«

»Was für eine Wirkung?«

»Sie trägt ihren Namen, weil sie einen Träumer in den Nachtschattenwald bringen kann. Wer sich der Wirkung dieser Pflanze aussetzt, wird die furchtbarsten Albträume erleben und damit den Weg in sein Herz finden.«

Henriettes Augen wurden groß. »Ich denke nicht, dass ich die furchtbarsten Albträume erleben möchte. Ich will nur den Traumdieb loswerden.«

»Keine Angst. Du musst dich nur hüten, mit dem Saft der Beeren in Berührung zu kommen. Pass bloß gut auf! Sie sind giftig. Wenn du jedoch mit den Blättern in der Hand einschläfst, sodass dich ihr Duft nachts in der Nase kitzelt, dann werden sie dich auf eine düstere Reise schicken. Wenigstens in die Nähe deines Ziels müssten sie dich bringen können.«

Henriette sah die Blätter nachdenklich an. Es fühlte sich irgendwie nicht richtig an, den Traumdieb fangen zu wollen. Aber genauso verabscheute Henriette es, bestohlen zu werden.

Sie seufzte. Die Hand des Buchhändlers berührte ihren Arm.

»Du solltest es dir nicht so schwer machen«, sagte er mit milder Stimme. »Du wirst ihm ja kein Leid zufügen, wenn du dafür sorgst, dass er vergeht. Ein Traumdieb ist kein Mensch. Er ist ein Geist. Und Geister können nicht sterben. Aber sie können erlöst werden. Stell dir vor, wie es sein muss, ewig daran gebunden zu sein, die Träume anderer Menschen zu stehlen. Vielleicht ist es eine Zeit lang aufregend. Ein Jahr. Zwei Jahre. Aber dann? Eine Qual. Eine endlose Qual. Lass uns den Traumdieb erlösen und dann die Tür zwischen deinem Kopf und dem deines Bruders verschließen. Du wirst sehen. Alles wird wie vorher sein.«

»Wird es gefährlich?«, fragte Henriette und schloss ihre feuchte Hand um die Beeren.

»Keine Angst. Es wird dir nichts zustoßen. Ich würde dir diesen Plan nicht vorschlagen, wenn ich nicht überzeugt wäre, dass er gelingen wird. Die Beeren werden dir den Weg in den Wald öffnen. Dann musst du nur ihre silbernen Schwestern finden. Wenn die Geschichten stimmen, die ich gelesen habe, wird der Silberne Nachtschatten im dunklen Wald funkeln wie die Sterne am Nachthimmel. Und wenn du die richtige Stelle gefunden hast, musst du nur noch warten, bis der Traumdieb kommt. Im richtigen Moment fängst du ihn.«

»Und wie?«, fragte Henriette, für die sich das alles viel zu einfach anhörte.

»Du vermagst deine Träume zu lenken, wie du erzählt hast.« In der Stimme des alten Buchhändlers schwang Stolz mit. »Also erträum dir einen Käfig, in den du ihn sperrst. Oder lass ihn durch deine Traumwesen fangen. Er ist verletzt und geschwächt. Wenn du tatsächlich das Zeug zu einer Wunschträumerin hast, dann wird dir das wenig Schwierigkeiten bereiten. Nur traue keinem, den du unterwegs triffst, denn dieser Wald ist voller Verschlagenheit. Am Wegesrand werden Gestalten aus deinen Albträumen stehen und dich auf falsche Fährten locken.«

Henriette war tief in Gedanken versunken, nachdem sie den Buchladen verließ. Und sie war es immer noch, als sie später mit Nick in ihrem Zimmer saß und sich mit ihm beratschlagte.

»Bist du sicher, dass du Anobiums Plan folgen willst?« Nick betrachtete nachdenklich die Beeren. »Wer sagt denn, dass du den Traumdieb wirklich fangen kannst? Vielleicht ist es eine Falle.«

Henriette nahm Nick die Beeren ab. Sie verströmten einen süßlich-bitteren Duft. Nicht unangenehm, sondern eher betörend. Henriette schüttelte den Kopf. »Vielleicht, vielleicht. Das ist ein bisschen wenig, oder?«

Nick schwieg beleidigt. Er war sicher, dass etwas an all dem hier nicht stimmte. Es war wie ein falscher Ton in einem Lied. Er hörte ihn, aber er konnte nicht sagen, wer ihn spielte. Noch vor wenigen Tagen hätte er jetzt irgendetwas Gemeines zu Henriette gesagt und wäre dann in seinem Zimmer verschwunden. Heute Abend aber tat er das nicht. Das hier war zu wichtig. Längst war auch er ein Teil dieses Abenteuers.

»Pass wenigstens auf«, sagte er. »Wir werden gleich in einen Wald voller Albträume laufen.«

153

»Ich wäre dir nicht böse, wenn du auf deiner Seite der Tür bleibst. Es könnte gefährlich werden.«

Nick sah seine Schwester entrüstet an. »Meinst du, das hält mich ab? Glaubst du etwa, ich hätte Angst?«

»Nein, natürlich nicht«, log Henriette.

IM HERZEN DES NACHTSCHATTENWALDS

Die Nacht, die für Henriette stets eine Vertraute gewesen war, erschien ihr heute hinterhältig und verschlagen. Ganz so, als hätte sie nur darauf gewartet, mit Henriette alleine zu sein, um ihr schlechte Träume zu bringen. Noch nie hatte sich Henriette vor der Dunkelheit gefürchtet. Noch nie. Bis heute. Unruhig schlief sie ein, den Duft des Schwarzen Nachtschattens in der Nase, als folgte sie einer Fährte.

»Viele Albträume heute Nacht, Herrin. So viele. Ich begreife es nicht. Wieso verlangt Euer unerreichter Kopf heute Nacht nach schlechten Träumen?« Der Traummeister stand unglücklich und voller Sorge vor Henriettes Thron. Nick war bei ihr.

Als sie dem Traummeister von ihrem Plan berichteten, wurde er noch unglücklicher. »Herrin«, jammerte er, »man findet nichts Gutes im Nachtschattenwald. Dieser Teil Eures Kopfes gehört nicht Euch allein. Wir können Euch dort nicht richtig beschützen.«

»Es muss sein«, antwortete Henriette. »Ich will nie wieder bestohlen werden.«

»Meine Herrin, was geschehen ist, ist geschehen. Die Träume warten. Ich schäme mich, sie Euch anzubieten. Am liebsten würde ich mitkommen, um Euch mit meinem Leben zu beschützen, doch das vermag ich nicht.« Der Traummeister trat mit offensichtlichem Widerwillen zur Seite und das Tor gegenüber von Henriettes Thron öffnete sich. Kein milder Lufthauch, sondern eine Sturmbö fuhr in den Saal des Traumkabinetts und riss die Hulmis, die heute nicht gebraucht wurden, fort. Der Wind war kalt und seine tastenden Finger reichten bis in Henriettes Herz. Angst stieg in ihr auf. Und dann begann die Nacht der Albträume.

Über Nick und Henriette peitschte der Sturm. Blitze schnitten in den nachtschwarzen Himmel und es goss wie aus Kübeln. Der Wind war so stark, dass sie einander kaum verstanden.

»Wo sind wir?«, schrie Nick gegen das Tosen an.

Henriette deutete in den Himmel. Wieder zuckte ein Blitz über sie hinweg und in seinem gleißend hellen Licht erkannte Nick die Bäume. Sie waren im Nachtschattenwald. Auf einer Lichtung vielleicht. Überall um sie herum standen Bäume, die sie stumm beobachteten. Henriette nahm Nicks Hand und zog ihn mit sich. Nick konnte nichts erkennen. Weder sah er, was vor ihnen lag, noch erkannte er, was um sie herum geschah. Blind stolperten sie einen Weg entlang, den die Blitze aus der Nacht rissen.

Schließlich hörten sie das Hämmern und Prasseln der Regentropfen nur noch aus weiter Entfernung. Nick glaubte schon, der Himmel hätte sich beruhigt. Dann aber, als wieder ein Blitz die Welt erhellte, erkannte er, dass sie unter den Bäumen angelangt waren. Hohe Buchen hatten ihre Zweige zu einem schützenden Dach ausgebreitet. Über ihnen heulte der Sturm, aber vor ihnen lag der Wald in tiefer Stille. Hin und wieder knackte es, als ob jemand auf trockene Äste trat. Schlichen da Alben um sie herum? Was war schlimmer – der Lärm oder die Stille?

Nick umfasste die Hand seiner Schwester fester. »Worauf warten wir?«, flüsterte er. Dabei sah er sich misstrauisch um, als hoffte er, dass seine Augen die Finsternis durchdringen könnten.

»Wir warten auf meine Männer.«

Nick konnte Henriettes Lächeln fast hören. Er lauschte dem Gewitter und dem Sturm.

Dann ließ Henriette seine Hand los und ging einen Schritt nach vorne. »Hast du es gehört?«

Nick horchte in den Sturm hinein. »Was gehört?«

»Das Fluchen. Sie kommen. Meine Männer kommen.«

Tatsächlich hörte Nick nun jemanden wütend schimpfen.

»Verdammter Gaul!«

Sie hörten polternde Schritte. Jemand kam auf sie zu.

»Meine Rüstung wird schon ganz rostig.«

»… ganz rostig.«

Nick starrte angestrengt in die Dunkelheit. Langsam schälten sich fünf Gestalten aus ihr heraus. Eine von ihnen, die mit einer anderen auf einem Kamel saß, hielt eine Laterne in der Hand. Nick erkannte Hauptmann Prolapsus, der sich mit dem Pony auf seinem Rücken abmühte, den doppelten Ritter, Badra und …

»Habib«, sagte Henriette leise. Unwillkürlich musste sie lächeln. Sie war selbst verwundert, wie froh sie darüber war, dass er hier war. Sie schob sich die störenden nassen Locken aus dem Gesicht und lief erleichtert ihren Freunden entgegen. Badra stieg von seinem Kamel ab. Kaum dass er stand, fiel ihm Henriette um den Hals. Er hatte keine bleibenden Verletzungen erlitten. Ganz so, wie es Habib vorausgesagt hatte. Henriette strahlte.

»Du wirst echt besser«, sagte Nick anerkennend. »Der Ort stimmt, die Leute sind da. Gar nicht schlecht.«

Der doppelte Ritter entzündete eine zweite Laterne. Unwillig wichen die Schatten um sie herum zur Seite.

»Meine Herrin«, sagte Badra. »Bist du sicher, dass dies der Weg ist, den du gehen willst? Mitten durch den Nachtschattenwald? Niemand sollte sein Schicksal herausfordern. Du kannst hier nichts gewinnen, aber alles verlieren. Diese Nacht ist anders als alle anderen. Oder, Hauptmann? Ihr werdet schon länger geträumt als ich. Sagt, habt Ihr den Wald je so erlebt?«

Hauptmann Prolapsus ließ das Pony unsanft auf den Boden fallen. Geräuschvoll reckte und streckte er sich. Dann betrachtete er mit finsterer Miene den Wald. »Noch nie. Fast scheint es, als würde diese Nacht nur aus Albträumen bestehen. Alle Sinne unserer Herrin sind heute vom Nachtschattenwald erfüllt. Ich frage mich, wer hinter dieser Teufelei steckt.«

»Das war ich«, sagte Henriette und sie berichtete in hastigen Worten von ihrem Plan.

»Du hast deine Albträume gerufen«, sagte Habib besorgt. Sein schwarzes Haar hing ihm nass ins Gesicht und seine braunen Augen blitzten ärgerlich auf. »Hier in diesem Wald werden wir dich kaum beschützen können. Du bist in Gefahr.«

»Was bleibt mir anderes übrig, wenn ich dem Traumdieb ein Ende setzen will?« All die mühsam zurückgehaltene Wut und Angst der vergangenen Tage und Nächte stieg nun in Henriette empor. Ihre Stimme zitterte. »Eine Nacht habe ich ihn abschütteln können. Und morgen? Wird er dann wiederkommen? Ich kann doch nicht Nacht für Nacht gegen ihn kämpfen.«

»Der Traumdieb wird von selbst verschwinden«, sagte Habib, doch seine Worte klangen, als habe er sie auswendig gelernt.

»Wann?« Henriettes Augen füllten sich mit Tränen. Hauptmann Prolapsus und der doppelte Ritter wandten sich ab. »Sag mir, wann! Wie kann ich sicher sein, dass er jemals geht? Nein. Es muss enden. Heute Nacht.«

»Überstürz nichts, Herrin«, sagte Badra eindringlich. »Lass uns nachdenken und einen anderen Weg finden. Einen anderen als diesen hier.« Er deutete auf den Pfad vor ihnen.

Henriette machte einen Schritt vor und schüttelte den Kopf. »Ich werde dort hineingehen. Alleine, wenn es sein muss.«

Badra seufzte. »Dann werden wir mit dir kommen. Auch wenn ich es nicht für richtig halte. Doch sag mir, wie und wo werden wir ihm eine Falle stellen? Wo wächst der Silberne Nachtschatten? Wer kam nur auf die törichte Idee, dich auf diesen Weg zu schicken?«

Nick wollte etwas sagen, doch Henriettes Blick ließ ihn verstummen.

»Alle Antworten liegen dort.« Sie deutete in den Wald hinein. Dann ging sie so schnell los, als fürchtete sie, dass ihre Freunde sie sonst zurückhalten würden. Die anderen folgten ihr. Die beiden Reittiere ließen sie, sehr zur Freude des Hauptmanns, an der Stelle zurück, von der aus sie aufgebrochen waren. Keines von ihnen würde freiwillig durch den Wald gehen. Henriettes kleine Armee musste das Herz des Nachtschattenwaldes zu Fuß erreichen.

Die Luft im Wald war warm und roch alt. Eine tiefe, gespannte Stille umgab die Zwillinge und ihre fünf Begleiter. Fast schien es, als traute sich der Sturm nicht, seine unsichtbaren Finger zwischen die nachtschwarzen Stämme des Waldes zu schieben.

Der Pfad wand sich wie unter Schmerzen in den Wald hinein. Unzählige Male wurde er von anderen Wegen gekreuzt. Immer wieder trafen sie auf Gabelungen, an denen es nach links oder rechts ging. Wege, die vielleicht etwas freundlicher aussahen als der, dem sie folgten. Fast schien es, als wollte der Wald sie von seinem Herzen fortlocken. Immer, wenn sie an einer dieser Abzweigungen entlanggingen, schien der Wald die Luft anzuhalten, als wartete er gespannt auf ihre Entscheidung. Dann nahm die Stille noch ein wenig zu.

Doch Henriette und ihre Begleiter ließen sich nicht weglocken. Unbeirrt folgten sie ihrem Pfad. Während sie den Wald durchquerten, gewann Henriette das beunruhigende Gefühl, schon einmal hier gewesen zu sein. Der Wald kam ihr seltsam vertraut vor. Nach einiger Zeit gestand sie sich ein, dass sie schon lange unterwegs waren.

»Zu lange, wenn du mich fragst, Herrin«, murmelte Badra angespannt, als habe er ihr den Gedanken aus dem Kopf gelesen. Der Beduine blieb stehen und suchte nach einem Hinweis darauf, wie nahe sie ihrem Ziel schon gekommen waren.

Auch Henriette sah sich um. Doch wenn es einen Unterschied gab zwischen diesem Teil des Waldes und dem, an dem sie ihr Abenteuer begonnen hatten, so konnten ihre Augen ihn nicht erkennen.

»Wir wissen nicht einmal, wie es im Herzen des Nachtschattenwaldes aussieht«, sagte Badra düster.

»Wir werden es erkennen, wenn wir dort sind«, erwiderte Henriette. Sie erinnerte sich an das, was Herr Anobium gesagt hatte. *Wenn die Geschichten stimmen, die ich gelesen habe, wird der Silberne Nachtschatten im dunklen Wald funkeln wie die Sterne am Nachthimmel.* Sie suchte Nicks Blick und seine Bestätigung, doch ihr Bruder starrte nur ängstlich unter das Blätterdach, als erwarte er jeden Moment einen Angriff der Alben, die dort irgendwo hausten.

Einzig Habib nickte Henriette aufmunternd zu. »Bestimmt ist es nicht mehr weit«, sagte er, doch selbst in Henriettes dankbaren Ohren klang das hohl.

Nach einiger Zeit hielt Badra erneut inne. Der Wald lichtete sich vor ihnen und dort standen das fette Pony und Dédé, das Kamel, und sahen sie gelangweilt an.

Henriette keuchte auf. »Das kann nicht sein!«, sagte sie ungläubig. Die Worte schmeckten bitter in ihrem Mund. »Von dieser Stelle aus sind wir gestartet. Wieso sind wir wieder hier? Wir sind immer nur geradeaus gelaufen, nie abgebogen.« Sie sah Hilfe suchend zu Nick und den anderen.

»Immer nur geradeaus«, pflichtete ihr der doppelte Ritter pflichtbewusst bei.

»… geradeaus.«

»Es liegt nicht an uns«, sagte Badra leise. »Es ist der Wald. Er hat einen eigenen Willen.«

»Er gehört in meinen Kopf«, sagte Henriette. »Er muss mir gehorchen. Nichts und niemand hier hat einen eigenen Willen.«

»Ein eigener Wille und Gehorsam sind zwei verschiedene Dinge.« Badras Stimme klang scharf. »Wir gehorchen dir, Herrin, und dennoch haben wir einen eigenen Willen. Wir haben ihn, weil du ihn uns gegeben hast. Und dieser Wald hat ihn erst recht, denn er gehört nicht dir allein. Er gehört auch den Alben. Wir haben uns verlaufen, Herrin.«

»Nein«, sagte Henriette trotzig und ging den Weg einige Schritte zurück. Dann blieb sie wieder stehen und drehte sich um. »Wir sind doch dem Hauptweg gefolgt. Er muss uns an den richtigen Ort führen.«

Hauptmann Prolapsus trat auf Henriette zu. Er schien der

Einzige von ihnen zu sein, der noch bei guter Laune war. Sein Rücken hatte schon eine ganze Weile nicht mehr geknackt. »Es gibt ein Sprichwort unter uns Traumwesen«, sagte er und beugte sich zu Henriette hinunter. »Es heißt *Neue Nacht, neuer Traum*. Vielleicht sollten wir morgen Nacht einen neuen Anlauf starten. Mit mehr Männern. Wir stellen eine gigantische Armee auf und durchkämmen den Wald.«

»Seid nicht töricht«, sagte Badra streng. »Der Wald ist zu groß, um ihn ganz zu durchqueren. Selbst wenn wir und alle anderen jede Nacht im Leben unserer Träumerin darauf verwenden würden.«

Der Hauptmann wackelte beleidigt mit seinem Schnurrbart. »Ich muss doch sehr bitten! Wen nennt Ihr hier töricht?«

»Was für eine Frechheit.«

»… Frechheit.«

»Seid still!«, zischte Nick. »Ihr alle.« Verblüfft hielten Henriettes Traumwesen den Mund und sahen ihn an. Er deutete stumm auf seine Schwester. Kopfschüttelnd blickte sie den dunklen Weg entlang, der höhnisch zurückzuglotzen schien.

»Das begreife ich nicht«, flüsterte Henriette.

»Könnt Ihr uns sagen, wohin wir nun gehen müssen, Herrin?«, fragte der Hauptmann vorsichtig, dessen Ärger beim Anblick seiner niedergeschlagenen Herrin verflogen war.

Henriette biss sich auf die Lippen. Nein. Sie schüttelte den Kopf.

»Sie kann es nicht«, sagte mit einem Mal eine fremde Stimme. »Aber ich.«

Am Rand des Weges saß eine Hexe. Gerade eben war sie noch nicht da gewesen, nun aber hockte sie auf einem großen, moosbewachsenen Findling und starrte die Gruppe aus schmalen Augen an. Henriette wich einen Schritt zurück. Unwillkürlich musste sie an Tante Annabel denken. Eine alte Hexe in einem dunklen Wald voller Alben. Das war ja wie in ihrem Tagtraum!

»Ich bin Nanaba«, sagte die Hexe mit einer Stimme, die mal hoch wie die eines Kindes und mal tief wie die eines Mannes klang. »Einfach nur Nanaba.«

Nanaba. Henriette fühlte sich plötzlich wieder wie ein kleines Kind. Nanaba. Der Name stammte aus der Zeit, als sie noch nicht richtig hatte sprechen können.

»Glotzt mich nicht so an!«, fauchte die Hexe Henriettes Begleiter an. »Ich bin alt und nicht mehr schön. Es schickt sich nicht für Ritter, eine alte und ehrwürdige Frau so anzustarren.«

Hauptmann Prolapsus ging auf die Hexe zu. Sie kam Henriette viel furchterregender vor als die in ihrem Tagtraum. Ihr Gesicht war uralt. Im fahlen Licht der Laternen schimmerte es grünlich. Henriette hatte den Eindruck, jemand hätte zu viel Haut über einen schmalen Schädel gelegt. Das tiefschwarze Haar wand sich unter dem spitzen Hut hervor, als besäße es ein eigenes Leben. Die Augen der Alten, die tief in den Höhlen lagen, waren die ganze Zeit auf Henriette gerichtet.

»Sicher gehört es sich nicht, eine unbescholtene Alte anzu-gaffen«, sagte der Hauptmann. »Aber du scheinst mir kaum so unschuldig zu sein, wie du dich gibst, Hexe. Oder ist der Nachtschattenwald mit einem Mal ein Ort geworden, an dem schöne Träume zu finden sind?«

Die Alte wandte ihren Blick nicht von Henriette ab. Mit Schaudern erkannte Henriette, dass die Hexe nicht ein ein-ziges Mal geblinzelt hatte. »Kein schöner Ort. Aber einer, an den es sich zu gehen lohnt. Viele Dinge von Wert gibt es hier. Seltene Pflanzen, starke Kräuter und mächtige Wesen, deren Hilfe unbezahlbar ist.«

»Meinst du vielleicht Alben?« Hauptmann Prolapsus sah die Hexe misstrauisch an.

»Alben, ja.« Die Hexe kicherte und Henriette lief ein Schauer über den Rücken. »Ich versorge sie. Ich heile sie. Und sie helfen mir. Was soll ich auch sonst tun? Die schö-nen Träume sind mir leider verwehrt. Die Herrin hat Angst vor mir. Dabei kann ich doch nichts für meine Gestalt, oder? Hat mir nicht unsere fabelhafte Herrin mein Äußeres auf den hässlichen Leib geträumt?«

»Habe ich richtig gehört? Du hilfst den Alben?« Der Hauptmann hatte sein Schwert gezogen und richtete es auf die Alte. Hell blitzte es im Schein der Laternen auf. »Alleine dafür sollte dich die Herrin vergessen.«

Die Hexe zuckte nicht einmal. »Ich bin zu einem Leben in diesem Wald verdammt. Ich muss überleben. Jede Nacht kämpfe ich darum. Die Alben helfen mir dabei. Sie lassen mich in ihrem Wald hausen. Schreckliche Nächte sind das. Aber nicht heute. Nein, dies ist die schönste Nacht meines Lebens. Die Herrin ist da! Ein kleines Kind war sie noch, als ihr Geist mich geboren hat. In dunklen Träumen war ich eingewoben.« Sie legte ihr faltiges Gesicht schief. »Irgendwann aber hat die Herrin aufgehört, nachts von mir zu träumen. Nur hin und wieder darf ich noch vor sie treten. In Tagträumen, die so blass sind, dass mich die Herrin in ihnen kaum erkennen kann.«

Henriette sah ihren Bruder, ihre Oma und sich selbst auf dem Weg in das schiefe Haus der Hexe. War sie in ihren Tagträumen schon hier gewesen? Ohne zu ahnen, was dies für ein Ort war? Kam ihr der Wald deshalb so bekannt vor?

»Mehr als alles andere wünsche ich mir, wieder von der Herrin geträumt zu werden«, fuhr die Hexe fort. »In echten Träumen. Im Licht der Nacht. Vielleicht erfüllt mir die Herrin diesen Wunsch? Es heißt, dass die Herrin gelernt habe, Wünsche zu träumen. Für die Erfüllung meines Wunsches biete ich euch meine Hilfe an.«

Badra ging nun ebenfalls auf die Alte zu. Sein Gesicht drückte unverhohlene Abscheu aus. »Für Wesen wie dich ist das Vergessen noch zu gut. Geh! Verschwinde in das Loch, aus dem du gekrochen bist, Albensklavin. Schnell, bevor dich einer meiner Dolche kitzelt.«

Zum ersten Mal ließen die Augen der Alten Henriette los. »Du und ich sind uns gar nicht unähnlich, Wüstenmann. Auch du kennst keine Gnade für deine Feinde. Und auch du liebst die Herrin. Vielleicht anders als ich. Du liebst sie wie den Morgen. Aber ich liebe sie wie die Nacht.«

Badra antwortete nicht. Stattdessen drehte er sich zu Henriette um. »Herrin, lass uns gehen. Sie weiß nichts. Sie will uns nur verwirren, Unruhe stiften und uns auf die falsche Reise schicken.«

»Das meine ich auch«, sagte der Hauptmann und hielt sein Schwert weiter auf die Hexe gerichtet.

»Herrin!«, rief die Alte. Mit einem schnellen Satz war sie vor Henriette gelandet, die erschrocken einen Schritt zurückwich. Badras Dolch und das Schwert des Hauptmanns lagen nur einen Sekundenbruchteil später am Hals der Hexe »Ich lege mein Leben in deine Hände«, flüsterte die Alte.

Henriette atmete schneller. Sie hatte panische Angst vor der Hexe. *Am Wegesrand werden Gestalten aus deinen Alpträumen stehen und dich auf falsche Fährten locken.* »Ich kann dir nicht trauen«, sagte Henriette.

»Ich bin dein Geschöpf, Herrin. Ich weiß, wen du fangen willst. Sag mir, was du dazu brauchst.«

»Er sucht den Silbernen Nachtschatten«, flüsterte Henriette, ohne es zu wollen.

»Morpheus' Kraut? Selten. Sehr selten. Wächst nur an einer Stelle in diesem Wald. Ich weiß, wo. Ich bin die Einzige, die es weiß.«

»Sie weiß nichts«, rief Badra noch einmal. »Hör nicht auf sie, Herrin.«

»Ohne mich werdet ihr die Stelle nie finden. Du willst ihn

dort fangen, nicht, Herrin? Ich habe ihn schon hier im Wald gesehen.«

Henriette suchte unter all der Verschlagenheit in dem Blick der Hexe nach einem Funken Aufrichtigkeit. »Sprich weiter«, sagte sie. Sie musste den Traumdieb fangen. Heute. Unbedingt.

»Ich werde dich und deine Freunde führen. Euch helfen, ihn zu fangen. Er ist verwundet. Gefährlich. Er hat nichts zu verlieren.«

»Du hast ihn wirklich gesehen?«

»Ja, das habe ich. Seht ihr, wie dringend ihr meine Hilfe braucht?«

»Warum sollten wir dir trauen, Alte?«, fragte Badra und sein Dolch zitterte vor Wut in seiner Hand.

»Weil es auch um mein Leben geht. Der Traumdieb bringt Unordnung. Er will zerstören. Er wird nicht aufhören, die Träume der Herrin zu stehlen. Wer weiß, was geschieht, wenn er für immer bleibt. Vielleicht würde die Herrin eines Nachts ganz aufhören zu träumen.

Das wäre das Ende.

Für dich, Wüstensohn.

Für euch, ihr erbärmlichen Ritter.

Und für mich.«

DAS HAUS DER HEXE

»Du darfst dieser Kreatur nicht trauen, Herrin!« Badra hielt seinen Dolch noch immer an den Hals der Hexe gedrückt. »Sie ist verräterisch und link. Ich spüre es in jeder Sehne meines Körpers. Sie will dir schaden.«

Die Alte bewegte sich nicht. Mit ungerührter Miene sah sie Henriette in die Augen. Henriette musste all ihren Mut zusammennehmen, um ihren Blick nicht abzuwenden. »Ich bin dein Geschöpf«, flüsterte die Hexe, sodass es nur Henriette hören konnte. »Wenn du mir nicht trauen kannst, dann kannst du dir selbst nicht trauen.«

Henriette zögerte. Dann aber beugte sie sich ein wenig vor. Der stinkende Atem der Hexe stieg ihr in die Nase. »Wenn du uns verrätst oder in die Irre führst, werden dich meine Freunde festnehmen. Hörst du? Ich mag erst dreizehn Jahre alt sein. Aber ich bin gefährlich.« Sie musste lächeln, als sie an Badras Worte dachte. »Ich werde ihnen den Befehl dazu geben. Ich werde meinen Wunsch nicht einmal laut aussprechen müssen. Ein Gedanke von mir wird reichen.« Nick kam es vor, als würde Henriette in diesem Moment wachsen. Als würde sie größer und reifer werden. Mit offenem Mund hörte er ihr zu. »Und dann«, fuhr Henriette fort, »werde ich dich einfach vergessen. Es wird dich nie gegeben haben.«

Henriette und die Hexe maßen einander stumm. Die Luft

prickelte vor feindseliger Spannung. Schließlich nickte die Hexe. »So soll es sein, Herrin. Ich werde dich nicht in die Irre führen und auch nicht verraten. Nicht an die Alben. Nicht an den Traumdieb.« Nick glaubte eine Spur Bedauern aus der Stimme herauszuhören.

Henriette ging einen Schritt zurück und die Hexe erhob sich. Erst jetzt erkannte Nick, wie hochgewachsen dieses Geschöpf war. Die Hexe war sicher einen Kopf größer als Badra. Widerwillig senkte der Beduine seinen Dolch und auch der Hauptmann zog seine Klinge langsam zurück. Die Hexe grinste die beiden böse an und hüpfte, als wäre sie ein kleines Kind in einem Himmel-und-Hölle-Spiel, den Weg in das Herz des Nachtschattenwaldes entlang.

»Das ist nicht klug, Henriette«, sagte Habib.

Henriette sah die Sorge in seinem Gesicht. Er hat Angst um dich, dachte sie und merkte, wie sehr ihr das gefiel.

»Nein«, antwortete sie. »Aber mir fällt kein anderer Weg ein. Wie es scheint, brauche ich die Hexe. Ich werde es zu Ende bringen. Nach dieser Nacht werden meine Träume wieder mir gehören.«

Nur wenige Meter entfernt gabelte sich der Weg. Die Hexe deutete auf einen der Pfade, die sich vor ihnen ausbreiteten. »Dort entlang müssen wir gehen«, sagte sie. Ihre Stimme klang auf einmal so zuckersüß und hoch, dass Nick glaubte, jemand anderes hätte die Worte gesagt.

Die Alte ging voraus, der Hauptmann direkt dahinter. Es folgten Badra mit Habib, Henriette und Nick. Der doppel-

170

te Ritter bildete das Schlusslicht. Es war wieder still in dem Wald geworden, nur dann und wann knackte ein Ast oder Kiesel rollten. Aber nie hörten Nick und Henriette die Laute von Tieren oder anderen Geschöpfen. Hätten sie es nicht besser gewusst, so hätten sie glauben können, es gäbe im Nachtschattenwald keine anderen Lebewesen außer ihnen. Bäume und Farne, Pilze und Moose oder dornbesetzte Ranken hingegen gab es hier in Hülle und Fülle. Manchmal erkannte Nick Büsche von der Pflanze, deren Beeren Herr Anobium Henriette gegeben hatte. Dunkelgrüne, gezackte Blätter und violett-schwarze Beeren, die an kurzen Stängeln hingen. Der bitterwürzige Duft des Schwarzen Nachtschattens stieg ihm in die Nase.

Die Luft wurde schwerer, je länger sie gingen. Und gleichzeitig nahm die Stille zu. Nick glaubte, sie zu hassen. Dann aber begann die Hexe zu singen. Nur leise und für sich selbst. Doch Nick hörte hin und wieder Wortfetzen. Und als er sie hörte, wünschte er sich, es wäre wieder still.

»Fällt er in den Graben, fressen ihn die Raben.«

Nick sah empor. Gab es hier Raben? Seine Furcht begann Bilder in seinen Geist zu malen. Bilder von riesenhaften Vögeln mit tintenschwarzem Gefieder, die ihn packen und mit ihren Krallen aufschlitzen konnten. Er schluckte. Vor ihm, im Schein der Laternen, wippte der spitze Hut der Hexe auf und ab. Sie ging nicht so, wie er es von einer alten Frau erwartet hätte. Ihre Schritte waren nicht schwer, sondern leicht und federnd. Ja, sie schien gar keine Schritte zu machen, son-

171

dern vor Freude zu hüpfen. Wenn sie sich freute, konnte das nichts Gutes für Henriette, ihn und die anderen bedeuten, da war sich Nick sicher.

»Fällt er in die Hecken, fressen ihn die Schnecken.«

Die Hexe drehte sich um und lächelte Nick boshaft an. Nur ganz kurz. Dann sah sie wieder nach vorne. Hatten es die anderen nicht bemerkt? Keiner sagte etwas. Auf Nicks Stirn perlte Schweiß.

»Fällt er auf die Steine, verliert er seine Beine.«

Wieder wandte die Hexe ihren Kopf nach hinten. Nur für einen Augenblick. Sie fuhr sich mit ihrer langen Zunge über den Mund. Nick erstarrte. Plötzlich kam ihm in den Sinn, dass die Hexe nicht nur für seine Schwester eine Gefahr darstellte, sondern auch für ihn.

»Fällt er in die Schatten, fressen ihn die Ratten.«

»Wie weit ist es noch?«, unterbrach Badra ihr Lied.

Nick atmete dankbar tief ein und wieder aus. Dann wischte er sich den Schweiß von der Stirn. Er sah zurück. Die Stelle, an der sie die Hexe getroffen hatten, war längst nicht mehr zu sehen. Der Nachtschattenwald hatte sich unmerklich verändert. Er war lichter geworden. Zwar war er dadurch nicht weniger bedrückend als zuvor, doch wenigstens lugte nun der dunkle Himmel zu ihnen herab. Blass leuchtende Sterne funkelten dort oben, wie die blinden Augen von Fischen, die tief am Grund des Ozeans leben und nie das Licht der Sonne sehen. Die Hexe hielt an. Erst glaubte Nick, dass sie sich an den richtigen Weg zu erinnern suchte, dann aber hörte er das

Geräusch. Sie schnüffelte. Wie ein Tier. Er schüttelte sich vor Abscheu.

»Herrin«, sagte die Hexe. Ihre Stimme klang widerlich süß und fistelig, »kannst du sie hören?«

Sie? Henriette lauschte in den Albtraumwald hinein. Zuerst hörte sie nichts. Dann vernahm sie ein leises Jammern. »Was ist das?«, fragte sie überrascht.

»Der Gesang der Alben«, sagte die Hexe. »Sie weinen um ihren König, der nicht mehr bei ihnen ist. Nacht für Nacht. Schon seit vielen Jahren.«

»Ich bin nicht traurig, wenn es einen weniger von ihnen gibt«, sagte Henriette unwillkürlich und schüttelte sich bei dem Gedanken daran, dass irgendwo zwischen den Bäumen Alben lauerten.

Die Hexe lachte schrill, viel zu schrill. Dann schnüffelte sie weiter.

»Was soll dieses Wittern, Hexe?«, fragte Badra misstrauisch und einer seiner Dolche glitt in seine rechte Hand.

Die Hexe lächelte unergründlich. »Ich suche mein Haus.«

»Da wollen wir aber nicht hin.«

»Doch, dorthin wollen wir. Denn im Garten meines Hauses, und nur dort, wächst das, was der Traumdieb braucht. Der Silberne Nachtschatten. Wisst ihr, warum er so genannt wird? Weil er nur gedeiht, wenn er mit den Tränen der Alben gegossen wird. Erst sie sorgen für seinen silbernen Glanz.«

»Weshalb schnüffelst du dann so, Alte?«, fragte Habib. »Weißt du nicht, wo dein Haus steht?«

»Ah, das junge Herz spricht«, rief die Hexe. »Immer schön bei der Herrin bleiben, was? Nicht dass ihr noch jemand eines ihrer schönen gelockten Haare krümmt.«

Habibs Wangen röteten sich bei ihren Worten und er wollte einen wütenden Schritt auf die Hexe zugehen, aber Henriette hielt ihn am Arm fest.

»Antworte ihm, Nanaba«, sagte sie. »Warum schnüffelst du?«

Die Hexe musterte sie voller Tücke. »Riecht ihr es nicht? Ich habe meine Suppe aufgesetzt. Denn der Wald ist hinterhältig. Ständig verändert er sich. Legt neue Wege an oder lässt die alten im Nirgendwo enden. Ihr habt es bemerkt, nicht? Seid einem falschen Weg gefolgt. Immer wenn ich fortgehe, koche ich eine gute Suppe. Ihr Duft weist mir den Weg, wenn der Wald mir einen Streich spielen will. Ich finde jedes Mal zurück.«

Jetzt, wo die Hexe davon gesprochen hatte, fiel Nick der Duft auf. Oder besser, der Gestank. Er hatte einmal, vor einem Jahr vielleicht, im Wald ein totes Tier entdeckt. Diesen Geruch hatte er bis heute nicht aus dem Kopf bekommen. Nun stieg er ihm wieder in die Nase.

Schnüffelnd wie ein Hund, der eine vielversprechende Fährte aufgenommen hat, bewegte sich die Hexe weiter, gebückt und langsamer als zuvor. Immer wieder hielt sie an und reckte den Kopf hin und her. Das änderte sich erst, als sie an eine weitere Wegkreuzung kamen. Die Zwillinge hielten sich längst die Nasen zu. Zu stark war der Gestank nun, den die Suppe der Hexe verströmte.

»Ganz nah«, flüsterte die Alte aufgeregt.

Henriette blieb stehen. Sie stand genau auf einem Kreuz, das vier Wege vor ihnen bildeten. Über einem Ring aus dunkelroten Pilzen flog summend ein Schwarm goldener Insekten. Die Hexe war hinter Henriette. Eine ihrer Hände legte sich auf die Schulter des Mädchens.

»Hörst du den Gesang, Herrin?«, fragte sie. »Er ist viel lauter als eben noch. Die Alben trauern. Sie sind ganz nah. Wir müssen vorsichtig sein, sonst laufen wir ihnen über den Weg.«

Henriette schloss die Augen und lauschte. Sie hörte das Jammern nun viel deutlicher. Aber da war noch etwas. Eine andere Stimme. Sie rief nach ihr. Henriette runzelte die Stirn. Jemand oder etwas versuchte sie zu locken. Ein langer Fingernagel fuhr aus dem rechten Zeigefinger der Hexe und strich am Hals des Mädchens entlang. Dem Mund der Alten entfuhr ein mühsam unterdrücktes Keuchen. Es endete abrupt, als Badras Dolch ihren eigenen Hals berührte.

»Vergiss nicht, ich brauche keine Worte«, sagte Henriette leise, ohne die Augen zu öffnen. »Ein Gedanke reicht.«

Nanaba zog den Finger zurück. »Wir müssen dort entlang«, sagte sie säuerlich und ihre Stimme klang nun tief, als würde sie aus dem Inneren eines Berges kommen. Eilig ging sie wieder voraus. Die anderen beeilten sich, zu ihr aufzuschließen.

»Es ist eine Falle, oder?«, flüsterte Nick seiner Schwester zu, als er glaubte, die Hexe könnte sie nicht hören.

»Vielleicht ja. Ich muss aufpassen.«

175

Nicht nur du, dachte Nick und wünschte sich, dies wäre sein eigener Traum, in dem er bestimmen konnte, was geschah.

Es dauerte nicht lange und die Bäume fielen hinter ihnen zurück. Vor ihnen lag eine freie Wiese aus nachtdunklem Gras. Ein schiefes Haus stand dort. Nicht zwei seiner vielen Wände waren gleich lang und es sah so aus, als würde es jeden Moment in sich zusammenfallen. Hinter dem Haus war eine tiefe Schlucht. Auf der anderen Seite erhob sich ein Hügel, hinter dem ein weiterer Ausläufer des Nachtschattenwaldes begann. Silberne Blüten stießen dort durch das hohe Gras. Wie die Sterne am Nachthimmel. Der Silberne Nachtschatten.

Henriette lauschte. Wieder hörte sie die lockenden Worte. Sie kamen von einer Tür.

Sie stand auch auf dem Hügel.

Inmitten des Silbernen Nachtschattens.

Schwarz.

Verschlossen.

Die Tür rief nach Henriette.

»Wir sind da«, sagte die Hexe triumphierend. In ihren Augen lag ein seltsames Glitzern, das Nick ganz und gar nicht gefiel. War der Blick der Hexe gerade schon wieder über ihn gefahren? Er drückte sich enger an seine Schwester.

»Nein«, sagte Badra. »Hier ist dein Haus, du scheußliche alte Vettel. Der Silberne Nachtschatten aber wächst auf der anderen Seite der Schlucht. Du hast uns betrogen.«

Die Alte spie auf den Boden und Dampf stieg aus dem

schwarzen Gras an der Stelle empor, die ihr Speichel benetzt hatte. »Beleidige mich nicht, Wüstenmann. Und nenn mich nicht eine Betrügerin. Der Wald hat ebenso seine Regeln wie der Kopf der Träumerin. Die Schlucht ist tückisch. Sie teilt den Wald in zwei Hälften. Gleich und verschieden. Ich gebiete nicht über den Wald. Die alte Nanaba hat hier ein bescheidenes Asyl gefunden. Geht nun. Ich habe meinen Teil der Abmachung erfüllt.«

Henriette machte einige Schritte auf den Abgrund zu. Dort ging es sicher viele Hundert Meter in die Tiefe. Ganz unten wand sich eine schwarze Masse entlang. Sie war dunkler als selbst der Nachthimmel und der Wald. »Was ist das dort?«, fragte Henriette.

Die Hexe antwortete nicht. Henriette drehte sich um. Die Hexe lächelte überheblich. Sie betrachtete ihre Fingernägel, als würde sie dort etwas Interessantes finden können. Tatsächlich pulte sie etwas unter ihnen hervor und steckte es sich in den Mund.

»Antworte«, sagte Henriette laut. »Ich befehle es dir!«

Die Hexe zischte. Sie duckte sich, als erwartete sie, geschlagen zu werden. »Na gut, Herrin.« Sie spuckte das letzte Wort aus. »Eine letzte Antwort. Dann verschwindet die alte Nanaba. Dort unten ist der Fluss Mahr. Er gehört den Alben. Der Fluss ohne Wasser.« Nanaba gluckste leise. »Er wird gespeist von den Erinnerungen, die sie ihnen überlässt. Gedanken, Gefühle, alles Schlechte vereint sich in ihm.«

»Sie? Wer ist sie?«, fragte Henriette. Doch die Hexe ant-

wortete nicht mehr. Auch als Henriette es ihr erneut befahl, blieb sie stumm.

»Die Hexe spricht von Amygdala«, antwortete Badra an ihrer Stelle und starrte die Hexe aus zusammengekniffenen Augen an. »Der Fluss Mahr entspringt in ihrem Reich. Mehr brauchst du nicht zu wissen, denn Amygdala gehört nicht zu deinen Träumen. Lass mich die Alte festnehmen, Herrin. Und dann werden wir einen Weg über die Schlucht suchen.«

In diesem Moment geschah vieles auf einmal.

Nick konnte sich später noch daran erinnern, wie die Hexe plötzlich mit kalten Händen nach ihm griff.

»Fällt er in den Topf, verliert er seinen Kopf.«

Badra hieb ebenso schnell mit seinem Dolch nach der Alten. Seine Klinge bohrte sich in ihre Schulter. Die Alte schrie, doch sie war nicht tödlich verwundet. Ihre Klauen hielten Nick wie Stahlklammern gepackt. Sie sprang mit ihm auf das Haus zu und durch die Tür hindurch. Die Pforte schwang krachend zu. Erst jetzt gelang es Nick, sich aus dem Griff der Hexe zu befreien. Er stürzte an die Tür. Sie war fest verschlossen. Er rüttelte an ihr. Vergeblich. Dann rannte er zum Fenster. Hinter sich hörte er die Hexe schrill lachen. Ein Gitter war vor dem Fenster. Es gab nicht nach, als Nick daran zerrte. Und zu seinem ungläubigen Schrecken erkannte er, dass Henriette und die anderen plötzlich auf der anderen Seite der Schlucht waren. Sie standen mit dem Rücken zu der schwarzen Tür, die sich inmitten des Silbernen Nachtschattens erhob, und sahen zu ihm herüber.

Das Gesicht der Hexe schob sich langsam neben seines. »Oh, sie haben die Seiten gewechselt.« Die Hexe kicherte. »Träume sind etwas Feines. Hier ist so viel möglich.«

»Ich habe dir nichts getan«, flüsterte Nick ängstlich und wich vor der Hexe zurück.

»Nein, das hast du nicht. Unschuldiges Blut schmeckt am besten, musst du wissen.«

»Warum lässt du mich nicht einfach gehen?«, fragte er.

»Damit die Herrin schlecht träumt. Träumerinbruder, das hier ist ein Albtraum.« Und dann entblößte die Hexe ihre scharfen Zähne und ein Lachen drang aus ihrer Kehle empor, das Nicks Blut gefrieren ließ.

Entgeistert starrte Henriette auf die andere Seite der Schlucht. Gerade eben noch hatte Nick neben ihr gestanden. Und nun war er im Haus der Hexe gefangen. Unerreichbar. Es war wirklich fast wie in ihrem Tagtraum. Die Hexe erschien neben ihrem Bruder am Fenster.

»Annabel. Nanaba.« Sie schrie die Namen so verzweifelt in die Nacht, dass die Worte zitterten. Sie hoffte, dass der Klang des richtigen Namens die Hexe ebenso besiegen würde wie in ihrem Tagtraum. Doch nichts geschah.

Verdammt, man darf Hexen nicht trauen, Henriette, dachte sie bei sich. Sie müssen getötet werden. Immer.

Die Hexe lachte und dann wurde Nick zurückgerissen.

Henriette stürzte an den Rand der Schlucht. Wie weit mochte es auf die andere Seite sein? Zehn Meter? Zwanzig Meter? Auf jeden Fall zu weit, um zu springen.

Sie spürte eine Hand auf ihrer Schulter. Erschrocken drehte sie sich um. Habib stand vor ihr, den Kopf gesenkt. »Bitte verzweifle nicht, wir …«

»Was ist geschehen?«, fiel sie ihm ins Wort. »Wieso sind wir hier und sie dort drüben?«

»Weil Träume auf diese Weise funktionieren können.« Habib sah hinter sich. »Du wolltest zum Silbernen Nachtschatten. Und die Hexe hat dich dorthin gebracht. Aber nicht so, wie du es dir gedacht hast.«

»Aber wieso konnte sie alles vertauschen? Kann sie zaubern?«

Der Beduinenjunge wog den Kopf hin und her. »Wenn du willst, kannst du es so nennen. Sie ist ein Teil deines Kopfes. Sie kann das, was er sie tun lässt.«

»Dann … dann lasse ich dich oder deinen Vater nun alles wieder vertauschen. Bring uns hinüber. Oder bring Nick zurück.« Henriette sah erst Habib und dann Badra flehend an.

»So funktioniert es nicht, Herrin.« Badra schüttelte den Kopf. »Du musst daran glauben, dass ich es kann. Ich bin aber nur ein Beduine. Ein Wüstenmann. Ich kann kämpfen. Ich bin gnadenlos. Aber zaubern? Das vermag ich nicht. Das kann nur die Hexe.«

Henriette schlug mit ihren Fäusten auf Badra ein. Wieder

und wieder traf sie die Brust des Beduinen, der sich dabei nicht rührte. Dann brachen die Tränen aus ihr hervor und sie sank auf die Knie.

Badra streichelte ihren Kopf. »Herrin«, flüsterte er, »ich sagte, ich kann es nicht. Aber du kannst jemanden herbeirufen, der es könnte. Träume von jemandem, der die Macht hätte, uns hinüberzubringen.«

»Wer könnte das tun?« Henriettes Stimme ertrank beinahe in ihren Tränen. »Ich weiß nicht, von wem oder was ich träumen soll. Ich kann mir doch nicht einfach jemanden ausdenken.«

»Wenn du es nicht tust, wird dein Bruder sterben.«

Henriette wischte sich die Tränen aus den Augen. Dann schloss sie ihre Lider. Alles drehte sich. Sie versuchte ruhig zu atmen. Sie suchte in ihrem Kopf nach jemandem, der die Macht hätte, sie über die Schlucht zu bringen. Aber ihr fiel kein Weg ein, Nick zu retten.

Henriette wandte sich resigniert ab. Ob sie es wohl spüren würde, wenn Nick …?

BUMM.

Die Baumwipfel im Nachtschattenwald zitterten.

BUMM.

»Was ist das?«, fragte Hauptmann Prolapsus und blickte auf den Wald. Das Visier hatte er hochgeklappt. Die Augen dahinter waren weit aufgerissen.

»Die Erde bebt«, sagte der doppelte Ritter.

»… bebt.«

»Nein«, sagte der Hauptmann. »Dort kommt etwas.«

BUMM.

Die Erde wackelte so heftig, dass Henriette und ihre Begleiter zu Boden fielen. Zwischen den Bäumen brach ein Schatten hervor, der bis an den Nachthimmel reichte. Plump und ungelenk stapfte er auf den Abgrund der Schlucht zu. Henriette erkannte den Riesen. Es war derselbe, der sie vergangene Nacht vor dem Traumdieb gerettet hatte.

Der doppelte Ritter zögerte nicht. Die beiden Kämpfer griffen den Koloss an. Mit ihren Schwertern hieben sie auf die gewaltigen, schuhlosen Füße des Riesen ein.

Ihr Gegner schien jedoch keine Notiz davon zu nehmen. Henriette rollte mit den Augen und rief ihre Traumwesen zurück. Dann sagte sie einige stumme Worte. Traumwünsche. Der Riese blickte hinter sich.

»Nein, hier unten!«, schrie sie, so laut sie konnte.

»Wer hat uns gerufen?«, fragte der Riese mit einer Stimme, die Henriettes Körper zum Vibrieren brachte.

Uns? Wovon spricht er?, fragte sich Henriette. Ihre Begleiter hatten die Waffen erhoben. Habib, Badra und Hauptmann Prolapsus hatten sich hinter Henriette postiert, bereit, ihre Träumerin beim ersten Anzeichen einer Gefahr mit sich zu reißen und in den Wald zu bringen. Henriette hoffte nur, der Riese würde sie nicht versehentlich zerquetschen.

»Ich habe dich gerufen«, sagte sie. Hätte sie nicht Todesangst um ihren Bruder ausgestanden, so wäre Henriette sicher das Herz in die Hose gerutscht. So aber kam ihr nicht einen Moment lang der Gedanke, dass sie Angst vor dem Riesen hätte haben sollen.

»Du! Du hast ganz schön Mumm, uns zu rufen«, sagte der Riese donnernd. Seine Worte hätten Henriette beinahe von den Füßen gerissen. »Wir haben dich gewarnt, dass wir beim nächsten Mal nicht mehr so friedlich sein würden.«

Henriette hatte keine Zeit für Angst, denn sie wusste, dass jede Sekunde zählte. Sie deutete auf das schiefe Haus am anderen Ende der Schlucht. Weißer Rauch kam aus dem Kamin. Henriettes Herz verkrampfte sich. Die Hexe hatte das Feuer geschürt. »Mein Bruder ist dort. Gefangen. Von einer Hexe. Ich wünsche …«

»Du hast es dir schon längst gewünscht.« Der Riese sah über die Schlucht. »Und der Wunsch der Herrin ist uns Befehl.«

Ohne ein weiteres Wort zu sagen, ging der Riese zum Saum des Waldes.

»Ja, flieh nur, du Monster!«, rief ihm der doppelte Ritter hinterher.

»… du Monster!«

Dann drehte sich der Riese plötzlich um.

Und nahm Anlauf.

Auf der anderen Seite der Schlucht fürchtete Nick um sein Leben. Nadelspitze Fingernägel fuhren über seinen Nacken.

Sie waren in der Küche des schiefen Hauses. In der Ecke loderte ein Feuer. Darüber, an einem rostigen Metallgestell, hing ein Topf. Groß und schwarz war er. Dicke Dampfschwaden stiegen aus ihm empor und trugen den Gestank in seine Nase. Nick wandte sich vor Ekel ab.

Die Hexe nahm einen Löffel von der Wand und rührte einige Male durch die zähe, blubbernde Masse über dem Feuer. Dann probierte sie. »Grässlich!«, rief sie entzückt. »Genau richtig. Die Suppe ist fertig.« Sie warf Nick einen hinterhältigen Blick zu. »Fast fertig.«

Nick wich zurück, doch mit einem schnellen Schritt war die Hexe bei ihm. Ihr langes, kantiges Gesicht schob sich ganz nah an seines heran.

»Mir fehlt nur noch eine Zutat.« Sie klatschte übermütig in die Hände. »Wer hätte gedacht, dass ich sie je bekommen würde.« Sie fuhr mit ihrem Finger über seine Wange. »Ein echter Träumer. Das ist nämlich das Schreckliche an der Existenz von einer wie mir. Meine Suppe könnte mich unsterblich machen. Ich könnte die Herrin des Nachtschattenwaldes werden. Die Alben wären meine Diener und alle Träumer meine Sklaven. Ich wäre die Herrin der Träume.« Ihre Miene verzog sich in gespielter Enttäuschung. »Doch dazu brauche ich einen Träumer. Natürlich könnte ich die Herrin verwenden. Oft genug schon hat sie mich hier besucht, in ihren kleinen Tagträumen. Doch wenn ich sie als letzte Zutat verwenden würde, wäre sie tot, noch ehe ich die Suppe kosten könnte. Und wenn sie stirbt, würde auch ich sterben.«

Sie schrie und kreischte und riss an ihren Haaren, bis einige Büschel zu Boden fielen. Aus den Augenwinkeln sah Nick, wie sich die Haare auf dem Boden wanden und Tausendfüßlern gleich unter einen Schrank krabbelten. »Erkennst du das Problem? Es ist zum Verrücktwerden, oder? Aber heute hat sich alles geändert. Die Herrin ist hier und sie bringt mir dich, einen Träumer. Ich habe sofort erkannt, dass du nicht wie die anderen bist. Kein Traumwesen, sondern ein echter Mensch. Ein echter Träumer.« Sie fiel vor Nick auf die Knie und nahm sein Gesicht in ihre Hände. Unter dem Schrank lugten die Haarbüschel hervor, als wollten sie nachsehen, was als Nächstes geschehen würde. »Du bist ein Geschenk für die alte Nanaba.«

Nick schlug die Hände der Hexe fort und wich einen weiteren Schritt zurück.

»Wenn du stirbst, dann geht der Traum weiter«, rief sie triumphierend. »Ich aber werde unsterblich.«

Noch einen Schritt. Hinter Nick musste die Tür sein.

»*Ich* werde die Herrin sein. Nicht mehr dieses Gör.«

Noch einen Schritt. Gleich würde er die Klinke in seinem Rücken fühlen. Er würde sie irgendwie aufreißen und hinauslaufen. Und dann? Vielleicht durch den Wald. Egal. Alles war besser als das hier. Nick machte auf dem Absatz kehrt. Er sah die Tür. Doch ehe er sie erreichen konnte, schob sich mit einem Mal ein Schrank vor sie. Nick stieß mit dem Kopf gegen das Holz. Die Hexe lachte, dann schnippte sie mit den Fingern. Ihre Haare sprangen unter dem Schrank hervor und flogen auf Nick zu. Sie schlangen sich um seine Arme und banden ihm die Hände auf den Rücken. Die Hexe griff nach Nick und zerrte ihn mit sich.

»Nanaba, die Herrin der Träume!«, kreischte sie.

BUMM.

Die Hexe fiel und zog Nick dabei mit sich.

Henriette, dachte Nick. Sie hat irgendetwas gemacht. Vergeblich zerrte er an seinen Fesseln.

Die Hexe zischte böse und rappelte sich wieder hoch. Sie griff nach Nick und zog ihn weiter zu dem Topf. Wütend spuckte sie in das Feuer, das daraufhin heißer brannte. Die Flammen färbten sich blau und der Topf begann zu zucken. Blasen stiegen bis über den Rand und die zähe Maße, die in ihm kochte, spritzte an die Wände und auf den Boden.

»Genieße dein Bad, solange du kannst«, sagte die Hexe und sog begierig den Gestank ein, der aus dem Topf strömte. »Das Vergnügen wird nur kurz sein.«

Die Hexe lachte auf und begann wieder, leise das Lied anzustimmen, das sie auf ihrem Weg durch den Nachtschattenwald gesungen hatte.

»Verliert er seinen Mut, trinke ich sein Blut.«

Sie hob Nick in die Höhe, als sei er nicht mehr als eine Puppe.

»Fällt er in den Topf, verliert er seinen Kopf.«

Sie hielt ihn über ihrem Kopf wie einen Pokal.

Nick schrie in Todesangst.

BUMM.

Die Erde bebte erneut.

Und dann wurde das Dach des schiefen Hauses weggerissen. »Ausgeträumt!«, rief der Riese. Seine Stimme fuhr hinab wie ein Orkan und fegte die Hexe von den Beinen, sodass Nick durch die Küche flog. Noch immer hatten ihn die Haare der Hexe gefesselt. Regale und Schränke krachten zu Boden. Die Wände stürzten ein. Die Angst wich, langsam und unwillig, und machte Platz für ein wenig Hoffnung.

Die Hexe kam fluchend auf die Beine. Ihre Fratze wirkte verzerrt vor Wut und Hass noch grauenhafter als zuvor. Ungläubig starrte sie zu dem Riesen empor. Sie schrie und keifte, wirbelte durch die Küche und zog die Schublade des Küchentischs auf. Es klapperte, als sie ein Messer herausholte, das mindestens so lang wie ihr Unterarm war. Die Hexe kicherte böse. Die Klinge blitzte im Schein des Feuers. Mit einer schnellen Bewegung schnitt sich die Hexe die Haare ab. Die Haare fielen jedoch nicht zu Boden, sondern glitten auf den Tisch, als wären sie von Leben erfüllt.

In diesem Moment ließ sich der Riese auf seine Knie fallen. Die Erde bebte erneut und das Messer wurde der Hexe aus der Hand gerissen. In hohem Bogen flog es durch die Luft und blieb wenige Schritte von Nick entfernt zitternd im Boden stecken. Die Hexe stürzte und noch ehe sie wieder auf die Füße kommen konnte, schlangen sich die Finger des Riesen um ihren dürren Leib. Sie strampelte und wand sich, doch sie hatte keine Chance, sich aus dem Griff zu befreien. Der Riese hob sie zu sich in die Höhe.

Nick konnte kaum glauben, was er sah. Sein Blick wechselte zwischen der Hexe und dem Riesen hin und her. Und dann tiefer. Zu dem Messer. Als hätten sie es bemerkt, zogen sich die Haare fester um seine Hände. Nick unterdrückte einen Schrei. Mit aller Kraft stemmte er sich hoch. Das Messer war nur wenige Meter entfernt. Jeder Schritt darauf zu fiel ihm schwer. Schließlich aber erreichte er die Klinge. Er fiel auf die Knie und drehte sich. Dann machte er sich daran, die Fesseln zu zerschneiden.

»Lass mich runter, du Ausgeburt hässlicher Träume!«, schrie die Hexe.

Der Riese hielt sie genau vor sein Gesicht. Seine Augen, die so groß wie Seen waren, fixierten sie wütend. »Du wolltest der Herrin schaden.«

»Ich warne dich!«, kreischte sie. »Gehorche oder ich werde dich bestrafen.«

Das Lachen des Riesen dröhnte über den Nachtschattenwald und ließ die Baumwipfel zittern. »Kleines Ding ohne Haare. Was kannst du schon tun?«

»Was konnte David gegen Goliath tun?«

Der Riese sah sie fragend an. »Wissen wir nicht. Haben keinen von ihnen je getroffen.«

»Warte!«, zischte die Hexe. »Ich werde es dir zeigen.«

Nick glaubte die Schmerzen nicht mehr ertragen zu können. Mit jedem Mal, da er mit den Fesseln an der Klinge entlangfuhr, schnitten sie ihm fester ins Fleisch. Er biss die Zähne zusammen. Endlich zerteilte die Klinge die Haarsträhnen der Hexe. Überglücklich spürte Nick den kalten Stahl auf seiner Haut. Hastig riss er die Hände empor. Tiefe Wunden hatte er erwartet, Schnitte, aus denen sein Blut quellen würde, doch zu seiner Verblüffung war da nichts. Die Haut an seinen Handgelenken war vollkommen unversehrt. Er sah hinab. Neben dem Messer lagen die Haare. Tot und leblos. Nick berührte sie vorsichtig mit dem Fuß, doch nichts geschah. Er schüttelte sich. Mit zittrigen Schritten taumelte er aus der Ruine.

Die Hexe in der Hand ging der Riese zum Rand der Schlucht. Nick atmete erleichtert auf. Noch vor wenigen Augenblicken hatte er Todesangst gehabt und nun war alles anders. Nun war die Hexe die Gefangene des Riesen. Egal, auf wessen Seite er stand, er hatte Nick gerettet.

Leise und unverständlich drang die Stimme der Hexe zu ihm herab. Er verstand die Worte zwar nicht, aber irgendetwas irritierte ihn. Etwas war ganz und gar nicht richtig. Nick brauchte einen Moment, ehe er herausfand, was ihn so störte. Es war der Klang der Stimme. Und dann erkannte er es: Die Angst fehlte. Plötzlich lachte die Hexe schrill.

Wie Schlangen krochen die Haare, die die Hexe sich zuvor abgeschnitten hatte, an dem Giganten empor. Und noch ehe sichs der Riese versah, hatten sie sein Gesicht erreicht. Sie kitzelten ihn und er verzog unwillkürlich den Mund. Für einen Moment hielten sie inne, dann kletterten die Haare weiter an ihm hinauf. Erst seine Wangen hinauf und dann auf Höhe seiner Jochbeine hinüber zu seinen Ohren. Mit der freien Hand schlug der Riese nach ihnen wie nach einer lästigen Mücke, doch vergebens. Schon waren sie in seine Ohren geklettert.

»Was ist da los?«, fragte er misstrauisch.

»David hat Goliath besiegt. Der Riese hat verloren.«

Der Riese erstarrte in der Bewegung. Seine Augen drehten sich in ihren Höhlen umher, als er vergeblich versuchte festzustellen, was mit seinem Mund nicht stimmte. Sein ganzer Körper war wie gelähmt. Er ließ die Hexe los, die elegant auf dem Boden landete.

Sie hat gewonnen, dachte Nick und eine kalte Hand griff nach seinem Herz.

Das Bild vor Nicks Augen war faszinierend eklig. In letzter Sekunde waren die Hexenhaare aus den Ohren des Riesen gekrochen und zu Füßen der Hexe auf dem verdorrten Gras gelandet. Wie lange Würmer waren sie am Körper der Hexe entlanggerobbt und hatten sich ihr wieder auf den kahlen Kopf gelegt.

Nick hörte den Riesen schreien. Nein, er hörte viele Schreie, die zusammen ein Schrei waren.

»Verdammt noch mal. Wir platzen!«

Die Hexe rollte mit den Augen. Nacheinander, wie Nick entsetzt bemerkte, und runzelte die Stirn.

Etwas gefällt ihr nicht, dachte Nick.

»Haltet euch aneinander fest. Ach, es ist jedes Mal das Gleiche mit euch!«

Und dann brach der Riese in tausend und abertausend

Teile und alles ging so schnell, dass Nick sich später nicht einmal an die Hälfte erinnern konnte.

Der Mund der Hexe klappte auf und ein Fluch drang ihr zischend über die Lippen. Erst verstand Nick nicht, was genau die Hexe ärgerte, aber dann sah er es. Der Riese war in viele kleine Gestalten zerfallen. Selbst in der Dunkelheit konnte Nick sie erkennen. Schemenhafte Krieger, wie Scherenschnitte, die durch die Nacht stürzten. Er hörte ihre wütenden Schreie. Wie viele es waren, konnte er nicht sagen. Tausende? Oder mehr?

Aus den Augenwinkeln bemerkte er, wie die Hexe blitzschnell in die Ruine ihres Hauses eilte und mit dem Suppentopf zurückkam. Sie riss ihn in die Höhe und der stinkende Inhalt schwappte auf die Angreifer zu.

Jeder Tropfen, der auf eines der unzähligen Ziele traf, forderte ein Opfer. Das Zischen erinnerte Nick an Insekten, die in eine der blau leuchtenden Lampen flogen, die an Sommerabenden in Gärten aufgestellt wurden. Doch gleich wie viele Gestalten auch getroffen wurden, es änderte nichts. Eine Flut kleiner Wesen ergoss sich über die Hexe. Eine Flut wütender Wesen, wie Nick mit grimmiger Freude bemerkte. Dass die Hexe sie angegriffen hatte, schien sie rasend zu machen. Die Wesen schrien, als sie die Hexe in die Höhe rissen, und dann schwamm Nanaba auf einem Fluss aus Leibern davon. Die Hexe keifte. Sie spuckte böse Worte in die Luft, die den Wind anfachten und die Luft in Brand setzten. Wolken zogen sich zusammen und Blitze zuckten über den Nachthimmel.

Mit jedem grellen Aufzucken sah Nick ein Bild vom bevorstehenden Ende der Hexe. Wie die Wesen sie Meter für Meter auf die Schlucht zutrugen. Jeder Blitz ein neues Bild.

Die Hexe war fast am Rand der Schlucht.

Sie wurde höher gehoben.

Sie zappelte noch einmal.

Den Schrei hörte Nick zuerst. Alles Böse der Welt schien in ihm zu liegen.

Dann war die Hexe weg.

»Fällt sie in den Fluss, ist mit der Hexe Schluss«, murmelte Nick unwillkürlich und schüttelte sich.

Ein, zwei Sekunden lang tat sich nichts. Dann verzog sich das Unwetter so schnell, wie es gekommen war, und die Nacht beruhigte sich wieder. Schwer atmend stand Nick inmitten der Ruine des alten Hexenhauses. In seinen Ohren klang noch der Schrei der Hexe nach. Sein Brustkorb hob und senkte sich schnell. Nur zu gern hätte er geglaubt, dass die Hexe tot war. Er hatte gesehen, dass die kleinen Wesen sie in die Schlucht geworfen hatten, doch was in dieser Traumwelt Wirklichkeit war und was nicht, wusste er nicht mit Sicherheit.

Etwas schlang sich an seinem Bein entlang. Nick schrie auf und sprang einen Schritt nach vorne. Die Haare, dachte er. Doch es war nur der Ausläufer einer Schlingpflanze, der sich über den Boden zog. Langsam tastend wie ein blinder Wurm, der aus der tiefsten Erde emporgeklettert war, strich er über die Reste des schiefen Hauses. Er fuhr die Beine eines alten Tisches entlang und über eine Schublade, die aus einem

Schrank gefallen war. Hinter ihm folgten diesem ersten Ausläufer weitere Pflanzen. Dornbesetzte Ranken, die Stein und Holz beiseiteschoben und sich dunkle Ecken und Nischen suchten. Einige brachten schwarze Nüsse mit, die wie glänzende Kohle aussahen. Sie fielen auf den Boden, und schon hatten sie gewurzelt und angefangen Triebe auszubilden. Unaufhörlich wuchsen die kleinen Sprosse in die Höhe. Der Nachtschattenwald kam und nahm sich den Platz, den bisher die Hexe besetzt hatte.

Hinter sich hörte Nick Stimmen. Mit Mühe riss er seinen Blick von der Ruine los.

»Durchzählen«, hörte er eine tiefe Stimme rufen.

»Eins.«

»Zwei.«

»Ich.«

»Du?«

»Fünf.«

Die kleinen Krieger zählten. So ging es eine ganze Weile. Irgendwann redeten sie alle durcheinander und Nick konnte keines der Worte mehr vom anderen unterscheiden. Dann verstummten die kleinen Wesen.

»Wir vermissen 2341 winzige Riesen«, sagte die tiefe Stimme. »Nie wieder werden wir so groß sein wie zuvor.« Die Wesen senkten schweigend die Köpfe. Sie reichten ihm gerade bis zu seinen Knien. Ihre Gesichter waren nur schwer zu sehen. Nick glaubte, lange Narben auf einigen von ihnen zu erkennen.

Als ihre Schweigeminute geendet hatte, hoben die Gestalten ihre Köpfe.

Unzählige kleine boshafte Augenpaare richteten sich auf Nick.

Ganz langsam schob sich die Masse aus Leibern auf ihn zu.

DIE DUNKLE TÜR

»Deine Schuld!«, riefen die Wesen wie aus einem Mund und kamen näher und näher. Nick wich einen Schritt zurück. Im ersten Moment hatten die kleinen Wesen noch harmlos ausgesehen. Wie Zwerge. Jeder Einzelne war nicht bedrohlich. Doch die Wand, die sich nun auf Nick zubewegte, ließ ihn erschaudern. Mächtig und unaufhaltsam wie eine riesige Welle kam sie ihm entgegen. Und unter ihm schlängelte sich eine der dornbesetzten Ranken aus den Steinen der Ruinen. Die Ranke zuckte, als würde sie zu einem Körper gehören, der unsichtbar für Nicks Augen in der Dunkelheit lag. Er floh vor den winzigen Wesen und den nachtschwarzen Pflanzen auf ein freies Stück Erde. Doch kaum hatte er das getan, verdichtete sich das junge Stück Wald vor ihm. Einige der Bäume, die gerade erst aus der Nuss geschlüpft waren, schoben sich auf Nick zu. Nick traute sich nicht, sie anzufassen und sich an ihnen vorbeizudrücken. Er blieb stehen, gefangen zwischen dem vorrückenden Wald und den Zwergen.

»Was wollt ihr von mir?«, rief er und seine Stimme zitterte vor Angst. Vergeblich versuchte er seine Worte fest und entschlossen klingen zu lassen.

Einige Zwerge begannen böse zu kichern, verstummten jedoch, als einer in der ersten Reihe einen Finger an die Lippen legte. Das Wesen, das den anderen bedeutet hatte, zu schweigen, hatte ein Monokel vor das rechte Auge geklemmt, das den einen Augapfel fast doppelt so groß wie den anderen erscheinen ließ. Es musterte Nick abschätzig. »Deine Schuld.«

Verwirrt sah Nick in zahllose boshafte kleine Visagen. »Schuld?«, stammelte er und begann sich zu fragen, ob er bei der Hexe nicht vielleicht besser aufgehoben gewesen war.

»Es ist deine Schuld, dass so viele von uns gestorben sind.«

»Meine Schuld? Nein!«, rief Nick entrüstet. »Das war die Hexe.«

Der Zwerg mit dem Monokel schüttelte ärgerlich den Kopf. »Wenn es dich nicht gegeben hätte, dann hätten wir uns nie mit der Alten anlegen müssen. Wir haben sie immer gemieden.« Das Wesen tippte sich mit dem Finger gegen die Stirn. »Hat hier ganz allein gehaust und ständig diese stinkende Suppe gekocht. Man konnte sie im ganzen verdammten Wald riechen.«

»Aber sie ist tot«, sagte Nick. »Wenn ihr Rache wollt, dann habt ihr sie doch schon längst.«

Der Zwerg richtete sein monokelbehaftetes Auge auf Nick. »Das reicht nicht. Wir wollen mehr.«

»Vielleicht würde ihr das nicht gefallen«, kam von hinten eine Stimme.

»Wem?«, fragte der Anführer verwirrt. »Der Hexe?«

»Der Herrin.«

»Ach so, der Herrin. Wieso?«

»Weil sie wollte, dass wir ihn hier retten.«

Der Anführer stockte kurz. »Na ja«, sagte er gedehnt, »das stimmt schon.« Er überlegte einen Moment. »Aber wir haben ihn gerettet. Und sie hat nicht gesagt, dass wir ihn anschließend nicht hinabwerfen dürfen.«

Nick blieb der Mund offen stehen.

Von hinten kam zustimmendes Gemurmel. »Hinab mit ihm!«, riefen einige und die Zwerge in der ersten Reihe entblößten ihre messerscharfen Zähne.

»Moment mal!«, rief Nick, der fieberhaft nachdachte. »Wenn Henriette nicht wollte, dass die Hexe mich tötet, dann wollte sie bestimmt auch nicht, dass es ein Trupp Zwerge tut.«

»Wieso Zwerge?«, fragte der Anführer. »Wo sind denn hier Zwerge?«

»Na«, Nick deutete auf die Wand vor ihm, »ihr seid doch Zwerge.«

Die Stille, die auf diese Worte folgte, war so laut, dass sie in Nicks Ohren dröhnte. Der Anführer verengte vor Wut die Augen. Sein Monokel wurde so zusammengepresst, dass Nick glaubte, es müsste jeden Moment zerspringen.

»Zwerge?«, flüsterte er und Nick spürte, dass das Flüstern kein gutes Zeichen war.

Und wie aus einem Mund brüllten alle: »Wir sind die winzigen Riesen!«

Henriette kam die Erinnerung an die seltsamen Wesen in dem Moment wieder in den Sinn, da der Riese zerplatzte. Der alte Traum, in dem er zum ersten Mal aufgetaucht war. Die winzigen Riesen. Natürlich, deshalb hatte der Gigant zuvor *wir* statt *ich* gesagt. Henriette hatte vor Freude geschrien, als die winzigen Riesen die Hexe in den Fluss gestürzt hatten, obwohl man sich eigentlich nicht freuen darf, wenn jemandem etwas Schreckliches geschieht. Doch Henriette fand, dass dies hier eine erlaubte Ausnahme war.

Und nun?

Für einen Moment hatte sie geglaubt, Nick sei gerettet. Doch jetzt hatten die winzigen Riesen ihn in die Enge getrieben.

Die Sorge um ihn lenkte sie sogar vom eindringlichen Flüstern der Tür ab, die hinter ihr inmitten des Silbernen Nachtschattens stand.

»Wir müssen hinüber«, sagte Henriette. »Sofort.« Hilfe suchend sah sie Habib und Badra an.

»Den Weg hinüber musst du finden«, antwortete Badra. »Wir begleiten dich nur. Du bist die Herrin dieses Traums.«

Henriette blickte starr über die Schlucht. »Und was heißt das?«

»Das heißt, dass du eingreifen kannst.«

»Wie?«

»Auf jede Weise, die dein Kopf für möglich hält.«

Henriette presste die Lippen aufeinander und nickte mechanisch. Sie musste es wenigstens versuchen. Sie nahm beide

Hände vor den Mund wie einen Trichter. Dann holte sie tief Luft, bis ihre Lunge zu bersten drohte, und schrie mit aller Kraft: »Die Herrin verbietet euch, Nick anzugreifen!«

Die winzigen Riesen blickten sich verwirrt um. Die Worte schienen mit dem Wind gekommen, hatten ihre Ohren gekitzelt und waren dann weitergezogen. Verstanden hatte sie offenbar aber keiner von ihnen. Einen Moment nur hielten die winzigen Riesen inne, dann gingen sie weiter auf Nick zu.

»Es klappt nicht«, sagte Henriette enttäuscht und senkte die Hände. »Ich kann nicht lauter schreien.«

»Du kannst es«, sagte der Beduine. »Aber du traust dich nicht. Du bist zu feige.«

Hauptmann Prolapsus und der doppelte Ritter keuchten empört auf, als sie Badras Worte hörten. Selbst Habib warf seinem Vater einen erstaunten Blick zu.

Henriette funkelte Badra ärgerlich an. »Wie kannst du es wagen, so mit mir zu reden? Ich bin die Herrin.«

»Das weiß ich. Aber ich weiß auch, dass du feige bist.«

»Ich bin nicht feige.« Mehr fiel Henriette nicht ein. Sie betonte jedes Wort einzeln, als müsste sie sich selbst davon überzeugen. »Ich habe mich getraut, diesen Albtraum zu träumen. Ist das etwa feige?«

»Ja. Verzweifelte Feigheit.«

Die Wut in Henriette wurde heißer. »Und als ich der Hexe mit dem Vergessen gedroht habe, damit sie uns herbringt, war das auch Feigheit?«

»Du hast dich auf mich und die anderen verlassen. Klingt

nicht sehr mutig für mich.« Badra würdigte Henriette keines Blickes und betrachtete stattdessen interessiert den Wald um sie herum.

»Und … und …« Henriettes Stimme bebte vor Zorn und gekränkter Eitelkeit. Ihr Herz schlug schneller, als wollte es ihre Wut anfeuern.

»Und wenn du nichts tust, ist dein Bruder verloren. Aber du kannst nichts tun, wenn du dich nicht traust. Und du traust dich nicht, weil du feige bist.« Badras sanfte, braune Augen hatten zu funkeln begonnen. Dunkler als die Nacht schienen sie in diesem Moment. Wie Flammen, die die Welt mit Schatten statt mit Licht erfüllten.

»Ich kann meine Träume nicht beherrschen. Ich muss es erst noch lernen.«

»Unsinn!«, rief Badra laut. »Ein Vogel lernt das Fliegen nicht, wenn er im Nest hockt.«

»Ich bin noch nicht so weit.«

»Fang an, Herrin.«

»Aber ich …«

»Hör auf, Hintertüren zu suchen. Geh endlich deinen Weg!«, schrie Badra ärgerlich.

»Na gut«, schrie Henriette ebenso laut zurück. Sie konnte die Wut nicht länger in sich halten. Sie wandte sich zur Schlucht. »Lasst meinen Bruder in Ruhe!«

Nie hatte die Stimme eines Menschen in einem Traum lauter geklungen als die von Henriette in diesem Moment. Ihre Worte erfüllten den nachtschwarzen Himmel. Sie entfachten einen

Sturm, der über das Land zog und die Wipfel der Nachtschattenbäume zu Boden drückte. Die Worte krochen in die Erde und wieder hinaus. Sie ließen weit entfernte Berge zittern. Henriettes Schrei rüttelte an den Grundfesten der Traumwelt.

Auf den Schrei folgte die Stille. Und nach der Stille kam die Verwirrung. Die winzigen Riesen erhoben sich unsicher. Henriettes Schrei hatte sie ebenso wie Nick zu Boden geworfen. Aber das war es nicht, was sie überraschte Blicke wechseln ließ. Nein, etwas völlig anderes irritierte sie über alle Maßen. Sie waren Henriettes Traumwesen. Und ebenso wie Badra und Habib und alle anderen geträumten Gestalten spürten sie es. Henriette war endgültig die Herrin über ihre Träume geworden.

Die winzigen Riesen blickten hinüber auf die andere Seite der Schlucht. Und dort erkannten sie Henriette. Klein und zerbrechlich. Und gleichzeitig hell leuchtend und scheinbar unbezwinglich. Staunen zeichnete sich auf ihren Gesichtern ab. Nick, der sich mit zitternden Knien erhob, hatten sie vergessen.

»So einfach ist es?« Henriette flüsterte aus Angst, sie könnte erneut einen Orkan entfachen.

»So einfach«, meinte Badra, nun wieder sanft. »Der Anfang ist schwer.«

»Und dann?«

»Wird es noch schwerer.« Der Beduine lächelte.

»Ich war wütend auf dich.«

»Ich habe keinen anderen Weg gesehen. Wut löst die Fesseln. Und du warst zu gebunden an die Vorstellung, machtlos zu sein.«

»Und jetzt kann ich es? Wunschträumen?«

»Mehr als zuvor. Was du vorher gemacht hast, waren nur Fingerübungen. Aber das gerade war echtes Wunschträumen. Du musst immer noch viel lernen. Aber wenigstens hast du mit dem Lernen begonnen. Vorher war's ja auch wirklich kaum auszuhalten.« Er lächelte sie hintersinnig an.

»Pass besser auf. Sonst wünsche ich mir noch, dass du so groß bist wie die da drüben.« Henriette starrte hinüber zu Nick und den winzigen Riesen. »Wie geht das eigentlich mit dem Seitenwechseln?«

»Du musst mit den Fingern schnipsen. Überleg nicht zu lange. Träumen ist wie laufen. Mach dir keine Gedanken.«

Henriette machte sich keine Gedanken.

Sie schnipste mit den Fingern.

Und die Welt drehte sich.

Die winzigen Riesen musterten Henriette verblüfft, als sie plötzlich in ihrer Mitte auftauchte. Habib stand ganz in Henriettes Nähe. Zusammen mit ihm ging sie vorsichtig zwischen den winzigen Riesen entlang auf Nick zu. Badra, der nun inmitten der Ruine des Hexenhauses saß, sah ihr voller Stolz nach. Auch Hauptmann Prolapsus und der doppelte Ritter fanden sich unter den winzigen Riesen wieder. Der Hauptmann hatte sein Schwert gezogen, doch er war viel zu verwirrt, als dass er jemanden damit hätte angreifen können.

»Was war denn das?«, fragte Nick und sah Henriette überrascht an.

Sie zuckte mit den Schultern. »Ich glaube, ich kann es jetzt. Wunschträumen, meine ich.«

Ihr Bruder nickte langsam. »Das ist gut«, murmelte er, »denke ich wenigstens.« Er deutete auf die Gestalten um sie herum. »Und was ist mit denen?«

Die winzigen Riesen starrten Henriette wortlos an. Alles Boshafte war aus ihren Gesichtern verschwunden. Sie erinnerten Nick nun an kleine Kinder, deren Mutter ein Machtwort gesprochen hatte und die abzuschätzen versuchten, wie schlimm ihre Strafe wohl werden würde. Henriette sah einen nach dem anderen an. Einige ließen beschämt die Köpfe sinken, andere blickten so schuldbewusst drein, dass sogar Nick, der diesen Blick zur Perfektion gebracht hatte, beeindruckt war. Schließlich wandte sich Henriette an den Anführer. »Danke, dass ihr meinen Bruder gerettet habt.«

Der Anführer blinzelte verwirrt. »Gerettet? Du bist nicht wütend. Aber wir wollten ihn doch in die Schlucht …«

»Vor der Hexe gerettet, meine ich.«

»Es war dein Wunsch, Herrin«, sagte er.

»Ihr seid der Riese, der mich in der vergangenen Nacht gerettet hat.«

»Auch da hast du uns gerufen.«

»Hattet ihr nicht gesagt, dass ihr beim nächsten Mal nicht mehr so friedlich sein würdet?«, fragte Henriette. »Hier bin ich. Warum greift ihr mich nicht an?«

Der Anführer der winzigen Riesen sah ein wenig beschämt zu Boden. »Wir … wir haben geblufft, okay? Wir gehören in einen Albtraum, Herrin. Wir müssen so sein. Wir haben wenig Erfahrung darin, *gut* und *lieb* zu sein.« Er sprach die beiden Worte mit Verachtung aus. Nick fand zwar, dass sie weder gut noch lieb waren, behielt seine Meinung aber vorsorglich für sich.

»Ihr habt einige«, Henriette konnte das Wort *Männer* nicht über die Lippen bringen, »von euch verloren.«

Der Anführer nickte grimmig. »Wir werden sie nie vergessen.«

»Ich kann mich leider nicht an sie erinnern«, sagte Henriette. Fast kam sie sich deshalb schuldig vor, als sie in die traurigen Gesichter der winzigen Riesen sah.

»Wer in den Träumen stirbt, vergeht für immer«, erklärte Habib.

»Für immer? Nein«, sagte Henriette und schüttelte den Kopf. »Dann müsste ich doch auch die Hexe vergessen. Aber ich kann mich noch an sie erinnern.« Sie runzelte die Stirn. »Ein bisschen wenigstens.« Die Angst vor der Hexe war noch da. Henriette wusste, wie ihre Stimme geklungen hatte. Die Gestalt der Hexe aber konnte sie sich kaum noch vorstellen. Seltsam.

»Sie ist noch nicht ganz vergangen«, sagte Habib und deutete zur Schlucht hinüber. Das Rauschen des Flusses war leise zu hören. Ein stetes Murmeln, als wollte der Fluss dem Nachtschattenwald berichten, was er schon alles auf seiner

Reise gesehen hatte. »Aber ihr Bild schwindet. Bald schon wird es so verblasst sein, dass du es kaum noch erkennen kannst. Sie wird in die Welt der verlorenen Träume eingehen. Du wirst nie wieder an sie denken.«

Die winzigen Riesen nickten. Henriette sah zur Schlucht hinüber. Dabei fiel ihr Blick auf die andere Seite.

Dort war der Silberne Nachtschatten. Fast hätte sie den Plan vergessen. Du musst den Traumdieb fangen.

Inmitten von Morpheus' Kraut stand die Tür. Nun, da Nick gerettet war, hörte Henriette wieder die Worte.

Die Tür rief nach Henriette.

Sie verlangte nach ihr.

»Ich muss mal allein sein und nachdenken«, sagte Henriette, ohne den Blick von der Tür abzuwenden.

»Gut. Aber geh nicht zu weit weg«, sagte Habib und sah sich wachsam um. »Es ist gefährlich hier. Auch wenn die Hexe besiegt ist.«

Nick fühlte sich unbehaglich, während Henriette auf die Schlucht zuging. Die Stille hatte wieder Einzug im Nachtschattenwald gehalten. Als ob unsichtbare Münder lautlose Worte raunten, die nicht mit den Ohren, sondern nur mit dem Verstand gehört werden konnten. Irgendwo, jenseits dieser Stille, lauerten sie. Die Alben.

»Sie leben hier«, sagte Habib, als wüsste er, an wen Nick dachte.

»Ich weiß«, sagte Nick. Die Luft war kalt geworden. Er sah zu Henriette hinüber, die am Rand der Schlucht entlangging. »Sie sollte aufpassen, dass die Alben sie nicht angreifen.«

»Angreifen?« Habib schüttelte entschieden den Kopf. »Alben greifen keine Träumer an. Wenn sie das tun, könnte der Träumer leicht eine Verletzung erleiden, die nicht mehr zu heilen ist.«

»Was für eine Verletzung?«, fragte Nick unsicher.

»Wahnsinn und Irrsinn. Nur einfältige Alben würden so etwas riskieren.«

»Wieso? Ihnen kann es doch egal sein, ob ein Träumer verrückt wird oder nicht.«

»Nein, nicht egal. Sie könnten solch einen Kopf nicht mehr verlassen. Alben wandern zwischen den Köpfen umher. Sie sind immer auf der Suche nach einer neuen schrecklichen Erinnerung, die sie kosten können. Fast wie der Traumdieb, den es nach neuen Träumen verlangt. Wenn aber ein Alb in einem Kopf gefangen wird, weil der Träumer den Verstand verloren hat, dann wird auch der Alb verrückt.«

Nick verzog das Gesicht. Das mit den Alben gefiel ihm überhaupt nicht. Nie wieder, das befürchtete er, würde er ohne Sorge einschlafen können. »Wie stehen Alben und Traumdiebe eigentlich zueinander? Sind sie Verbündete?«

Habib lachte. »Alben und Traumdiebe? Sie hassen einander. Alben verabscheuen die Traumdiebe, denn sie stehlen, was die Alben weben. Dass sich der Traumdieb ausgerechnet hier in ihrem Wald verbirgt, hat etwas zu bedeuten.«

Nicht weit von ihnen stand Badra inmitten der Ruine und

betrachtete den Rest des Hexenhauses mit prüfendem Blick. Gelegentlich aber suchte er mit seinen Augen nach Henriette. In Gedanken versunken wanderte sie am Rand der Schlucht entlang. Nick bemerkte die sorgenvolle Miene des Beduinen.

»Badra scheint mehr Angst zu haben als du«, sagte er.

»Es ist wegen der Tür.« Habibs Miene verdüsterte sich. »Hinter der Tür wartet ein Albtraum darauf, von ihr geträumt zu werden. Die Tür erscheint Nacht für Nacht. Es ist nicht gut, wenn Henriette den Traum hinter ihr nicht träumt.«

»Und dieser Traum ist ein Albtraum?«

»Ja. Und ein machtvoller dazu. Jedes Traumwesen kann es spüren. Deswegen ist mein Vater so besorgt.«

»Nichts an diesem Ort ist gut«, sagte Nick.

Ein starker Wind kam auf.

»Die Welt verändert sich«, sagte Habib und sah zum Himmel hinauf. »Der Traum bekommt eine neue Richtung.«

»Wieso? Kommt der Traumdieb?«, fragte Nick aufgeregt. Sein Herz schlug mit einem Mal wild in seiner Brust.

»Nein«, sagte Habib und wandte sich zur Schlucht um. »Es ist Henriette.«

Wie einfach es plötzlich war, den Traum zu ändern! Henriette schnippte. Und die Welt drehte sich erneut. Nun stand sie alleine inmitten des Silbernen Nachtschattens, während alle anderen auf der gegenüberliegenden Seite der Schlucht zurückgeblieben waren. Die Tür nahm ihr ganzes Blickfeld ein. Ihr Flüstern war nun so laut, dass Henriette nichts anderes mehr hören konnte.

Sie musste die Tür öffnen.

Dort wartete ein Traum.

Ein Albtraum, der geträumt werden musste.

Nichts anders war noch wichtig. Ihre Freunde nicht, die mit Sorge erfüllt zu ihr hinübersahen. Auch ihr Bruder nicht, um dessen Leben sie eben noch gebangt hatte. Selbst der Traumdieb interessierte Henriette nicht mehr.

Das Metall der Klinke war so kalt, dass es Henriettes Haut verbrannte, als sie es berührte. Trotzdem drückte sie die Klinke und zog. Doch die Tür bewegte sich nicht. Henriette lächelte. Sie lächelte gefährlich. Sie war die Träumerin. Sie wusste nun, wie sie ihren Traum beherrschen konnte. Jede Tür hatte ein Schloss. Und jedes Schloss einen Schlüssel. Kaum hatte Henriette ihren Gedanken zu Ende gebracht, sah sie schon das Glitzern in dem Feld aus Morpheus' Kraut. Gold auf Silber. Sie bückte sich und hob einen glänzenden Schlüssel hoch.

Eine Tür.

Ein Schloss.

Ein geträumter Schlüssel.

Henriette spürte, dass er einzigartig war. Es gab ihn nur einmal. Ein Schlüssel für eine Tür. Sie durfte ihn nicht verlieren, denn sonst würde der Traum hinter der Tür unerreichbar bleiben. Für immer.

Sie steckte den goldenen Schlüssel ins Schloss und drehte.

Das Schloss schnappte auf.

Und Henriette taumelte zurück, als die Tür von innen auf-gestoßen wurde.

Sieben schwarze Schatten stürmten auf sie zu.

Nick keuchte erschrocken auf, als er sah, was in unerreich-barer Entfernung geschah.

Ritter waren aus der Tür gekommen. Sie waren groß. Jeder von ihnen maß sicher zwei Meter. Schwarze Ritter. Nur die Augen leuchteten weiß und gnadenlos hell hinter den schma-len Schlitzen ihrer Masken, als könnten sie die Schatten der Nacht zerreißen und bis in das Herz ihrer Feinde sehen. Einer der Ritter hatte sein dunkles Schwert auf Henriette gerichtet.

Nick sah die Angst im Gesicht seiner Schwester. Ihre Lip-pen bewegten sich und ein Sturm kam auf der anderen Seite der Schlucht auf, der die Ritter von ihr fernhielt. Wenigstens für den Moment.

Nick kämpfte gegen das Zittern an. »Was sind das für Ge-stalten?«, stammelte er.

»Ich kenne sie nicht«, flüsterte Habib voller Sorge. »Sie stammen nicht aus Henriettes Träumen. Und sie sind weder Alb noch Traumdieb. Ich weiß nicht, was sie sind oder von woher sie kommen.«

»Wir müssen auf die andere Seite«, rief Badra, der aus der Ruine auf sie zueilte.

»Wie denn?«, fragte Nick verzweifelt. »Wenn es doch nur eine Brücke gäbe.«

»Eine Brücke«, wiederholte Badra und sah ihn scharf an. »Gar nicht so dumm.«

Einen Moment später stand Badra vor dem Anführer der winzigen Riesen.

»Du fragst uns, ob wir stark genug sind?« Der winzige Riese spuckte vor dem Beduinen auf den Boden. »Mach Platz, Kameltreiber! Wir brauchen Anlauf.«

Nick sah, wie sich die winzigen Riesen einander die Hände reichten. Sie formten eine lange Kette aus kleinen Leibern. Die ersten standen am Rand der Schlucht und hielten einen Baum umklammert, der dort einsam wuchs. Der Letzte in der Reihe der winzigen Riesen nahm Anlauf.

Auf einen Ruf ihres Anführers hin rannte er los und zog den nächsten mit sich. Dieser wiederum drückte den ersten winzigen Riesen in der Reihe nach vorne und den hinter sich zog er mit. Der nächste tat das Gleiche und so gab sich die ganze Kette einander Schwung und zog sich gleichzeitig mit. Als der erste winzige Riese in der Kette den Rand der Schlucht erreicht hatte, sprang er.

Nick musste an Lemminge denken, die sich in den sicheren Tod stürzten. Zu seiner Verblüffung aber erkannte er, dass die Kette entgegen aller Naturgesetze durch die Luft schoss. Weiter und weiter. Die winzigen Riesen schleuderten den Schwarzen Rittern ihre wütenden Schreie wie Pfeile entgegen, während sie über die Schlucht flogen. Und dann erreichte der Erste von ihnen die andere Seite. Er lief um einen großen Stein herum und erneut auf die Schlucht zu. Noch einmal sprang er. Zurück ging es für die Kette aus winzigen Riesen. Als er dann wieder auf Nicks Seite ankam, umklammerte auch er den einsamen Baum. Die Kette war gespannt. Sie schwang einige Male bedenklich hin und her, aber sie hielt.

»Eine Brücke«, flüsterte Nick beeindruckt.

»Deine Idee.« Badra klopfte ihm auf die Schulter und setzte prüfend einen Fuß auf die Kette aus winzigen Riesen. Dann balancierte er leichtfüßig über die schimpfenden Wesen hinweg, die sich lauthals über sein Gewicht beschwerten. Es folgten der Hauptmann und der doppelte Ritter. Habib stand bereits auf der Brücke, als er sich zu Nick umwandte. »Vielleicht bleibst du besser hier. Es wird gefährlich.«

Nick brauchte nur einen Blick auf die Ruine des Hexenhauses zu werfen. Nein, um nichts in der Welt würde er alleine auf dieser Seite der Schlucht bleiben. Er stellte sich ebenfalls auf die Kette aus kleinen Körpern und versuchte die Angst vor der Tiefe aus seinen Gedanken zu verdrängen. Dann folgte er Habib hinüber. Kaum hatte Nick die ersten unsicheren Schritte gemacht, veränderte sich etwas. Der Fluss Mahr, der zuvor noch tief unter ihnen, eingegraben in das Land, ruhig entlanggezogen war, regte sich. Sein Murmeln wurde lauter. Die Luft begann zu prickeln. Vom Boden der Schlucht her drang ein gespanntes Seufzen an sein Ohr.

»Was ist das?«, fragte er.

Habib hielt inne und warf einen kurzen Blick in die Tiefe. »Ich weiß es nicht. Wir sollten uns besser beeilen.«

Nick hörte den Strom unter sich ächzen. Fast schien es ihm, als wäre der Fluss verärgert darüber, dass er hinüber auf die andere Seite wollte. So schnell er sich traute, ging Nick weiter. Unter ihm rumorte der Fluss Mahr immer heftiger. Als Nick noch einmal hinabsah, erkannte er zu seinem Schrecken, dass sich etwas tief unten aus dem Strom erhob. Es war keine menschliche Gestalt. Da war nur ein Schatten. Eine nebelhafte Erinnerung. Körperlos und schrecklich. Eisige Kälte breitete sich in Nick aus, als er in seinem Inneren die Worte hörte.

»Erst stirbt sie und fällt nieder, dann kommt die Hexe wieder.«

»Nein!«, schrie Nick. Das konnte nicht sein. Die Hexe war doch besiegt. Nick sah Arme und ein Gesicht in dem Nebel. Ungläubig starrte er in die Tiefe. Nur dies war von der Hexe übrig geblieben. Ihr Leib hatte sich schon fast aufgelöst. Doch das böse und hinterhältige Wesen der alten Nanaba existierte noch immer. Und es war auf Rache aus.

»Nein!«, hörte sich Henriette schreien, als einer der Schwarzen Ritter sein Schwert zog. Auf der anderen Seite der Schlucht geschah etwas. Auch Nick hatte geschrien. Im selben Moment wie sie. Wegen ihr? Sie vermochte nicht ihren Kopf zu drehen. Die Angst hielt sie gepackt und zwang sie, den Ritter anzusehen. Der Sturm, mit dem sie die Ritter zurückgehalten hatte, ebbte ab. Die Furcht erstickte Henriettes Fähigkeit, sich etwas in ihre Träume zu wünschen. Wer waren die Ritter?

Sie zwang sich zur Ruhe und mit viel Mühe gelang es ihr, einen Baum des Nachtschattenwalds dazu zu überreden, mit seinen Ästen nach dem Ritter zu schlagen, der seine Waffe auf sie gerichtet hielt. Doch nach einem einzigen Hieb lagen die Äste bewegungslos am Boden. Henriette rutschte nach hinten. Nur weg von der Klinge. Sie brauchte einen neuen Wunsch. Doch welchen?

Der Ritter sagte nichts. Sein Schwert war Warnung genug.

In diesem Moment sprang etwas durch die Luft und landete zwischen dem Schwarzen Ritter und ihr auf dem Boden.

Noch ein Angreifer, dachte Henriette.

Dann erkannte sie ihn.

Der Traumdieb war gekommen.

Der Schwarze Ritter zischte wie eine Schlange und starrte den Traumdieb an, der spinnengleich auf dem Boden hockte. Er sprang auf seine Füße. Henriette sah, dass er humpelte. Er ist verletzt, dachte sie. Für einen Moment fürchtete sie, der Traumdieb würde sie angreifen. Dann aber begriff sie, dass er sich gegen die Ritter stellte. Sie streiten um die Beute, dachte Henriette. Um mich.

Trotz seiner Verletzung sprang der Traumdieb schneller als jeder Mensch auf den Ritter zu. Der Kampf hatte begonnen.

Der Schwarze Ritter war nicht weniger flink. Geschickt

wich er einem Tritt des Traumdiebs aus. Sein Schwert beschrieb einen Halbkreis und hätte beinahe die Brust seines Gegners aufgerissen. Doch der Traumdieb hatte sich rechtzeitig fallen gelassen. Sofort war er wieder auf den Beinen. Beide Fäuste hieb er gegen den Helm des Ritters. Es klang, als würde Stahl verbiegen.

Es war ein hässlicher Kampf, der nun hin und her wogte. Hier standen sich fraglos zwei Feinde gegenüber, die bis aufs Blut kämpften. Zu Beginn hatten sich die anderen Ritter zurückgehalten. Als sie jedoch erkannten, dass der Traumdieb ihrem Gefährten wenigstens ebenbürtig war, kamen sie näher. Im Nu sah sich der Traumdieb von ihnen umringt. Auch die anderen Ritter zogen ihre Klingen. Sieben Schwertspitzen deuteten auf ihn.

Der Traumdieb verharrte in der Bewegung.

Einen Moment rührte er sich nicht.

Er gibt auf, dachte Henriette.

Sie hätte weglaufen und versuchen können, sich in Sicherheit zu bringen. Doch seltsamerweise hatte sie das Gefühl, den Traumdieb damit im Stich zu lassen. Du bist dumm, dachte Henriette. Egal, wer gewann, sie selbst würde verlieren.

Langsam griff der Traumdieb unter seinen Umhang. Die Ritter machten einen drohenden Schritt auf ihn zu. Die Hand des Traumdiebs erschien wieder.

Die kleine Kugel, die auf dem Handteller lag, schimmerte silbern.

Unscheinbar und harmlos.

Der Traumfänger.

Die Kugel gab ein metallenes Geräusch von sich, als sie sich öffnete. Es klang wie die Feder einer überzogenen Uhr. Die Ritter schienen nichts mit dem Traumfänger anfangen zu können. Unschlüssig wanderten ihre Blicke zwischen der Kugel und dem Traumdieb hin und her. Derjenige, der mit dem Traumdieb gekämpft hatte, gab ein Zeichen. Mit zwei schnellen Schritten war ein Ritter beim Traumdieb und hob sein Schwert. Doch noch ehe er zuschlagen konnte, erwachte die Kugel zum Leben.

Es schien, als würde der Ritter in den Traumfänger hineingezogen. Ungläubiges Kreischen erfüllte die Luft. Die anderen Ritter stoben auseinander wie ein Schwarm Vögel, in den man einen Stein geworfen hatte. Sie stemmten sich in die Erde und kämpften gegen den Sog des Traumfängers an. Mit äußerster Kraft gelang es den Schwarzen Rittern, sich zur Tür zu retten. Die sechs Überlebenden stürzten hindurch. Als Letzter stand der Ritter in der Tür, der gegen den Traumdieb gekämpft hatte. Seine weißen Augen fixierten Henriette in einer stummen Warnung. Dann schlug die Tür zu.

Vom Schlüssel fehlte jede Spur.

Habib hielt Nick mit einer Hand fest. Unter ihnen wogte es bedrohlich in der Tiefe.

»Vater!«, rief der Beduinenjunge und Nick sah aus den Augenwinkeln, wie Badra innehielt. Hin und her gerissen zwischen dem Wunsch, Henriette zu beschützen und ihnen zu helfen, verharrte Badra einen Moment. Dann drehte er um und kam über das Seil aus Leibern zurück zu ihnen gerannt. Die winzigen Riesen stöhnten und schimpften. Die nebelhafte Gestalt trieb mit einem kalten Wind aus der Tiefe empor. Sie verharrte vor Nicks Augen. Ein Luftzug zerrte an ihr. Als sich die Nebelfetzen erneut zusammenfanden, erklang eine Stimme, die sein Herz zum Stehen brachte.

»Hallo, Träumerinbruder«, flüsterte die Hexe über die Schlucht.

»Geh, du alte Vettel!«, schrie Badra, der Nick und Habib erreicht hatte. Einen seiner beiden Dolche hielt er drohend in die Luft. »Geh, oder ich …«

»Oder was? Wirst du mich mit deiner Klinge stechen? Was willst du treffen, Wüstenmann? Unsere Herrin hat meine Gestalt bereits vergessen. Also kämpf mit der Erinnerung, wenn es dir Freude bereitet.«

»Warum bist du noch hier?«, rief Nick. »Du solltest tot sein.«

»Nicht ehe der Traum endet, mein Kleiner. Und außerdem muss ich noch etwas erledigen. Ich habe ein Geschenk für die Herrin.«

»Was meinst du?«, fragte Badra an Nicks Stelle zornig.

»Kein Mensch weiß, welcher der letzte Traum seines Lebens sein wird. Aber würde er es wissen, so könnte er ihn sich ins Gedächtnis brennen und festhalten, wenn er selbst nicht mehr ist als ein flüchtiger Gedanke. Ich mache der Herrin das schönste Geschenk von allen.« Die Hexe lachte hässlich, ehe sie weitersprach. »Ich werde ihr sagen, welcher ihr letzter Traum ist. Und weißt du was? Sie träumt ihn schon längst.« Die Hexe hielt für einen Moment inne. Der Nebel zerfaserte im Wind und fand dann wieder zusammen, ehe sie fortfuhr. »Erst wird der Bruder sterben. Und färbt sein Blut den Traum dann rot, ist auch die kleine Herrin tot.«

Finger formten sich aus dem Nebel, strichen über die Brücke und verdunkelten alles. Nick hob unwillkürlich die Hand vor die Augen. Schließlich zog sich der Nebel wieder zurück. Zu seinem Entsetzen fand sich Nick in einem rostigen Käfig wieder, der an einer Kette von der Brücke aus winzigen Riesen hinabhing. Nick schrie aus Leibeskräften und rüttelte an den Stäben seines Gefängnisses.

Hauptmann Prolapsus und der doppelte Ritter eilten zu der Stelle, an der Nicks Käfig hing. Mit aller Kraft schlugen sie nach der Hexe. Doch keine Klinge konnte den Nebel schneiden. Die Hexe lachte böse und ließ sie gewähren. Sie labte sich an der Machtlosigkeit ihrer Gegner.

Sie war unbesiegbar.

Der Traumdieb stand vor Henriette. Seltsam, dachte sie. Ich habe keine Angst. Würde er jetzt ihren Traum stehlen?

»Öffne die Tür«, flüsterte der Traumdieb. Seine Stimme erinnerte Henriette an jemanden. Aber an wen?

Ein Schrei riss sie aus ihren Gedanken. Sie drehte sich um. Nick! Wie ein gefangener Vogel hing er in einem Käfig über der Schlucht. Sie begriff nicht ganz, was dort geschah. Aber sie spürte, dass Nick in Gefahr war.

»Ich muss ihn retten«, sagte Henriette. Der Traumdieb rührte sich nicht. Sie sahen einander für einen Moment wortlos an. Henriettes Blick wanderte hinab zu seinem verletzten Bein. Dann sah sie hinüber zu Nick. Sie würde es nicht schaffen, ihn allein zu retten. Es gab nur eine Möglichkeit. Alles, wirklich alles setzte Henriette in diesem Moment auf eine Karte.

Noch später wunderte sie sich über das, was sie dann tat. Mit eiligen Schritten ging Henriette zum Silbernen Nachtschatten und riss eine der Blüten ab. Wie ein Stern schimmerte sie in ihrer Hand. Sie näherte sich dem Traumdieb so vorsichtig, als ginge sie auf einen verwundeten Löwen zu. Vorsichtig strich Henriette mit der Blüte über die Verletzung des Traumdiebs. Er wehrte sich nicht. Als die Blüte das Bein berührte, erstrahlte es für einen Moment in silbernem Licht. Dann verging die Blüte und mit ihr die Wunde.

Sie sah den Traumdieb ernst an. Er machte keine Anstalten, ihren Traum zu stehlen. Aber konnte sie ihm deswegen vertrauen? Nick schrie erneut. Verdammt, Henriette, dachte sie bei sich. Du musst etwas tun.

Henriette deutete auf den Käfig. »Hilf ihm. Bitte.«

Die Kette, die den Käfig trug, ächzte bedenklich. Das rostige Kreischen ließ Henriette zusammenfahren und ihr Herz wild vor Angst schlagen. Es war nur eine Frage der Zeit, bis die Kette reißen würde.

Der Traumdieb drehte sein kapuzenverhangenes Gesicht zur Schlucht. Zu Henriettes Erleichterung nickte er. »Ich rette ihn. Die Hexe gehört dir«, sagte der Traumdieb zu Henriette. Und dann sprang er in hohem Bogen auf den Käfig zu. Viel weiter, als es einem Menschen möglich war. Er riss die Stäbe auseinander, packte Nick und sprang mit ihm in die Höhe.

Ein wütendes Grollen stieg in dem Nebel empor. Die Hexe sah sich um ihr Opfer beraubt.

Doch Henriette hörte alles um sich herum nur noch gedämpft, so als würde sie den Traum eines Fremden betrachten, ohne ein Teil von ihm zu sein. Sie spürte, wie sich der böse Wille der Hexe nun ihr zuwandte.

»Der letzte Traum, Herrin.«

»Ja.«

Henriette verbannte alle Furcht aus ihrem wild schlagenden Herzen und fand endlich den Wunsch, der dies alles beenden konnte. Ein Wind kam auf, unbändig, als wäre er inmitten des Ozeans geboren worden. Er brachte die Erinnerung an endlose Freiheit mit. Die Dunkelheit über ihnen zerriss und plötzlich kam die Sonne zum Vorschein. Henriette rief das Ende der Nacht herbei. Der Traum würde enden und er würde jemanden mit sich nehmen.

Der Wind griff mit unsichtbaren Fingern nach der nebelhaften Gestalt der Hexe. Obwohl sie sich wehrte und dagegen ankämpfte, riss er sie mit sich. Das wenige, das er von ihr übrig ließ, löste sich im Licht auf, das zwischen die Bäume des Nachtschattenwaldes flutete und all den Schrecken dieses Ortes ausblich.

»Es ist *dein* letzter Traum, Hexe.«

Und die alte Nanaba verging mit einem gellenden Schrei.

Henriette vergaß die Hexe.

Es war das Ende jeden Gedankens.

EINE SCHWERE ENTSCHEIDUNG

Ein strahlend blauer Himmel lag über ihnen. Federleichte Wolken schwebten über den Ort, der noch vor wenigen Augenblicken der Nachtschattenwald gewesen war. Henriette schloss die Augen.

Es war vorüber. Friedlich war es nun um sie herum. Die Stunden der zurückliegenden Nacht, angefüllt mit Dunkelheit und Angst, waren kaum mehr als eine Erinnerung, verblasst im Licht, dessen Wärme ihre Haut kitzelte. Der Silberne Nachtschatten lugte unauffällig aus dem Gras hervor, das nun nicht mehr schwarz und verdorrt war, sondern grün und voller Leben. Die Bäume, deren Kronen sich eben noch nachtgleich über ihnen ausgebreitet hatten, reckten sich nun dem Licht entgegen, als hätten sie es allzu lange vermisst. Ginster und Haselnuss schienen den Schwarzen Nachtschatten aus dem Unterholz vertrieben zu haben. Nichts erinnerte mehr daran, dass die Alben in diesem Wald Nacht für Nacht dunkle Träume aus Henriettes schlimmsten Erinnerungen und tiefsten Ängsten nähten. Auch die schwarze Tür war verschwunden.

Nick saß nicht weit von ihr entfernt im Gras. Er hielt die Hände auf die Ohren gepresst, als versuche er, die Erinnerung an das Erlebte aus seinem Kopf auszusperren.

Der Traumdieb hatte ihren Bruder gerettet. Und auch

Henriette selbst. Sie verstand das alles nicht. War der Traumdieb nun ihr Feind oder war er es nicht?

Hinter sich hörte sie Geschrei.

»Helft mir! Ich habe ihn.«

War das der Hauptmann? Schwerter wurden gezogen und dann fielen viele Stimmen übereinander und durcheinander.

Ehe sich Henriette umdrehen konnte, wurde sie umgeworfen. Winzige Riesen sprangen an ihr vorbei. Die Brücke über die Schlucht hatte sich aufgelöst. Die meisten erkannte Henriette auf der anderen Seite bei der Ruine des Hexenhauses. Einige von ihnen aber waren ganz in ihrer Nähe. Sie lagen in einem wilden Haufen übereinander. Zuckende Arme und Beine ragten aus dem Knäuel heraus. Badra, Habib und der doppelte Ritter standen daneben. Hauptmann Prolapsus hielt sich die Nase. Blut tropfte an seiner Hand herab.

»Wir haben ihn, Herrin«, sagte Badra.

»Lügner. *Wir* haben ihn gefangen«, rief der Anführer der winzigen Riesen unter dem Berg aus Leibern. »Er ist unter uns.«

»Aber der Preis war hoch«, stöhnte der Hauptmann und berührte vorsichtig seine Nase. Sie saß ein wenig schief in seinem Gesicht.

Habib hielt Henriette seine Hand hin, um ihr aufzuhelfen. Er schenkte ihr ein Lächeln. Doch seine Augen waren dunkel vor Sorge. Sie nahm seine Hand und als sie auf das Knäuel aus winzigen Riesen zuging, hielt sie sie weiter fest und auch er ließ ihre nicht los. Wieder schlug ihr Herz schneller. Diesmal aber wurde es von etwas anderem als Furcht angetrieben. Henriette sah zum Himmel empor. Der Traumglanz würde diese Welt bald erstrahlen lassen. Sie tippte einen der winzigen Riesen, der ganz oben lag, an.

»Ja, Herrin?«, fragte er.

»Würdest du den anderen bitte sagen, dass ich den Traumdieb sehen möchte?«

»Ihn sehen? Nicht nötig, finden wir. Wir werden ihn für dich zerreißen, Herrin.«

Henriette seufzte. »Danke. Aber es wäre wirklich ausgesprochen freundlich, wenn ihr ihn freilassen würdet. Ich möchte mit ihm sprechen und habe es ziemlich eilig.«

Der winzige Riese entblößte seine spitzen Zähne. »Mit ihm sprechen? Wir müssen den Traumdieb töten, damit er dir kein Leid mehr zufügen kann.«

»Das ist sehr nett von euch. Und natürlich auch sehr unbarmherzig. Aber ich würde wirklich gerne herausfinden, warum er hier ist. Und genau genommen kann er mir derzeit kein Leid zufügen.«

»Wieso?«

»Weil er von mutigen und unbesiegbaren Kriegern festgehalten wird.«

Der winzige Riese runzelte die Stirn. »Von wem?«

»Natürlich von euch.«

Unbesiegbare Krieger. Das gefiel den winzigen Riesen offenbar.

»Wir sind stark«, rief einer.

»Und unbesiegbar.«

»Das hat sie doch gesagt.«

»Wir sehen ganz genau, wie er sich unter uns windet.«

»Wenn wir ihn freilassen, könnte er dich erneut angreifen.« Henriette erkannte die Stimme des Anführers.

»Und wenn ihr ihn für mich festhaltet? Sodass er nicht entwischen kann?« Sanft, aber bestimmt zog Henriette einen nach dem anderen von dem Haufen herunter.

Aus dem Berg kam ein Tuscheln und Brummen wie aus einem Bienenstock. »Er könnte irgendeine List anwenden und flüchten. Dann geht der Schlamassel wieder von vorne los.«

Henriette hatte sich nun sicher durch die Hälfte der winzigen Riesen gearbeitet. Langsam kam sie der Stimme des Anführers näher. »Wie sollte denn ein Traumdieb euch überlisten können?«

»Stimmt. Aber er könnte dich überlisten, Herrin. Du bist zu gutmütig. Du brauchst einen Stein in deiner Brust, um gegen so einen Feind bestehen zu können. Nicht das weiche Herz, das du trägst.«

Nun glaubte Henriette, einen Teil des Umhangs des Traumdiebs zu erkennen. Sie zog weiter an Armen und Beinen. »Wie wäre es denn, wenn ihr bei mir bleibt? Sagen wir, um mich von weichen Herzensentscheidungen abzuhalten?«

Es folgte eine zögerliche Stille. »Na gut«, sagte der Anführer schließlich und die verbliebenen winzigen Riesen kletterten herunter. Zum Schluss saß nur noch der Anführer auf der

Brust des Gefangenen. Die anderen beäugten ihren Gegner misstrauisch.

Der Traumdieb machte keine Anstalten, aufzuspringen oder zu fliehen. Doch Henriette hatte gesehen, wie schnell er sein konnte. »Ich lege dir eine Fessel an«, sagte sie und auf einen stummen Befehl hin trieb eine Ranke aus der Erde und schlang sich um Arme und Beine des Traumdiebs. Es kostete sie nicht mehr als die Mühe eines Gedankens.

»Richtet ihn auf«, sagte Henriette und die winzigen Riesen folgten ihrem Befehl ohne Widerspruch.

Da saß der Traumdieb auf dem Boden und starrte sie unter seiner Kapuze heraus an. Sein Gesicht blieb im Schatten verborgen. Diesen Moment hatte Henriette herbeigesehnt. Und sich gleichzeitig vor ihm gefürchtet. Sie atmete tief ein.

»Ich kann deine Angst riechen.«

Diese Stimme! Warum kam sie ihr nur so bekannt vor? Henriette runzelte die Stirn.

»Aber du brauchst keine Angst zu haben«, fuhr der Traumdieb fort. Seine Stimme war ganz fest. »Du hast gesiegt. Obwohl ich nie gegen dich kämpfen wollte. Und ich wollte nie in deinen Kopf eindringen«, sagte er an Nick gewandt. »Wenn ich gewusst hätte, was dieser eine kleine Fehler nach sich ziehen würde … Ach, ich wünschte, ich hätte diese Tür zwischen euren Köpfen nie geöffnet.«

»Du hast mir eben geholfen. Dafür danke ich dir.« Henriette legte den Kopf schief. »Aber vorher hast du mir meine Träume gestohlen. Nacht für Nacht hast du sie mir genommen.« Sie hatte ganz ruhig klingen wollen, doch ihre Stimme bebte leise vor Zorn.

»Es waren nicht die richtigen.«

»Nicht die richtigen?« Henriette ging einen Schritt auf den Traumdieb zu. »Warum hast du mich dann gequält?«

Um sie herum war es still geworden. Alle warteten gespannt auf die Antwort des Traumdiebs. Das Wesen aber sagte nichts. Es hatte den Kopf gesenkt und blickte zu Boden. Fast hätte Henriette Mitleid mit ihm empfunden, wie er da elend und geschlagen saß.

»Er hat sie gestohlen, weil er sie braucht, um zu existieren.« Badra kniete sich vor Henriette ins Gras.

Die Welt erstrahlte langsam in dem Glanz, der diesen Traum erstarren lassen würde. Verdammt, dachte Henriette und ballte vor Wut ihre Fäuste. Es endete zu früh. »Er wollte durch diese Tür dort. Warum? Ich möchte Antworten. Und dann will ich, dass er verschwindet. Wenn der Traum jetzt endet, dann war doch alles umsonst.«

»Nein, nicht umsonst. Er entwischt uns nicht. Wir werden auf ihn aufpassen«, beruhigte sie Badra. »Er kommt nicht frei, nur weil der Traum endet. Wir bringen ihn fort von hier. In der kommenden Nacht werden wir ihn weiter befragen.«

Henriette nickte erleichtert. »Und wo finden wir euch?«

Der Beduine lächelte. Die Falten um Mund und Augen gruben sich tief in die braune Haut, wie Flüsse, die ein trockenes Land durchzogen. »In meinem Zelt in der Wüste.

Dort gibt es wenige Schatten, in denen sich ein Traumdieb verbergen kann.«

»Aber wo ist das? Wie komme ich dorthin?«

»Du warst schon einmal da, obwohl du den Traum vergessen hast. Keine Angst, dein Kopf kennt den Weg dennoch«, antwortete der Beduine und leuchtete so hell im Schein des Traumglanzes, bis er nicht mehr zu erkennen war. Das waren seine letzten Worte für diese Nacht.

Henriettes Traum endete.

Kaum war sie erwacht und hatte den Schlaf abgeschüttelt wie ihre Decke, stürzte Henriette in Nicks Zimmer. Im ersten Moment sagte keiner etwas. Zu viel war in der vergangenen Nacht geschehen. Beide wussten, dass es knapp gewesen war. Sehr knapp.

Henriette erinnerte sich lebhaft an ihren Traum. Nur eines war seltsam. Da war eine Gestalt im Nachtschattenwald gewesen. Eine Hexe. Henriette wusste noch, dass sie sie getroffen hatten. Doch wenn Henriette versuchte, sich das Gesicht, die Stimme oder wenigstens den Namen ins Gedächtnis zu rufen, war es, als würde sich das Bild der Hexe vor ihren Augen auflösen. Wie eine Luftspiegelung in der Wüste.

»Sie ist fort«, erklärte Nick, nachdem Henriette ihn nach der Hexe gefragt hatte. »Wenn nicht mehr von ihr übrig geblieben ist als das, dann ist es gut.«

Ja, dachte Henriette bei sich. Hexen durfte man nicht trauen. Sie mussten getötet werden. Wirklich immer.

Nick sah aus dem Fenster in den Garten, der von der Morgensonne in goldgelbes Licht getaucht wurde. Er fragte sich, was wohl geschehen wäre, wenn die Hexe gewonnen hätte. Was aus ihm geworden wäre?

»Es tut mir leid«, sagte Henriette leise, als habe sie seine Gedanken gehört.

Nick sah sie überrascht an. »Dir? Wieso? Ich bin freiwillig mitgekommen. Es war nicht deine Schuld.«

Henriette schüttelte den Kopf. »Doch, das war es. Ich habe der alten Hexe vertraut. Obwohl ich es hätte besser wissen müssen. Ich kann mich vielleicht nicht mehr an ihr Gesicht erinnern. Aber ich weiß, dass ich ihre Verschlagenheit gespürt habe. Und ich habe mich trotzdem mit ihr eingelassen. Ich wollte den Traumdieb fangen. Unbedingt. Aber wenn ich gewusst hätte, was geschehen würde ...« Henriette brach ab.

Nick musterte seine Schwester schweigend. Diese Situation war neu für ihn. Normalerweise war er es, der sich entschuldigen musste. Er war der Zwilling, der immer etwas anstellte. Nicht die vernünftige Henriette, die stets alles richtig machte. Und was noch überraschender war: Es gefiel ihm nicht besonders. »O. k., du hast gewonnen«, sagte er und setzte ein schiefes Grinsen auf. »Ohne mich scheinst du in deinen Träumen ja nicht wirklich zurechtzukommen.«

Aus der Küche drang das Klappern von Tellern. Ihre Oma bereitete das Frühstück zu. Es kam ihnen seltsam fremd vor.

Gerade eben noch hatten sie in eine andere Welt gehört, die fast ebenso echt war wie diese.

»Ich hätte nicht gedacht, dass es klappt«, meinte Nick. »Das mit den Beeren, meine ich.«

Henriette sah auf ihre Hände. Sie hatte die Beeren während des Einschlafens festgehalten und ihr Saft hatte dunkle Spuren auf ihren Fingern hinterlassen. »Ich will nie wieder dorthin. Nie wieder, hörst du?« Sie sprang auf und lief hinüber in ihr Zimmer. Ein bitter-würziger Duft hatte sich dort ausgebreitet und war in alle Ritzen gesickert. Angewidert nahm sie die Beeren, die auf ihrem Bett lagen, öffnete ein Fenster und warf sie hinaus. Dann atmete sie tief ein. Sie lehnte sich auf die Fensterbank und sah dem Morgen dabei zu, wie er die Welt weckte.

Nick öffnete das Fenster in seinem Zimmer und steckte seinen Kopf ebenfalls hinaus. Er zwinkerte Henriette zu. Die Luft war so kalt, dass er das Gefühl hatte, sie würde ihn mit unsichtbaren Zähnen beißen.

»Wo sind sie wohl nun?«, fragte er. Er tippte sich gegen die Stirn. »Badra und die anderen. Ich meine, leben sie weiter, wenn du wach bist?«

Henriette fuhr sich durch die Haare. »Ich weiß es nicht. Vielleicht schlafen sie.« Was für ein komischer Gedanke, dachte sie. Sie sind alle in meinem Kopf. Sie fand es schade, dass keiner von ihnen hier sein konnte. Zu gerne hätte sie Habib den echten Sonnenaufgang gezeigt.

»Ob auch er schläft?«, fragte Nick nachdenklich.

Henriette wusste, von wem ihr Bruder sprach, ohne dass er den Namen nannte. Der Traumdieb war nun ein Gefangener in ihrem Kopf. Henriette musste sich schütteln. Nicht nur, weil ihr kalt wurde, wie sie da im Nachthemd am offenen Fenster stand.

»In deinem Kopf ist einiges los«, sagte Nick und malte mit seinem Finger Kreise gegen die Schläfe.

»Ja, in meinem Kopf ist es nie langweilig. Ganz im Gegensatz zu dem von gewissen Brüdern«, sagte sie und grinste Nick an.

Als sie später vor der Tür standen, die vom Treppenhaus in das Buchgeschäft *Anobium & Punktatum* führte, zögerte Henriette. Sie hatten es geschafft. Der Traumdieb war gefangen. Doch was nun kam, würde Henriette viel schwerer fallen, als durch den Nachtschattenwald zu gehen. Sie mussten eine Entscheidung treffen. Eine endgültige.

Sie drückte die Klinke hinunter und die beiden traten in das Buchgeschäft ein. Die Glocke über ihnen klingelte schrill.

So voll hatten die beiden den Laden noch nie erlebt. Gerade heute, dachte Henriette grimmig. Sie sah Herrn Anobium im hinteren Teil seines Ladens vor einem der Bücherregale mit einem Kunden ins Gespräch vertieft stehen. Als Herr Anobium die beiden Kinder bemerkte, blitzten seine Augen kurz auf. Nick und Henriette blieben in der Nähe der

Tür stehen. Henriette fixierte den Mann, der mit Herrn Anobium sprach, so eindringlich, als könne sie ihm alleine mit ihren Gedanken befehlen zu gehen. Doch dies war keiner ihrer Träume. Hier konnte sie niemandem ihren Willen aufzwingen. Henriette seufzte leise und sah sich ungeduldig im Laden um. Sie zählte fünf weitere Kunden, die zwischen den Regalen umherschlichen, als hätten sie sich verlaufen.

Nick war gelassener als Henriette. Normalerweise hätte er sich hier, inmitten von Büchern, zu Tode gelangweilt. Doch nach dem Erlebnis mit der Hexe empfand er den Laden als geradezu beruhigend. Ziellos ging er an den Bücherreihen entlang, die kerzengerade aufgereiht standen wie Soldaten bei einer Parade. Bunte Buchrücken wandten sich ihm zu und präsentierten ihm verschnörkelte Titel, die er noch nie gehört hatte. Alte Bücher, hatte Oma Mathilda einmal ihren Enkeln erklärt, waren Kunstwerke. Nicht allein wegen dem, was in ihnen stand. Sondern auch wegen der Art, wie sie gekleidet waren. In Leder eingeschlagene Schätze. Jedes anders und einzigartig. Für Nick jedoch sahen sie alle gleich aus.

Als er das Ende eines der Regale erreicht hatte, fand sich Nick vor der Küche wieder. Die Tür war nur angelehnt. Ein süßer, verführerischer Duft zog hindurch und streichelte Nicks Nase. Anobiums Kakao. Der Alte hatte sich an diesem kalten Morgen offenbar einen Topf aufgesetzt.

Verstohlen blickte sich Nick um. Weder die Kunden noch Henriette oder Anobium sahen in seine Richtung. Nick zögerte nicht. Zögern war etwas Hinderliches. Und so schob er sich Schritt für Schritt auf den einzigen Ort in diesem Geschäft zu, an dem es seiner Meinung nach wirklich einen Schatz gab. Noch einmal wandte sich Nick um. Anobium hatte ihm den Rücken zugedreht. Henriette konnte Nick nicht sehen. Vermutlich stand sie irgendwo vor einem Regal und steckte ihre Nase in ein Buch. Nick zog die Tür ein bisschen weiter auf. Mit einem schnellen Schritt war er in der Küche.

Nick war noch nie hier gewesen. Neugierig sah er sich um. Ebenso wie das Buchgeschäft schien auch dieser Raum von der Zeit vergessen zu sein. Aus dem kleinen Waschbecken in der Ecke wuchs ein schiefer, von Kalkflecken bedeckter Hahn. Daneben stand eine elektrische Kochplatte auf einem mitgenommenen Tisch, der sich unter der Last der Jahre verbogen hatte. Auf der Kochplatte stand der Topf, aus dem es verführerisch nach Kakao duftete. Von einem nahen Regal nahm Nick eine kleine Tasse, griff nach dem Topf und goss sich schnell etwas ein. Gerade genug, damit er sich satt trinken konnte. Aber auch nicht so viel, um Anobium merken zu lassen, dass etwas fehlte. Nick stellte den Topf wieder zurück und sah sich weiter um. Außer dem Tisch und einigen Wandregalen, in denen bloß Tassen, Teller, Teedosen und anderer Kram untergebracht waren, gab es nichts Besonderes mehr. Doch an die Küche schloss sich ein weiterer Raum an. Auch seine Tür war nur angelehnt. Nick spähte in das Zimmer dahinter. Hier stand nur ein Tisch mit einem Stuhl. Ein aufgeschlagenes Buch lag auf ihm. Beleuchtet wurde es von einer messingfarbenen Leselampe. Selbst hier muss ein Buch liegen, dachte Nick kopfschüttelnd. Als hätte Anobium den Laden nicht voll genug mit ihnen. Dann erkannte Nick neben dem Buch einige Werkzeuge in Ständern. Er verstand. Dies war der Platz, an dem Anobium alte Wälzer ausbesserte, wenn sie zu heruntergekommen waren, um in den Regalen ihren Platz zu finden. Nick trat ganz in den Raum ein. Die aufgeschlagenen Seiten waren leer. Vielleicht war es doch kein altes Buch, dachte Nick. Obwohl es ramponiert genug aussah. Gedankenverloren nahm er einen Schluck Kakao. Vielleicht ist es ein Tagebuch, in das Anobium seine Gedanken schreibt? Boshafte Gedanken. Womöglich ist es ganz gut, wenn ich sie einmal lese, dachte Nick.

Er nahm es vom Tisch auf und blätterte darin, doch auch die anderen Seiten waren leer. Das Buch enthielt keine Buchstaben. Nicht einmal auf dem nachtschwarzen Einband, der als einzigen Schmuck eine runde Frucht trug, die in das Leder gestempelt war. Nick hatte sich nicht gemerkt, auf welcher Seite das Buch ursprünglich geöffnet war. Doch das sollte wohl kaum eine Rolle spielen. Er legte es zurück und trank einen weiteren Schluck.

Die Werkstatt von Herrn Anobium war voller Staub, der Nick in der Nase kitzelte. Bloß nicht niesen, dachte er. Das würde man selbst bei all dem Gemurmel im Laden hören. Doch zu spät. Als hätte er es herbeigerufen, fühlte er das Jucken in der Nase. Es gelang Nick gerade noch, sie sich zuzuhalten, bevor er dumpf nieste. Mit ein wenig Glück hatte ihn keiner gehört. Der Kakao aber spritzte in hohem Bogen aus seinem Mund auf das Buch. Kleckse verteilten sich überall auf dem weißen Blatt. Nick fluchte still. Hinterlasse nie eine Spur. Das war die oberste Regel bei allen verbotenen Dingen. Der Kakao auf der Seite aber war eine Spur, die selbst der alte Anobium nicht übersehen konnte. Umblättern? Nein, dachte Nick. Wenn er doch etwas hineinschreibt, wird er die schmutzige Seite finden. Und wenn Anobium nicht ganz eingerostet ist, würde er unweigerlich an Nick denken. Das Buch konnte er aber nicht verschwinden lassen. Das wäre noch auffälliger. Doch wenn er vielleicht die befleckte Seite ganz vorsichtig entfernte? Ja, das würde gehen.

In einem Ständer auf dem Tisch fand Nick ein Skalpell und dazu ein Lineal aus Metall. Vorsichtig trennte er die Seite heraus. Selbst in einem helleren Licht als dem der alten Leselampe hätte Anobium die Schnittkante nicht erkennen können. Nick stellte Skalpell und Lineal zurück und steckte die verräterische Seite in seine Hosentasche. Er atmete erleichtert aus, als ihn ein Geräusch herumfahren ließ. Anobium!, schoss es Nick durch den Kopf. Er hat mich niesen gehört. Er wandte sich so hastig zur Tür, dass er beinahe auch noch den restlichen Kakao auf dem Buch verschüttet hätte. Schon glaubte er das Habichtgesicht des Buchhändlers zu sehen. Doch stattdessen erkannte er seine Schwester. Ihr Blick war ein einziger Vorwurf.

»Was um Himmels willen tust du da?« Sie kam herein und tippte ihm energisch mit dem Finger gegen die Brust, als wollte sie sein Herz durchbohren. »Ich habe hier ein Geräusch gehört. Ich hätte mir denken können, dass du es bist. Du hast wohl den Verstand …«

Nick hatte gelernt, nicht so genau hinzuhören, wenn Henriette zu einer ihrer Predigten ansetzte. Es hatte ihn einiges an Übung gekostet, doch mittlerweile konnte er eine schuldbewusste Miene aufsetzen und an ganz andere Dinge denken, ohne dass Henriette etwas merkte. *Gespräch spielen* nannte er das insgeheim. Gerade jetzt überlegte er, wie er die Tasse mit Kakao verschwinden lassen konnte. Er wartete ab, bis der Sturm aus Henriettes Mund ein Ende gefunden hatte, und schob sich an ihr vorbei. In einem der Regale entdeckte er einen Stapel Papiertücher. Schnell trank er die Tasse aus, wischte sie sauber und stellte sie wieder weg. Dann verschwand er mit Henriette aus der Küche. Henriette warf ihm noch einen ärgerlichen Blick zu. Nick seufzte. Henriette würde ihn nun nicht mehr aus den Augen lassen. Er würde mit ihr gemeinsam darauf warten müssen, bis Anobium Zeit für sie fand.

Es dauerte eine Ewigkeit. Doch irgendwann endlich schrillte die Türglocke ein letztes Mal und das Buchgeschäft entließ den letzten Kunden in den kalten Tag. Hastig kam Herr Anobium auf Nick und Henriette zu und deutete auf den Lesetisch. »Und?«, fragte der alte Buchhändler, nachdem er sich gesetzt hatte. Er beugte sich verschwörerisch zu Henriette vor. Erwartungsvoll sah er Henriette an.

Vielleicht, dachte Nick, hätte Anobium Henriette gerne in

ihre Träume begleitet und wäre mit auf Traumdiebjagd gegangen. Aber das war allein Nick vorbehalten. Er lächelte Anobium grimmig an, der ihn jedoch wie üblich ignorierte.

»Hat unser Plan funktioniert? Hat der Schwarze Nachtschatten gewirkt?«

Henriette nickte. »Wir haben den Weg gefunden und den Traumdieb gefangen«, sagte sie. Ihre Stimme war nur ein Flüstern, doch die Worte, so leise sie auch gesprochen waren, klangen laut in dem leeren Geschäft.

»Sehr gut!«, meinte Herr Anobium aufgeregt. »Dann ist er vergangen.«

Henriette seufzte. »Nein, ich habe ihn geheilt.« Sie erzählte dem überraschten Herrn Anobium in hastigen Worten von den Ereignissen der Nacht und auch davon, dass der Traumdieb sie aufgefordert hatte, die Tür zu öffnen, hinter der ihr ungeträumter Albtraum lag.

Anobiums Augen flackerten für einen Moment. Nick kannte diesen Blick. Es war der, den Anobium für ihn reserviert hatte.

»Er ist ein Parasit«, sagte Herr Anobium kalt. »Er ist ein Insekt. Vielleicht sieht er menschlich aus. Aber er ist es nicht. Genauso wenig wie ein Alb. Lass dich nicht von seinem Äußeren täuschen. Er will dir deine Träume nehmen. Deine fantastischen Träume. Ihm sind sie alle gleich. Wenn er nicht vergeht, wird er dich immer wieder und wieder heimsuchen, und du wirst Morgen für Morgen mit der immer gleichen Leere im Kopf aufwachen.«

Henriette und er sahen sich einen Moment lang stumm an. Vergehen. Es klang so nebensächlich. Aber es bedeutete doch sein Ende. Natürlich war das Gefühl, ohne Traum aufzuwachen, schrecklich. Aber wie schrecklich würde es für den Traumdieb sein, wenn er für alle Zeit fort wäre?

»Du bist mutiger als die meisten Erwachsenen«, sagte Herr Anobium nun sanfter. »Viel mutiger. Die wenigsten hätten sich überhaupt erst in den Nachtschattenwald getraut. Aber dann gegen diese Hexe zu kämpfen. Gegen eine so alte Furcht anzugehen, sich einem so mächtigen Albtraum zu stellen, das war wirklich und wahrhaftig mutig.«

Henriette musste an das denken, was Badra gesagt hatte. *Du bist feige.* Dies hier gefiel ihr viel besser. Henriette errötete.

»Ich war nicht alleine«, murmelte sie und dachte an Habib. »Und ohne Nick hätte ich es sowieso nicht geschafft. Wenn er nicht bei mir wäre, hätte ich nie lernen können, meine Träume zu beherrschen.«

Herr Anobium warf Nick einen kurzen Blick zu. »Wer weiß«, murmelte er. »Und nun beginnt der letzte Akt. Der Traumdieb erhält seine gerechte Strafe. Wo ist er doch gleich?«

Henriette schwieg.

»In der Wüste bei Badra«, antwortete Nick an ihrer Stelle wie ein Souffleur.

»Er wollte durch die Tür gehen«, sagte Henriette nachdenklich. »Ich frage mich, was hinter ihr liegt.«

»Die Tür ist egal«, sagte Herr Anobium und seine Stimme

klang scharf. »Ein Albtraum mehr oder weniger. Was schert er dich? Du willst alle deine Träume zurück, oder? Dazu musst du den Traumdieb loswerden.«

»Aber ich kann ihn doch nicht einfach töten!«, rief Henriette aufgebracht. Alles in ihr sträubte sich gegen diese Vorstellung. Der Traumdieb hatte sie gerettet. Und Nick.

»Töten ist ein hartes Wort«, entgegnete Herr Anobium. »Du bist eine Träumerin. Diese Welt hat ihre eigenen Gesetze. Denk nach. Wie stirbt ein Traumwesen?«

Henriette sah ihn verständnislos an.

»Du musst es vergessen«, sagte Nick leise, ohne dass jemand zu ihm hinübersah.

Herr Anobium nickte Henriette zu, als habe sie die Antwort gegeben und nicht Nick.

»Ihn vergessen?« Sie wusste, dass sie die Hexe auf diese Weise losgeworden war. Aber bei ihr war es nach Nicks Schilderungen auch gerecht gewesen. »Das ist grausam«, flüsterte Henriette.

»Grausam? Etwas zu vergessen ist grausam? Wie viele Dinge vergisst du Tag für Tag? Schöne und schlimme? Dinge, die du vergessen willst, und solche, die du vermisst, obwohl du gar nicht weißt, dass es sie gegeben hat.«

»Es wäre anders. Der Traumdieb wäre tot, wenn ich ihn vergessen hätte.«

»Wer stirbt, muss einmal gelebt haben. Lebt er? Ein Geist? Ein Wesen der Nacht? Wer weiß denn schon, ob er nicht einfach nur vergehen würde. Wie ein verlorener Gedanke.«

Anobiums Stimme schien Henriettes Widerstand zu zerschneiden. »Sag, wie hat es sich angefühlt, die Hexe zu vergessen?«

Henriette sah, wie Nick zusammenzuckte, als Herr Anobium das dunkle Wesen erwähnte. Sie konnte nur erahnen, wie schrecklich diese Gestalt gewesen war.

»Es fühlt sich gut an, sie vergessen zu haben, oder?«, fragte Herr Anobium. »Ich sehe es an deinem Gesicht.«

»Da ist nur ein Gefühl geblieben. Erleichterung vielleicht.«

»Vermisst du sie?«

Henriette schüttelte den Kopf.

»Und genauso wenig würdest du den Traumdieb vermissen.«

Sie sah ihn mit zusammengekniffenen Lippen an, als fürchtete sie sich davor, ihm zuzustimmen.

»Aber das Gefühl könnte das gleiche sein wie bei der Hexe. Erleichterung.«

Die Vorstellung war schön. Henriette fühlte, dass der Traumdieb eine schwere Last für sie war. Etwas, das man ihr aufgebürdet hatte und das sie tragen musste. Etwas, das ihr Kraft nahm. Ohne ihn wäre sie wahrhaftig erleichtert.

»Du hast nicht darum gebeten, dass er in deinem Kopf haust«, sagte Herr Anobium.

Nein, das hatte sie nicht.

»Stell dir vor, er bliebe. Du kannst ihn nicht jede Nacht jagen. Wie hießen deine Traumwesen noch? Badra. Der doppelte Ritter. Habib. Er würde sie dir nehmen. Wieder und wieder. Für immer vielleicht. Willst du das?«

»Nein«, sagte Henriette und unwillkürlich sah sie Habib vor ihren Augen verblassen. In diesem Moment wusste sie, dass sie eine Entscheidung getroffen hatte.

Augenblicklich begann sich Henriette gut zu fühlen. Es war wie das erste Anzeichen eines Wetterwechsels. Wenn es Wochen geregnet hatte und sich nun endlich ein schöner Tag andeutet. Henriette konnte nicht anders, als sich zaghaft darauf zu freuen, dass ihre Träume, egal ob gut oder schlecht, bald wieder nur noch ihr gehören würden. Nur noch träumen, was sie wollte. Und von wem sie wollte.

Doch ein letzter Zweifel blieb in ihr zurück. Eine leise Stimme, die nicht überzeugt war. Henriette sah hinüber zu Nick. Sie konnte die Frage aus seinem Gesicht herauslesen. *Gab es wirklich keine andere Möglichkeit?*

Nein, dachte Henriette. Es gibt keine.

Der Traumdieb würde in der kommenden Nacht sein Ende finden.

DIE UNLÖSBARE AUFGABE

Als sie an diesem Abend den Flur entlanggingen, der in ihre Schlafzimmer führte, herrschte eine seltsam angespannte Stille unter den Zwillingen. Unausgesprochene Worte hingen schwer und drückend in der Luft. Henriette konnte ihrem Bruder den Vorwurf im Gesicht ablesen.

Du willst ihn vergessen.

Sie blieb so abrupt stehen, dass Nick beinahe gegen sie gelaufen wäre, und stach ihm ihren Zeigefinger gegen die Brust. »Ich will endlich wieder träumen. Ohne Angst vor Traumdieben.« Sie bemühte sich, ihrer Stimme einen ruhigen Klang zu geben, aber Nick konnte dennoch die Verzweiflung heraushören.

Er seufzte. »Aber er hat mir bei der Hexe das Leben gerettet. Und … und was ist mit dieser Tür? Du hast selbst gesagt, dass du wissen möchtest, warum er hindurchgehen wollte.«

»Und was sollen wir tun? Nacht für Nacht versuchen, hinter sein Geheimnis zu kommen? Nur um dann vielleicht herauszufinden, dass es gar keines gibt? Dass er diesen Traum nur haben will, um ihn zu besitzen, wie die anderen auch, die er mir gestohlen hat?«

»Ach, was weiß ich denn?«, rief Nick wütend und seine Worte hingen viel zu laut in dem nachtmüden Flur. Er zuckte zusammen und horchte für einen Moment angespannt. Aus dem Wohnzimmer hörten sie den Fernseher. Kein Zeichen, dass Oma Mathilda etwas von ihrem Streit mitbekam. »Vielleicht gibt es doch noch eine andere Möglichkeit. Eine, die Anobium nicht kennt und die nicht in seinen verdammten Büchern steht. Lass uns Badra danach fragen.«

Henriette wollte etwas erwidern, doch dann unterdrückte sie die Worte. Sie hatte nichts zu verlieren, denn sie wusste ohnehin, wozu ihr Badra raten würde.

»In Ordnung«, flüsterte sie. »Wir werden ihn fragen. Aber wenn es keine andere Möglichkeit gibt, werde ich den Traumdieb vergessen. Noch heute Nacht.«

Ihr Bruder nickte erleichtert.

Mit jedem Traum, den sie gemeinsam erlebten, war es für Nick einfacher geworden, die Tür zu finden, die ihn hinüber in die Träume seiner Schwester führte. Ehe er einschlief, musste er daran denken, dass er, anders als Henriette, seine Träume nicht beherrschen konnte. Auch sein Traumkabinett sah er nie. Was wohl sein Traummeister und seine Hulmis darüber dachten, dass er sie Nacht für Nacht zurückließ? Verstanden sie es? Oder waren sie wütend und verletzt und würden ihm in Zukunft nur noch schreckliche Träume bescheren, als Strafe für sein Verschwinden?

Nick hatte erwartet, Henriette in ihrem Traumkabinett zu treffen. Stattdessen fand er sie balancierend auf einer Zugschiene. »Du träumst ja schon«, sagte Nick, der sich einmal mehr darüber wunderte, wie klar sein Kopf wurde, sobald er die Traumwelt seiner Schwester betrat. Er wandte sich um und sah, dass die goldene Tür, durch die er aus seinem Traum hinübergekommen war, in einer Bergwand steckte. »Und wo liegt die Wüste?«

Henriette deutete geradeaus. »Ich glaube, es ist gleich, in welche Richtung wir gehen. Hauptsache, wir machen uns auf den Weg.«

Hohes Gras spross zwischen den Schienen in die Höhe, gespickt mit wilden Blumen, und kitzelte ihre Beine, während sie den Schienen folgten. Es war heiß und die Luft flirrte träge. Um sie herum herrschte ein beständiges Summen. Dicke Bienen drehten unablässig ihre Kreise um die Zwillinge. Die Schienen führten an einem Abhang entlang, der zu ihrer Linken lag. Dichte Büsche, Ginster und Haselnuss, und eine Reihe kleiner, verkrüppelter Bäume verdeckten die Sicht hinab. Zu ihrer Rechten erhob sich die Bergwand, deren Ende sich weit über ihnen in einer Decke aus tief hängenden Wolken verlor.

Eine Zeit lang gingen sie schweigend nebeneinanderher. Dann kam ein leichter Wind auf. Er wurde rasch stärker und blies ihnen hart ins Gesicht und in die Ohren. Schon bald stach er ihnen mit spitzen Fingern in die Augen, sodass die Kinder ihre Lider schließen mussten. Blind wie Maulwürfe tappten sie den Weg entlang und konnten nur ahnen, was um sie herum geschah. Feine Körner schlugen gegen ihre Gesichter. Tausende und Abertausende kleine Pfeile, die in ihre Haut stachen. Die Zwillinge gaben einander die Hand und marschierten trotzig und entschlossen weiter. Dann endete der Sturm ebenso plötzlich, wie er begonnen hatte, und Nick und Henriette fanden sich in der Wüste wieder, mitten in einem Meer aus Sand.

★
★
★

Sie stapften über eine Düne, dann über die nächste. Hinter der dritten sahen die Zwillinge in der Ferne ein kleines Zelt. Nick deutete mit dem Finger darauf.

»Wir sind da«, rief er. »Da wohnt Badra. Wir haben ihn gefunden.«

»In dem kleinen Zelt?«, fragte Henriette. Für sie war es, als wäre sie das erste Mal hier. Sie folgte Nick, der die Düne vor ihnen hinunterlief. Auf der anderen Seite des Zelts fanden sie einen Pfahl in den Boden getrieben. Er ragte kaum zwei Meter in die Höhe. Eine Gestalt war an ihn gebunden.

Henriette schluckte.

Sie drückte Nicks Hand.

Gemeinsam gingen sie auf den Traumdieb zu.

Henriette wusste nicht, ob der Traumdieb sie bemerkt hatte. Für einen Moment blieben Nick und sie vor der schwarzen Gestalt stehen. Henriette legte den Kopf schief.

Müsste sie sich jetzt als Siegerin fühlen? Müsste sie Genugtuung empfinden? Henriette versuchte sich an die Angst und den Verlust zu erinnern, die sie morgens gefühlt hatte, wenn sie in ihrem Kopf vergebens nach Träumen gesucht hatte. Doch statt der Wut über das, was der Traumdieb ihr angetan hatte, kam nun ein anderes Gefühl in ihr auf. Viel stärker und mächtiger als Wut. Henriette fühlte Mitleid.

»Und jetzt?« Nick sprach die Frage aus, auf die Henriette keine Antwort hatte.

»Du weißt, was zu tun ist.«

Beide drehten sich um. Hinter ihnen kam Badra aus dem Zelt auf sie zu.

»Aber er ist nicht gefährlich«, flüsterte Nick und sein Blick wechselte zwischen dem Traumdieb und Badra hin und her.

»Vielleicht nicht jetzt. Aber wenn die Herrin ihn gehen ließe, würde er ihr wieder Nacht für Nacht die Träume stehlen.«

Henriette sagte nichts. Sie starrte den Traumdieb an. Sie hatte ihre Entscheidung doch längst getroffen. Warum zweifelte sie nun?

Badra schien ihr Schweigen als Zustimmung zu deuten. Er ging einige Schritte zur Seite und kniete sich in den Wüstensand.

Sanft strich er über den Sand. Es war, als hätte er einen Stein in einen ruhenden Teich geworfen. Der Sand bewegte sich in Wellen auseinander. Ein Loch brach vor Badra auf. Immer tiefer wurde die Öffnung. Schwarz und kalt war es in der Tiefe.

»Ein Stoß und es ist getan. Begraben im Kopf einer Wunschträumerin. Vergessen von der Wüste.«

Unwillkürlich schüttelte sich Henriette. »Ich weiß nicht, ob ich mit der Schuld leben könnte.«

Badra machte eine wegwerfende Handbewegung, als wolle er ihren Einwand vertreiben wie eine lästige Fliege. »Du wirst ihn vergessen, sobald es geschehen ist. Alles wird wie zuvor sein, Herrin. Du wirst wieder ohne Angst träumen.«

Henriette seufzte. Nur ein Stoß. Henriette hatte gehofft, ihre letzten Bedenken würden beim Anblick des Traumdiebs verstummen. Würde es wirklich so sein, wie Badra sagt? Würde sie alles vergessen? Sie würde doch anschließend nicht dieselbe sein, die sie nun war. Gleichgültig, ob sie sich später daran erinnern konnte oder nicht.

In diesem Moment hob der Traumdieb den Kopf. »Es ist mir gleich, ob ich sterbe«, sagte er so traurig, dass es Henriette die Kehle zuschnürte. »Aber ich habe einen letzten Wunsch.« Selbst die Wüste hielt einen Augenblick lang den Atem an.

»Einen letzten Wunsch?«

»Ich will wissen, wer ich bin.«

»Du bist der Traumdieb«, zischte Badra scharf.

»Ich weiß, *was* ich bin«, antwortete der Traumdieb ruhig. »Aber nicht *wer*.«

»Ich weiß es nicht«, antwortete Henriette.

»Doch«, sagte der Traumdieb. »Du weißt es. Das Bild steckt in einem deiner Träume. Du kennst meinen Namen.«

Henriette runzelte die Stirn.

»Herrin, lass dich nicht verwirren. Denk an die Hexe. Er will dich täuschen. Nichts weiter. Er hat keinen Namen.«

»In welchem Traum steckt die Antwort?«, fragte Henriette, ohne Badras Einwand zu beachten.

»Er ist gut verborgen. Es war schwer, ihn in deinem Kopf zu finden. Aber er ruft nach dir. Hast du ihn nicht gehört? Er will, dass du ihn träumst. Er ist hinter der Tür verborgen, aus der die Ritter kamen. Sie bewachen ihn. Ihn alleine wollte ich sehen. Nur ihn.«

Die Tür. Fast glaubte Henriette, sie könnte eine Stimme hören, die nach ihr rief.

»Deshalb bist du in meinen Kopf gekommen? Um diesen einen Traum zu finden? Ich habe versucht, ihn zu träumen. Wirklich. Aber er wird bewacht. Ich weiß nicht, was für Wesen mich daran hindern wollen, auf die andere Seite zu gelangen. Aber gleich, woher sie stammen, ich kann nicht durch die Tür gehen«, sagte Henriette. »Sie ist verschlossen und der Schlüssel ist weg. Ich kann sie also nicht öffnen. Nicht für dich. Und auch nicht für mich.«

Henriette musste das Gesicht unter der Kapuze nicht sehen, um die Enttäuschung des Traumdiebs zu erkennen.

»Dann kann ich ebenso gut sofort sterben«, sagte er und die Traurigkeit in seiner Stimme lief Henriette eiskalt die Kehle hinab.

»Ich wünschte, ich könnte dir helfen«, sagte sie.

»Das kannst du«, hörte sie Habibs Stimme hinter sich.

Sie fuhr herum. Henriette hatte sich insgeheim schon nach ihm umgesehen und befürchtet, er würde sich gar nicht mehr blicken lassen.

Der Beduinenjunge kam leichtfüßig durch den Sand gelaufen. »Es gibt einen Weg.«

»Von welchem Weg sprichst du?«, fragte Badra überrascht.

»Henriette muss zu ihr gehen. Sie braucht die Erinnerung.«

»Nein, Habib«, rief Badra. »Nicht zu ihr. Nicht wegen eines Traumdiebs.«

»Zu ihr? Von wem sprichst du?« Henriette sah von einem zum anderen.

»Von niemandem«, sagte der Beduine rasch, doch Henriette achtete nicht auf ihn. Sie suchte mit ihrem Blick Habibs Augen. In ihnen erkannte sie eine Milde, die denen seines Vaters fremd war. Der Ausdruck der Sorge aber war derselbe.

»Von Amygdala.«

Amygdala? Henriette hatte den Namen doch schon einmal gehört. Während sie noch angestrengt nachdachte, ergriff Nick das Wort: »Meinst du die mit dem Fluss?«

Der Fluss Mahr. Henriette erinnerte sich an Nicks Schilderungen. Die Hexe war vergangene Nacht in ihm versunken.

»Das wäre Wahnsinn«, sagte Badra scharf.

»Aber Henriette ist eine Wunschträumerin.«

»Du weißt, dass das in *ihrem* Reich nichts wert ist.«

Vater und Sohn maßen einander stumm. Die Luft prickelte vor Anspannung.

»Wer ist sie?«, fragte Henriette und legte beruhigend eine Hand auf Habibs Arm.

»Sie ist nicht mehr als eine Geschichte, die wir Traumwesen uns erzählen«, warf Badra ein. »Bloß eine Legende.«

»Aber es heißt, dass sie alles weiß«, entgegnete Habib. »Dass sie jeden Moment sieht. Und dass sie fühlt, was du fühlst, Henriette. Weil sie entscheidet, was du fühlst.« Habib deutete auf den Horizont. »Sie existiert jenseits deiner Träume. Amygdala, die Entscheiderin.«

»Oder auch Amygdala, die Angstmacherin«, sagte Badra düster.

»Woher sollte Amygdala wissen, was es mit dem Traum hinter der Tür auf sich hat?«, fragte Henriette Habib.

»Sie kennt alle deine Erinnerungen«, antwortete er. »Die Erinnerung kommt vor dem Traum. Wenn du nicht an den Traum gelangen kannst, weil er verschlossen ist, dann vielleicht an die Erinnerung. Jeder Traum ist eine Geschichte, die auf Erlebtes zurückgeht. In diesem Fall auf etwas, das den Traumdieb und dich miteinander verbindet, wie es scheint.«

»Ist sie gefährlich?«, fragte Henriette.

Habib zuckte mit den Schultern und sah zu seinem Vater.

»Ja«, antwortete Badra seufzend. »Aber das bist du auch, kleine Herrin.«

Als Henriette mit Nick neben Habib über den Sand lief, spürte sie, wie schwer es ihm gefallen war, sich gegen seinen Vater zu stellen.

Der alte Beduine war zurückgeblieben, um den Traumdieb zu bewachen. Er hätte den Traumdieb gerne getötet. Eine einfache Lösung. Doch das Rätsel, das sich vor Henriette auftat, war nicht einfach. Eine Tür, die sich nicht öffnen ließ. Wachen, die sie daran hinderten zu sehen, was auf der anderen Seite lag. Und ein Traumdieb, der wissen wollte, wer er war.

Sie waren bereits eine ganze Weile gelaufen, über Dünen geklettert und die Zwillinge waren erschöpft. Habib hingegen ertrug die Hitze mit Leichtigkeit. Irgendwann blieb er auf dem Kamm einer Düne stehen und sah zum Horizont. Henriette folgte seinem Blick zu der Stelle, an der Himmel und Erde einander trafen.

»Ist es noch weit?«, fragte sie.

»Ja«, meinte Habib nachdenklich. »Vielleicht zu weit. Die Wüste vor uns ist groß wie ein Ozean.«

»Kennst du den Weg?«

»Ich weiß nur, dass am Ende der Wüste auch das Ende deiner Träume liegt.«

»Schaffen wir es bis zum Anbruch des Morgens dorthin?«

Der Beduinenjunge zuckte zur Antwort mit den Schultern.

»Wir müssten schneller vorankommen«, sagte Nick und blickte missmutig über das Sandmeer. Es war das erste Mal, dass er überhaupt etwas gesagt hatte, seit sie sich auf den Weg gemacht hatten. »Kannst du nicht irgendetwas in diesen Traum wünschen, das uns schneller werden lässt?«

Henriette wischte sich den Schweiß von der Stirn. Etwas, das uns schneller werden lässt, dachte sie. Sie versuchte sich zu konzentrieren. Aber es war schwer, sich nicht von der

Hitze und dem Durst ablenken zu lassen. Die Wüste ist so groß, dachte Henriette. Es stimmte, was Habib gesagt hatte. Sie war so groß wie ein Ozean.

Henriette stockte.

Ein Lächeln huschte über ihr Gesicht.

»Mir wird schlecht«, jammerte Nick, »und ich falle gleich runter.« Er drückte sich fester an Henriette.

»Du wolltest schneller sein«, antwortete sie. Im Gegensatz zu ihrem Bruder machte es ihr nichts aus, auf dem grauen, dicken Rücken zu sitzen. Während sich Nick krampfhaft an sie klammerte, hielt Henriette sich an Habib fest, der so sicher auf dem Wüstenwal saß, als würde er ein Kamel reiten.

Der Wal war riesig. Henriette sah nur seinen gewaltigen Rücken, während er sich rasend schnell durch den Sand schob. Hin und wieder stieß er eine Fontäne aus Sand aus. Sie flogen fast über die Dünen. Henriette fühlte sich so frei wie noch nie in ihrem Leben. Nichts kam ihr mehr unmöglich vor. Ja, sie würde an das Ende ihrer Träume reiten und das Geheimnis der Tür lüften. Sie würde dem Traumdieb seinen letzten Wunsch erfüllen und auch alles andere in Ordnung bringen. Es gab nichts, was sie nicht schaffen würde.

»Du bist wahrhaft eine Wunschträumerin«, rief Habib ihr zu. Der Beduinenjunge gab dem Wal einen Klaps auf die Seite, um ihn in die richtige Richtung zu dirigieren.

»Es klappt nicht immer so gut«, sagte Henriette und errötete.

Während sie über die Dünen schossen und ihnen der Wind in die Gesichter peitschte, versuchte Henriette sich vorzustellen, wie Amygdala wohl aussehen mochte. Doch als sie Habib danach fragte, wich der Beduinenjunge ihr aus. Wenig Genaues wisse er. Sie sei ja kaum mehr als eine Geschichte, die sich die Traumwesen am Ende der Nacht einander zuraunten. Henriette spürte, dass er ihr nicht alles sagte. Dass er etwas vor ihr verbarg. Doch sie fragte nicht weiter.

Sie wusste nicht mehr, wie lange sie unterwegs waren, als der Wal mit einem Mal stoppte. Nick und sie fielen fast von seinem Rücken.

»Was ist?«, fragte Nick. »Ist etwas passiert?«

»Nein«, sagte Habib. »Wir sind da.«

Sie rutschten vom Rücken des Wüstenwals und fanden sich an einer Klippe, die steil in die Tiefe fiel. Die Wüste endete hier. Und vor ihnen war nur noch der Himmel. Wenn es hinter der Klippe einen Boden gab, so entzog er sich ihrem Blick.

Ein Geräusch ließ sie herumfahren. Sie sahen, wie der Wal hinter ihnen hinab in die Wüste sank. Wie zu einem letzten Gruß stieß er noch einmal eine Sandfontäne in die Luft. Dann war er verschwunden.

»Und jetzt?«, fragte Nick an Henriette gewandt. »Gibt es hier so etwas wie eine Tür? Oder wie kommen wir nun zu dieser Amygdala?«

Habib schüttelte den Kopf. »Dort ist das Ende der Träume. Ihr müsst hinüber. Über die Leere.«

Nick ging einen Schritt auf die Klippe zu. Er sah Habib an, als habe der den Verstand verloren. »Bist du verrückt? Wie sollen wir das denn anstellen?«

Der Beduinenjunge lächelte traurig. »Ich würde jeden Weg mit euch gehen. Doch auf diesem hier, der vielleicht der gefährlichste von allen ist, kann ich euch nicht folgen.« Er sah Henriette entschuldigend an. »Ich gehöre in deine Träume. Und dies ist ihr Ende. Genauso wenig könnte dir ein Fisch folgen, wenn du den Ozean verlassen und an Land gehen willst.«

»Aber du wirst hier sein.« Henriette hatte Angst vor dem, was sie erwartete. Doch es wäre leichter zu ertragen, wenn sie wusste, dass jemand auf sie wartete. Jemand Bestimmtes, dachte sie bei sich.

Habib nickte entschlossen. »Ja.«

»Und wie sollen wir hinübergelangen?«, fragte Nick, dem die Vorstellung, ohne Habib zu dieser Amygdala zu gehen, überhaupt nicht gefiel.

»Das kann alleine Henriette beantworten.« Er sah sie an. »Es ist dein Traum. Deine Welt. Du kennst die Antwort schon, Wunschträumerin.«

Henriette wusste, worauf er anspielte. Es schien fast, als könnte er in ihr Herz schauen. »Ich wünsche es mir so sehr. Aber es ist mir noch nie gelungen.«

»Was?«, fragte Nick, doch die beiden beachteten ihn nicht.

»Du kannst es«, sagte Habib. »Zweifelst du etwa an dir? Ich tue das nicht.«

Habib und Henriette blickten einander an. Es brauchte in diesem Moment keine Worte zwischen ihnen. Sie verstand auch so, was er ihr sagen wollte. Und sie wollte ihm dasselbe sagen. Wäre doch nur Nick nicht hier, dachte sie.

»Was wünscht sie sich?«, fragte Nick verwirrt.

»Meinen größten Wunsch«, sagte Henriette und lächelte gefährlich.

Habib war längst nur noch ein Punkt unter ihnen, während die Zwillinge in die Luft stiegen. Dieses Gefühl entzog sich allen Worten. Es war im wahrsten Sinne des Wortes unbeschreiblich. Henriette hatte geglaubt, sich auf dem Rücken des Wüstenwals frei zu fühlen. Doch nun begriff sie, dass ihr Ritt durch die Wüste nur ein blasses Bild von wahrer Freiheit gewesen war. Dies hier, das wusste Henriette tief in ihrem Inneren, war wirkliche Freiheit. Die Luft trug sie, wie sie nur einen Vogel tragen konnte. Elegant schwebte sie über der Leere, die sich unter ihnen erstreckte. Nick hatte seine Hände krampfhaft um ihre Arme gekrallt und hing jammernd und mit geschlossenen Augen in der Luft. Die Anspannung verzerrte sein Gesicht. Henriette aber genoss das Fliegen.

»Hättest du dir nicht einen großen Vogel wünschen können, der uns mitnimmt?«, rief Nick. »Irgendetwas mit Flügeln.«

»Nein«, antwortete Henriette und musste vor Leichtigkeit lachen. »Er wäre auch eine Traumfigur und hätte nicht über das Ende hinwegfliegen können.«

Um sie herum färbte sich der Himmel tiefblau. Je weiter sie kamen, desto dunkler wurde es um sie. Und schließlich umfing sie eine undurchdringliche Nacht. Tintenschwarz und so still, dass sie ihre eigenen Herzen schlagen hören konnten.

»Ich glaube, wir sind gleich da«, sagte Henriette. Es war nicht mehr als eine Ahnung, aber als sie unten eine Brücke erblickte, die im Nichts begann, wusste sie, dass sie recht hatte. Sie hatten ihr Ziel erreicht. Behutsam landeten sie auf der Brücke. Mit großem Bedauern bemerkte Henriette, dass ihr Körper wieder schwer wie ein Stein wurde. Nick hingegen schien froh zu sein, endlich festen Boden unter den Füßen zu haben. Schnell ging er voran, über die Brücke.

Nach einer kurzen Weile erkannten sie einen Turm, der sich glänzend schwarz und majestätisch aus der Dunkelheit schälte. Er war aus zwei Hörnern geformt, die einander umschlungen. Ihre Spitzen glänzten silbern. In ihrer Mitte fassten die beiden Hörner einen gläsernen Raum ein. Von Weitem sah er wie der Kern einer Mandel aus. Henriette meinte zu spüren, dass jemand sie von dort aus beobachtete.

Die Brücke führte genau auf das Tor des Turms zu. Nick und Henriette durchquerten es und gelangten in einen langen, schmalen Vorraum, an dessen Ende sie zu einer schweren, gusseisernen Tür kamen. Ein Schloss schien es nicht zu geben.

»Wer Amygdala sehen will, muss die unlösbare Prüfung bestehen.«

Die Worte waren aus dem Nichts gekommen.

Henriette und Nick sahen sich um. Doch da war keiner.

»Woher wisst ihr, dass wir Amygdala sehen wollen?«, fragte Henriette in den leeren Raum hinein.

»Ihr habt die Torheit, ihren Turm zu betreten.«

»Oder den Mut«, warf Nick ein. Seine Worte klangen zu seinem Bedauern keineswegs so mutig, wie er gehofft hatte, sondern allenfalls trotzig.

»Wer seid ihr, dass ihr es wagt, den Turm der Amygdala zu betreten?«

»Henriette ist die Herrin dieses Kopfs«, rief Nick. »Und ich bin ihr Bruder«, schob er leiser hinterher.

»Die Herrin und ihr Bruder? Unwahrscheinlich. Aber es wird sich zeigen.«

»Wer bist du? Warum glaubst du uns nicht?«, fragte Henriette.

»Wer ich bin, ist einerlei. Und glauben oder nicht glauben ist eines wie das andere. Wertlos. Die unlösbare Aufgabe wird zeigen, ob ihr das Recht habt, Amygdala zu sehen.«

»Eine unlösbare Aufgabe? Warum wird uns eine unlösbare Aufgabe gestellt?« Ein leiser Ton der Angst hatte sich in Nicks Stimme gemischt und es gelang ihm nicht, ihn zu verdecken. »Welchen Sinn hat es, eine Aufgabe zu stellen, die keiner lösen kann?«

»So sind die Regeln. Nichts und niemand außer der Herrin dieses Kopfes könnte die Aufgabe lösen, für die es keine Lösung gibt.«

»Aber ich bin die Herrin dieses Kopfs«, entfuhr es Henriette.

»Das musst du doch spüren«, rief Nick aufgebracht. Er fand, dass dies alles hier in die falsche Richtung lief.

»So sind die Regeln«, wisperte die körperlose Stimme.

Henriette atmete tief durch. Dann legte sie beruhigend eine Hand auf Nicks Arm. »Es ist mein Kopf. Also werde ich diese Aufgabe lösen können.«

Nur einen Lidschlag nachdem sie das gesagt hatte, wurde in der Tür eine Einbuchtung sichtbar. Darin erkannten die Zwillinge zwei kleine Flaschen und einen Becher auf metallenen Platten.

»Du hast die Aufgabe angenommen. Also höre: Die rechte Flasche enthält Mut.«

Die Flüssigkeit schimmerte blassgold.

»Und die linke Furcht.«

Die Flüssigkeit in der anderen Flasche war durch und durch schwarz.

»Was trinkst du?«

»Ich verstehe nicht«, sagte Henriette.

»*Was trinkst du?*«, fragte die Stimme noch einmal.

Henriette dachte nach. Sie musste also eine der beiden Flüssigkeiten trinken, um die Tür zu öffnen. »Wieso Mut?«

»Weil er dir Kraft und Zuversicht gibt, wenn die Furcht

dich lähmt. Er hilft dir, das Ziel eines jeden Weges zu erreichen«, kam die Antwort.

Das hörte sich gut an, fand Henriette. Sie zögerte dennoch, nach der blassgoldenen Flasche zu greifen.

»Und warum Furcht?«

»Weil sie dich vorsichtig macht und dich Gefahren erkennen lässt, wenn der Mut dich überheblich macht. Sie hilft dir, das Ziel eines jeden Weges zu erreichen.«

Henriette stöhnte. Was sollte sie denn jetzt tun?

Mut oder Furcht?

Furcht oder Mut?

»Was geschieht, wenn ich die falsche Flasche nehme?«, fragte sie.

»Dann bleibt ihr für immer hier.«

Nick wollte Henriette in diesem Moment sagen, dass sie besser gehen sollten. Dass sie sicher einen anderen Weg finden würden, hinter das Geheimnis der Tür zu kommen. Doch die Worte konnten seinen Mund nicht mehr verlassen. Er war plötzlich stumm geworden. Eine unsichtbare Hand schien sich über seinen Mund gelegt zu haben.

»Du musst die Entscheidung alleine treffen. Es gibt keine Hilfe. Und es gibt kein Zurück. Die Aufgabe wurde angenommen. Wählst du keine Flasche, ist dies ebenso eine Wahl.«

»Aber ich bin die Herrin dieses Kopfes.«

»Das wird sich zeigen.«

»Sind denn schon einmal welche gescheitert, die ...«

»Alben. Gierige Traumweber, die von Amygdala die mächtigsten Erinnerungen für ihre Träume haben wollten.«

»Wie viele?«

»Alle, die es bislang versucht haben.«

»Oh.« Henriette stand unschlüssig vor den Flaschen. Welche sollte sie nehmen? Aus den Augenwinkeln sah sie zu Nick hinüber. Welche Flasche würde er wählen? Natürlich die mit dem Mut, dachte Henriette. Und sie? Die mit der Furcht, sagte sie sich. Ja, so würde es sein. Sie konnte die Aufgabe nur lösen, wenn sie sie selbst war. Sie war die Herrin. Hier galten ihre Regeln. Sicher hatten all die Alben den Mut genommen. Eine vergiftete Wahl. Aber die ungeliebte Furcht hatten sie bestimmt alle verschmäht.

»Triff deine Wahl und gieße den Inhalt der Flasche in den Becher. Dann trink.«

Henriette atmete tief durch. Sie wollte gerade nach der Flasche mit der dunklen Flüssigkeit greifen, da schoss ihr ein Gedanke durch den Kopf. Sie stockte. Ihre Hand verharrte in der Luft. Nein, dachte sie. Das kam ihr nicht richtig vor. Sie sah zu Nick hinüber. Würde er wirklich den Mut wählen, wenn er an ihrer Stelle wäre? Nein. Er würde etwas anderes tun. Nick würde schummeln. Ja, das würde eher zu ihm passen.

Ein Lächeln huschte über ihr Gesicht. Ein gefährliches Lächeln.

Dann griff sie zu.

Und goss beide Flaschen in den Becher.

Einen Moment lang geschah nichts. In dem Becher flossen die blassgoldene und die schwarze Flüssigkeit ineinander. Dann entfärbten sie sich, bis der Inhalt des Bechers völlig klar war. Henriette wusste nicht, was das zu bedeuten hatte. Sie hob den Becher zögernd an die Lippen, leerte ihn hastig in einem einzigen Zug und stellte die leeren Flaschen und den Becher zurück an ihren Platz in der Tür. Sie fühlte, wie die Flüssigkeit ihren Hals hinabbrann. Für einen fürchterlichen Moment glaubte sie, dass sie sich gleich von innen her auflösen müsste. Aber dann war es vorbei und nichts geschah. Seltsam, dachte sie. Ich fühle mich weder mutiger noch furchtsamer, sondern genauso wie vorher. Sie sah sich suchend um. Passierte nun etwas?

Die Stimme stockte, ehe sie die Worte sprach: »Die unlösbare Aufgabe ist gelöst worden.«

Es klackte hinter der Tür, als würden schwere Eisenriegel zur Seite geschoben, und der Durchgang öffnete sich.

Henriette fühlte, wie Nick nach ihrer Hand griff. »Das war echt gut«, murmelte er. Nun, da die Aufgabe gelöst war, hatte er seine Stimme wiedergefunden. »Weißt du, was ich gewählt hätte?«

Henriette lächelte ihm wissend zu und nickte.

»Ich hätte den Mut gewählt.«

»Oh«, sagte Henriette und ihre Knie wurden für einen Moment weich.

Ihre Augen brauchten einen Moment, ehe sie sich an die Dunkelheit hinter der Tür gewöhnt hatten. Das erste Wort, das Henriette in den Sinn kam, war Chaos. Nie in ihrem Leben, selbst in Nicks Zimmer nicht, hatte sie ein größeres Durcheinander gesehen als in diesem Raum. Er war gläsern. Doch meterhohe Papierstapel verdeckten weite Teile der durchsichtigen Wände und damit den Blick nach draußen. Die Papierstapel waren überall. Die meisten wuchsen so weit in die Höhe, dass sie die Decke berührten. Selbst die niedrigsten reichten bis an Henriettes Kopf.

Während sie durch das Chaos gingen, versuchte Henriette, einen Blick auf eines der Blätter zu werfen. *Grenzenlose Freude*, stand auf einem. Und auf einem anderen war *Tiefe Angst* zu lesen. Henriette runzelte die Stirn. Sie hatte keine Ahnung, was das bedeuten sollte.

Sie gingen um einige der größeren Stapel herum. Dahinter, inmitten des Chaos, saß eine gebeugte Gestalt auf dem Boden. Eine alte Frau. Ihre langen, schmutzig-weißen Haare verbargen ihr Gesicht wie ein schützender Vorhang. Sie hielt den Kopf gesenkt und auch als die Zwillinge direkt vor ihr standen, sah sie nicht auf. Unablässig griff sie nach den Papierseiten, die vor ihr wie aus dem Nichts erschienen. Sie befühlte sie, roch an ihnen, raschelte mit ihnen an ihren Ohren und einige hielt sie unter dem Vorhang aus Haaren vor ihre Augen. Ein leises Murmeln drang dabei aus ihrem Mund. Das war also Amygdala. Sie musste es sein.

Henriette versuchte, ruhiger zu atmen. Sie drückte Nicks Hand. Ob sie wohl warten mussten, bis die Alte sich rührte?

Die Frau fuhr fort in ihrem Spiel, nahm eine Seite, prüfte

sie und legte sie auf einem Stapel zu ihrer Rechten ab. Bei jedem sagte sie etwas. Henriette spitzte die Ohren.

»Furcht.« Amygdala legte die Seite auf einen Stapel, der schon ziemlich hoch war.

Henriette runzelte die Stirn.

»Unsichere Neugier.« Auch dieses Papier kam auf den Stapel.

Henriette sah zu Nick hinüber.

»Bohrende Neugier«, sagte Amygdala und die Seite folgte der vorherigen.

So ging es eine ganze Weile. Die Gestalt nahm unablässig die Seiten, prüfte sie und legte sie dann fort, nachdem sie etwas dazu gesagt hatte. Ansonsten geschah nichts. Henriette wurde ungeduldig.

»Ungeduldige Aufregung.«

Henriette horchte neugierig auf.

»Neugier.«

Fast schien es, als würde die Alte wissen, was Henriette fühlte. Aufgeregt wippte Henriette auf den Fußballen.

»Angespannte Aufregung.«

Henriette nahm sich ein Herz. »Hallo«, sagte sie.

Die Alte zuckte nicht einmal. Ungerührt machte sie weiter. Langsam wurde Henriette ärgerlich.

»Leiser Ärger.«

»Hallo«, versuchte es Henriette noch einmal. Wieder reagierte die Alte nicht. Henriettes Ärger wurde stärker.

»Starker Ärger.«

»Willst du dich über mich lustig machen?« Henriette ballte die Hände zu Fäusten. Ihre Angst schien verflogen. Ein neues Gefühl stieg in ihr auf.

»Wut.«

Henriette atmete tief durch. »Hör auf!«, rief sie. »Ich befehle dir aufzuhören.«

Und tatsächlich. Die Alte hielt inne, das Blatt in der Hand noch an ihr Ohr gelegt. Dann hob sie langsam ihren Kopf und sah Henriette an. Unter dem Vorhang aus strähnigen Haaren erkannte Henriette zwei vollkommen weiße Augen. Kein Blau, kein Grün, kein Braun. Konnte sie mit diesen Augen sehen?

»Ja, das kann ich, Herrin«, sagte die Alte langsam und legte das Blatt ab. »Verblüffung.«

Henriette starrte sie an. Nick, der Henriettes Frage nicht hatte hören können, sah verwirrt zu ihr hinüber.

»Aber aufhören kann ich nicht.«

»Warum?«, fragte Henriette.

»Weil du ebenso wenig dein Herz bitten könntest, innezuhalten, um sich einmal auszuruhen.« Sie starrte Henriette ohne zu blinzeln an. »Ängstliche Verblüffung.«

»Was bist du? Warum kannst du hören, was ich denke? Bist du eine Zauberin oder so etwas?«

Die Alte lachte heiser. »Eine Zauberin? Nein, Herrin. Ich bin ein Teil deines Selbst. Ich gehöre zu den Regeln, die darüber wachen, dass dein Verstand nicht im Chaos versinkt. Ich höre alles, sehe alles und merke alles. Nichts entgeht mir.

Amygdala wacht und entscheidet. Furcht oder Ärger. Freude oder Gleichgültigkeit. Alles nimmt hier seinen Anfang. Ich weiß, was du denkst, sobald du es denkst. Ich weiß alles über Henriette Ende.« Amygdala fuhr sich über den Mund. »Fassungslosigkeit.«

Henriettes Lippen bewegten sich von ganz alleine, während sie nach Worten suchte, um die Stille zu füllen.

»Also glaubst du nun, dass ich Henriette bin?«

»Du hast es bewiesen.«

»Aber es verwundert dich nicht.«

»Es ist, wie es ist. Du bist die Herrin und ich bin Amygdala.«

»Ich verstehe noch immer nicht, was genau du entscheidest«, sagte Henriette.

»Alles, was du fühlst.«

»Du entscheidest, was ich fühle?«, fragte Henriette ungläubig. »Aber das kann nicht sein. *Ich* entscheide. Nur ich. Niemand anders.«

»Ich bin du, Herrin. Ein Teil von dir. Regeln gegen das Chaos, das in deinem Inneren herrschen würde, wenn alle Regeln außer Kraft gesetzt wären. Amygdala sieht alles und hat alles gesehen.«

»Wirklich alles?«

»Ja, alles. Ich kenne alle Momente deines Lebens. Ich kenne alle deine Erinnerungen. Alle Bilder. Die, die dir Freude schenken. Geborgenheit. Verliebtheit.«

Amygdala sah Henriette mit ihren weißen Augen an und

ohne dass sie es verhindern konnte, musste sie an Habib denken. Henriettes verwirrtes Herz machte einen Sprung. Sie schob den Gedanken zur Seite. Dafür war jetzt keine Zeit. »Dann weißt du auch, was hinter der Tür ist?«, fragte Henriette und ihr Atem ging mit einem Mal schneller.

»Die verschlossene Tür, die du in deinen Träumen siehst. Ja, Amygdala weiß, was dahinter ist«, murmelte die Frau heiser und Henriette überkam ein Schauer. »Aufregung.«

Henriette fühlte, dass sie nun am Ende eines langen Weges angelangt war. »Dann sag es mir. Was ist dort hinter der Tür?«

Die Alte hielt wieder kurz inne, sah aber nicht auf. Stattdessen griff sie ohne hinzusehen in einen Papierstapel, der bis an die Decke des Raums reichte. Nick sah ihn schon umfallen. Amygdala zog jedoch geschickt eines der Blätter heraus und reichte es Henriette.

»Maßlose Angst, Verwirrung und tiefer Schmerz«, las sie. »Was soll das sein?«

»Deine Gefühle in dem Moment, in dem du den Traum hinter der Tür geträumt hast.«

Plötzlich aufkommender Ärger färbte Henriettes Wangen rot. »Ich will nicht wissen, was ich gefühlt habe, als ich ihn geträumt habe, sondern was in ihm geschieht. Ich bin doch nicht über das Ende meiner Träume geflogen und habe die unlösbare Aufgabe gelöst, um zu erfahren, dass ich in einem Albtraum Angst hatte.« Dann stockte Henriette. »Sagtest du, ich hätte ihn schon einmal geträumt?« Sie schüttelte den

Kopf. »Nein, das kann nicht sein. Es ist doch ein ungeträumter Traum.«

»Das, was hinter der Tür wartet, ist nicht irgendein Albtraum«, sagte Amygdala ruhig und schob das Papier wieder in den Stapel zurück. »Es ist dein schrecklichster. Von den Alben aus deiner furchtbarsten Erinnerung gewoben.« Amygdala legte ein neues Blatt auf den Stapel zu ihrer Rechten. »Furcht und Aufregung.«

Henriette versuchte zu begreifen, was die Alte gerade gesagt hatte. »Hinter der Tür wartet mein schrecklichster Traum auf mich? Aber wenn die Alben ihn aus meiner furchtbarsten Erinnerung gemacht haben, dann habe ich doch bereits erlebt, was hinter der Tür ist.«

»So ist es.«

»Aber die Erinnerung ist weg.«

»Ein Traumdieb«, entfuhr es Nick.

Amygdala wandte ihm ihre weißen Augen zu. »Der Traum wurde nicht gestohlen, sondern verschlossen. Und mit ihm die Erinnerung. Beides gehört zusammen und kann nicht getrennt werden. Träumt die Herrin nicht den Traum, bleibt die Erinnerung für sie unerreichbar.«

»Aber du kennst sie, nicht wahr?«, fragte Henriette. »Beschreib sie mir.«

»Nein.«

Henriette runzelte die Stirn.

»Ärger.«

Henriettes Stimme nahm einen schneidenden Klang an,

der ihr selbst fremd war. »Beschreib sie mir. Ich befehle es dir.«

»Nein.« Wieder ein Blatt. »Wut«

Mühsam schluckte Henriette ihren Ärger hinunter. Er brannte heiß in ihrer Kehle. »Warum gehorchst du mir nicht?«

»Ich kann es nicht, Herrin. Ich darf es nicht. So sind die Regeln.«

»Die Regeln? Ich mache die Regeln. Ich bin die Herrin.«

»Ja, du bist die Herrin. Und es sind deine Regeln. Du hast sie gemacht, weil du bist, wer du bist. Sie gelten für alle Zeit, die dir gehört.«

»Dann kann ich die Regeln doch ändern?«, fragte Henriette. »Und dann musst du mir gehorchen.«

»Nein«, sagte Amygdala. »Sie sind aufgestellt worden und gelten für alle Zeit …«

»… die dir gehört«, beendete Henriette enttäuscht den Satz. Sie seufzte. Was war das Schrecklichste gewesen, das sie je erlebt hatte? Und warum wollte der Traumdieb diesen Traum? »Aber ich muss hinter diese Tür«, rief Henriette. »Ich muss.«

Amygdala reagierte nicht. »Wut.«

»Ja, ich bin wütend.« Henriette schrie nun. »Ich will meinen Traum. Ich will wissen, was dort hinter der Tür ist. Ich habe das Recht dazu.«

»Das Recht vielleicht, aber hast du auch den Schlüssel?«

»Der Schlüssel ist weg. Ich habe ihn erträumt und verloren.« Henriette hätte am liebsten die Stapel um sich herum umgeworfen und die Alte unter ihnen begraben. Sie erschrak selbst über ihren Zorn.

»Wenn der erträumte Schlüssel weg ist, dann brauchst du einen erinnerten.« Ein neues Papier. »Hoffnung.«

Einen erinnerten Schlüssel? Henriette sprach die nächsten Worte ganz leise, als könnten sie zerspringen wie Glas, wenn sie zu laut wäre. »Wo finde ich ihn?«

»Überall und nirgendwo.« Ein neues Papier. »Verwirrung.« Die Alte raschelte mit der Seite. »Du brauchst etwas, das Teil des Traums ist«, fuhr Amygdala fort. »Etwas, das dir Einlass gewährt.« Ein weiteres Papier. »Enttäuschung.«

»Wie soll ich denn etwas finden, das in dem Traum vorkommt, wenn ich ihn nicht kenne?« Henriette war plötzlich den Tränen nahe. All ihre heiße Wut verwandelte sich in eiskalte Mutlosigkeit. »Lass uns gehen«, sagte sie zu Nick. »Es ist hoffnungslos. Ich habe keinen Schlüssel. Nichts, was in diesen Traum gehört«

»Nein«, sagte Amygdala und hielt mit einem Mal inne. »Du nicht.« Sie zeigte mit einem ihrer knochigen Finger auf Nick. »Aber er.«

DIE ARMEE DER TRÄUMERIN

Für einen Moment sah Nick so schuldbewusst aus, als wäre er gerade dabei erwischt worden, seiner Schwester etwas gestohlen zu haben.

Henriette starrte ihren Bruder sprachlos an.

»Ich?«, fragte Nick völlig verblüfft. »Wieso habe ich etwas, das mit Henriettes Traum zu tun hat?« Dann kam ihm eine Idee. »Gehöre etwa ich selbst …«

»Nein«, sagte Amygdala knapp und ihre blinden Augen verengten sich. »Du bist nicht der Schlüssel. Aber du trägst etwas bei dir, das in den Traum gehört. Etwas, das nicht deins ist.«

Nick sah seine Schwester fragend an. Henriette schüttelte nur wortlos den Kopf.

Verwirrt klopfte Nick seine Kleidung ab. Seine Finger tasteten durch seine Hosentaschen. Sie waren leer, da war sich Nick sicher. Und doch … Plötzlich zog Nick ein Blatt Papier heraus. Es war mit Kakao beschmiert. Buchstaben, die er noch nie zuvor gesehen hatte, füllten das Blatt. Seltsam, dachte er und runzelte die Stirn, als er sich daran zu erinnern versuchte, wo er es herhaben könnte. Und dann fiel ihm der Moment in Anobiums Buchladen ein. Wie der Kakao auf das Buch gekommen war. Und wie er das befleckte Blatt herausgeschnitten hatte, um alles zu vertuschen. Aber das war ein leeres Blatt gewesen, nun war es vollgeschrieben. Verwundert hielt Nick das Blatt in die Höhe. »Meinst du etwa das hier?«, fragte er Amygdala.

»Es ist der Schlüssel«, sagte sie. »Neugierige Verwunderung.«

»Was ist das?«, fragte Henriette und musterte das Blatt misstrauisch.

Nick erzählte ihr in knappen Worten, was in Anobiums Werkstatt geschehen war. »Nun sieh mich nicht so an«, meinte er, ehe seine Schwester ihren vorwurfsvollen Blick aufsetzen konnte. »Es ist einfach passiert. Viel wichtiger ist doch, warum das Buch etwas mit deiner Erinnerung zu tun hat. Und Anobium.«

Unwillkürlich schüttelte Henriette den Kopf. Das konnte nicht sein. Es war ein Zufall. Es musste ein Zufall sein. »Er hat gar nichts damit zu tun«, schnaubte sie. Bestimmt gab es eine Erklärung.

»Nimm es«, sagte Amygdala und deutete auf das Blatt.

Zögernd griff Henriette nach der Seite in Nicks Hand. Es war einfach nur ein Stück Papier. Nichts Besonderes. Das einzig Ungewöhnliche waren die seltsamen Buchstaben, die Henriette nicht entziffern konnte. Henriette drehte das Blatt um und etwas fiel herunter und schlug mit einem leisen Klingeln auf dem Boden auf. Vor ihren Füßen lag etwas Silbernes. Sie bückte sich und hob es auf.

»Ein Schlüssel«, sagte sie verwundert. Er sah genauso aus wie der goldene, den sie zwischen den Blüten des Silbernen Nachtschattens gefunden hatte.

»Ein erinnerter Schlüssel, kein erträumter«, murmelte Amygdala und griff nach dem nächsten Blatt, das vor ihr erschien.

Die Zwillinge sahen sich an.

»Wir müssen zurück«, sagten sie wie aus einem Mund.

»Ungläubige Freude.«

Henriette und Nick landeten an dem Ort, an dem sie ihren Traum verlassen hatten. Alles sah noch so aus wie in dem Moment, in dem sie aufgebrochen waren. Und doch war es anders. Es war nichts, was Henriette mit den Augen erkennen konnte. Aber sie fühlte es.

»Etwas ist geschehen«, sagte sie und die Aufregung ließ ihre Stimme beben.

Nick kniff die Augen zusammen. »Was denn? Ich kann nichts erkennen.«

»Irgendwie …«, Henriette versuchte ihre Gefühle in Worte zu kleiden, »ist alles in Aufruhr. Als wäre etwas aufgescheucht worden.«

Die Hitze ließ die Luft tanzen und malte Bilder von Seen und Oasen an den Horizont. Gefährliche Bilder, die unachtsame Wanderer auf die falsche Fährte führten. Habib saß dort im Sand. Als er sie bemerkte, sprang er auf.

»Du bist zurück«, rief er voller Freude und lief auf Henriette zu. Er umarmte sie und als sich ihre Gesichter für einen

Moment berührten, schoss das Blut in Henriettes Wangen und färbte sie rot wie die Abendsonne.

»Ja«, sagte sie leise. Sie musste an die Alte in ihrem Turm denken. Welche Worte würde Amygdala für dieses Blatt Papier finden?

»Ich bin übrigens auch zurück«, sagte Nick säuerlich. »Wenn es jemanden interessiert.«

Henriette warf ihrem Bruder einen ärgerlichen Blick zu.

»Und?«, fragte Habib. »Hast du die Erinnerung?«

Statt zu antworten, griff Henriette in ihre Hosentasche und zog den silbernen Schlüssel hervor. »Fast«, sagte sie.

Verwundert griff der Beduinenjunge nach dem Schlüssel. »Du willst noch einmal versuchen, die Tür zu öffnen.«

»Es ist die einzige Möglichkeit«, sagte Henriette.

»Dann sollten wir uns beeilen«, meinte Habib und gab Henriette den Schlüssel zurück. »Etwas in deinem Traum hat sich verändert. Ich dachte zuerst, dass es an euch liegt. Weil ihr wieder da seid. Aber es fühlt sich anders an.«

»Bedrohlich«, sagte Henriette und steckte den Schlüssel ein. »Ich fühle es auch.«

»Wir sollten uns beeilen. Ruf den Wüstenwal«, drängte Habib.

»Nein.« Henriette ging los. »Das würde zu lange dauern.« Sie lächelte und schnippte mit den Fingern. Die Welt drehte sich und sie fanden sich in der Nähe von Badras Zelt wieder. Von dem Beduinen war keine Spur zu sehen.

»Das hättest du doch auch machen können, als wir an das Ende deiner Träume wollten!«, sagte Nick vorwurfsvoll.

»Da habe ich nicht gewusst, wie unser Ziel aussieht«, erwiderte Henriette und sah sich unbehaglich um. Hier war die Anspannung noch viel stärker zu spüren als am Rand der Wüste. Unwillkürlich griff sie nach Habibs Hand.

Sie überquerten eine Düne und verbargen sich hinter einem nahen Felsen. Vorsichtig lugten sie um ihn herum. Henriette sah das kleine Beduinenzelt verlassen im Sand. Der Traumdieb war verschwunden. Nur noch der Pfahl steckte im Wüstenboden.

Nicht weit von ihm entfernt erkannte Henriette die schwarze Tür. Das lockende Wispern, das sie begleitete, war leise zu hören. Wo kam sie her? Sie wirkte ganz und gar fehl am Platz. Ebenso wie der Ritter, der sie bewachte. Groß und grausam sah er in seiner Rüstung aus. In seinen Händen hielt er ein langes Schwert.

»Das ist einer der Typen aus der Tür«, murmelte Nick und ein Schauer überkam ihn.

Henriettes Miene verfinsterte sich. Vergangene Nacht hatte sie Angst vor den Rittern gehabt. Aber jetzt nicht mehr. Sie fühlte sich stärker.

»Die Ritter sind da, weil wir den Schlüssel haben«, sagte sie, ohne den Blick abzuwenden. »Sie wissen, dass es jemanden gibt, der die Tür öffnen kann.«

»Dann könnten die anderen auch hier sein«, mutmaßte Nick.

»Vielleicht«, erwiderte Henriette. »Wir sollten vorsichtig sein.«

Lautlos schlichen sie auf das Zelt zu. Der Ritter, hinter dessen Rücken sie sich bewegten, bemerkte sie nicht. Hastig schlüpften die drei in das Zelt hinein.

Als Badra sie sah, stürzte er auf sie zu. Gerührt erkannte Henriette, dass seine Augen tränennass glänzten.

»Seit wann ist er da?«, fragte sie.

Der Beduine sah zum Eingang hinüber. »Nicht lange«, sagte er mit Abscheu in der Stimme. »Es ist erst wenige Augenblicke her. Zuerst erschien die Tür. Ich konnte gerade noch den Traumdieb losbinden und in das Zelt schaffen. Dann kam der Ritter hindurch. Weißt du, warum?«

»Ich denke, sie wollen mich aufhalten«, sagte Henriette. »Aber ich werde mich nicht aufhalten lassen.«

»Dann hast du die Erinnerung.« Badra bemühte sich, unbeteiligt zu klingen, doch Henriette konnte den Stolz aus seiner Stimme heraushören. »Du hast die Grenze überschritten und bist zurückgekehrt.«

»Ich habe nur einen neuen Schlüssel für die Tür. Was dahinter ist, muss ich noch herausfinden.« Sie sah sich um. »Und dafür brauche ich Kämpfer.«

»Ich habe keine Kämpfer«, sagte der Beduine. Er deutete um sich.

Das Innere des Zeltes war riesig. Henriette konnte es kaum glauben. Von außen hatte es so klein ausgesehen! Eine Gruppe von Menschen hatte sich versammelt. Nick sah in die schmalen Gesichter, in die Hitze, Wind und Sand tiefe Furchen gegraben hatten. Männer und Frauen verschiedenen Alters musterten sie interessiert. Hier und da gab es jemanden, der etwas kräftiger aussah. Doch keiner von ihnen war wie Badra oder Habib. Keiner war ein Kämpfer.

»Es sind nur Händler und Bauern«, sagte der Beduine. »Sie gehören in diesen Traum, nicht in einen Krieg, Herrin. Du wirst hier nur meine Dolche finden. Vielleicht noch ein Schwert für Habib. Doch selbst dann würden wir keine Chance gegen die Schwarzen Ritter haben.«

Henriette sah ihn nachdenklich an. »Es waren sieben im Nachtschattenwald«, murmelte sie. »Einer ist gestorben. Also bleiben sechs. Dann könnte es reichen.«

»Was meinst du, Herrin?«

Henriette antwortete nicht. Sie ging auf eine der Zeltwände zu und schloss die Augen. Nick runzelte die Stirn. Mitten im Stoff entstand plötzlich eine neue Öffnung, eine Falte, die Henriette nun auseinanderzog. Nick konnte genau sehen, dass sich dahinter nicht die Wüste abzeichnete, sondern tiefe Dunkelheit. Henriette steckte den Kopf hindurch. Sie rief etwas, dann trat sie einen Schritt zurück und drehte sich zu Nick und Badra um. »Sie kommen«, sagte sie mit hörbarem Stolz in der Stimme.

»Wer kommt?«, fragte Nick verwirrt.

»Du hast uns gerufen?« Hauptmann Prolapsus trat durch den Spalt und sah sich verwundert um. »Verdammt noch mal, wo bin ich denn hier gelandet?«

»Hauptmann!«, sagte Henriette tadelnd.

»Oh, verzeiht«, meinte der Hauptmann und trat ein.

Nick bemerkte sofort, dass etwas an ihm anders war. Aber was? »Seid Ihr gewachsen?«, fragte er.

»Ach, der Bruder. Gewachsen? Nein. Aber befreit!« Hauptmann Prolapsus breitete die Arme aus und drehte sich, als ob er gleich davonfliegen würde.

»Das Pony«, entfuhr es Nick. »Wo ist es? Habt Ihr es etwa …?«

Hauptmann Prolapsus wiegelte ab. »Nein, nein. Natürlich nicht. Die Herrin hat mich von diesem fetten, hässlichen Gaul befreit.«

Henriette sah ihn empört an.

»'tschuldigung.«

Hinter ihm kamen zwei weitere Männer in glänzenden Rüstungen durch den Spalt. »Das ist doch nicht möglich«, hörte Nick eine Stimme.

»… nicht möglich.« Der doppelte Ritter sah sich im Zelt um.

»Kommen noch mehr?«, fragte Nick und schielte durch den Spalt.

»Nein«, sagte Henriette. »Das waren alle.«

»Damit sind es fünf gegen sechs«, meinte Nick und schüttelte den Kopf. »Ich glaube nicht, dass das reicht.«

»Du irrst dich«, sagte Henriette vorsichtig. »Es sind sieben gegen sechs.«

»Sieben? Aber da sind doch nur …« Mit einem Mal stockte er. »Oh nein, wir können nicht kämpfen.«

Badra hatte dem Gespräch der Zwillinge gelauscht. Sein Gesicht verfinsterte sich, als er sich neben Nick stellte. »Er hat recht. Du darfst nicht in den Kampf ziehen, Herrin. Für uns geht es dabei um Leben und Vergessen. Auf dich aber wartet dort draußen der Tod.«

Henriette ging auf Badra zu. Unwillkürlich kniete sich der Beduine vor sie. Sie streichelte sein Gesicht und lächelte. »Ich weiß, dass es dir nicht gefällt. Aber es ist deine Schuld.« Sie lachte, als sich seine Augenbrauen fragend hoben. »Oder hast du mir nicht beigebracht, an mich selbst zu glauben und meine eigene Stärke zu entdecken.« Sie ließ ihre Stimme tief klingen. »Ich bin gefährlich. Und deshalb muss ich dich darum bitten, das zuzulassen, was du am meisten fürchtest. Dass ich in den Kampf ziehe. Glaube mir, ich freue mich nicht darauf.« Sie zog den silbernen Schlüssel aus ihrer Hosentasche. Hell blinkte er trotz des fahlen Lichts im Zelt. »Aber die Dinge stehen jetzt anders. Das hier hat die Schwarzen Ritter aufgeschreckt. Sie wissen, dass ich nun hinter das Geheimnis der Tür kommen könnte. Und hinter ihr eigenes dazu. Es wird nicht enden, solange ich diese Tür in meinem Kopf habe. Ich werde dich nicht zwingen. Ich lasse dir die Wahl, Badra. Wenn du gehen willst, dann werde ich dir das nicht nachtragen. Aber ich hoffe, du bleibst, denn heute brauche ich viel von deiner Dunkelheit.«

Sie sahen einander für einen Moment an. Nick erkannte Rührung ebenso wie Ärger und Hilflosigkeit in der Miene des Beduinen. Schließlich straffte sich seine Gestalt. »Was wäre ich ohne dich? Ungeträumt! Mein Platz ist an deiner Seite, kleine Herrin. Wo auch sonst?«

Henriettes kleine Armee hatte vor dem Ausgang des Zeltes Stellung bezogen. Hauptmann Prolapsus, der doppelte Ritter, Habib und Badra warteten mit gezückten Klingen auf Henriettes Befehl zum Angriff. Nick sah sie an. Die Armee der Träumerin. Ob sie gegen die albtraumhaften Ritter bestehen konnten?

»Wir brauchen Waffen, Henriette«, sagte er zu seiner Schwester und ließ seinen Blick über die anderen Gestalten im Zelt fahren. »Haben die wirklich kein Schwert oder wenigstens ein Messer bei sich?«

Henriette schüttelte den Kopf. Sie legte die Stirn in Falten, dann schloss sie die Augen und war mit einem Mal ganz in Gedanken versunken.

»Na toll«, murmelte Nick verärgert. »Nicht mal Schwerter haben wir. Wir können den Rittern ja Sand ins Gesicht werfen.«

Henriette hatte noch immer die Augen geschlossen. »Ja, so könnte es gehen«, flüsterte sie zu sich selbst. Sie öffnete langsam die Augen und ging rasch hinüber zu einer glänzenden Kiste, die an der Wand zu ihrer Rechten stand. Sie öffnete den Deckel. »Es hat wirklich geklappt«, rief sie.

»Was hat geklappt?« Nick sah seine Schwester fragend an.

»Unsere Waffen.«

Nick blickte seiner Schwester über die Schulter. »Das sollen Waffen sein?«, meinte er verächtlich und griff in die Kiste hinein. Er zog zwei kleine, matte Schwerter heraus. Selbst im hellsten Wüstenlicht hätten sie nicht glänzen können. Nick fragte sich sogar, ob sie nicht aus Blech waren. »Dann werfe ich den Rittern doch lieber Sand ins Gesicht«, meinte er und reichte die Schwerter Henriette. »Mit denen haben wir keine Chance.«

Seine Schwester nahm eine der Klingen, die andere ließ sie in Nicks Hand. »Ich habe gedacht, wir könnten ein wenig Hilfe beim Kämpfen gebrauchen«, meinte sie unbeirrt und ignorierte Nicks Bemerkung. »Es war wirklich schwer, diese Klingen zu träumen. Außerdem haben wir keine Zeit und …«

»Komm zum Punkt«, fiel ihr Nick ins Wort.

Henriette hob das Schwert und schlug unerwartet kraftvoll auf ihren Bruder ein. Selbst für einen Erwachsenen wäre der Schlag bemerkenswert gewesen. Nick schrie und die Traumwesen im Zelt keuchten entsetzt auf. Im letzten Moment riss Nick sein Schwert empor, parierte den harten Schlag mit Leichtigkeit und war, kaum dass ein Wimpernschlag vergangen war, um seine Schwester herumgewirbelt. Sein Schwert lag bereit zu einem Gegenschlag in seiner Hand.

Nick starrte seine Schwester einen Moment lang sprachlos an. »Krass!«, rief er und schwang sein Schwert probeweise gegen einen unsichtbaren Gegner. Elegant schnitt die Klinge durch die Luft. Auf dem Gesicht des Jungen breitete sich ein

Grinsen aus, das Henriette nicht einmal an Weihnachten bei ihm gesehen hatte.

»Und?«, fragte sie.

»Was sind das, ich meine, wieso …?«

»Die Schwerter kämpfen für uns. Sie wissen, wie es geht. Was glaubst du? Haben wir jetzt eine Chance?«

Nick strahlte noch immer sein Schwert an. »Wenn ich gut drauf bin, lasse ich dir vielleicht einen übrig.«

Henriette trat gefolgt von ihrer Armee aus dem Zelt und ging mit festen Schritten auf die Tür zu. Wenn der Ritter sie bemerkte, so zeigte er es nicht. Erst als sie nur wenige Meter von ihm entfernt war, blieb sie stehen.

»Geh!« Sie sah den Ritter so böse an, wie sie konnte. Noch immer beachtete ihr Gegner sie nicht. Henriette überlegte, ihm ihr Schwert entgegenzuhalten, griff dann aber in ihre Hosentasche und holte den Schlüssel heraus. Er funkelte wie ein Edelstein zwischen ihren Fingern.

Nun endlich zeigte der Ritter eine Regung. Er streckte fordernd die Hand aus.

»Nur über meine Leiche«, sagte sie und steckte den Schlüssel wieder ein.

»Gib ihn mir!«, dröhnte es unter dem Helm hervor.

»Ich bin eine Wunschträumerin. Und weißt du was? Ich wünschte, du und deine Brüder, ihr wärt weg.«

Henriettes Schwert schoss vor, als sei es ein Vogel, der aus seinem Käfig entflohen wäre. Der Ritter parierte den Hieb und wich zur Seite. Aus dem Hintergrund hörte Henriette Nicks schrillen Kampfschrei. Henriettes kleine Armee stürmte auf sie zu. Doch noch ehe sie die Tür erreicht hatten, wurde diese aufgestoßen und vier Schwarze Ritter drängten hindurch. Nur einen Augenblick später war die Wüste vom Lärm eines Kampfes erfüllt.

Aus den Augenwinkeln erkannte Henriette, wie der Hauptmann einen kraftvollen Schlag gegen den Ritter vor ihm führte. Sie selbst riss ihr Schwert hoch und wehrte so den Angriff ihres Gegners gerade noch ab. Mit wütenden Schlägen versuchte der Ritter, der vor der Tür Wache gehalten hatte, sie zu entwaffnen. Ihr Schwert aber blieb fest in ihrer Hand.

Sie hörte um sich herum Schreien und Klirren. Ihr Schwert tanzte durch die Luft, als hätte es ein eigenes Leben. Henriette sah sich Finten führen, Schläge parieren und Stiche gegen ihren Gegner setzen. Mit einem Auge blickte sie um sich, während der Ritter, offenbar wütend darüber, dass das Kind vor ihm eine weit weniger leichte Beute war, als er gedacht hatte, immer härter und schneller zuschlug. Henriette konnte weder Habib noch Nick erkennen und mit einem Mal fühlte sie Angst in sich aufsteigen. Dann endlich entdeckte sie Nick in dem Getümmel. Er war gar nicht weit von ihr entfernt. Leichtfüßig wirbelte er um seinen Gegner herum. Seine Klinge funkelte im Sonnenlicht wie der Stachel einer wütenden Hornisse. Ein Angriff des Ritters, der gegen ihn kämpfte, ging ins Leere. Nick war sofort hinter ihm und stieß ihm die Klinge ins Bein. Mit einem hässlichen Schrei fiel der Ritter zu Boden. Nick war darüber mindestens ebenso erschrocken wie Henriette. Er stand vor seinem Gegner und schien nicht zu wissen, was er als Nächstes tun sollte. Von seiner Klinge tropfte schwarzes Blut. Einen Moment später war Badra neben ihm und stach dem am Boden liegenden Ritter einen seiner Dolche in die Brust.

»Keine Gnade«, rief er Nick zu. Henriette sah, wie der Körper verging. Es war, als hätte ihn das Licht der Sonne bis zur Unkenntlichkeit verblassen lassen. Nichts blieb von ihm, außer der Erinnerung. Wenn sie noch einen Beweis gebraucht hätte, dass dies nicht Geschöpfe aus ihrem Kopf waren, so wäre er das gewesen. Denn dann hätte Henriette den Ritter vergessen müssen. Sie blickte auf die Stelle, an der er vergangen war, und erinnerte sich im selben Moment an ihren eigenen Gegner. Wo war er? Henriette wirbelte herum. Dann sah sie ihn. Genau vor sich. Sein Schwert schnitt durch die Luft. Sie spürte, wie die Haut ihres Armes riss.

Henriette schrie.

Und die Wüste war still.

Nur langsam kamen die Laute in die Welt zurück. Ein Raunen drang über die Dünen. Es schwoll an. Henriette glaubte Worte zu hören.

Die Herrin.

Verletzt.

Sünde.

Ihr Arm brannte. Blut tropfte aus einem tiefen Schnitt auf den Wüstenboden. Jemand schrie. Habib. Er war zu weit weg. Zu weit, um sie vor dem Schlag des Ritters zu schützen, der nun auf sie niederging. Ihr eigenes Schwert schoss empor und wehrte den Angriff gerade noch ab. Aber der nächste Hieb würde sie treffen. Seltsamerweise hatte nur ein Gedanke in Henriettes Kopf Platz. Was wird mit Nick? Wird er auch sterben? Oder kann er zurück in seinen eigenen Kopf fliehen?

Henriette hörte, wie sich immer mehr Schreie in den von Habib mischten. Bald schien die ganze Wüste von ihnen erfüllt. Wie ein Orkan fegten sie über die Dünen. Henriette sah, dass sich der Ritter vor ihr kaum noch auf den Beinen halten konnte. Hunderte, nein Tausende Traumwesen kamen mit einem Mal hinter den Dünen hervor. Sie stürzten aus dem Zelt und einige fuhren aus dem Sand wie Schlangen, die auf eine unachtsame Beute gewartet hatten. Ihr Strom nahm kein Ende. Henriettes Mund klappte auf. Wesen, die aus anderen Träumen stammten, stürzten sich auf den Ritter, der Henriette verletzt hatte. Jedes weckte in Henriette Erinnerungen an einen Traum. Hände hoben Henriette hoch und trugen sie weg.

Sie wurde auf den Boden gelegt. Einen Moment sah sie nichts, dann strich jemand sanft über ihren Kopf. »Du bist wirklich gefährlich.«

Henriette sah in Habibs braune Augen. Er lächelte, aber sie erkannte die mühsam unterdrückte Sorge.

»Nick?«

»Er ist wohlauf.«

Henriette atmete erleichtert aus. Das Stimmengewirr um sie herum verebbte langsam. Aus den Augenwinkeln sah sie, wie sich die Traumwesen, die nicht in die Wüste gehörten, auflösten.

»Alles klar?« Nicks Gesicht erschien neben Habibs.

Henriette fühlte den Schnitt auf ihrem Arm. Er war tief und brannte. Die Schmerzen waren schlimm, aber nicht unerträglich.

»Es ist in Ordnung«, meinte sie. »Was ist mit den Schwarzen Rittern?«

»Alle …« Nick suchte nach den richtigen Worten. »Ich weiß nicht, wie ich es beschreiben soll. Deine Traumwesen haben nichts von ihnen übrig gelassen. Warum hast du sie nicht schon vorher gerufen?«

Henriette sah ihren Bruder stumm an. »Ich habe sie nicht gerufen. Selbst wenn ich es gewollt hätte, es wäre nicht möglich gewesen. Sie sind einfach gekommen. Ich glaube, sie waren da, weil ich wirklich Angst hatte zu sterben.«

»Den Trick sollten wir uns merken. – Das war ein Witz«, fügte er schnell hinzu, als er Henriettes Blick bemerkte. »Der Weg zur Tür ist auf jeden Fall frei.«

Die Tür. Henriettes Blick wurde magisch von ihr angezogen.

Da war sie.

Ungeschützt.

Und Henriette hatte den Schlüssel.

Mühsam richtete sie sich auf. Ihr Arm brannte, doch sie nahm die Schmerzen kaum wahr. Aus den Augenwinkeln sah Henriette Badra, den Hauptmann und den doppelten Ritter. Die Rüstungen der Kämpfer hatten dicke Beulen davongetragen. Henriette ging mit unsicheren Schritten auf die Tür zu. Das lockende Wispern wurde lauter. Die Tür war schwarz wie die Nacht. Henriette erkannte feine Muster, die sich über den Türrahmen zogen. Dünne Äste und Triebe mit spitz geformten Blättern, die sich über das Holz schlängelten. Ihre Finger fuhren erst die Linien entlang, die das Muster bildeten, dann zog sie den Schlüssel aus ihrer Hosentasche, der die Tür endlich und ein für alle Mal öffnen würde. Henriette musste ihren Kopf nicht drehen, um Badra neben sich wahrzunehmen.

Er legte die Hand auf die Tür und schloss die Augen. Einige Sekunden schien er zu lauschen, dann nickte er. »Heute Nacht bist du bereit, Herrin.«

Sie sah ihn fragend an.

»Als du mich das erste Mal besucht hast, warst du noch nicht so weit. Doch heute kommst du als Wunschträumerin, die Amygdala besucht und gegen Schwarze Ritter gekämpft hat. Du kommst als die Herrscherin über Traum und Nacht.« Badra trat einen Schritt zur Seite.

Henriette nickte und steckte den Schlüssel ins Schloss. Das

Klacken klang fremd in der Wüste. Henriettes Hand lag auf der Klinke. Endlich würde sie erfahren, was hinter der Tür lag. Sie dachte an Herrn Anobium. So gerne hätte sie ihn jetzt an ihrer Seite gewusst. Sie würde viele Stunden brauchen, um ihm dies alles zu erzählen.

Henriette drückte die Klinke herunter.

Hinter sich hörte sie Nick schreien. Der Klang seiner Stimme drang nur undeutlich an ihre Ohren.

»Fünf!«, schrie er, so laut er konnte.

Henriette drehte sich nicht um. Nicht jetzt.

Die Tür schwang auf.

»Es waren zusammen nur fünf Ritter!«

Hinter der Tür lag ein riesiger Raum. Henriette hob einen Fuß, um über die Schwelle zu treten. Doch eine Gestalt trat ihr in den Weg.

»Aber es hätten sechs sein müssen. Nicht bloß fünf.« Nicks Stimme überschlug sich fast.

Im Türrahmen stand der Anführer der Schwarzen Ritter, das Visier hochgeklappt. Tückische, unmenschliche Augen fixierten sie.

Sein Schwert blitzte im Licht der einfallenden Wüstensonne.

Ein Schatten sprang an Henriette vorbei. Sie wurde zur Seite gestoßen.

Die Klinge des Ritters bohrte sich in Badras Körper.

Und dessen Dolche in den Körper des Ritters.

Tödlich verwundet schrie der Ritter auf.

Badra aber starb stumm. Er fiel auf die Knie und Henriette ließ sich neben ihm fallen. Badras Kopf landete auf ihrem Schoß. Ihre Blicke trafen sich ein letztes Mal.

Und dann vergaß Henriette den Beduinen, der ihr gezeigt hatte, dass sie gefährlich war. Aber die Trauer vergaß sie nicht.

Wie lange Henriette dort im Sand kniete, wusste sie nicht. Irgendwann, als ihre Tränen das Bild des Beduinen aus ihrem Kopf gewaschen hatten und es keine mehr gab, die sie vergießen konnte, fand sie Habib neben sich. Der Junge sah auf die Stelle, an der sein Vater gestorben war, als ob er gleich wieder auftauchen würde. Habib griff nach ihrer Hand. In diesem Moment gab es keine Worte und so drückte Henriette sie, so fest sie konnte.

»Bitte bring ihn zurück«, flüsterte Habib leise.

Henriette blinzelte verwirrt. »Was?«

»Bing ihn zurück.«

»Ihn zurückbringen?«

Habib sah sie mit einem Blick an, in dem sich Trauer, Wut und Verzweiflung mischten. »Ja. Träum ihn wieder her. Genau hier hin.«

»Wen?« Sie wusste, dass sie jemanden verloren hatte. Aber sie wusste nicht mehr, wer er gewesen war.

»Meinen Vater.« Er konnte den Vorwurf nicht ganz aus seiner Stimme verbannen.

Deinen Vater?, dachte sie. Oh Habib, welchen Schmerz musst du empfinden? »Aber das kann ich nicht.« Obwohl ich nichts lieber tun würde, dachte sie.

»Du bist die Herrin«, brach es aus Habib hervor. Er sah sie an, als ob sie ihm Wasser vorenthalten würde, während er kurz davor stand zu verdursten. »Du vermagst alles.« Habib zog seine Hand zurück und der enttäuschte Ausdruck in seinen Augen stach Henriette mitten ins Herz.

Sie sah ihn einen Moment lang stumm an. Seine braunen Augen glänzten. Jetzt waren sie nicht mehr weich und voller Sorge um sie, sondern verletzt und hart.

»Ich würde nichts lieber tun, als deinen Vater …«

»Badra, er hieß Badra.«

Wieder der Vorwurf.

»Er ist deinetwegen gestorben und du hast ihn vergessen«, flüsterte Habib.

Die Worte brannten wie Gift. Sie schloss die Augen und versuchte sich vorzustellen, wie Habibs Vater zurückkehren würde. Aber sie hatte kein Gesicht vor Augen. Keine Stimme im Ohr. Nur einen leeren Namen. Badra. Sie hatte vergessen, zu wem er gehörte. »Es geht nicht.« Henriette mühte sich, ihre Stimme ruhig klingen zu lassen.

»Warum?«, rief Habib verzweifelt. »Fühlst du denn nichts? Er ist gestorben. Für dich. Es ist deine Pflicht, ihn wieder lebendig werden zu lassen.«

Für einen Moment glaubte Henriette, dass sie erneut weinen würde. Doch wenn es einen Ort gab, an dem sie ihre Tränen aufbewahrte, so war er nun ganz und gar leer. »Ich habe ihn vergessen. Es tut mir leid.«

Habib senkte resignierend den Kopf und nickte stumm.

Henriette streichelte über seinen Rücken. »Wenn es etwas anderes gibt, das ich tun kann, dann …«, begann sie.

»Es gibt etwas«, sagte Habib. Er sah sie ernst an.

»Alles, was du willst«, rief Henriette.

»Dann träum nicht mehr von mir.«

Henriette glaubte, sich verhört zu haben. Aber ein Blick in Habibs Augen zeigte ihr, dass er es ernst meinte. »Nicht mehr von dir träumen?« Sie sagte die Worte, aber traute sich nicht, sich vorzustellen, was sie bedeuteten.

»So lange, bis ich nicht mehr das Gefühl habe, dass es mich zerreißt, wenn ich an meinen Vater denken muss.« Henriette öffnete ihren Mund, um etwas zu erwidern, aber Habib legte seinen Finger auf ihre Lippen. »Du hast es mir versprochen. Wenn du erst einmal nicht mehr von mir träumst, fühle ich den Schmerz nicht mehr.«

»Und wie lange soll ich dich vergessen?«, fragte sie und fühlte eine Leere in sich wachsen, die ihr mehr Angst machte als alle Schwarzen Ritter zusammen.

»So lange, bis der Schmerz gegangen ist. So viel Zeit brauche ich.« Sein Blick hielt sie gefangen, während er nach ihrer Hand griff. »Bitte.«

»Ich … ich«, begann sie, als sie versuchte, ihre Gefühle für ihn in Worte zu kleiden. »Ich liebe dich.«

Drei Worte, die sie verletzbarer machten als alles andere.

Du bist viel zu jung für diese Worte, dachte sie unwillkürlich bei sich. Und Habib ist nicht echt. Aber das, was sie fühlte, war echt. Und dies war ihr Traum. Was konnte echter sein als der Traum einer Wunschträumerin?

Habib lächelte sie traurig an. Dann zog er ihre Hand an seine Lippen und küsste sie. Henriette spürte seine Tränen, die an ihrem Handrücken hinabliefen.

Sie nickte.

Und dann verschwand Habib aus ihren Träumen.

Nick sah seine Schwester verändert auf sich zukommen. Sie schien älter geworden zu sein. Etwas von der Leichtigkeit war ihr abhandengekommen. Stattdessen war sie mit einem Mal von einer kalten Entschlossenheit erfüllt, die er nie zuvor an ihr bemerkt hatte.

»Wo ist der Ritter, der …?« Sie stockte.

»Tot«, antwortete Nick schnell. »Denke ich. Er ist auf jeden Fall nicht mehr hier.«

»Gut«, sagte Henriette teilnahmslos. Sie sah auf die Tür. Hörte das lockende Wispern. »Dann lass es uns endlich zu Ende bringen.«

Nick sah sich um. »Wo ist Habib? Ich habe ihn gerade noch bei dir gesehen.«

Der Name legte sich wie ein Schatten über Henriettes Gesicht. »Er … wird später wiederkommen.«

Der Ton ihrer Stimme sagte Nick, dass er nicht weiter fragen sollte.

»Der Hauptmann soll den Traumdieb bringen«, sagte Henriette müde. »Jetzt holen wir uns meine Erinnerung wieder. Ich habe sie mir teuer genug erkauft.«

DER TRAUM HINTER DER TÜR

»Wir sollten mitkommen, Herrin«, sagte Hauptmann Prolapsus, als er, den Traumdieb im Schlepptau, aus Badras Zelt stiefelte.

Henriette sah ihn an, als wäre er schuld an all dem Leid, das ihr heute widerfahren war. »Wozu?«, fragte sie bissig.

»Um Euch zu beschützen.« Der Hauptmann warf sich in eine heroische Pose und legte die Hand an den Griff seines Schwertes.

»Und vor wem wollt Ihr mich beschützen?« Eine Kälte war in Henriettes Stimme gedrungen, die alle um sie herum frösteln ließ. Einzig der Hauptmann schien sie nicht zu bemerken.

»Vor allem, was Euch hinter dieser Tür angreifen könnte. Vielleicht gibt es noch mehr Schwarze Ritter«, sagte Hauptmann Prolapsus noch immer voller Tatendrang.

Henriette funkelte ihn böse an. »Und Ihr wollt gegen sie kämpfen? Ein fetter, dummer alter Ritter, der kaum mehr vermag, als sich die ganze Nacht darüber zu beklagen, dass ihm sein Pony zu schwer sei.«

Der Hauptmann starrte sie an. Er schnappte nach Luft und warf einen Blick zu Nick, der jedoch hilflos mit den Schultern zuckte.

Henriette fühlte die Wut, die brennend durch ihre Adern

floss und ihre Traurigkeit mit sich riss. Sie war es leid, dass sie von allen immer nur beschützt werden sollte, obwohl sie die Herrin dieses Traums war. Sie war diesen Ort leid. Und sie war diese Tür leid. Sie wollte das Wispern nicht mehr hören, das sie lockte.

Sie wollte nichts mehr, als dass alles wieder so wäre wie noch vor einigen Tagen. Ihre Träume hatten ihr gehört und sie hatte nichts gewusst von Traumdieben und Alben und Wunschträumern. Und von Habib.

Henriette hätte sich am liebsten geohrfeigt, als der Gedanke an ihn in ihr Herz stach. Man konnte eine Traumfigur doch nicht lieben. Für einen Moment schloss sie die Augen in der törichten Hoffnung, alles wäre wieder gut, wenn sie sie öffnete. Doch als sie das tat, war nichts wieder gut. Sie fühlte die Blicke der anderen wie Finger auf der Haut. Henriette hatte zwar den Kampf gewonnen, doch dieser Sieg schmeckte allzu bitter. Dies ist deine Armee, sagte sie sich. Sie sind nicht deine Feinde. Henriette schämte sich mit einem Mal. So viele hässliche Worte hatte ihr die Wut in den Kopf gepflanzt.

»Es … es tut mir leid«, sagte sie.

Hauptmann Prolapsus sah aus wie ein Hund, dessen Herr ihn getreten hatte. Doch bei Henriettes Worten hellte sich seine Miene wieder auf.

»Ihr seid natürlich nicht fett und dumm, mein lieber Hauptmann«, sagte Henriette zu ihm.

Der Hauptmann winkte ab. »Wie ich auch sein mag, ich bin so, wie Ihr mich erträumt.«

Henriette lächelte.

»Aber ich bin dankbar, dass Ihr mir das Pony abgenommen habt«, schob er schnell nach. »Ist ja auch kein Leben für so ein armes Tier, immer gemütlich getragen zu werden.«

Henriette pfiff und hinter einer Düne kam ein Kamel angetrabt. Nick, der es erkannte, sah verwundert Henriette an. »Das ist Badras Kamel.«

»Badra«, sie sagte den Namen, als ob sie sich an ihn erinnern müsste. »Sicher hätte er gewollt, dass Dédé den besten Herrn bekommt, den ich mir erträumen kann.«

Hauptmann Prolapsus verbeugte sich beschämt. »Aber Ihr verlangt nicht, dass ich es trage, oder?«, fragte er skeptisch und Henriette schüttelte lachend den Kopf. Dann nahm er das Kamel an den Zügeln und versuchte vergeblich aufzusitzen. Nick rollte mit den Augen und bedeutete Dédé, sich hinzusetzen. Das Kamel gehorchte. Schließlich gelang es ihnen mit vereinten Kräften, den Hauptmann auf das Tier zu hieven.

»Nun denn«, rief er laut, als sich das Kamel schwankend erhob, »auch auf mich warten Abenteuer.« Er senkte den Kopf und wandte sich an Henriette. »Das tun sie doch, oder?«

»Die aufregendsten Abenteuer, die ich mir überhaupt nur vorstellen kann«, sagte sie. »Und ich stelle Euch den doppelten Ritter an die Seite als Eure eigene, kleine Armee.« Dann trat sie zurück und salutierte ihren Traumfiguren, dem Hauptmann auf dem Kamel und dem doppelten Ritter zu beiden Seiten neben ihm, während sie Henriette verließen.

»Nun sind nur noch wir zwei übrig«, sagte Nick.

»Wir drei.«

Die beiden drehten sich um. An der Schwelle zur Tür stand der Traumdieb.

Noch vor wenigen Nächten hätte sich Henriette bei seinem Anblick vor Angst nicht mehr rühren können, nun aber nickte sie bloß. »Dann sollten wir gehen«, sagte sie entschieden. Sie trat zwischen Nick und den Traumdieb und ergriff ihre Hände.

⋆ ✶
⁎

Es dauerte einen Moment, ehe sich ihre Augen an das Dämmerlicht hinter der Tür gewöhnten.

»Das ist ja ein Traumkabinett«, entfuhr es Nick, als sie sich umblickten. »Aber es ist nicht deines.«

Sie waren in einen riesigen Raum gelangt, der dem Saal von Henriettes Traumkabinett ähnlich war. In der Mitte, dort, wo sich Henriettes Hängematte befunden hätte, stand ein gemütlicher Sessel mit geblümtem Muster. Er hätte gut vor einen Kamin gepasst, fand Nick. Wie gemacht für einen alten Mann, der seinen Enkelkindern spannende Geschichten erzählt, während draußen der Schnee fällt. Um den Sessel herum standen Hunderte von Hulmis. Nick fühlte die Unruhe, die sich unter ihnen ausgebreitet hatte. Sie alle sahen zu dem großen Eingangsportal hinüber, durch das der Träumer kommen würde, wenn er in den Schlaf geglitten war. Nick konnte nicht erkennen, was es dort zu sehen gab. Zu viele der Traumwesen versperrten ihm die Sicht.

Auch Henriette schaute sich suchend um.

Wieso träumte sie von einem anderen Traumkabinett?

»Erinnerst du dich?«, fragte Nick und sah zu Henriette hinüber.

Sie hatte die Lippen aufeinandergepresst und schüttelte den Kopf. Henriette zog ihre beiden Begleiter mit sich und umrundete den Sessel. Keines der nebelhaften Wesen beachtete sie. Wie auch? Dies war nicht echt. Sie beobachteten einen Traum von ihr. Einen Traum, der in einem Traumkabinett spielte. Verrückt.

Während sie gingen, bemerkte Nick, dass der Traumdieb seinen Blick kaum von dem Sessel abwenden konnte. »Ich habe kein gutes Gefühl bei ihm«, wisperte Nick seiner Schwester zu.

»Ich habe bei dieser ganzen Sache kein gutes Gefühl«, gab sie ebenso leise zurück.

»Und ich habe ziemlich gute Ohren«, flüsterte der Traumdieb. »Mir gefällt es im Übrigen auch nicht. Dieser Traum schmeckt nach bitterer Erwartung.«

Nicks Keuchen ließ Henriette herumfahren. Verwirrt versuchte sie dem Blick ihres Bruders zu folgen, der starr auf das Eingangstor gerichtet war. Jemand war hindurchgegangen und hatte das Portal hinter sich wieder zugezogen. Ein großer Mann. Henriette fühlte, dass er hier nicht hingehörte. Vielleicht lag es an der Art, wie die Hulmis den Mann ansahen, voller Argwohn und Furcht. Vielleicht lag es aber auch an dem Blick des Mannes, der so kalt und hart war, dass es Henriette das Herz zusammenschnürte. Nick kannte den Blick gut. Er sah zu seiner Schwester hinüber. Henriette konnte es nicht glauben.

»Konradin«, flüsterte der Traumdieb, als er Herrn Anobium erkannte.

Herr Anobium ließ seinen Blick abschätzig über die Reihen der Hulmis fahren, die aufgeregt tuschelten. Dann wandte er sich um und sah zum Eingangstor hinüber.

Wie eine Spinne, die auf ihr Opfer wartet, dachte Nick. »Du … du hast dich erinnert«, flüsterte er aufgeregt.

Der Traumdieb sah ihn an. »Erinnert?« Er stockte. »Oh Gott, du hast recht. Ich habe mich erinnert. Konradin. Dieser Mann dort heißt Konradin.«

»Woher kennst du ihn?«

Der Traumdieb zögerte, ehe er eine Antwort gab. »Ich weiß es nicht. Der Name ist einfach in meinem Kopf aufgetaucht.«

Nick wandte sich an seine Schwester. »Ich wüsste nur zu gerne, wieso du von diesem Traumkabinett hier geträumt hast.«

Henriette sah wieder zu Herrn Anobium hinüber. Dass er zu ihrem dunkelsten Traum gehören sollte, war nicht gut. »Gar nicht gut«, flüsterte sie sich selbst zu.

Dies hier war das Seltsamste, was Henriette je erlebt hatte. Seltsamer noch als der Ausflug in den Nachtschattenwald oder die Reise über das Ende ihrer Träume hinweg. Jede Sekunde brachte ihr ein neues Stück der Erinnerung. War ein Moment verstrichen, wusste sie, dass sie all dies schon einmal erlebt hatte. Und dennoch kam nie der Augenblick, an dem sie im Voraus hätte sagen können, was als Nächstes geschehen würde.

Immer mehr Hulmis scharrten sich ängstlich und misstrauisch um Konradin Anobium. Es war deutlich, dass er ein Eindringling in diesem Traumkabinett war. Doch wem gehörte es wirklich? Nick musste sich auf die Zehenspitzen stellen, um alles sehen zu können. Sicher würde bald der Träumer kommen.

Mit einem lauten Quietschen öffnete sich in diesem Augenblick das Tor. Zunächst kam der Traummeister hindurch. Er war dünner als Henriettes eigener. Und größer. Er trug einen hohen Zylinder und hatte einen breiten Schnurrbart, der zu beiden Seiten bis an sein Kinn hinabfiel. Sein strenger Blick huschte über die Hulmis und blieb dann an Herrn Anobium haften. »Was hat das zu bedeuten?«, zischte er. »Dies ist nicht Ihr Kabinett, mein Herr.«

»Ich war schon früher hier, wie Ihr wisst«, gab Anobium kühl zurück. »Euer Herr hat mich mehr als einmal eingeladen. Aber keine Angst. Heute Nacht werde ich nicht lange bleiben.«

Schritte erklangen hinter dem Traummeister. Jemand trat von der anderen Seite auf das Tor zu. Der Träumer.

»Herr«, wandte sich der Traummeister an den, der hinter

298

ihm war, »hier stimmt etwas nicht. Vielleicht solltet Ihr besser nicht …«

Der Traummeister kam nicht dazu, seinen Satz zu beenden. Mit schmerzverzerrtem Gesicht fiel er auf die Knie. Konradin Anobium hatte ihn mit der Faust niedergeschlagen. Henriettes und Nicks Schreie gingen in denen der Hulmis unter.

✳

Der Träumer kam nun durch das Tor. Mit langsamen Schritten trat er in den Saal des Traumkabinetts, während sich die Flügel hinter ihm wieder schlossen.

»Was ist hier los?«, fragte eine Stimme, die Henriette nur zu gut kannte. Sie gehörte nicht nur dem Mann, der gerade den Traum betreten hatte.

»Das bist ja du«, entfuhr es ihr und sie sah den Traumdieb an. »Du bist er.«

Sie konnte nicht anders. Behutsam griff sie nach der Kapuze des Traumdiebs und schob sie zurück. Henriette keuchte überrascht auf.

»Was ist?«, flüsterte Nick und bemühte sich, ebenfalls einen Blick auf das Gesicht des Traumdiebs zu werfen. »Ist er hässlich?« Dann erkannte er, wer Henriettes Träume gestohlen hatte. »Aber das ist ja nicht möglich!«

In einiger Entfernung verbeugte sich Herr Anobium spöttisch vor dem Träumer, dem dieses Kabinett gehörte.

»Gute Nacht, Philippus«, begrüßte er ihn.

299

»Er ist viel zu jung«, sagte Nick, dessen Blick zwischen dem Traumdieb und ... Herrn Punktatum hin- und herwanderte.

Henriette nickte. »Aber er ist trotzdem Philippus Punktatum.«

Der Traumdieb sah abwechselnd Henriette und Nick an. »Wer ist dieser Punktatum?«, fragte der Traumdieb und als er den Namen aussprach, klang er wie der eines Fremden. An einem anderen Ort und zu einer anderen Zeit hätte Henriette dem Traumdieb alles erzählt, was sie über Herrn Punktatum, den Partner von Herrn Anobium und Mitinhaber des wahrscheinlich schönsten Buchladens der Welt, wusste. Hier jedoch, inmitten des Albtraums, um den sie so hart gekämpft hatte, fehlten Henriette die Worte. So deutete sie nur auf das Geschehen vor sich.

Stumm trat Herr Punktatum in den Saal des Traumkabinetts ein. Mit schnellen Schritten war er bei seinem Traummeister, der benommen am Boden lag. Er kniete sich zu ihm hin und legte ihm die Hand auf die Stirn. Dann sah er zu Herrn Anobium auf. »Du hättest ihn töten können, Konradin«, sagte er.

»Töten?« Herr Anobium lachte höhnisch. »Und wenn schon. Du weißt, warum ich gekommen bin.«

»Ja«, sagte Herr Punktatum knapp und erhob sich vorsichtig. »Du hast herausgefunden, dass ich es habe.«

»Gib es mir.« Herr Anobium konnte seine Aufregung nur mühsam verbergen.

»Ich vermute, das Exemplar in der echten Welt hast du nicht gefunden.«

Anobiums Augen blitzten auf. »Du weißt, dass dieses Buch in beiden Welten existiert. Wer es in einer von ihnen in Händen hält, besitzt es auch in der anderen. Wenn du es mir hier in deinen Träumen überreichst, werde ich es auch nach dem Aufwachen haben. Es gehört mir und du hast es mir gestohlen.«

»Nein.«

»Nein? Du willst das Traumbuch also für dich selbst.«

Neben Henriette zuckte der Traumdieb unruhig zusammen. »Das bin ich?«, flüsterte er fassungslos.

»Sie erinnern sich nicht?«, fragte Nick.

Der Traumdieb schüttelte den Kopf.

»Für mich selbst?«, hallte die Stimme von Philippus Punktatum nun wieder zu ihnen herüber. »Das glaubst du also? Dass ich es genommen habe, um es für mich selbst zu besitzen?«

»Natürlich hast du es deshalb getan«, zischte Herr Anobium. »Du wolltest ein ebenso großer Träumer werden wie ich. Aber das wird dir nicht gelingen. Du hast nicht den richtigen Kopf dafür.«

Herr Punktatum ging auf seinen Freund zu. In seinem Blick mischten sich Angriffslust und Mitleid. »Ich will es nur, um dich vor dir selbst zu schützen. Ich weiß nicht, was du vorhast, alter Freund. Aber jeder Weg, den dir dieses Buch weist, führt dich ins Dunkel.«

»Mich schützen? Niemand braucht mich zu schützen. Gib es mir. Ich habe schon zu lange danach gesucht und ich brauche es mehr, als du ahnst.«

»Besinne dich«, sagte Herr Punktatum eindringlich.

»Nein.« Ein gefährliches Glimmen erschien in Anobiums Augen. »Wenn du kämpfen willst …«

»Wenn es sein muss, Konradin, würde ich es tun. Aber ich will nicht kämpfen.« Er machte einen Schritt von Herrn Anobium weg. »Für einen Kampf braucht es wenigstens zwei. Ich befürchte, heute Nacht wirst du, was diese Sache angeht, auf mich verzichten müssen.«

In diesem Augenblick öffnete sich das große Tor des Traumkabinetts. Nick wusste, dass nun die Träume von Herrn Punktatum beginnen würden. Als sich Henriettes Tor zum ersten Mal geöffnet hatte, war ein sanfter Windhauch hindurch gekommen. Hier fegte ein Orkan heran. Er riss Herrn Anobium von den Füßen, wirbelte durch das Kabinett und nahm auch die Hulmis mit sich. Ein Traum kam. Er umfing Henriette, Nick und den Traumdieb wie eine Decke. Einen Lidschlag später waren Herr Punktatum und Herr Anobium verschwunden.

Henriette warf ihren Begleitern einen schnellen Blick zu. Entschlossenheit stand in ihren Augen. Ein letztes Mal nickten sich die drei zu, dann warfen sie sich in den heranbrausenden Orkan. Die Jagd durch die Träume hatte begonnen.

Sie fanden sich in einem Haus voller schiefer Wände und Böden wieder. Nick fühlte sich auf furchtbare Weise an das Hexenhaus erinnert. Nichts schien an diesem Ort an der richtigen Stelle zu sein. Der Boden fiel nach links ab, während die Wände mit aller Macht bestrebt schienen, nirgendwo an die Decke zu stoßen. Das Fenster steckte windschief in der Wand. Sonne ergoss sich wie flüssiges Gold in den Raum, und alter Staub tanzte in den Lichtstrahlen. Von Herrn Anobium und Herrn Punktatum gab es keine Spur.

»Was ist hier los?«, rief Nick überrascht. Fasziniert beobachtete er, wie sich der Boden unter ihnen stetig veränderte. Gerade kippte er in eine andere Richtung. »Ein seltsames Haus«, murmelte er.

»Sehr seltsam«, pflichtete ihm der Traumdieb bei, der nur mit Mühe das Gleichgewicht halten konnte.

Sie krochen auf das Fenster zu. Am Fensterrahmen gelang es ihnen, sich hochzuziehen und festzuhalten. Sie blickten in einen dunklen Innenhof, der von sieben Wänden umschlossen wurde. Aus zahllosen Fenstern leuchteten ihnen Lampen entgegen und erhellten die tintenschwarze Nacht vor ihnen.

»Gerade hat doch noch die Sonne geschienen«, wunderte sich Nick und spähte in die Fenster zu ihrer Rechten.

»Der Träumer dieses Traums kann ihn nicht richtig lenken. Er ist kein Wunschträumer«, sagte der Traumdieb. »Also, ich meine mich damit.«

»Ist deshalb alles schief?«, fragte Nick und untersuchte die

Fenster zu seiner Linken. »Ich meine, dieses Haus macht den Anschein, als würde es gleich zusammenbrechen.«

»Ich hoffe, es hält noch ein wenig«, sagte Henriette und deutete auf die Fenster direkt gegenüber. »Übrigens, die beiden sind dort.«

Genau auf der anderen Seite des Innenhofs erkannten sie die Gestalt des alten Herrn Punktatum. Mit hastigen Schritten durchquerte er eine der mittleren Etagen. Er hatte weniger Probleme damit, sich auf den Beinen zu halten als Nick und Henriette. Im Stockwerk über ihm erschien Herr Anobium an einem der Fenster. Aufrecht und mit gemessenem Schritt ging er daran vorbei. Dann blieb er stehen, um zu lauschen.

»Wir müssen ihm ein Zeichen geben«, meinte Nick. »Wir müssen Herrn Punktatum«, er sah den Traumdieb an, »äh, wir müssen Sie warnen.«

»Oh, das ist nett. Aber alles, was wir hier sehen, ist ja bereits geschehen.« Der Traumdieb lächelte traurig. »Selbst wenn wir wollten, würden wir nichts mehr an dem verändern können, was sich ereignen wird.«

»Oh«, sagte Nick.

Herr Anobium stand nun genau über Herrn Punktatum. Beide verharrten angespannt. Herr Punktatum sah sich suchend um.

»Er fühlt, dass Anobium in der Nähe ist«, flüsterte Nick.

»Wieso tut er das?« Henriette betrachtete Herrn Anobium, als wäre er ein Fremder. »Warum jagt er seinen Freund?«

»Herr Anobium hat von einem Traumbuch gesprochen«, meinte Nick. »Gibt es Bücher, für die man töten würde?«

»Wie es scheint, ja«, sagte der Traumdieb.

Herr Anobium und Herr Punktatum rührten sich nicht. Es war, als hätten sie einander gewittert und warteten nun auf die erste Regung des anderen. Die Sekunden verstrichen quälend langsam, ehe Herr Anobium schließlich den ersten Schritt machte. Mit einem hohen Satz stieß er sich durch den Boden. Staub und Steinbrocken wurden herumgewirbelt, als er durch die Decke des Zimmers brach, in dem Herr Punktatum stand. Kaum dass der seinen Widersacher durch die Decke kommen sah, tat er es ihm gleich. Auch Herr Punktatum sprang nun und stieß damit durch den Boden zu seinen Füßen. Atemlos verfolgten die drei Beobachter, wie die beiden hinabrasten. Etage um Etage ging es in die Tiefe.

Über ihnen zogen sich schwere Wolken zusammen. Die Luft wurde drückend und brachte den Duft von Regen mit sich. Nur einen Moment später entluden sich die Wolken und die Welt wurde ertränkt.

»Was passiert jetzt?«, fragte Nick laut.

»Ein neuer Traum kommt«, antwortete der Traumdieb.

Die Wassermassen nahmen kein Ende. Längst schon hatten sie den Innenhof geflutet, strebten nun durch die Ritzen des schiefen Bodens und griffen mit nassen Fingern nach ihnen.

»Wir werden ertrinken«, rief Nick. »Wir müssen hier raus!« Seine Stimme überschlug sich vor Panik. »Los, Henriette, lass dir was einfallen.«

»Wenn du eine Idee hast, bin ich ganz Ohr«, sagte Henriette bissig. Auch sie bekam nun Angst. Sie sah zum Traumdieb hinüber, der ungerührt die einströmenden Wassermassen beobachtete, als würde ihn all das nichts angehen. Wenn sie sich doch nur daran erinnern könnte, was sie beim letzten Mal gemacht hatte, als sie das hier geträumt hatte.

Das Wasser stieg rasend schnell. Schon hatte es ihre Brust erreicht. Unwillkürlich stellte sich Nick auf die Zehenspitzen. »Tu was!«

Henriette musste plötzlich an Herrn Anobium denken. Daran wie sie im Buchladen saß und er ihr vorlas. Seine Stimme brachte sie weit weg unter das Meer und sie hatten gemeinsam eine Strecke von zwanzigtausend Meilen hinter sich gebracht. »Natürlich«, rief sie und Wasser drang in ihren Mund und lief ihr in die Lunge. Ohne nachzudenken griff Henriette die Hände von Nick und dem Traumdieb und sog das Wasser ein. Sie stellte sich vor, es sei Luft. Sie stellte sich vor, wie Fische sich fühlten, wenn sie durch das Meer schwammen. Wie sie nach Wasser schnappten, um zu atmen. Dann begruben die Wassermassen sie alle drei.

»Eine gute Idee«, lobte sie der Traumdieb im nächsten Moment und einige Luftblasen stiegen aus seinem Mund.

Er schwamm vorneweg durch das Fenster und die Kinder folgten ihm. Das Atmen unter Wasser war ganz normal. Kaum schwerer als an Land.

»Das war verrückt«, rief Nick, der endlich seine Sprache wiedergefunden hatte. »Wir hätten sterben können.« Hastig schloss er seinen Mund wieder, als könne das Wasser die Luft aus seiner Lunge drücken.

»Es ist ein Traum«, fuhr Henriette ihn an. Hier stirbt keiner, wollte sie sagen, doch dann biss sie sich auf die Zunge.

Die drei schwammen langsam durch den finsteren Ozean. Kein Geräusch war zu hören. Wo immer auch die beiden alten Männer waren, hier gab es kein Zeichen von ihnen. Halb blind tasteten sich Henriette, Nick und der Traumdieb voran. Das trübe Wasser fuhr an ihnen entlang, als hätte es kalte Finger, die sich nach warmer Haut sehnten.

»Wo sind sie hin?«, fragte Henriette, als sich die gegenüberliegende Seite des schiefen Hauses aus der Dunkelheit schälte.

Der Traumdieb hob die Hand und lauschte in das Wasser vor ihnen. Dann deutete er nach unten in die gähnende Tiefe. »Dort müssen wir hin.«

»Das habe ich geahnt«, stöhnte Nick.

Nick hatte das Gefühl, in einem aufgerissenen Schlund zu versinken, während sie tauchten. Tiefer und tiefer ging es, bis es bald kein Licht mehr gab. Nur das Rauschen des Wassers war noch zu hören, das ihnen in einer fremden Sprache furchtbare Dinge in die Ohren flüsterte. Der Traumdieb griff nach den Händen der Kinder und zog sie hinter sich her.

Schließlich sahen sie das Glimmen eines faden Lichts weit vor ihnen.

»Sind sie das?«, fragte Nick angespannt, doch keiner antwortete ihm.

Der blasse Schein lockte sie weiter in die Finsternis. Henriette hatte das Gefühl, sie würden einem Irrlicht folgen, hinein in eine Falle.

»Das ist kein Feuer«, sagte der Traumdieb, als sie schließlich so nahe waren, dass ihnen das Licht hektische Muster auf die Gesichter malte. »Seht!«

Ein schlanker Fisch kam auf sie zu. Der Körper des Tieres maß sicher ein Dutzend Meter und verströmte silbernes Licht. Neugierig sah das Wesen die drei mit matten Augen an, dann machte es kehrt und schwamm in die Richtung zurück, aus der es gekommen war. Die Schwimmer folgten ihm und erkannten einen ganzen Schwarm der leuchtenden Fischwesen. Sie umkreisten zwei Personen, die sich am Rand eines riesigen Kraters auf dem Meeresboden gegenüberstanden. Luftblasen stiegen aus den Mündern der beiden auf und schwebten empor.

Herr Punktatum hatte ein Buch unter seinen Arm geklemmt. Aufmerksam betrachtete er sein Gegenüber.

»Zum letzten Mal. Gib es mir«, hörten sie Herrn Anobium sagen.

»Verschwinde aus meinen Träumen, Konradin«, sagte Herr Punktatum. »Ich werde es dir nicht geben.«

»Du kannst es nicht für dich selbst behalten. Wenn nicht in dieser Nacht, dann werde ich es dir eben in einer anderen nehmen. Ich bin nicht alleine.«

»Was meint er?«, fragte Nick und sah sich unbehaglich um. Vor ihnen richtete Herr Anobium seinen Finger wie ein

Schwert auf Herrn Punktatum. »Wir werden darum kämpfen«, rief er böse.

»Und wie?«, fragte Herr Punktatum belustigt. »Werden wir uns duellieren? Konradin, dazu sind wir selbst in dieser Welt zu alt.«

»Oh nein«, lachte Herr Anobium so kalt, dass sich Henriette schütteln musste. »Wie wäre es, wenn die Geschöpfe meiner Träume gegen deine ins Feld ziehen?«

»Du weißt besser als jeder andere, wie schwer es ist, in einem fremden Kopf zu träumen«, antwortete Herr Punktatum. »Gegen den Willen des eigentlichen Träumers. Lass es nicht darauf ankommen, Konradin. Selbst du würdest verlieren. Und wer weiß, vielleicht wärst du nach einer Niederlage so geschwächt, dass du nicht mehr in deinen eigenen Kopf zurückkehren könntest.«

»Wie rührend«, sagte Herr Anobium und machte einen Schritt auf seinen Gegner zu. »Aber es ist zu spät, den Sorgenvollen zu spielen. Halt dich fest, Philippus. Die See wird rau.«

Kaum hatte Herr Anobium diese Worte ausgesprochen, schien das Meer von Unruhe ergriffen zu werden. Die Wassermassen drückten die Zwillinge und den Traumdieb hin und her, sodass sie Mühe hatten, nicht mitgerissen zu werden.

»Was tut er?«, fragte Nick, während er versuchte, sich am Traumdieb festzuhalten.

»Er gibt den Hulmis neue Gestalten.«

»Aber das sind deine … ich meine, Punktatums Hulmis«,

rief Henriette empört. »Die eigenen Traumwesen würden einen doch nie angreifen.« Eine leise Hoffnung lag in ihrer Stimme.

Nick sah sich um und spähte angestrengt in die Dunkelheit. Er kniff die Augen zusammen und dann erkannte er etwas. Noch ehe er ein Wort sagen konnte, nickte der Traumdieb bereits. »Da sind Konradins Angreifer.« Er lachte traurig.

»Finden Sie das etwa komisch?«, fragte Nick fassungslos.

»Ein wenig schon. Nun, da es dem Ende entgegengeht, wird das Bild für mich immer klarer. Ich weiß, was ich als Herr Punktatum in diesem Moment gedacht habe: Die passen nun wirklich nicht in die Geschichte von der Reise unter dem Meer.«

»Wer sind sie?«, fragte Nick mit mühsam beherrschter Stimme.

»Die Meermenschen.«

Dutzende Gestalten schossen nun auf sie zu. Erst waren sie nur Punkte in der Dunkelheit, doch schon bald wuchsen sie in den Augen der drei Beobachter heran. Es waren widerliche Gestalten. Halb Fisch, halb Mensch. Mit wild zuckenden Schwänzen rasten sie durch das Wasser. Das Haar tanzte wie aufgescheuchter Seetang um ihre Köpfe. In den Händen hielten sie lange Speere mit rostigen Spitzen. Ihre hässlichen Gesichter, so bleich, als hätten sie noch nie die Sonne gesehen, waren vor Wut entstellt.

Henriette riss sich mit Mühe von dem Anblick der Meermenschen los. »Wie können sie nur gemeinsam träumen?«

»Das haben wir bereits früher getan«, erklärte der Traumdieb. Henriette fiel auf, dass er nun keinen Unterschied mehr zwischen sich und Herrn Punktatum machte. »Dies hier war einer meiner liebsten Träume. Von der Welt unter dem Meer. Ich habe versucht, diese Welt so zu träumen, wie ich sie in den Worten Jules Vernes gesehen habe. Konradin hat mir sehr dabei geholfen. Er ist ein mächtiger Träumer. Und er fügte gerne etwas hinzu, was seiner Meinung nach fehlte. Aber Meermenschen in der Welt des Nemo. Also wirklich.«

Die Meermenschen schossen in einiger Entfernung auf den leuchtenden Kreis zu.

»Ich dagegen halte mich an meine eigenen Regeln. Sieh, Henriette. Kennst du ihn hier?«

Hinter Herrn Punktatum, der noch immer das Traumbuch fest umklammert hielt, tauchte etwas Großes auf. Dunkel und unheilvoll. Unwillkürlich krallte sich Nicks Hand fester in den Umhang des Traumdiebs. Lange Tentakel und ein riesenhafter Kopf wuchsen aus der Finsternis, als habe die Nacht selbst einen ihrer Träume wahr werden lassen.

»Ich habe ihn ein wenig größer gemacht, als er eigentlich sein müsste. Wie findet ihr ihn?«

»Das ist ja schrecklich«, entfuhr es Nick. »Ein Monster.«

»Der Krake«, sagte Henriette mit vor Aufregung vibrierender Stimme.

Dunkel war es in dem Buchgeschäft geworden, als Herr Anobium ihr damals die Geschichte vorgelesen und seine

Stimme den Kraken in die Luft gemalt hatte. Doch dies hier übertraf ihre schlimmste Vorstellung.

Ein hässlicher Kampf entbrannte vor ihnen. Die Meermenschen warfen ihre Speere gegen den Kraken, dessen Tentakel wild durch das Wasser schlugen. Gebannt verfolgten die drei stummen Zeugen den Kampf. Jedes Mal, wenn der Krake einen der Meermänner traf und dieser leblos in die Tiefe sank, ballte Nick die Faust. Ganz so, als ob es noch eine letzte Aussicht auf Rettung für Herrn Punktatum gab. Und tatsächlich lichteten sich die Reihen der Angreifer schnell. Soviele ihrer Speere auch trafen, der Krake schien keine schwere Verletzung davonzutragen. Mit grimmiger Genugtuung erkannte Nick den Ärger auf Anobiums Gesicht.

»Gut«, sagte Herr Anobium schließlich mit einer Mischung aus Ärger und Sorge, »wenn du es nicht anders haben willst.« Damit wandte er sich ab, während die letzten seiner Angreifer vergeblich den Kraken attackierten. Henriette sah, wie sich sein Mund bewegte. Luftblasen stiegen in die Höhe, doch sie konnte kein Wort hören.

»Was tut er da?«, fragte sie.

»Er ruft jemanden.«

»Wen?« Henriette wusste nicht, ob sie die Antwort wirklich hören wollte.

Der Traumdieb griff nach Henriettes Hand und drückte sie fest. »Meinen Tod. Er ruft meinen Tod. Hier endet alles. Mein Leben und mein Traum. Und deine schrecklichste Erinnerung.«

Aus dem Dunkel kam etwas herangeschwommen. Im ersten Moment glaubte Nick, dass es ein weiterer Meermensch sei. Doch das Wesen, das mit schnellen Schlägen seiner kurzen Beine auf den Kreis aus leuchtenden Fischen zuschwamm, war von einer anderen Art. In dem Moment, in dem Nick es sah, wusste er, dass Herr Punktatum verloren hatte. Eine hasserfüllte Kälte ging von dem dunklen Wesen aus, die Nicks Herz fast zerriss. Auch Herr Punktatum schien die Boshaftigkeit seines neuen Gegners zu fühlen. Sein Gesicht wurde aschfahl. »Konradin, was …?«

Herr Anobium sagte nichts, sondern folgte dem Wesen nur mit den Blicken, während es auf Herrn Punktatum zuhielt. Als es den Kreis der Fische passierte, glaubte Nick schwarzes Fell an ihm zu erkennen. Der Krake schlug mit seinen Tentakeln nach dem Angreifer. Doch kaum hatten sie ihn berührt, zerliefen sie wie Tinte. Herr Punktatum hob das Buch wie einen Schild vor die Brust. Das Wesen kam auf ihn zu und Herr Punktatum wich diesem ersten Hieb aus. Der Krake versuchte noch einmal, einen seiner Tentakel um den Angreifer zu schlingen, doch auch diesmal verging der Teil seines Körpers, mit dem er seinen Gegner berührt hatte. Wütend hieb Anobiums Wesen mit der Faust gegen ein Auge des Kraken. Das Licht darin verlosch und das Tier taumelte im Todeskampf umher. Herr Punktatum wich zurück, bis er an den Rand des riesigen Kraters stieß.

»So weit hätte es nicht kommen müssen«, sagte Herr Anobium mit einer Stimme, die für Henriette fremd klang. Dann schoss Anobiums Geschöpf vor und griff nach dem Buch. Herr Punktatum und der Angreifer rangen einen Moment miteinander. Schließlich riss es ihm das Wesen aus den Händen. Triumphierend hielt es das Buch hoch. Herr Punktatum wollte es sich wiederholen. Doch bevor er den Angreifer erreichen konnte, prallte der riesige Krake gegen ihn. Das Traumwesen hatte den Todeskampf verloren. Wie ein sinkendes Schiff fiel es in den Krater und riss den armen Herrn Punktatum mit sich.

Und so starb Philippus Punktatum. Im Traum wie im Leben.

Herr Anobium sah einen Moment lang mit einer Miene, die Henriette nicht deuten konnte, auf den Krater. Dann griff er das Buch, stieß sich ab und schwamm mit seinem Geschöpf fort.

Henriette sah ihm nach und fühlte sich leer. Nun wusste sie, warum dies das Abbild ihrer schrecklichsten Erinnerung war. »Er ist ein Monster.« Henriette griff sich an den Mund, als wollte sie die Worte zurückhalten. Als könnte sie sie so daran hindern, wahr zu werden. Sie wollte weinen. Aber es ging nicht. Keine Träne konnte diese Erinnerung reinwaschen.

In diesem Moment erschallte plötzlich eine Stimme im Wasser. Sie war so laut, dass Henriette nichts anderes mehr hören konnte. »Was tust du hier?«

Die Stimme gehörte Herrn Anobium. Und die Worte, da war sich Henriette sicher, waren an sie gerichtet. Nein, verbesserte sie sich. Nicht an sie, sondern an die Henriette, die in jener Nacht Zeuge des Kampfs und des tragischen Endes von Herrn Punktatum geworden war. Offenbar hatte Herr Anobium sie bemerkt. »Wie kommst du hierher?«

In der Stimme mischten sich Ärger und Sorge. »Was kannst du schon dafür? Du bist wie ich. Von meiner Art.« Atemlos lauschte Henriette. »Aber ich kann dich nicht mit dieser Erinnerung weiterleben lassen«, sagte Herr Anobium. Einen Moment lang schwieg er, als würde er angestrengt nachdenken. »Ja«, sagte er dann wie zu sich selbst, »so kann es gehen. Schon jetzt weben die Alben aus alldem hier einen dunklen Traum für dich. Aber du wirst ihn nicht träumen können, Henriette, denn ich werde dir den Albtraum wegnehmen. Ich sperre ihn fort und schicke dir Wachen aus meinen dunkelsten Träumen. Du darfst dich nie an das erinnern, was heute geschehen ist. Hörst du? Niemals. Ich muss mich schützen. Und dich auch. Diese Erinnerung ist zu schmerzhaft für dich.«

Plötzlich wurde alles dunkel, als wäre ein Vorhang aus schwarzem Samt gefallen. Und das Nächste, was Henriette sah, war die Wüste.

NUR EIN WEG

Es war alles wieder da. Der ganze Traum, die ganze Erinnerung. Aber nun wünschte Henriette, der Traum wäre noch immer hinter der Tür verborgen. Weggeschlossen hinter nachtschwarzes, eiskaltes Holz. Doch die Tür war verschwunden. Der Schmerz brannte in Henriettes Kopf. Sie hatte gesehen, was Herr Anobium getan hatte.

»Ist alles o. k.?«, fragte Nick besorgt.

Henriette sah ihn eine Weile stumm an, als wäre er ein Fremder in ihrem Traum.

»Nein«, sagte sie schließlich. »Es ist gar nichts o. k. Du hast die ganze Zeit richtiggelegen.«

Nick wollte etwas sagen, aber Henriette unterbrach ihren Bruder.

»Es ist so«, sagte sie. »Ganz egal, ob deine Vorurteile gegenüber Herrn Anobium gerechtfertigt waren oder nicht. Du hattest recht. Er hat Herrn Punktatum getötet und mir den Traum gestohlen, in dem ich ihn dabei beobachtet habe. Und ich habe ihn auch noch um Hilfe gebeten!«

Sie sah zum Himmel empor. Die Welt begann zu glänzen und der Traum würde bald enden.

»Vielleicht war das, was wir gesehen haben, nicht echt?«, versuchte es Nick, doch selbst für ihn klang das unglaubwürdig.

Henriette sah nicht einmal zu ihm auf. Sie saß im Wüstensand, als hätte jemand sie dort verloren. Als würde sie darauf warten, dass sie jemand abholen und zurückbringen würde an einen Ort, an dem alles gut war.

»Was war überhaupt dieses Ding, das Anobium zu Hilfe gekommen ist? Es war kein Traumdieb, oder?« Nick drehte den Kopf und sah zum Traumdieb hinüber, der nur wenige Schritte von ihnen entfernt so reglos dastand, dass man meinen könnte, er wäre aus Stein.

»Nein«, sagte der Traumdieb leise. »Es war etwas anderes. Etwas, das mit Träumen umzugehen vermochte.« Er hatte seine Kapuze abgesetzt. Seine dunklen Haare wehten im Wüstenwind.

»Dann haben mir also zwei Diebe die Träume gestohlen. Erst Anobium und dann du.«

»Es tut mir leid, Henriette. Ich wollte dir nicht schaden.«

Henriette nickte. »Kannst du dich denn auch wieder erinnern?«

Der Traumdieb nickte. »An alles.«

Auf einmal huschte ein Lächeln über Henriettes Gesicht und für einen kurzen Moment vergaß sie den Kummer. »Ich habe ganz vergessen, wer du warst. Herr Punktatum, vielleicht sollte ich besser *Sie* zu dir sagen.«

»Nein, bitte nenn mich nicht Herr Punktatum.« Der Traumdieb hob abwehrend die Hände. »So heiße ich nicht mehr. Herr Punktatum ist tot. Nenn mich Philippus ... nein, besser noch: Nenn mich einfach Phil.«

Henriette blickte in das junge Gesicht des Traumdiebs. »Phil«, begann sie und es war seltsam, Herrn Punktatum so anzusprechen, auch wenn es eigentlich nur sein Geist war, »wieso bist du so jung? Als du gestorben bist, da warst du sicher sechzig oder älter.«

»Ich war sogar fünfundsiebzig. Ich weiß selbst nicht genau, was geschehen ist. In einem Moment war alles dunkel und dann habe ich als Traumdieb die Augen aufgemacht. Aber zuvor, als ich starb, da dachte ich an den schönsten Moment in meinem Leben. Der Gedanke war einfach da in all dem Dunkel. Ich habe mich an ihn geklammert, aus Angst, sonst verloren zu gehen. Und in dem Moment, der zu dieser Erinnerung gehört, war ich so alt, wie ihr mich hier seht. Ein junger Mann.«

»Was war das für ein Moment?«, fragte Nick.

»Was könnte schöner sein als der erste Kuss? Nicht irgendeiner. Der erste, den man seiner großen Liebe gibt.«

»Ist es gut ausgegangen?« Henriette wusste nicht genau, weshalb sie den Traumdieb das fragte. Vielleicht deshalb, weil sie nie von einer Frau an der Seite von Herrn Punktatum gehört hatte.

Phil lächelte, doch Kummer hatte sich wie ein Schleier über sein Gesicht gelegt. »Ich war im entscheidenden Moment leider nicht mutig genug.« Er hatte die Augen auf Henriette gerichtet, doch er sah durch sie hindurch zu einem Ort oder in eine Zeit, die nur er erkennen konnte. »Liebe ist nichts für Feiglinge, weißt du?« Phil schüttelte den Kopf, als ob er eine traurige Erinnerung verscheuchen wollte.

Nick sah von Henriette zu Phil und ergriff dann ungeduldig das Wort: »Herr Anobium ist also auch ein Wunschträumer?«

»Nicht nur einer«, erklärte Phil und wandte sich wieder Henriette zu. »Ich glaube nicht, dass es je einen besseren Träumer als ihn gegeben hat. Konradin hat dein Talent gespürt, als du vor einigen Jahren in unseren Laden gekommen bist und das erste Mal von deinen Träumen erzählt hast. Er war ganz verzückt an jenem Tag. Ich kann mich noch gut daran erinnern. Seine Augen haben geglänzt. Für einen Moment war er ein anderer. Jemand, der er schon lange nicht mehr gewesen war.«

»Was meinst du damit?«, fragte Henriette, aber Phil winkte ab.

»Was ich nicht verstehe, ist, wie auch du in jener Nacht in meinen Kopf gelangen konntest.«

Henriette schloss die Augen. »Der Wald. Er führt in alle Köpfe.« Sie sah Phil an. »Ich bin durch den Nachtschattenwald gegangen. Ich glaube, ich bin Herrn Anobium gefolgt, aber wieso, weiß ich nicht. Damals konnte ich meine Träume noch nicht bewusst steuern.«

»Du hast ihn bemerkt. Eine vertraute Stimme im Dunkel. Wer würde ihr nicht folgen?«

»Dieses Buch«, begann Henriette zögerlich, »was ist das für ein Ding?«

»Und warum hast du es ihm überhaupt gestohlen?«, fragte Nick.

Der Traumdieb seufzte schwer, als würde alle Last der Welt auf seinen Schultern liegen. »Das Traumbuch. Dieses verdammte, wundersame Traumbuch. Es ist mehr eine Legende als ein normales Buch. Und ich bin auf der langen Liste derer, die wegen des Traumbuchs gestorben sind, nur der Letzte. Das Traumbuch ist der größte Schatz der Wunschträumer. Es heißt, es lüftet alle Geheimnisse, die die Welt hinter den Träumen besitzt. Es gibt kein anderes Buch von seiner Art. Wer Wünsche träumen kann, dem legt es die Welt zu Füßen. Konradin hat mir früher davon erzählt. Die Seiten des Buches sind in der wirklichen Welt leer, weil es in Träumen geschrieben wurde. Und wer immer es besitzt, kann es nur in seinen Träumen lesen.«

»Aber was will Anobium mit dem Buch? Ich denke, er beherrscht bereits das Wunschträumen«, fragte Nick verwirrt.

»Ja, das tut er. Aber selbst er, der vielleicht größte Wunschträumer aller Zeiten, weiß nicht alles. Das Traumbuch könnte in seinen Händen gefährlich sein. Jahrzehntelang hat er es gesucht. Erst habe ich mir nichts dabei gedacht, aber mit der Zeit ist ein ungutes Gefühl in mir gewachsen. Konradin hat sich während der Suche nach dem Buch verändert. Er ist unberechenbar geworden. Ganz langsam. Als wäre ein Gift Tropfen für Tropfen in seine Adern gesickert. Ich weiß nicht, was er in dem Buch zu finden hofft. Aber ich weiß, dass es nicht gut für ihn wäre. Mit diesem Buch könnte er eine unbeschreibliche Macht erlangen.«

Phil blinzelte. Die Welt glänzte immer heller. »Konradins

jahrelange Suche hat schließlich doch Erfolg gehabt. Ich weiß nicht, von wem er das Traumbuch gekauft hat, aber es kam mit einem Kurier. Eure Großmutter hat das Paket angenommen und dann mir gegeben. Ein Blick genügte mir, um zu erkennen, welches Buch ich da in den Händen hielt. Mein Herz ist fast stehen geblieben. Konradin hat es mir so oft beschrieben: ein Einband, der so schwarz ist, als ob das Licht der Nacht selbst in ihm steckt, und auf dem Einband eine Mohnkapsel.«

»Eine Mohnkapsel. Das ist also die Frucht, die auf dem Buch abgebildet war?« Nick horchte auf und versuchte sich das leere Buch in Erinnerung zu rufen.

»Die Mohnkapsel ist das Symbol des Gottes Morpheus, der über die Träume herrscht. Aus ihr wurde früher ein Saft gewonnen, der den Schlaf brachte. Ein passender Schmuck für das Traumbuch, meint ihr nicht? In dem Moment, in dem ich es sah, wusste ich, dass ich es vernichten musste. Um Konradin zu schützen. Aber er muss geahnt haben, was ich vorhatte. Und er hat es verhindert. Trotzdem werde ich es zu Ende bringen.«

»Du willst dich noch einmal mit ihm anlegen?« Nick sah Phil an, als habe der den Verstand verloren.

»Ich muss. Was immer Konradin auch vorhat, andere Menschen werden vielleicht darunter leiden. Oder sterben. Wie ich. Das darf ich nicht zulassen.«

Eine Zeit lang saßen die drei schweigend im Sand. Dann räusperte sich Phil. »Henriette, ich habe mich nie wirklich dafür entschuldigt, was ich dir angetan habe.«

Henriette schwieg, als habe sie Phils Worte gar nicht gehört. Schließlich aber seufzte sie.

»Gibt es einen Moment, an dem das Kindsein endet?«, fragte sie ohne aufzusehen. »Ich meine, eine Sekunde, in der es aufhört? Ein Augenblick, nach dem alles anders ist? Ich habe das Gefühl, als wäre etwas beendet. Verstehst du, was ich meine? Wie könnte ich nach all dem noch derselbe Mensch sein, der ich vorher war?«

Phil nickte langsam. »Ich glaube, ein wenig verstehe ich es. Ist es, als wärst du dir ein bisschen fremd geworden?«

»Fremd?« Sie sah auf. »Ja, so fühle ich mich. Fremd. Ja. Als würde die Henriette, die nichts von Traumdieben und Alben gewusst hat, weit weg sein.« Henriette runzelte die Stirn. »Wieso ist das so?«

»Der Traumdieb lächelte leise. »Es sind große Dinge in deinem Leben geschehen. Zum ersten Mal hat dein Herz angefangen für jemanden zu schlagen.«

Henriette errötete. »Wie kommst du darauf?«

»Ich müsste blind gewesen sein, um es nicht zu bemerken. Dieser Beduinenjunge …«

»Er ist nicht echt«, fiel ihm Henriette schnell ins Wort, als sie bei der Erinnerung an Habib einen Stich in sich fühlte.

»In dieser Welt ist er so echt, wie man nur sein kann. Und deine Gefühle für ihn sind es auch.«

»Es ist kompliziert.«

»Das ist es immer. Egal in welcher Welt.«

Henriette seufzte wieder.

»Und dann«, fuhr der Traumdieb fort, »ist dein Herz betrogen worden. Von einem Menschen, der dir nahe war. All das hat Spuren hinterlassen, Henriette. Du bist nun gezeichnet. Und damit eine andere als noch vor wenigen Nächten. Diese Augenblicke, in denen sich alles verändert, in denen du dich veränderst, von diesen Augenblicken gibt es nicht viele. Weißt du, warum Helden in ihren Abenteuern immer etwas verlieren, bevor sie alles gewinnen?«

Henriette schüttelte verwirrt über den plötzlichen Themenwechsel den Kopf.

»Aber du weißt, was ich meine, oder? Sie beginnen ihr Abenteuer unversehrt und zuversichtlich. Aber auf dem Weg, die Prinzessin zu retten oder den Drachen zu töten oder was auch immer ihnen aufgebürdet ist, verlieren sie etwas. Oder werden verwundet. Oder beides. Diese Dinge geschehen nicht, weil es die Geschichte spannender macht. Nein, diese Dinge geschehen in Geschichten, weil sie auch im wahren Leben passieren. Hinter mir liegen nun Jahrzehnte voller Leben. Und eines habe ich gelernt. Das Leben zeichnet jeden von uns. Alles Schöne hat einen Preis. Keiner kommt durch das Leben, ohne dass er gezeichnet wird.«

Phil brauchte nicht mehr zu sagen. Henriette begriff, was er meinte. Und sie spürte, dass er recht hatte.

Am Himmel war es nun so hell geworden, dass Henriette

nicht mehr hinaufblicken konnte. »Mein Traum endet bald«, sagte sie. »Wir müssen entscheiden.«

»Worüber?«, fragte Nick stirnrunzelnd.

»Wie wir Herrn Anobium aufhalten.«

Phil sah Henriette überrascht an. »Sag mal, bist du denn von …?«

»Du kannst es nicht alleine mit ihm aufnehmen. Er hat dich schon einmal besiegt.«

»Ich bin nun ein Traumdieb. Ich bin ebenso stark wie er.«

»Ach was. Selbst ich habe dich gefangen. Und ich bin nicht die größte Wunschträumerin aller Zeiten.«

Für einen Moment wusste Phil nicht, was er sagen sollte, doch ehe er etwas erwidern konnte, sprach Henriette weiter. »Du brauchst mich. Uns. Morgen Nacht werden wir in den Kopf von Herrn Anobium einbrechen. Wir werden ihm das Traumbuch wegnehmen und es zerstören. Wenn er kämpfen will, dann kämpfen wir.«

»Rache steht dir nicht, Henriette.«

»Es geht nicht um Rache. Wir müssen Schlimmeres verhindern.«

Nick nickte grimmig.

Phil blickte die beiden Geschwister abwechselnd an. »Gut«, sagte er dann widerwillig. »Wir machen es gemeinsam. Aber wir sollten uns beeilen. Was immer Konradin vorhat, ist vielleicht schon in Gang gesetzt. Oder steht wenigstens kurz davor. Und«, er machte eine Pause und sah Henriette eindringlich an, »wenn es gefährlich wird, dann macht ihr euch aus dem Staub.«

Henriette nickte. »In Ordnung. Wir treffen uns in meinem Traum und du öffnest eine Tür in den Kopf von Herrn Anobium.«

»Nein. Keine Tür. Du vergisst, in welchen Kopf wir einsteigen wollen. Er würde es merken, wenn wir einfach so eine Tür in seinen Traum aufstoßen. Vielleicht würde er es sogar verhindern können. Nein. Wir müssen uns hineinschleichen. Und es gibt nur einen Weg, auf dem er uns nicht bemerken wird.«

Henriette ahnte, welchen Weg Phil meinte, aber sie schauderte dennoch, als er ihn beim Namen nannte.

»Wir gehen durch den Nachtschattenwald.«

EIN UNERWARTETER NAME

Der nächste Tag ging so schnell vorbei, dass es Henriette Angst machte. Sie und Nick verließen die Wohnung ihrer Großmutter nicht. Henriette wollte nicht einmal daran denken, was geschehen würde, wenn sie Herrn Anobium träfen. Wenn er zufällig den Kopf aus der Tür stecken würde, die von seinem Buchgeschäft ins Treppenhaus führte, während sie gerade die Stufen hinabstiegen.

Und dann endlich waren sie zurück. In Henriettes Traum am Rand des Nachtschattenwalds. Eine neue Nacht. Vielleicht die letzte Nacht ihres Abenteuers.

Henriette fröstelte bei dem Gedanken daran, Herrn Anobium zu sehen. Was würde sie fühlen, wenn sie ihm gegenüberstand? Verachtung? Hass? Enttäuschung? Vielleicht eine Mischung aus allem.

Die Bäume des Waldes wiegten ihre Äste im Wind, als wollten sie Henriette und ihren Bruder zu sich herwinken. Die Nacht war feucht vom Regen, der unablässig fiel, und die Kälte drang ihnen unter die geträumten Kleidungsstücke. Es war Henriette nicht schwergefallen, den Weg an den Saum dieses Waldes zu finden.

Noch kannst du umkehren. Du hast die Wahl, dachte sie.

Nein, widersprach sie sich selbst. In Wirklichkeit hatte sie keine Wahl. Sie musste an Habib denken und biss sich fest auf die Lippen, als könne dieser Schmerz den anderen vertreiben, den sie nur in ihrem Herzen fühlte.

Nick, der neben ihr stand, spürte sein Herz vor Aufregung schneller schlagen. »Er kommt nicht, oder? Vielleicht hat Phil es sich anders überlegt?« Leise Hoffnung schwang in seiner Stimme mit.

»Hat er nicht.« Im ersten Moment konnten sie Phil nicht erkennen, dann aber trat er aus den Schatten zwischen den Bäumen. Nick schluckte schwer.

»Seid ihr bereit?«

Henriette schüttelte den Kopf und Phil lächelte freudlos. Er blickte nachdenklich auf die Äste über sich. »Bleibt dicht bei mir, dann passiert euch nichts. Die Traumwesen, die hier leben, mögen dieses kleine Ding hier nicht.« Er spielte mit dem Traumfänger in seiner Hand und ließ ihn dann in einer Tasche seines Umhangs verschwinden. »Und passt auf die Alben auf.«

»Die Alben?«, fragte Nick und sah sich unbehaglich um.

»Ich dachte, sie würden die Träumerin nicht angreifen. Habib hat … habe ich gehört.«

Nick sah, wie Henriette stumm zusammenzuckte.

»Aber du bist nicht die Träumerin«, sagte Phil und Nick verzog das Gesicht.

Sie gingen los und bald hatte der Wald sie verschluckt.

In jeder Richtung ragten die schwarzen Bäume in die Höhe und versperrten ihnen die Sicht. Die Zwillinge folgten Phil, ohne sich umzusehen, als ob ihre Blicke ungewollte Aufmerksamkeit auf sie ziehen könnten.

Vielleicht lag es an der Anwesenheit des Traumdiebs, dass sie in dieser Nacht keine Traumwesen im Nachtschattenwald trafen. Obwohl Nick glaubte, gelegentlich ein nahes Rascheln zu hören. Nicht einmal die winzigen Riesen ließen sich blicken. Nick hätte sich gefreut, wenn wenigstens ein paar von ihnen sie begleitet hätten, auch wenn sie ihn in die Schlucht beim Hexenhaus hatten werfen wollen. So aber blieben sie allein. Scheinbar.

»Ich kann die Blicke der Alben spüren«, sagte Henriette.

Sie standen an der Kreuzung, an der sie die Hexe getroffen hatten. Nick erkannte den Ring aus dunkelroten Pilzen wieder, über dem ein Schwarm goldener Insekten summend seine Bahnen drehte.

»Wo sind sie?« Nick blickte sich suchend um.

Henriette deutete in den Wald hinein. »Sie hocken dort zwischen den Bäumen und beobachten uns. Sie trauen sich nicht hinaus, die feigen Biester. Doch ich wette, sie freuen sich schon darauf, dass ich einen ihrer Träume schmecke und sie dann von meiner Angst kosten können.«

Als hätten die Alben ihre Worte gehört, begann ein Wispern und Raunen zwischen den Bäumen. Henriette erinnerte sich, es schon bei ihrem ersten Besuch hier gehört zu haben. Jemand hatte ihr gesagt, dass sie ihren verlorenen König betrauerten. Sie erinnerte sich an die Worte, auch wenn sie nicht mehr wusste, wer sie gesagt hatte.

Begleitet von den Stimmen der Alben folgten die Zwillinge Phil durch den dunklen Wald, bis es mit einem Mal lichter wurde. Und dann war der Wald zu Ende. Phil blieb so abrupt stehen, dass Nick gegen ihn lief.

»Was ist los?«, fragte er, froh darüber, den Wald hinter sich gelassen zu haben. »Sind wir da?«

»Wir schon«, zischte Phil. »Aber der Wald ist weg.«

»Ist doch gut«, meinte Nick.

Phil schüttelte den Kopf. »Er müsste noch da sein. Ich spüre es. Er war einmal hier. Aber nun …«

»Was?« Henriette blickte auf die öde Landschaft, die sich vor ihnen so glatt und hügellos ausbreitete, dass sie glaubte, einen riesigen See vor sich zu haben.

»Der Wald hat sich nicht freiwillig zurückgezogen. Ich fühle den Zorn der Alben.« Phil sah sich um. »Aber wir haben keine Zeit, uns darum zu kümmern. Wir haben unser erstes Ziel erreicht. Wir sind im Kopf von Konradin Anobium.«

Henriette brauchte einen Moment, ehe sie wieder ihre Worte fand. »Das ist sein Kopf? Aber hier ist nichts.«

Phil zuckte mit den Schultern. »Dort vorne beginnt sein Traum. Oder er sollte es zumindest.«

»Bist du wirklich sicher, dass wir an der richtigen Stelle sind?«, hakte Henriette noch einmal nach.

»Ja«, sagte Phil heiser vor Anspannung. »Wir werden schon noch herausfinden, was hier los ist. Gehen wir erst einmal weiter. Selbst hier gibt es noch Wege. Einige führen in den Traum von Konradin. Einer aber, der verborgenste, führt uns in sein Traumkabinett.«

Nick hätte nicht gedacht, dass er den Nachtschattenwald einmal vermissen würde. Doch während sie durch das leere Nirgendwo gingen, wünschte sich Nick wieder zwischen die Bäume. Selbst Henriettes Albträume waren besser als das Nichts um sie. Nur das ferne Wispern der Alben begleitete sie und gab der Nacht eine Stimme.

Schließlich schälte sich das Traumkabinett von Herrn Anobium aus der fahlen Dunkelheit. Es wirkte seltsam verwaist und vergessen. Seine Mauern streckten sich dem Himmel entgegen, ohne dass auch nur ein Fenster sie durchbrach. Sie erreichten das Tor und Phil stemmte sich dagegen. Vergeblich versuchte er es aufzudrücken. Doch es war so unnachgiebig wie der Stein um es herum. Während Phil es noch einmal versuchte, sah sich Nick verstohlen um. Er fürchtete, Anobium könnte jeden Moment hinter ihnen auftauchen. Nick hatte sich gerade wieder umgedreht, als sich eine Hand auf seine Schulter legte. Er schrie auf und stolperte zurück. Vor ihm stand eine graue Gestalt in der Nacht. Nick fiel zu Boden.

Einen Moment später war Phil bei ihm und hielt den Traumfänger drohend in der Hand. »Ein Hulmi«, sagte er überrascht und ging einen Schritt auf die Gestalt zu. Das Wesen legte den Kopf schief und sah sie aus großen Augen an.

»Anobium hat uns entdeckt«, keuchte Nick. »Tu was, Phil.«

Doch Phil rührte sich nicht und einen Moment später ließ er den Traumfänger in seinem Umhang verschwinden.

»Was machst du da?« Nick sah Phil an, als habe der den Verstand verloren.

»Etwas stimmt nicht«, sagte der Traumdieb. »Was suchst du hier draußen?«, fragte er den Hulmi.

Das Traumwesen starrte Phil aus müden Augen an. Doch es antwortete nicht und machte einen Schritt zur Seite auf das Tor zu. Als es seine Hand hob, um dagegenzuschlagen, wollte Henriette es aufhalten. Doch Phil hielt sie zurück.

»Vielleicht ist er unsere Eintrittskarte.«

Der Hulmi schlug mit einer Kraft gegen das Tor, die Nick dem müden Wesen nicht zugetraut hätte.

Nie zuvor hatte ein Geräusch in seinen Ohren so entsetzlich fehl am Platz geklungen wie das dumpfe Pochen der Schläge. Dann wurde das Tor geöffnet. Lautlos schwangen die Flügel nach innen.

»Wer ist da?«, zischte eine kalte Stimme. »Kommt näher, damit ich euch erkennen kann.«

Nicks Gesicht wurde aschfahl und er sah zu Phil hinüber. Was nun? Derjenige, der das Tor geöffnet hatte, durfte auf keinen Fall herausfinden, was sie waren. Nick musste daran denken, wie er zum ersten Mal in Henriettes Traumkabinett geführt worden war. Von dem doppelten Ritter und dem Hauptmann. Eine verzweifelte Idee nahm in seinem Kopf Gestalt an. Er bedeutete Phil, sich zu verstecken. Zögernd nickte der Traumdieb ihm zu und drückte sich in die Schatten der Mauer. Mit klopfendem Herzen machte Nick einen Schritt in das Traumkabinett hinein und zog Henriette und den Hulmi mit sich.

»Traumfiguren!« Die Stimme schien verärgert. »Wieso seid ihr nicht dort, wo der Meister euch hinbefohlen hat?«

»Wir … äh«, begann Henriette, die ahnte, was Nick vorhatte.

Der Hulmi schlurfte an ihr vorbei über die Schwelle des Tores. »Verlaufen, ehrenwerter Traummeister«, murmelte er und senkte dann ergeben den Kopf, als erwarte er eine Bestrafung.

Einen Moment herrschte angespannte Stille. Nur das verräterische Pochen ihrer Herzen klang in den Ohren der Zwillinge.

»Ihr lügt«, rief der Traummeister von Herrn Anobium schließlich. Angst griff mit kalten Fingern nach Nick.

»Aber nicht doch, erhabener Traummeister«, rief Henriette. »Wir …«

»Doch ich verstehe euch«, unterbrach die Stimme sie und mit einem Mal klang sie ein wenig weicher.

»Ach ja?«, fragte Henriette verwundert und sah ihren Bruder ratlos an.

»Ja«, sagte der Traummeister. »Was sollen Hulmis auch tun, wenn man sie nicht mehr braucht?« Aus der Dunkelheit kam eine Gestalt auf sie zu. Erst als sie nur noch eine Armlänge von ihnen entfernt war, konnten Nick und Henriette sie erkennen. Herr Anobiums Traummeister ähnelte dem von

Henriette und doch war er ihm ganz und gar unähnlich. Seine Haltung verriet Hochmut und sein Blick war ebenso kalt wie der von Herrn Anobium. Doch da war noch etwas in seinen Augen. Nick fand nicht das richtige Wort. Zuerst dachte er, sie wären voller Traurigkeit. Aber dann erkannte er, dass sie eingeschlafen schienen, obwohl sie offen standen.

Während Nick ihn ratlos ansah, keimte ein Verdacht in Henriette auf. Was hatte der Traummeister gesagt? *Wenn man Hulmis nicht mehr braucht?* Die leere Welt, durch die sie gelaufen waren, der seltsam bedrückte Hulmi. Alles passte zu einem düsteren Bild.

»Wie lange ist es her, dass der Meister«, es fiel ihr schwer, dieses Wort auszusprechen, doch irgendwie presste sie es über die Lippen, »zuletzt geträumt hat?«

»Ihr wisst es doch. Fragt nicht nach der bitteren Wahrheit. Es ist schon eine Ewigkeit her«, antwortete der Traummeister und seufzte. »Ich sollte euch …«, er stockte und machte eine wegwerfende Handbewegung. »Geht. Wozu bestrafen, wenn alles hier eine Strafe ist? Kein Wunder, dass ihr eurem Gefängnis entkommen wolltet.« Der Traummeister trat zur Seite und gab den Weg frei.

Die Zwillinge sahen sich überrascht an und gingen durch das Tor. Nick blickte zurück und glaubte Phils Kopf zu erkennen, der hinter einem der geöffneten Torflügel zu ihnen hinüberlugte. Sie waren nur wenige Schritte gegangen, da rief sie der Traummeister zurück. »Woher habt ihr beiden eigentlich eure Gestalt? Ihr kommt mir so bekannt vor.«

»Unsere Gestalt?« Henriette blieb stehen und ihr Herz schlug so fest, als wollte es aus ihrer Brust entkommen.

»Von Nick und Henriette«, murmelte sie, weil ihr nichts Besseres einfiel.

Der Traummeister nickte. »Die Kinder, ja. Die Gedanken an sie beschäftigen den Meister sehr. Er ist geradezu besessen von ihnen. Längst schon sind die Träume über sie überreif. Kein Wunder, dass die Türen sie kaum noch zurückhalten können. Es wird noch einmal ein schlimmes Ende nehmen, wenn der Meister die Träume nicht herauslässt. Ich bin immerzu damit beschäftigt, die Türen zu reparieren. Hört ihr?«

Nick lauschte und nun vernahm er aus weiter Ferne ein Ächzen und Stöhnen. Es klang, als würde ein Riese mit eisernen Ketten an den Fundamenten des Traumkabinetts zerren.

»Heute Nacht ist es besonders schlimm«, sagte der Traummeister. »Lange wird das nicht mehr gut gehen.«

Gedankenverloren blickte der Traummeister aus dem Tor hinaus. Hoffentlich war Phil bereits hindurchgeschlüpft und verbarg sich in einer dunklen Ecke, in der ihn niemand sehen konnte. Doch nichts deutete darauf hin, dass der Traummeister etwas gesehen hatte, das ihn misstrauisch gemacht hätte. »Nun kommt«, sagte er schließlich. »Genug Spaß gehabt. Zurück in eure Kammern. Eine weitere Nacht voll traumloser Langeweile.«

Der Traummeister schlurfte langsam in die Dunkelheit zurück. Die Torflügel aber schwangen wie von Geisterhand zu.

Ein schwacher Lichtstrahl drang von außen hinein und sein matter Schein vertrieb die Schatten um sie herum.

Henriette wartete atemlos. Hatte es der Traumdieb mit ihnen hineingeschafft? Oder waren sie und Nick nun gefangen im Kopf von Herrn Anobium? Gerade wollte Henriette Phils Namen flüstern, als sich zwei Hände auf ihren und Nicks Mund pressten.

»Tut mir leid«, sagte Phil leise. »Ich hatte nicht damit gerechnet, dass der Traummeister herauskommt. Ihr habt ausgezeichnet reagiert.«

Seine Finger lösten sich langsam von Henriettes Mund.

»Was ist hier los?« Die Aufregung ließ ihre Stimme lauter klingen, als sie wollte. »Wieso ist der Traummeister selbst gekommen? Und wo sind die Traumfiguren?«

»Ihr habt es doch gehört. Sie sind in ihren Kammern. Mein alter Freund träumt nicht mehr. Und deshalb braucht er sie nicht. Der Einzige, der noch hier herumläuft, scheint der Traummeister zu sein. Ein Traummeister ohne Träume. Wie schrecklich muss seine Existenz sein? Leere Gänge bewachen und dafür sorgen, dass die Träume nicht herauskönnen. Türen flicken statt Träume auszuwählen. Wirklich traurig. Aber für uns ist es eigentlich gut.«

»Wieso?«, flüsterte Nick. Im matten Lichtschein gingen sie vorsichtig tiefer in das Traumkabinett von Konradin Anobium.

»Weil kaputte Türen nicht nur Träume herauslassen, sondern auch ungebetene Gäste hinein.«

»Da gibt es nur ein Problem«, meinte Nick und deutete auf den Hulmi, der ihnen leise gefolgt war und sie interessiert musterte. »Was machen wir denn mit dem da?«

»Wir nehmen ihn mit«, sagte Phil entschieden.

Nick sah den Hulmi skeptisch an, doch das Traumwesen lächelte zurück und folgte ihnen weiter. Scheinbar fand es Gefallen an der Abwechslung, die die Eindringlinge boten. Mit jedem Schritt schien es munterer zu werden.

»Ist das klug?«, zischte Nick. »Vielleicht greift er uns an?«

»Sollen wir ihn gehen lassen? Wer weiß, wem er von uns erzählen würde? Wenn Konradin nicht träumt«, Phil warf Nick einen ernsten Blick zu, »dann treibt er sich womöglich hier irgendwo herum.«

Phil zog seinen Traumfänger hervor. Zur Überraschung der Zwillinge brauchte er ihn nur anzutippen und eine Fackel erschien in ihrer Hand.

»Wow!« Henriette zuckte zusammen, doch Nicks Ruf wurde durch das Stöhnen der gefangenen Träume übertönt. »Wie hast du das gemacht?«

»Sie gehört in einen Traum«, antwortete Phil knapp und sah Henriette dabei nicht an. Sie ahnte, dass es einer von denen sein musste, die Phil ihr gestohlen hatte. Das Licht der Fackel tanzte unruhig um sie herum, während sie in einen Teil des Ganges kamen, der an beiden Seiten von Türen durchsetzt war. Phil ging nun langsamer. Vor einer Tür, deren Schloss gebrochen und die nur angelehnt war, blieb er schließlich stehen. Dann drehte er sich zu Henriette um und nickte ihr zu. »Dies ist dein Weg. Unserer führt uns an einen anderen Ort.«

Henriette strich mit der Hand über die Tür. Warme Luft drang durch den Spalt. Die Tür zitterte unruhig in den Angeln, als ob sie davonlaufen wollte.

»Was ist dahinter?«, fragte sie zögerlich.

»Ein Traum von Konradin. Einer, der nicht geträumt worden ist. Wer weiß, wie lange er schon darauf wartet, dass ihn der alte Narr endlich freilässt?«

»Und was soll ich in ihm?« Henriette zog die Tür ein wenig weiter auf. Der warme Luftzug trug unverständliche Worte an ihr Ohr. Sie ahnte die Antwort bereits.

»Hindurch- und auf der anderen Seite wieder hinausgehen«, sagte Phil.

Ja, so hatten sie es geplant auf ihrem Weg durch den Nachtschattenwald. Phil und Nick würden das Buch in den Träumen von Herrn Anobium suchen. Henriette aber sollte in der Zwischenzeit nach einem besonderen Traum suchen – dem schrecklichsten Traum von Konradin Anobium – und ihn freilassen. Wenn der alte Buchhändler davon abgelenkt wäre, könnte der Traumdieb das Buch an sich bringen und es Nick geben, damit er es aus dem Traumkabinett bringen konnte. Sollte Anobium sie bemerken und versuchen sie aufzuhalten, würde sich ihm Phil in den Weg stellen. Das war ihr Plan gewesen. Sie hatten ihn geschmiedet, als sie noch geglaubt hatten, dass Anobium träumen würde. Aber er tat es nicht.

337

Henriette wusste nicht, ob sich nun alles änderte. Ob ihr Plan nicht längst zum Scheitern verurteilt war.

»Es bleibt dabei«, flüsterte Phil. »Wir suchen das Buch und du befreist den Traum. Öffne nicht die Augen, wenn du durch die Tür gehst. Der Traum, der dahinter wartet, will unbedingt geträumt werden. Er wird versuchen, dich aufzuhalten, denn er möchte, dass ihn jemand erlebt. Geh weiter und weiter, immer geradeaus, dann kommst du zu einer zweiten Tür. Sie führt in den Teil des Traumkabinetts, in dem alle geträumten Träume aufbewahrt werden. Das Traumarchiv. Geh immer hinab. So tief, bis es nicht mehr weitergeht. Du wirst ans Ende des letzten Ganges kommen. Öffne die letzte Tür, die du dort findest, Henriette. Aber geh nicht hindurch und sieh nicht hinein. Du weißt nicht, was dich dort erwartet. Renne den Weg zurück und die Treppen hinauf. Durch den Traum, durch den du gekommen bist, und bis zum Tor, das aus dem Traumkabinett herausführt. Du wirst sehen, dass die Flügel nicht ganz zu sind. Ich habe einen Stein zwischen sie gelegt. Drück sie auf, schlüpf hindurch und warte auf Nick und mich. Dann werden wir gemeinsam verschwinden.«

Nick sah Phil stirnrunzelnd an. »Bist du dir mit all dem sicher? Ich meine, in wie vielen Traumkabinetten warst du schon?«

»Als Dieb? In keinem«, gab Phil zu. »Und ich kann dir nicht sagen, woher ich all das weiß. Ich bin, was ich bin. Ich stehle Träume, ich kann Alben riechen und durch Köpfe springen. Und ich weiß, wie es in einem Traumkabinett zugeht. Ich weiß all das, seit dem Moment, da ich als Traumdieb die Augen geöffnet habe. Mehr kann ich dir nicht als Erklärung anbieten. Ich hoffe, du vertraust mir dennoch.«

»Ich tue es«, sagte Henriette leise und schenkte Phil ein Lächeln. »Wie werdet ihr merken, dass ich den schrecklichsten Traum befreit habe?«

»Hörst du das Stöhnen von Konradins Träumen? Das sind nur die einfachen Träume, die kaum Kraft besitzen. Aber wenn sein schrecklichster Traum befreit würde, gäbe es hier ein Beben. Um ihn wieder einzusperren, muss Konradin all seine Aufmerksamkeit sammeln. Und dann kann ich ihm das Buch stehlen.«

Henriette nickte und atmete tief ein. »O. k., ich bin bereit.« Sie wollte sich gerade zu der Tür drehen, da hielt sie abrupt inne. Ihr war eine Idee gekommen. Henriette sah den Hulmi an. Sie waren zwar in einem fremden Traumkabinett, doch sie selbst war ja ebenfalls eine Träumerin. Sie sah dem Hulmi genau in die Augen. Irgendwann färbte sich das milchige Weiß in das tiefe Grün von Henriettes Pupillen. Und als Henriette einen Schritt zurücktrat, war es, als würde sie in einen Spiegel sehen.

»Vielleicht braucht ihr noch mehr Verwirrung«, sagte sie und musterte ihr Abbild kritisch. Es schien viel kleiner, als sie sich selbst immer geschätzt hatte. Auch ein wenig dicker, wie sie verärgert feststellte. Und erst die Haare. Saß auf ihrem Kopf etwa wirklich dieses Vogelnest?

»Ganz schön gruselig«, entfuhr es Nick.

»Eher bemerkenswert«, sagte Phil. »Aber jetzt schnell. Wir haben nicht viel Zeit. Der Traummeister kann jeden Augenblick kommen, um die Tür zu reparieren.« Er drückte Henriette die Fackel in die Hand.

Henriette drehte sich zu ihrem Bruder um.

Ein dicker Kloß steckte mit einem Mal in Nicks Hals. »Viel Glück«, murmelte er.

Henriette lächelte. »Bis später.« Und damit schlüpfte sie durch die Tür. Das Licht der Fackel verschwand und die Schatten kehrten zurück.

Nick hielt seinen Blick weiter auf die Tür gerichtet und erst als Phil an ihm zog, ließ er sich von Phil weiterführen. Ihnen folgte der Hulmi, der aussah wie Henriette. Um sie herum hörte Nick das Ächzen und Stöhnen der ungeträumten Träume und mehr als einmal fragte er sich, was der alte Buchhändler vorhatte.

Nick hasste diesen Ort. Er hasste ihn ebenso sehr, wie er Anobium verabscheute. Nichts auf der Welt hätte Nick lieber getan, als durch das Tor dieses schrecklichen Traumkabinetts zu schlüpfen. Aber er würde Henriette und Phil nicht im Stich lassen.

Phil holte noch einmal den Traumfänger hervor und eine weitere Fackel erschien in seiner Hand. Nick kam die Idee, Wesen aus den Träumen von Henriette zu entlassen, die Phil gestohlen hatte, und sie im Kampf gegen Herrn Anobium einzusetzen. Doch der Traumdieb schüttelte den Kopf. »Unser einziger Vorteil liegt in der Heimlichkeit. Einen offenen

Kampf würden wir gegen Konradin verlieren, glaub mir. Egal, wie viele wir wären.«

»Dann könntest du doch Anobium im Traumfänger verschwinden lassen, wenn wir ihn treffen«, meinte Nick hoffnungsvoll.

»Nur Geträumtes findet hierin Platz«, erklärte Phil. »Keine Träumer oder andere echte Gestalten.«

Phil hielt die Fackel hoch und erleuchtete mit ihr den Gang. Die Schatten wichen hastig beiseite, aufgescheucht von dem hellen Licht. Das Tor zum großen Saal des Traumkabinetts lag nicht weit entfernt und als sie schließlich vor ihm standen, kam es Nick so abweisend und kalt vor, dass er glaubte, sein Besitzer müsse tot sein.

»Es ist schrecklich hier«, sagte Nick. »Es ist so … traurig.«

»Wir sollten zuerst dort drin suchen«, flüsterte Phil. Er gab Nick die Fackel, presste seinen Kopf gegen die Flügel und lauschte. Nick starrte angestrengt in den Gang hinein. Jedes Mal, wenn er die Fackel bewegte, um einen anderen Teil des Gangs zu beleuchten, kehrten die Schatten um sie herum zurück. Als wären sie lebendig, krochen sie auf Nick zu und tasteten mit unsichtbaren Fingern nach ihm.

Nick musste sich schütteln. »Warum dauert das so lange?«, flüsterte er aufgeregt.

»Das hier ist nicht irgendeine Tür«, antwortete der Traumdieb gepresst. »Das ist der Eingang in den großen Saal. Das Tor ist verschlossen und ich habe den Schlüssel nicht, also werde ich versuchen, das Schloss zu knacken. Es gibt normalerweise nur zwei Personen, die das Tor öffnen können. Der Träumer …«

»… und der Traummeister«, beendete eine kalte Stimme den Satz.

Nicks Herz blieb einen Augenblick lang stehen. Hastig schwenkte er die Fackel umher, bis ihr Schein das vor Wut und Ärger erstarrte Gesicht des Traummeisters erhellte. Unwillkürlich trat Nick einen Schritt zurück.

»Ein Traumdieb. Und Hulmis, die ihm helfen.« Der Traummeister spuckte auf den Boden. Dann schnippte er mit den Fingern und metallene Hände drückten sich plötzlich aus der Tür heraus. Rasend schnell tasteten sie umher und griffen zu, als sie Phil fanden. Noch ehe der Traumdieb einen Laut von sich geben konnte, hatte sich eine weitere Hand auf seinen Mund gepresst.

Mit kalten Augen musterte der Traummeister Nick und den Hulmi mit Henriettes Gesicht. »Wie könnt ihr nur? Wie könnt ihr unserem ehrenwerten Meister derart in den Rücken fallen?«

»Unserem ehrenwerten …?« Nick war einen Moment lang sprachlos. Und dann brach all der Ärger, all die Wut über Konradin Anobium aus ihm heraus: »Wie könnt Ihr diesen Wahnsinnigen *ehrenwert* nennen?« Nicks Augen verengten sich, als er einen Schritt auf den Traummeister zuging.

»Still!«, rief der Bewacher über das Traumkabinett mit kühler Stimme, doch er wich vor Nick zurück.

»Seht Euch doch um«, rief Nick außer sich. »Das hier ist

der Kopf eines Toten. Ja, eines Toten, der bloß vergessen hat, zu sterben. Hier ist kein Traum mehr, um den Ihr euch kümmern müsst. Anobium hat ausgeträumt. Und wisst Ihr eigentlich, was er meiner Schwester angetan hat?«

»Der Meister wird wieder träumen«, sagte der Traummeister bemüht, seine Stimme ruhig klingen zu lassen. »Ob du allerdings in diesen Träumen auftauchen wirst, bezweifle ich. Ich habe keine Verwendung für verräterische Hulmis. Der Traumdieb und ihr werdet vergessen werden. Tritt zurück, Hulmi.«

Nick starrte den Traummeister böse an. Hinter sich hörte er Phil gegen die Hände kämpfen.

»Ich bin kein Hulmi«, sagte er, so entschlossen er konnte. »Ich bin ein Mensch.«

Henriette schlug das Herz bis zum Hals. Sie hatte den Raum hinter der Tür betreten und war mit geschlossenen Augen hindurchgelaufen. Sie konnte nicht genau sagen, was dort gewesen war, aber sie hatte etwas gespürt. Warme Luft, ein weicher Boden und leise Stimmen. Ein Wispern. Ein ungeträumter Traum. Blind umhertastend hatte sie einen Fuß vor den anderen gesetzt, bis ihre Finger schließlich eine weitere Tür ertastet hatten, durch die sie hindurchgeschlüpft war. Erst als sie den Raum verlassen und die Tür hinter ihr ins Schloss gefallen war, hatte Henriette gewagt, die Augen zu öffnen und sich umzusehen. Nun stand sie in einem unscheinbaren Gang. Dies musste das Traumarchiv sein. Auch hier hörte sie das Stöhnen der Träume, die geträumt werden mussten. Der Gang führte auf der rechten Seite geradeaus, doch auf der linken ging es zu einer Treppe. Hinab. Sie stieg die Stufen hinunter und fand einen neuen Gang, in dem es etwas ruhiger war. Henriette sah Dutzende Türen, doch keine stand offen oder war beschädigt. Die Träume, an denen Henriette hier vorbeilief, waren bereits geträumt worden. Und einer von ihnen war der schrecklichste, den Konradin Anobium je gehabt hatte. Henriette atmete tief ein.

Hinab. Bis ans Ende. Und dann nichts wie weg.

Tür folgte auf Tür und je tiefer Henriette kam, desto dunkler und unheimlicher wurde es. Lange Korridore, dunkel und abweisend, erstreckten sich vor ihr. Am Ende der letzten Treppe hielt Henriette inne. Sie wusste, dass sie ihr Ziel fast erreicht hatte, noch ehe sie einen Blick in den Gang geworfen hatte. Der Stein um sie herum war alt. Es schien, als wäre ein Stollen in das Herz eines Berges getrieben worden. Dies musste der älteste Gang im Kopf von Konradin Anobium sein. Hier waren nur die Träume verschlossen, die er nie mehr erleben wollte. Die Türen waren nicht mehr aus Holz, sondern aus Eisen. Die schlimmsten Träume. Es waren so viele!

Wie viele schreckliche Dinge konnten einem Menschen in der Zeit seines Lebens widerfahren? Und wie viel Schlimmes konnte er selbst tun, an das er sich in seinen Träumen erinnern musste? Genug, um viele Flure mit Gefängnissen für diese zu füllen. Doch wo war bloß der schrecklichste Traum? Henriette lief die Türen ab. Sie wagte nicht, durch die Schlitze zu blicken, die es an jeder Tür gab, aus Angst, zu viel von dem zu sehen, was sie verbargen. Henriette schauderte.

»Ein Mensch?« Der Traummeister lachte und sah Nick an, als sei er geisteskrank. »Armer Hulmi. Vielleicht warst du zu lange eingeschlossen. Hast deinen Verstand verloren. So wie der Herr. Aber egal. Ein Hulmi muss einem Traummeister gehorchen. Tritt zurück. Sofort!«

Nick legte den Kopf schief und ging noch einen Schritt auf den Traummeister zu. Er hob die Fackel und hielt sie ihm vors Gesicht. »Nein. Und du wirst Phil freilassen. Sofort.«

Der Traummeister musterte ihn offenbar verwundert darüber, dass der vermeintliche Hulmi nicht gehorchte. Dann begriff er. »Du bist wirklich ein Mensch«, keuchte er. »Das … das ist nicht möglich.« Er schüttelte den Kopf, als würde Nick dadurch einfach aus dem Traumkabinett verschwinden. Fassungslos starrte er Nick an. »Aber ich spüre doch einen Hulmi«, murmelte er und runzelte verwirrt die Stirn. Und dann erschien mit einem Mal ein Lächeln auf seinem Gesicht. In diesem Augenblick wurde Nick zurückgerissen. Er stolperte vom Traummeister weg und fiel zu Boden. Über ihm stand der Hulmi in der Gestalt seiner Schwester.

»Aber warum?«, rief Nick. Er rappelte sich mühsam hoch. In den Augen des Hulmi lag Verzweiflung. »Weil ein Hulmi einem Traummeister gehorchen muss.«

Das Traumwesen schlug so fest zu, dass es Nick die Tränen in die Augen trieb. Er hatte sich nur ein einziges Mal in seinem Leben wirklich geprügelt. Nach der Schule mit einem Jungen, der mindestens ein Jahr älter als er gewesen war. Der Kampf war vom Hausmeister nach wenigen Minuten beendet worden, doch die Schläge des Jungen hatten noch Tage geschmerzt. Vor den anderen hatte Nick sich keine Schwäche anmerken lassen, in seinem Zimmer aber waren ihm die Tränen gekommen.

Gegen den Hulmi waren die Schläge des Jungen leichte Klapse gewesen. Im letzten Moment gelang es Nick, einem weiteren auszuweichen. Er rollte sich zur Seite und kam stolpernd auf die Füße. Der Hulmi sprang auf Nick zu und versuchte ihn mit einem Tritt von den Beinen zu holen. Geschickt wich Nick aus und es gelang ihm endlich, selbst einen Schlag zu landen. Es war ein furchtbares Gefühl, in ein Gesicht zu schlagen, das aussah wie Henriettes. Nicht einmal im schlimmsten Streit hatte er sich vorgestellt, sie zu schlagen. Noch einmal holte er mit der Faust aus, doch dieses Mal wich der Hulmi mit Leichtigkeit aus.

»Du musst mich auch wirklich verletzen wollen«, rief das Traumwesen ihm zu.

»Aber das will ich doch«, schrie Nick und hatte Mühe, sich vor dem nächsten Schlag des Hulmi wegzuducken.

»Nein, du willst deine Schwester nicht verletzen. Deshalb willst du auch mich nicht verletzen.«

Verdutzt starrte Nick den Hulmi an. Es stimmt, dachte er. Ich will Henriette nicht angreifen. Er musste an den furchtbaren Kampf gegen den Schwarzen Ritter in der Wüste denken. Ich will überhaupt niemanden angreifen. Ich kann es überhaupt nicht.

»Dann ergib dich«, sagte Anobiums Traummeister.

Angewidert sah Nick auf seine geballte Faust. In Geschichten war es immer so einfach, jemanden zu verprügeln. Er nickte und der Hulmi schüttelte erschrocken den Kopf.

»Du gibst auf?«, fragte der Traummeister. Er ging auf Nick zu und sah mit bösem Blick zu ihm empor.

Nick schloss die Augen. In diesem Moment begriff er, was es heißt, eine Zwillingsschwester zu haben.

Ihr seid euch ja so ähnlich. Wie oft hatte Nick Sprüche wie diesen von Bekannten und Verwandten hören müssen und empört zurückgewiesen. Doch nun freute er sich, dass sie alle recht gehabt hatten. Er begriff, wie es war, jemandem in vielem ähnlich zu sein, ohne es zu bemerken. Nick lächelte, die Augen noch immer geschlossen. »Ihr habt etwas übersehen.« Er öffnete die Augen und sah den Traummeister an. »Vielleicht müssen Hulmis einem Traummeister gehorchen. Aber in erster Linie müssen sie einem Träumer gehorchen.«

Der Traummeister blickte Nick verwirrt an.

»Ich bin sicher nicht so gut darin wie Henriette. Aber ich kann dennoch träumen und hierfür reicht es offenbar gera-

347

de so«, sagte Nick. Und damit trat der Hulmi nach vorne und packte den Traummeister. In Henriettes Gesicht, das das Traumwesen trug, stand Genugtuung geschrieben.

»Mein Meister wird euch dafür bestrafen«, fluchte der Traummeister.

»Ja«, meinte Nick. »Vielleicht. Aber Ihr werdet uns das Tor öffnen oder ich bitte Phil, Euch in diesen Traumfänger zu ziehen.« Es war eine leere Drohung, denn so grausam wäre Nick nicht, aber sie verfehlte ihre Wirkung nicht. Der erboste Traummeister zog einen enorm großen, fünfbärtigen Schlüssel aus der Tasche seines Mantels. Auf einen Wink von ihm ließen die metallenen Hände Phil los und verschwanden wieder in der Tür. Der Traummeister aber steckte den Schlüssel in das Schloss und drehte. Verborgen vor ihren Augen griffen Metallstifte ineinander, Eisenräder drehten sich und zahllose Riegel verschwanden im Holz. Das Tor in den großen Saal schwang lautlos auf. Nick warf nur einen flüchtigen Blick hinein, dann gab er dem Hulmi ein Zeichen. Seine Faust traf den Traummeister am Kopf. Ohnmächtig sank er zu Boden. Ob Traummeister träumten?, fragte sich Nick.

Sie gingen in den großen Saal, während hinter ihnen die Flügel zuschwangen. Er sah fast so aus wie der in Henriettes Traumkabinett. Nur war dieser völlig leer. Leer, bis auf den Thron in der Mitte des Raums. Fünf Stufen führten hinauf und an ihrem Ende saß eine Gestalt. Wie ein alter König, von seinem Volk verlassen und vergessen, hockte Konradin Anobium dort und starrte auf einen Punkt vor sich in der Luft. Er schien sie gar nicht zu bemerken. Nick und Phil sahen sich unschlüssig an. Dann ging der Traumdieb langsam durch den großen Saal. Nick nahm den Hulmi an die Hand und gemeinsam folgten sie ihm.

Immer tiefer war Henriette in den Gang vorgedrungen. Die Türen zu beiden Seiten waren breiter und höher geworden. Als würden sie Kerkerzellen verschließen, in denen Gefangene für alle Zeit weggesperrt waren, die nie wieder das Tageslicht sehen sollten. Genauso war es vermutlich auch, dachte Henriette, als sie um eine Biegung kam. Mit einem Mal änderte sich etwas. Hier gab es keine Türen mehr. Überrascht ging Henriette weiter. War sie an der richtigen Tür vorbeigegangen? Sie atmete tief durch. Beeil dich, dachte sie. Wer weiß, was oben gerade geschieht.

Der Gang wurde immer enger. Die Decke kam näher und die Wände schienen zusammenzurücken. Henriette ahnte, was dies zu bedeuten hatte. Sie hatte gefunden, was sie gesucht hatte. Dieser Ort war voll Schmerz und Traurigkeit.

Henriette nahm allen Mut zusammen, dann machte sie die letzten Schritte durch den Flur, bis zu seinem Ende.

Dort war eine Tür.

Henriette blieb verwundert stehen.

Es war keine schwere Eisentür wie in den anderen Fluren, nicht verschlossen mit Ketten, kein Eingang in eine kalte, dunkle Zelle.

Es war eine Tür aus hellem Holz. Sie passte gar nicht hierhin.

Mit bunten, fröhlichen Buchstaben war ein Name daraufgeschrieben.

Emilia.

DER KÖNIG DER ALBEN

Hinter dieser Tür sollte Herr Anobiums schrecklichster Traum stecken? Henriette zögerte. Es kam ihr nicht richtig vor, die Tür aufzustoßen und dann wegzurennen. Sie konnte sich einfach nicht vorstellen, dass hinter dieser Tür etwas lauerte, das ihr gefährlich werden konnte. Und dann dieser Name.

Emilia.

Wer bist du?, fragte sich Henriette.

Henriette strich mit den Fingern über die bunten Buchstaben. Weglaufen kann ich immer noch, wenn ich einen Blick hineingeworfen habe, dachte sie. Ein Schlüssel hing neben der Tür und als Henriette ihn ins Schloss steckte und umdrehte, schwang die Tür lautlos auf. Sie wartete einen Herzschlag lang, doch nichts geschah. Keine Schreie. Keine Hände, die sie zu packen versuchten. Nichts. Hinter der Tür war es einfach nur hell. Das Licht schmerzte ihre an den dunklen Gang gewöhnten Augen.

Vorsichtig trat Henriette ein. Was immer sie erwartet hatte, dies hier war es nicht gewesen. Das Zimmer hinter der Tür war weiß gestrichen, aber ein Kind hatte mit Buntstiften Bilder auf die Wände gemalt. In der Ecke standen ein Bett, daneben ein Schrank und ein Schreibtisch. Es gab auch ein Fenster, hinter dem ein Baum zu sehen war, dessen grüne

Blätter im Sonnenschein wie Saphire glitzerten. Das Fenster war gekippt und ein warmer Wind wehte herein.

»Hallo«, sagte das Mädchen, das auf dem Boden saß und ein Buch auf dem Schoß balancierte.

Henriette starrte sie an, als ob sie zum ersten Mal in ihrem Leben einen Menschen sehen würde. »Hallo«, war das Einzige, was ihr einfiel.

»Hast du meinen Vater mitgebracht?«, fragte das Mädchen, als sei es völlig normal, dass eine Fremde in ihr Zimmer gekommen war.

»Deinen Vater?« Henriettes Gesicht formte tausend Fragen, doch dann verstand sie. »Du meinst Herrn Anobium? Er ist dein Vater?«

»Nennst du ihn so? Herr Anobium?« Sie lachte. »Ja, er ist mein Vater. Ich bin Emilia Anobium. Und wer bist du?«

»Henriette. Henriette Ende.« Sie musterte das Mädchen. Emilia war höchstens zwei Jahre jünger als sie und unter ihren dunklen Haaren, die ihr wild ins Gesicht hingen, lugten Sommersprossen hervor.

»Du bist kein Traumwesen«, sagte Anobiums Tochter und legte das Buch zur Seite.

»Nein, ich bin ein Mensch«, antwortete Henriette und das Mädchen sah sie erstaunt an.

»Wie ist das möglich?«

»Es würde zu lange dauern, alles zu erzählen«, meinte Henriette.

Emilia schien das fürs Erste als Antwort zu genügen. Sie

legte den Kopf schief und warf einen Blick durch den Tür-spalt. »Schade, dass du ihn nicht mitgebracht hast«, sagte sie und die Enttäuschung ließ ihre Stimme leiser werden. »Ich habe ihn schon lange nicht mehr gesehen. Früher ist er oft gekommen, musst du wissen.«

»Er ist hierhergekommen?«

»Ja, natürlich. Er hat von mir geträumt. Jede Nacht. Jahre-lang. Ich bin der Traum seiner Tochter. Der Traum von der letzten Erinnerung an sie. Sein wertvollster Traum.«

»Und der schrecklichste«, murmelte Henriette so leise, dass das Mädchen es nicht hören konnte.

»Aber dann ist er nicht mehr gekommen. Ich weiß nicht, wovon er seither geträumt hat, aber nicht mehr von mir.«

Henriette setzte sich neben Emilia und schlang die Arme um ihre Beine. »Weißt du, warum?«

Emilias Miene verdüsterte sich. »Nein, aber ich habe ge-spürt, wie bitter er geworden ist. Er sah aus wie jemand, dem etwas gestohlen worden ist.«

»Du bist ihm gestohlen worden, oder?«

Emilia nickte.

»Und wie?«

»Ein Unfall.« Anobiums Tochter sah aus dem Fenster. »Genau an meinem elften Geburtstag.«

Henriette wusste nicht, was sie sagen sollte. Bis eben noch hatte sie versucht, ihr Herz mit Verachtung für Herrn Ano-bium zu füllen. Aber nun?

»Ich habe eine Frage.« Emilia unterbrach Henriettes Gedanken. »Beim letzten Mal versprach mir mein Vater, dass wir irgendwann wieder zusammen sein würden. Dass es sein würde, als wäre ich nie weggewesen. Weißt du, was er damit gemeint hat?«

Henriette antwortete nicht. Sie dachte nach. Sie ahnte, dass Emilia der Schlüssel zu allem war. Doch wie genau gehörte sie zu dem Traumbuch und dem, was Phil geschehen war? Henriette fiel keine vernünftige Erklärung ein. Dafür aber eine unvernünftige.

Du bist in einem fremden Kopf und redest mit einem Traum. Was macht da ein bisschen Verrücktheit, Henriette?, fragte sie sich.

Je länger sie darüber nachdachte, desto besser fügten sich die Teile zusammen. Auf einmal ergab alles einen Sinn. Phils Tod. Das Traumbuch. Emilia.

Henriettes Gesicht verhärtete sich. Wenn sie recht hatte …

Das würde alles verändern. Sie musste nicht nur sich und die beiden retten, die mit ihr hergekommen waren. Sie musste noch jemanden retten.

Nick, Phil und der Hulmi standen vor dem Thron von Konradin Anobium. Fast schien es, als wäre der Buchhändler gerade nach einem anstrengenden Tag aus seinem Laden gekommen und hätte es sich zu einem Nickerchen bequem gemacht. Auf seinem Schoß sah Nick das Traumbuch liegen. Er deutete darauf und der Traumdieb nickte ihm stumm zu.

»Hallo, Konradin«, rief Phil. Seine Stimme gebar Dutzende Echos, die wild durch den Saal flogen.

Als wäre er aus einem tiefen Schlaf gerissen worden, zuckte Konradin Anobium zusammen. Das Leben kehrte schlagartig in seine ausdruckslosen Augen zurück. Für einen kurzen Augenblick zeigte sich Überraschung und sogar Leid auf seinem Gesicht. Anobiums Mund öffnete sich und formte stumme Worte. Nick konnte ihn beinahe denken hören. Dann aber fasste Herr Anobium sich wieder und setzte mit einiger Mühe die Maske des kalten alten Mannes auf, die Nick so verabscheute. Aus dem Hintergrund drang das Ächzen und Stöhnen der gefangenen Träume an ihre Ohren.

»Philippus«, sagte Anobium so beiläufig, als begrüße er ihn zum Nachmittagskaffee. »Es ist erstaunlich, dass wir uns hier treffen, nicht wahr? Also du warst es, der die arme Henriette heimgesucht hat. Wird man das, wenn man in seinen Träumen stirbt und nicht loslassen kann? Ein Traumdieb? Warum klammerst du dich so sehr an das Leben?«

»Vielleicht, weil ich dich aufhalten will, ehe es zu spät ist.«

Anobium verzog seinen Mund zu einem spöttischen Lächeln. »Es ist zu spät. Mein Plan steht kurz vor der Vollendung. Auch du wirst mich nicht mehr aufhalten können, alter Freund. Doch so kann ich dich jetzt wohl nicht mehr nennen. Du bist jünger, als bei unserer letzten Begegnung.«

Das Gesicht von Phil blieb ausdruckslos. »Jünger vielleicht. Aber ich erinnere mich an alles, was ich vergessen habe. Erst recht daran, wem ich für mein neues Gesicht danken kann.«

Unter Anobiums kalter Maske zuckte es für einen Moment. Doch schnell hatte sich wieder der harte Ausdruck schützend über sein Gesicht gelegt. Ein leichtes Beben durchlief den großen Saal. Anobium fasste sich kurz an den Kopf, ehe er weitersprach. »Ich hätte eigentlich darauf kommen können, dass du der Traumdieb warst. In der einen Nacht stirbst du und in der nächsten werden Henriettes Träume gestohlen. Dumm, dass ich den Zusammenhang nicht gleich erkannt habe. Und nun macht ihr gemeinsame Sache. Das hatte ich wirklich nicht erwartet.« Er sah den Hulmi neben Nick an. »Ich wollte nie, dass dir etwas zustößt, Henriette.«

»Sie haben ihr diese Dinger in den Kopf gesetzt«, rief Nick voll Wut.

»Dinger? Ah, die Schwarzen Ritter. Habt ihr herausgefunden, was Henriette gesehen hat? Ich dachte, die Schwarzen Ritter würden den Traum vor ihr bewachen. Manchmal ist das Leben seltsam, nicht wahr? Weißt du noch«, fragte er den Hulmi in Henriettes Gestalt, »wie ich dir von den Wunschträumern erzählt habe? Dass es nur wenige von ihnen auf der Welt gibt? Von uns?« Er lachte heiser. »Ich habe dir gesagt, dass wir eine seltene Spezies sind. Ich kenne nur fünf Wunschträumer auf der Welt. Nur fünf! Alleine schon deshalb wollte ich dich nicht verletzen. Ich hatte gehofft, dass es

356

reichen würde, diesen einen verräterischen Albtraum weg-zuschließen. Aber das war ein Irrglaube.«

»Du hast sie sehr wohl verletzt, Konradin«, sagte Phil mit ruhiger, aber schneidender Stimme.

»Ach was. Ich habe ihr doch sogar geholfen, sich von dir zu befreien. Da glaubte ich auch noch, es sei meine Schuld ge-wesen, dass ein Traumdieb den Weg in ihren Kopf gefunden hat. Immerhin habe ich einige meiner Traumwesen zu ihr ge-schickt und damit auch anderen den Pfad in ihren Kopf ge-pflastert.« Er schüttelte seinen Kopf, als würde er sich selbst tadeln. »Und wie geht es jetzt weiter? Wollt ihr mich aufhal-ten? Ihr wisst nicht, was ich vorhabe.«

»Nein, willst du es uns nicht sagen, Konradin? Dein Kopf bettelt darum, ein wenig von der Last der Gedanken und Erinnerungen befreit zu werden. Du träumst nicht mehr. Nichts kann mehr aus deinem Kopf heraus.« Von Neuem beb-te der Boden unter ihren Füßen. »Dein Kopf hält all das nicht mehr lange aus, Konradin. Wir sind hier bei dir. Wir hören zu.«

Die Augen in dem eingefallenen Habichtgesicht blickten für einen Moment ins Leere und alle Kälte wich aus ihnen. »Es stimmt«, flüsterte Herr Anobium und Nick erkann-te, dass Phil genau das Richtige gesagt hatte. Herr Anobium konnte nicht mehr. Die ungeträumten Träume schmerzten zu sehr und sein Kopf sehnte sich nach Erleichterung.

»Befrei dich wenigstens von einem kleinen Teil der Last, wenn du schon die Träume eingesperrt lassen willst«, drängte Phil weiter. »Teile deine Erinnerungen mit uns.«

357

Anobium sah ihn nicht an, doch ganz langsam begann sich der Mund des Buchhändlers zu bewegen. »Erinnerungen. Mein Kopf ist voll von ihnen. Und zu viele sind bitter. Weißt du, alter Freund, wie es ist, wenn dir das eine genommen wird? Das eine, ohne das alles andere nichts ist. Wenn alle Farbe aus dem Leben gesogen wird. Alle Düfte, aller Lärm. Aller Sinn und Unsinn, alle Freude und Hoffnung.«

Nick machte den Mund auf, doch Phil bedeutete ihm zu schweigen.

»Der Moment, in dem du es verlierst … Du glaubst, dein Schmerz ist so stark, dass er die Welt stoppen kann. Dass alle innehalten in ihrem sinnlosen Lauf durch die Zeit. Dass alle teilhaben an dem Verlust und ihn mit dir betrauern.« Er richtete seinen Blick mit einem Mal auf die, die vor ihm standen, als ob er sie erst jetzt wahrnehmen würde. Seine Augen blitzten auf. »Aber das haben sie nicht. Die Menschen haben weitergemacht, als sei nichts geschehen. Sie hätten doch fühlen müssen, dass mir etwas genommen wurde. Aber das hat keiner. War sie etwa nur geborgt? Durfte ich nur eine kurze Zeit auf sie aufpassen, um zu erkennen, dass alles fad ist, wenn sie nicht da ist? Musste ich Glück mit Schmerz kaufen?« Er murmelte etwas Unverständliches, ehe er wieder in klaren Worten fortfuhr. »Die Welt hat sich einfach weitergedreht. Und mit jeder Umdrehung hat sie mich weiter fortgebracht von meiner Tochter. Jede Sekunde, die verstrich, schuf einen unüberwindlichen Graben zwischen ihr und mir.« Er stockte. »Und als ich glaubte, der Schmerz des Verlustes sei nicht zu ertragen, musste ich feststellen, dass es eine noch viel größere Qual gibt.« Wieder stockte er und seine Stimme wurde leiser. Als würden die Worte, die aus seinem Mund drängten, ein Geständnis mit sich tragen. Eines, das Konradin Anobium noch nie gemacht hatte. Vielleicht noch nicht einmal sich selbst gegenüber. »Die Qual festzustellen, dass man den Schmerz annimmt. Dass man in der Lage ist, den Verlust zu akzeptieren. Dass man beginnt, das Leben weiterzuleben und aufhört, jeden Augenblick an das Kind zu denken, das nicht mehr ist. Aber gegen diese Qual habe ich gekämpft. Ich habe den Schmerz festgehalten. Nacht für Nacht habe ich von ihr geträumt. Immer denselben Traum, um mich zu erinnern.« Anobiums Stimme überschlug sich vor bitterer Erregung.

»Emilia? Es geht bei all dem um Emilia?« Phil ging einen Schritt auf Anobium zu.

»Emilia?«, flüsterte Nick. Er keuchte auf, als er begriff. »Hat Anobium etwa eine … Tochter? Ist sie der Grund für all das hier?«

»Er hatte eine Tochter«, korrigierte Phil mit leiser Stimme.

»Hatte? Dann ist sie tot? Will er sich rächen?«, fragte Nick.

»Rächen?« Anobium krächzte wie ein alter Rabe. »Ich habe mehr als die Hälfte meines Lebens nicht mehr geträumt. Ich habe die letzten Geheimnisse des Träumens entschlüsselt. Alles, was Menschen darüber wissen können, habe ich in Erfahrung gebracht. Ich bin der größte Experte unter all den weisen Menschen, die sich mit dem Träumen beschäftigen. Und du glaubst, ich habe all diese Mühe auf mich genommen, um mich einfach nur zu rächen?« Er lachte freudlos.

»Was hast du vor, Konradin?«, fragte Phil. »Warum hast du aufgehört zu träumen? Und das Buch an dich gerissen?«

»Warum? Warum? Weil es …« Anobium stockte. »Genug!«, donnerte er dann und seine Stimme hallte laut wie die eines Riesen durch den Raum. Nun zeigte sich wieder eine andere Miene auf dem Gesicht des Buchhändlers. Kalt und hart.

Nick sah Phil fragend an und der Traumdieb erwiderte seinen Blick. Sie mussten Anobium weiter beschäftigen, bis Henriette den Traum befreit hatte.

»Was genau hast du vor, Konradin? Du willst keine Rache für Emilia, aber doch geht es hier nur um sie.«

Der alte Buchhändler hob abwehrend die Hand. »Heute Nacht ist es so weit. Endlich. Ich hätte es nicht mehr länger ausgehalten, nicht zu träumen.«

Er schnippte mit den Fingern. »Vielleicht habt ihr geglaubt, ihr könntet mich ablenken. Damit ich mit euch über meine Pläne plaudere, während die Nacht vergeht.« Seine Hand fuhr über das Traumbuch und er sah dem Hulmi in die Augen. »Du bist schweigsam heute Nacht, Henriette. Aber ich habe gesehen, dass du und der kleine Taugenichts eure Augen nicht davon lassen konntet. Das hier hättet ihr gerne, nicht wahr? Es ist der Schlüssel zu allem. Aber es ist meins.« Hinter Anobium bewegte sich etwas. Und in dem großen Saal wurde es mit einem Mal kalt. Eiskalt. Nick begann zu zittern. Die eisige Luft gab seinem Atem ein weißes Kleid.

»Was ist das?«, fragte Phil und stellte sich schützend vor Nick und den Hulmi.

»Ach, du meinst meinen alten Freund hier?«

Eine abscheuliche Gestalt hüpfte auf die Lehne von Anobiums Thron. Zuerst war sie schwarz wie die Schatten, denen sie entsprungen war. Ihr Körper schien aus dunklen Nebelschleiern zu bestehen. Doch bald schon wurde ihr Leib fester. Die Gestalt war gedrungen und kaum größer als Nick. Ein dunkles Fell wie das eines Bären bedeckte den menschenähnlichen Körper. Leuchtende Augen blickten sie heimtückisch an. Aus dem hässlichen Kopf wuchsen zwei spitze Ohren wie die eines Esels in die Höhe.

Erschrocken wichen sie zurück.

»Wie konntest du so etwas zähmen?« Phils Stimme war nur noch ein Flüstern.

»Zähmen? Er ist nicht zu zähmen. Aber ich habe ihn gefangen gehalten. Erinnerst du dich an ihn?« Anobium kicherte heimtückisch. »Du hast ihn schon einmal getroffen. An deinem letzten Tag als Mensch. Allein mein Wille hält ihn in Schach. Er gehorcht nun mir. Er wird euch aus meinem Kopf verscheuchen. Du weißt, was er ist, Philippus. Er ist ein wenig wie du. Früher wanderte er durch die Köpfe der Menschen. Aber er hat keine Träume gestohlen. Nein, das nicht. Er webt sie zusammen, bis sie groß und dunkel sind. Und dann labt er sich an der Furcht der Träumenden.«

»Was ist das?«, fragte Nick, obwohl er die Antwort schon ahnte. Zitternd ging er einige Schritte nach hinten.

»Das ist ein Alb«, sagte Phil.

»Ein Alb? Unmöglich!«, rief Nick und wich noch einen Schritt zurück.

»Nicht bloß ein Alb«, sagte Anobium, der die Angst des Jungen zu genießen schien. »Ein einfacher Alb wäre nicht mächtig genug gewesen.«

»Nicht mächtig genug wofür?«, fragte Nick.

»Einen ganz speziellen Traum zu weben. Einen ewigen Traum. Nein, wer das will, der braucht den mächtigsten aller Alben. Ihren König. Den, der die dunkelsten aller Träume schneidern kann. Der im Geist der Menschen die tiefsten Gräben aufreißen und einen Träumer die furchtbarsten Schrecken schmecken lassen kann. Nur er kennt das Geheimnis.«

»Und das wollen Sie? Einen ewigen Traum weben? Das ist Ihr ganzer Plan?« Nick maß die Entfernung bis zum Tor. Der Weg war zu weit. Sie würden es nicht schaffen, ehe der Alb sie erreicht hätte.

»Ja, das ist mein Plan. Und weißt du was? Der Albenkönig kam ganz von alleine zu mir. Angelockt von den Schreien der anderen«, sagte Anobium und sein Gesicht verdüsterte sich. »Die anderen Alben, diese hässlichen kleinen Dinger, wollten mir meine schrecklichste Erinnerung im Traum vorführen. Sie beschlossen, eines Nachts die Tür zu öffnen, hinter der ich den Traum an meine Tochter bewahrt habe. Sie wollten ihn besudeln mit ihren dunklen Fingern und sie haben ihre Unverschämtheit mit dem Leben bezahlt. Den ganzen verdammten Nachtschattenwald in meinem Kopf und alles, was darin war, habe ich vernichtet.« Anobium sah Nick direkt in die Augen und tippte sich an die Stirn. »Keine Albträume mehr.«

Nick schauderte.

»Und dann kam er. Ganz unerwartet. Ich denke, er wollte seinen Nachtschattenwald von Neuem in meinem Kopf erschaffen. Und Rache üben für seine Untertanen. Der König der Alben gegen den König der Träumer. Der Sieg fiel mir zu und ich legte ihn in Ketten. Ich wollte ihn vergessen, begriff aber schnell, dass er lebend mehr Wert für mich hat. Denn alleine er kann einen ewigen Traum weben.« Anobium stockte, als würde ihn nur die Erinnerung an den Kampf Kraft kosten. »Der Preis war hoch und er ist es noch immer. Ich muss ihn so lange in meinem Kopf gefangen halten, bis ich das letzte Geheimnis gelöst habe. Wie träume ich den ewigen Traum? Um den Alb zu kontrollieren, kann ich selbst nicht mehr träumen. Nicht einmal von meiner Tochter. Nacht für Nacht musste mein Geist hier sein, ich musste meinen Blick immer auf ihn halten. Sonst wäre er meiner Kontrolle entronnen und hätte mich hinterrücks angegriffen.« Anobium fasste sich an den Kopf, als würde etwas von der Innenseite dagegenschlagen. »Nun endlich besitze ich das Traumbuch und weiß alles, was ich wissen muss«, fuhr der alte Buchhändler angestrengt fort. »Es wird mich endlich wieder zu meiner Tochter führen.«

»Nein«, rief Phil. »Nicht zu ihr hin, sondern nur weg von ihr.«

Anobium machte eine wegwerfende Handbewegung. »Gib es auf, mich von meinem Vorhaben abzubringen. Ich gehe den Weg bis an sein Ende. Nach all den Jahren ohne Träume werde ich endlich wieder selbst träumen.« Anobium zögerte und suchte mit seinen Augen den Hulmi, den er für Henriette hielt. »Es waren traurige und dunkle Jahre ohne Träume. Einzig du hast sie mir ein wenig erhellt mit den Geschichten von deinen Träumen, Henriette. Echte, großartige Träume. Die Erlebnisse einer Wunschträumerin. Noch ungeübt und roh. Aber voller Talent. Es war ein Wunder, dass ich jemanden von meiner Art getroffen habe. Zu schade, dass du in Philippus' Traum gestolpert bist. Das war ein ganz und gar unglücklicher Zufall.« Anobium straffte seinen Körper und setzte wieder eine kalte Miene auf. »Und nun geht. Verschwindet aus meinem Kopf. Ich habe noch zu tun.« Er lehnte sich zurück, als würde er in einem Theatersessel sitzen und auf den Beginn der Vorstellung warten. Dann schnippte er mit den Fingern.

Für einen Augenblick hockte das Wesen noch auf der Lehne, dann aber sprang es mit einem hohen Satz vor Nick und die beiden anderen.

Nur einen Moment später hatte Phil den Traumfänger in der Hand und zog ein Schwert aus ihm hervor. Es war ganz und gar schwarz und Nick glaubte darin eine der Waffen der Ritter zu erkennen, die auf Anobiums Befehl hin die Tür zu Henriettes Albtraum bewacht hatten. Beim Anblick von Phils Waffe kreischte das Wesen böse auf. Es hockte vor ihnen auf allen vieren wie ein Affe. Als es seinen Mund öffnete, sah Nick die rasiermesserscharfen Zähne.

»Nein«, flüsterte er. »Kämpf nicht dagegen. Wir können …«

Aber Phil hörte nicht. Er ging auf den Alb zu und hielt das Schwert vor sich. »Ich werde nicht so einfach gehen, Konradin.«

»Ich übernehme keine Verantwortung für die Folgen deiner törichten Weigerung.«

»Du hast dich schon lange jeder Verantwortung entzogen, alter Freund.« Phil schritt ohne Furcht auf den Alben zu. »In meinen Träumen, als ich noch gelebt habe und welche hatte, war ich immer recht gut mit dem Schwert«, sagte der Traumdieb leichthin zu dem Wesen. »Wollen wir mal sehen, ob ich hier ebenso gut bin?«

Als Antwort sprang der Alb auf Phil zu. Mit den spitzen Krallen seiner Hände versuchte er, Wunden in den Körper des Traumdiebs zu schlagen. Geschickt sprang Phil zur Seite und holte mit dem Schwert aus. Als die Klinge durch die Luft sauste, war es, als würde sie das Licht im Saal zerschneiden. Für einen Moment wurde es dunkel. Der Alb hob seinen Arm, um seinen Kopf zu schützen. Das Schwert schnitt hinein und hinterließ eine tiefe Wunde. Dunkles Blut tropfte heraus. Der König der Alben schrie und starrte außer sich vor Wut auf seinen verletzten Arm.

Doch nur einen Lidschlag später griff der Alb wieder an. Mit seinen Krallen schnappte er nach dem Traumdieb, aber der vermochte jeden der Angriffe abzuwehren. Der Alb schrie vor Wut auf. Mit einer unbändigen Kraft sprang er in hohem Bogen auf seinen Gegner zu und über ihn hinweg. Blind stieß der Traumdieb sein Schwert nach hinten und beinahe hätte sich die Klinge tief in die Brust des Albs gebohrt, der in Phils Rücken gelandet war.

»Ja!«, schrie Nick und ballte seine Faust. »Gleich hast du ihn, Phil.«

Der Kampf ging weiter. Elegant trieb Phil seinen Gegner vor sich her. Der Alb schien die Kraft von zehn Männern zu besitzen, aber er war auch ungestüm und planlos. Die scharfen Krallen verfehlten jedes Mal ihr Ziel. Schließlich stieß das Wesen gegen den Thron von Anobium, der mit ausdrucksloser Miene das Geschehen unter ihm verfolgte, und fiel hin. Nur einen Augenblick später war Phil dort und holte mit seinem Schwert aus.

Das Wesen senkte sein Haupt. Ganz so, als würde es auf den Hieb warten, der diese Nacht zu seiner letzten machen würde. Doch dann hob es seinen Kopf. Aus tückischen Augen starrte es den Traumdieb an. Und es begann zu flüstern. Nick verstand nicht. Er sah zu Phil hinüber, der mit einem Mal wie versteinert schien. Die Worte des Albs, ausgesprochen in einer hässlichen fremden Sprache, füllten den großen Saal. Sie hingen in der Luft und machten sie schwer und stickig. Sie umschlossen Nicks Herz und legten sich wie die

Fäden eines Netzes um ihn, aus dem er sich nicht befreien konnte. Auch Phil spürte die Macht der Worte. Bei jeder Silbe zuckte er zusammen, als hätte ihn eine der krallenbewehrten Hände des Alben getroffen.

»Was macht dieses Ding?«, rief Nick mit erstickter Stimme zu Phil. Ganz leise war seine Stimme geworden, als müssten seine Worte mit denen des Alben darum kämpfen, gehört zu werden. Doch der Traumdieb konnte nicht antworten. Erstarrt stand er vor dem Alb.

»Er webt einen Albtraum.« Der Hulmi in Henriettes Gestalt war neben Nick getreten. Er konnte sich normal bewegen. »Die Worte sind der Stoff, aus dem er und seine Sippe ihre Träume spinnen.«

»Woher weißt du das?«

»Ich verstehe die Worte. Alle Traumwesen kennen sie.« Der Hulmi sah traurig zu Boden. »Und auch der Traumdieb versteht sie. Sieh! Selbst für Traumdiebe, die Träume zum Leben brauchen, ist das Albengarn in seiner reinen Form tödlich.«

Mit Schrecken sah Nick, wie der Traumdieb zu wanken begann. Kraftlos sank er erst auf die Knie und fiel dann zu Boden.

Der Alb sprang auf Phils Brust, der wehrlos am Boden lag.

»Nein!«, schrie Nick. Er wollte loslaufen, doch seine Füße schienen am Boden zu kleben. Nur mit unglaublicher Mühe gelang es ihm, einen Fuß vor den anderen zu setzen. Der Hulmi ging an ihm vorbei und stellte sich vor ihn.

»Lass mich«, rief Nick ärgerlich.

»Du würdest ohnehin zu spät kommen. Und er würde auch dich töten«, sagte der Hulmi. »Bist du bereit zu sterben, um einen Geist zu retten?«

Nick wusste nicht, was er sagen sollte. Er sah, wie der Alb den Schwertarm des Traumdiebs mit einer Hand zu Boden drückte, die andere Hand hatte er hoch über seinen Kopf gehoben. Die Krallen funkelten todbringend. Schwer atmend drehte Phil seinen Kopf zu Nick. »Verschwinde!«, keuchte er.

Nick schrie.

Der Alb schlug zu.

Und etwas prallte gegen ihn.

Das Wesen wurde von den Füßen gerissen.

Alles ging viel zu schnell. Nick glaubte, jemanden den Namen seiner Schwester rufen zu hören, und er wusste, dass sich vor seinen Augen gerade etwas Ungeheuerliches abgespielt hatte. Phils Klinge steckte in der Brust des Albs. Das Wesen öffnete noch einmal den Mund. Doch kein Schrei kam daraus hervor. Stumm brach der Alb zusammen.

Anobium war von seinem Thron aufgesprungen und das Traumbuch von seinem Schoß die Treppe hinab auf den Boden gefallen. Mit starrer Miene sah er herab. »Henriette«, stammelte er und dann rief er ihren Namen laut.

Auch Nick erkannte es nun. Vor Phil lag der Hulmi mit Henriettes Gesicht leblos am Boden.

Nick sah zu Phil, der ihm mit einem Blick bedeutete, den

Mund zu halten. Sein Atem ging noch immer schwer, als schnüre ihm das Albengarn die Brust weiter zu.

Anobium stand fassungslos über dem Körper des Hulmis. Die Toten in Henriettes Träumen waren stets verschwunden. Aber dies hier war kein Traum, sondern nur das Traumkabinett, und der Hulmi lag noch immer da in der Gestalt seiner Schwester.

Mit einem Mal bekam Nick Angst, Anobium könne bemerken, dass nicht die echte Henriette vor ihm lag, sondern nur eine Kopie. Er musste ihn hinhalten, ihm die Augen mit Tränen füllen, bis sie nicht mehr klar sehen konnten, was vor ihnen war. Bis Phil wieder bei Kräften war. Oder bis seine Schwester Erfolg hatte. Wie lange brauchst du noch, Henriette?, dachte er.

Der Alb hatte Phil beinahe mit seinen Worten besiegt. Vielleicht konnte Nick das ebenfalls. »Sie haben sie getötet!«, rief er laut und mit Genugtuung erkannte er, wie Anobium zusammenzuckte, als hätte ihn eine von Nicks Fäusten ins Gesicht getroffen.

»Henriette«, stammelte der alte Mann und starrte den reglosen Körper weiter an, als ob er so das Geschehene rückgängig machen könnte.

Nick machte einen Schritt auf ihn zu. Er spürte, dass auch seine Worte die Macht hatten zu verletzen. »Sie ist ihretwegen gestorben.« Nick ging langsam auf Anobium und den Thron zu. Dort lag etwas, das er haben wollte.

Es schien Anobium Mühe zu machen, seinen Blick von

dem Hulmi zu lösen und Nick anzusehen. Der Schmerz verzerrte das Gesicht des Buchhändlers und für einen Moment kam sich Nick gemein vor, ihm die Schuld an einem Tod ins Herz zu sprechen, den es nicht gegeben hatte. »War es das, was Sie wollten? Dass noch ein Kind stirbt? Nicht nur Ihre Tochter Emilia, sondern auch meine Schwester?«

Anobiums Blick richtete sich wieder auf den leblosen Hulmi. Auf dem Boden, am Fuß der Treppe, lag das Traumbuch. Nick war nur noch wenige Schritte davon entfernt und ohne dass es Anobium bemerkte, erreichte Nick es schließlich. Er bückte sich und einen Moment später hielt Nick das Traumbuch zum zweiten Mal in seinem Leben in Händen. Der Einband war so schwarz und kalt, dass Nick glaubte, er würde ihm die Finger verbrennen. Er erkannte die eingestanzte Mohnkapsel, die auch das Gegenstück in der wirklichen Welt zierte. Verstohlen sah er zu Anobium hinüber. Der alte Buchhändler schien nichts bemerkt zu haben. Mit klopfendem Herzen entfernte sich Nick so unauffällig vom Thron, wie er konnte. Der Traumdieb lag nicht weit entfernt von ihm und versuchte vergeblich aufzustehen.

Hinter Nick begann Konradin Anobium leise zu sprechen. Nick musste genau hinhören, um zu verstehen, was der alte Mann sagte. »Das wollte ich nicht«, stammelte er, dann stockte seine Stimme. Nick hatte Phil gerade erreicht und wollte ihn auf die Füße ziehen, als Anobiums Stimme erneut erklang. Doch nun schien sie gar nicht mehr so müde und traurig wie noch vor wenigen Augenblicken. »Weißt du, was geschieht, wenn die sterben, die wir lieben?« Er wandte sich zu Nick um und sein Blick war wieder kalt und hart. Anobium ging einen Schritt auf Nick zu, der unweigerlich zurückwich. »Wir weinen um sie.« Fast beiläufig zog er die Klinge aus dem Leib des Alben. Anobium betrachtete sie interessiert und wog sie in der Hand. Dann richtete er die Klinge auf Nick. »Aber du weinst nicht.«

Nick ging noch einen Schritt zurück. Sein Herz schlug so heftig, dass es fast seine Brust zerriss. »Sie haben sie getötet«, rief er. Doch in dem Moment, da die Worte seinen Mund verlassen hatten, erkannte Nick, dass sie keine Kraft mehr über Anobium hatten. Er weiß es, schoss es ihm durch den Kopf.

Wie zur Bestätigung beugte sich der Buchhändler zu dem toten Hulmi hinab und blies einen sanften Hauch auf den Körper. Der Hulmi wurde sofort zu grauem Dunst und verging.

»Sehr schlau«, sagte Anobium. »Mein eigener Hulmi?«

Nick sagte nichts.

»Wo ist sie?«

Nicks Gedanken überschlugen sich. Lüg irgendwas, dachte er. »Sie ist auf der anderen Seite«, stammelte Nick und mehr fiel ihm nicht ein. »Sie passt auf, dass die Tür in ihren Kopf nicht zufällt.« Er deutete zu Phil hinüber.

Anobium sah ihn scharf an. Nick nahm alle Kraft zusammen und hielt dem Blick seines Gegenübers stand. Ein, zwei Augenblicke maßen sich die beiden. Schließlich nickte Ano-

371

bium. »Dann ist sie in Sicherheit. Gut für sie.« Er machte einen Schritt auf Nick zu und streckte einen Arm aus. »Gib mir mein Buch, dann lasse ich dich gehen. Du bist alleine und es ist vorbei. Kein Grund, dass noch jemand stirbt. Es wird nun alles enden. Mein letzter Traum beginnt. Ein ewiger Traum.«

»Ein ewiger Traum«, sagte Nick und die Schärfe in seiner Stimme überraschte ihn selbst. »Wie soll das gehen? Sie leben doch nicht ewig.«

Anobium lächelte freudlos. »Nein, sogar nicht einmal mehr lange. Mein Kopf kann nach all den Jahren ohne Träume nicht mehr. Doch um ewig zu träumen, brauche ich ihn nicht. Es ist egal, in wessen Kopf ich träume.«

Nick verstand nicht. In wessen Kopf sollte Herr Anobium träumen können, wenn nicht in seinem eigenen? Er sah hinüber zu Phil, der kraftlos am Boden lag. Vielleicht verstand der Traumdieb ... Und dann traf Nick die Wucht der eigenen Erkenntnis. Er keuchte empört auf. »Sie wollen in den Köpfen anderer Menschen träumen?«, rief er. »Sie wollen so werden wie Phil.«

Herr Anobium legte den Kopf schief. »Du hast doch etwas von deiner Schwester, Junge. Aber nicht genug. Sie wäre längst dahintergekommen. Bisher habe ich in meinem Leben nur mit Philippus' Träumen ein wenig gespielt. Etwas hinzugefügt. Aber nie ist es mir gelungen, einen eigenen Traum in einen fremden Kopf mitzunehmen. Dank des Traumbuchs aber werde ich den ewigen Traum, den der Albenkönig für mich gewoben hat, in jeden Kopf tragen können.« Seine Hand griff nach einem Fläschchen, das um seinen Hals hing. Nick hatte es zuvor nicht bemerkt, so unscheinbar war es. Kaum länger als ein Finger. »Ich werde nicht wie die Traumdiebe sein. Kein Geist, der die Träume anderer Menschen beobachtet. Ich will kein Zuschauer sein, der das Bild betrachtet, das ein anderer gemalt hat. Ich will selbst der Maler sein und die Köpfe anderer Menschen werden zu meiner Leinwand werden. Ich erträume mir das Leben, das mir genommen wurde. Für immer. Es gibt immer einen Menschen, der träumt. Beginnt hier der Tag, so kommt anderswo die Nacht. Und dann, wenn die Menschen schlafen und an der Schwelle zu ihren Träumen stehen, werde ich durch den Nachtschattenwald kommen und für sie träumen.« Anobium sah Henriette Bruders triumphierend an.

Nick war sprachlos.

Doch in diesem Moment veränderte sich etwas. Nick konnte es spüren und auch Anobium bemerkte es. Beide blickten sich verwirrt um. Die Spannung im Traumkabinett nahm mit einem Mal zu. Sie prickelte auf Nicks Haut. Ihr Ursprung lag gegenüber von Anobiums Thron. Beim Tor. Seine Flügel zitterten. Sie knirschten und knackten so laut, dass es selbst das andauernde Ächzen und Stöhnen übertönte.

Du hast es geschafft, Henriette, dachte Nick

Konradin Anobiums Miene war versteinert. »Nein«, flüsterte er. »Ich werde nicht träumen.« Er schloss die Augen und für einen Moment hörten die Torflügel auf, sich zu bewegen.

Anobium legte die Stirn in Falten und presste die Hände gegen die Schläfen.

Dann schrie er.

Und das Tor zu seinen Träumen wurde von innen her aufgestoßen.

DAS RICHTIGE ENDE

Henriette sagte kein Wort. Ihre Augen waren starr auf Herrn Anobium gerichtet. Noch nie hatte Nick einen solchen Blick bei seiner Schwester gesehen. Wut, Enttäuschung, Mitleid – von allem war etwas dabei und mehr noch, das Nick nicht deuten konnte. Gehörte das noch zum Plan?, fragte er sich, doch die Antwort konnte er sich nicht geben.

Ohne zu blinzeln ging Henriette auf Konradin Anobium zu. »Henriette.« Herr Anobium bemühte sich, seiner Stimme einen festen Klang zu geben. »Die echte, nehme ich an. Ich hätte mir denken können, dass dein Bruder gelogen hat. Du warst die ganze Zeit hier in meinem Kopf, nicht wahr? Wo genau bist du gewesen? Und wieso kommst du durch das Tor?«, fragte er misstrauisch.

Henriette antwortete nicht. Konradin Anobium war für sie immer etwas Besonderes gewesen. Selbst als sie erfahren hatte, dass er an allem die Schuld trug, was ihr widerfahren war, hatte sich ein Teil von ihr dagegen gesträubt, ihn zu verurteilen. Und durch Emilia war alles anders geworden. Henriette verstand nun, was ihren ehemaligen Verbündeten zu dem gemacht hatte, der er war. Oder sie glaubte es zumindest. »Hinter dem Tor dort habe ich alles gehört«, sagte Henriette schließlich. »Dass Sie in den Köpfen anderer leben wollen. Das geht nicht.«

Herr Anobium lachte kalt. »Es geht nicht?«

Henriette sah Herrn Anobium herausfordernd an. »Es wäre kein Leben. Es wäre nur ein Traum. Nicht echt. Und Sie würden anderen wehtun.«

»Du meinst diejenigen, die mir nachts in ihren Köpfen Unterschlupf gewähren würden?«

»Unterschlupf? Sie würden sie als Geiseln nehmen.«

»Und wenn schon. Ein Unrecht für ein anderes. Mir ist auch Unrecht angetan worden. Ich vermute, du würdest es lieber sehen, wenn ich alleine dort bleiben müsste, wohin du am Ende dieser Nacht zurückkehren wirst. In die echte Welt. Aber dort ist kein Platz mehr für mich.« Seine Stimme versagte.

Für einen Moment war es, als wären sie wieder in dem Buchladen. Wie früher, als es kein Geheimnis zwischen ihnen gegeben hatte. Doch dieser Augenblick währte nur kurz und das alte, vertrocknete Herz, das sich so flüchtig für Henriette geöffnet hatte, verschloss sich wieder und wurde steinern. »Ich werde Emilia wiedersehen.« Es war ein Versprechen an sich und die ganze Welt.

»Ja, Emilia. Um sie geht es hier. Ich weiß, dass Sie eine Tochter hatten.«

Herr Anobium sah Henriette argwöhnisch an. »Du hast wohl auch gehört, was ich über sie gesagt habe, als du hinter der Tür gelauscht hast.«

»Nicht gelauscht. Ich habe mit ihr gesprochen.«

Das Gesicht von Herrn Anobium verzerrte sich so plötzlich vor unbändiger Wut, dass Nick zusammenzuckte. Henriette aber musterte ruhig sein Gesicht.

»Lüge«, zischte er. »Ich dulde nicht, dass du Lügen über sie erzählst.«

»Ich kann es beweisen.«

»So?«, höhnte Herr Anobium. »Nun gut.«

Henriette drehte sich um und rief etwas, das Nick nicht verstehen konnte.

Aus dem Tor kam noch eine Gestalt.

Nick hatte das Gespräch zwischen Herrn Anobium und Henriette atemlos verfolgt, während er Phil half, sich aufzusetzen. Das hier war nicht der Plan, den sie sich ausgedacht hatten. Henriette sollte doch nicht aus dem Tor dort kommen. Was war mit dem schrecklichsten Traum? Und wer war dieses Mädchen, das plötzlich ebenfalls dort herausgekommen war?

Langsam ging es auf den alten Mann zu, der sie fassungslos anstarrte, während hinter ihm die Flügel krachend zufielen. Ihre Augen waren auf Anobium gerichtet. Nur einmal sah sie sich um, als könnte sie Nicks Blick auf sich ruhen fühlen. Nick hatte das Gefühl, ihr Blick würde bis in sein Herz reichen. Er schluckte und sein Mund klappte auf.

Und dann begriff Nick, wer da auf Anobium zuging. Nicks Mund klappte wieder zu. Sollte er nun Mitleid mit dem alten Narren haben? Er wusste es nicht.

Beim Anblick des Mädchens brach das versteinerte Herz Konradin Anobiums endgültig auf. Der Ausdruck von Härte und Unbarmherzigkeit, den Anobium so oft wie eine Maske getragen hatte, fiel nun ein für alle Mal. Und darunter kam endlich wieder das Gesicht zum Vorschein, auf das sich Henriette immer gefreut hatte, wenn sie in das Buchgeschäft gekommen war.

»Emilia«, sagte Herr Anobium mit matter Stimme. Er sah müde aus. Als wäre er viel zu lange davongelaufen und endlich erschöpft stehen geblieben. Dann sagte er noch einmal ihren Namen.

Herr Anobium drehte seinen Kopf zu Henriette, zog sie zu sich hin und flüsterte ihr etwas ins Ohr. Nick sah, wie Henriette auch dann noch lächelte, als sie den alten Buchhändler verließ und auf ihren Bruder zuging.

Anobiums Tochter bewegte ihre Lippen, doch Nick konnte nicht hören, was sie sagte. Nur die Antwort des alten Buchhändlers fand den Weg in seine Ohren.

»Ich …«, seine Stimme klang so heiser, als hätte er sie jahrelang nicht gebraucht, »ich wollte von dir träumen.«

Wieder schien das Mädchen etwas zu sagen.

»Bitte nicht. Ich ertrage es nicht. Es tut so weh.« Der Schmerz zeichnete Herrn Anobium einen neuen Ausdruck auf das Gesicht. Der große Saal begann heftig zu beben. Herr Anobium keuchte.

Starr verfolgte Nick das seltsame Gespräch, bis er eine Hand auf seiner Schulter fühlte und sich hastig umdrehte. Henriette stand dort. Sie sah ebenfalls müde aus. Aber da war noch etwas in ihrem Blick. Erleichterung. Nick begriff verwirrt, dass seine Schwester gerade ihren größten Feind besiegt hatte. Oder gerettet. Oder beides. Anobium indes sank auf die Knie und seine Tochter nahm ihn in den Arm.

Nick beugte sich zu seiner Schwester hinüber. »Worum geht es hier eigentlich? Wir wollten doch Anobium aufhalten.«

»Der Plan hat sich geändert«, flüsterte seine Schwester. »Wir mussten ihn retten.«

Nick sah sie an. »Anobium retten? Er ist hier der Böse. Hast du vergessen, was er dir angetan hat?«

Henriette sah ihn ernst an. »Nein. Aber ich begreife, wieso er es getan hat, auch wenn ich es nicht gutheißen kann. Und ich will, dass es endlich endet. Aber auf die richtige Weise. Es muss gewissermaßen das richtige Ende sein.«

Dann beugte sich Henriette zu Phil hinunter und gemeinsam mit Nick half sie ihm auf die Beine. Der Traumdieb war noch immer geschwächt, doch es gelang ihm, sich auf den zitternden Beinen zu halten. In hastigen Worten erzählte Nick Henriette, was geschehen war und wen Anobium in seinem Kopf gefangen gehalten hatte. Mit Abscheu sah Henriette zu dem Albenkönig hinüber, der leblos auf dem Boden lag. Selbst jetzt noch verströmte er eine Boshaftigkeit, die sie schaudern ließ.

Von Neuem durchlief ein Zittern und Beben den Raum. In den Wänden zeichneten sich die ersten Risse ab.

»Was geschieht hier?«, fragte Nick.

Phil atmete schwer, als er sprach. »Der Kopf«, erklärte er.

»Er kann nicht mehr. Die Träume, die Konradin nicht geträumt hat, zerreißen ihn.«

Ein besonders schweres Beben ließ den großen Saal erzittern. Mit einem lauten Krachen fiel der Thron von Konradin Anobium in sich zusammen. Staub wirbelte auf.

»Er stirbt«, rief Henriette. So ein schrecklicher Satz, doch sie konnte ihn nicht mit ihren Tränen begleiten. Dafür war keine Zeit.

»Ja«, antwortete Phil ruhig. »Und ich glaube, er will es auch. Er hat sein Ziel erreicht. Er ist wieder mit seiner Tochter zusammen. Auch wenn der Weg dorthin ein anderer war, als er gedacht hat.« Phil machte ein paar wackelige Schritte, als würde er seine Beine das erste Mal benutzen. Dann deutete er zu dem großen Tor hinüber, durch das Nick und er das Traumkabinett betreten hatten. »Wir werden diesen Kopf jetzt verlassen. So wie wir es geplant hatten.« Er zog Nick das Traumbuch aus den Händen. »Das hier werden wir vernichten und dann die Tür zwischen euren Köpfen schließen. Sie ist nicht dafür gemacht, dauerhaft offen zu bleiben. Wer weiß, ob sie sich noch schließen lässt, wenn ihr zu lange wartet. Also genug Traumreisen! Es muss ein für alle Mal enden.«

Henriette sah noch einmal zu Herrn Anobium hinüber. Noch immer kniete er vor den Trümmern seines Thrones und hatte seinen Kopf auf die Schulter seiner Tochter gelegt. Nicht weit von ihnen entfernt lag der Alb. Das Traumkabinett schwankte und fast schien es, der leblose Körper würde sich mit ihm bewegen. Die Zwillinge stolperten, als sie auf den Ausgang zugingen. Noch einmal drehte sich Henriette um.

Ein letzter Blick, dann gehen wir, Herr Anobium, dachte sie.

»Was ist?«, fragte Nick seine Schwester, die plötzlich wie erstarrt war.

Doch Henriette antwortete nicht. Der Alb. Wo war der Alb? Hastig suchte sie mit ihren Blicken den großen Saal ab. Und dann fand sie ihn.

»Phil!«, keuchte sie und zog den Traumdieb an seinem Mantel. Mit zitterndem Finger deutete sie auf den Schatten, der schwerfällig auf Herrn Anobium zuwankte. Der Albenkönig. »Was hat er vor?«

Phil drückte Nick das Traumbuch in die Hand. »Ich weiß es nicht. Aber nichts Gutes, darauf gehe ich jede Wette ein. Geht. Verlasst diesen Ort. Und verbrennt das verdammte Buch. Ich werde noch ein wenig hierbleiben müssen.«

Er wollte gerade loslaufen, als Henriette ihn zurückhielt. »Wir kennen den Weg nicht. Was, wenn wir uns im Nachtschattenwald verlaufen?«

Phil presste vor Anspannung die Lippen aufeinander, sodass alle Farbe aus ihnen wich. »Dann ruf jemanden her, der ihn findet. Träum ihn her. Du kannst es.« Der Traumdieb schenkte ihr ein schmales Lächeln. »Du weißt, wer alles riskieren würde, um hierher zu kommen. Zu dir.«

Henriette schüttelte den Kopf so sehr, als hätte Phil ihr gerade aufgetragen, selbst gegen den Alb zu kämpfen. »Er würde nicht wollen, dass ich ihn rufe.«

»Er liebt dich mindestens genauso wie du ihn.«

Alle Angst in ihr konnte nicht verhindern, dass Henriettes Herz vor Aufregung heftig zu schlagen begann. Ihre Wangen färbten sich rot. Ehe Henriette etwas erwidern konnte, war Phil schon losgelaufen. »Du musst dich trauen«, rief er ihr über die Schulter zu. »Mach es besser als ich. Du weißt doch: Liebe ist nichts für Feiglinge.«

Henriette schloss die Augen. Konnte sie ihn wirklich rufen? Hierhin? An diesen Ort? Schon fürchtete sie, es nicht zu schaffen. Aber dann hörte sie seine Stimme in ihrem Ohr. Worte, die er einmal zu ihr gesagt hatte.

Du kannst es. Zweifelst du etwa an dir? Ich tue das nicht.

Während sie an ihn dachte, wurde die Stimme lauter, immer lauter, und als sie ihre Augen öffnete, kam Habib durch das Tor.

Henriettes Herz schlug plötzlich noch fester in ihrer Brust.

Staunend, als könne er nicht glauben, was geschehen war, sah er sich um und machte einige unsichere Schritte in das Traumkabinett hinein. Dann erkannte er sie.

Für einen furchtbaren Moment glaubte Henriette, er würde sie wieder so vorwurfsvoll ansehen wie in jener Nacht in der Wüste. So verletzt und ablehnend. Doch sein Blick war nur voller Unglauben. »Ich habe dich rufen gehört«, sagte er und mit gerunzelter Stirn sah er an ihr vorbei zu Herrn Anobium und seiner Tochter. »Wo …?« Ehe er seinen Satz beenden konnte, fiel ihm Henriette ins Wort.

»Wir brauchen deine Hilfe«, sagte sie. Am liebsten hätte sie ihre Arme um ihn geschlungen, doch dies war weder der richtige Ort noch die richtige Zeit. Und es gab noch etwas zu klären zwischen ihnen. »Du musst uns führen.«

»Wieder einmal«, sagte er, aber es lag kein Spott in den Worten und als Habib ihr die Hand reichte und sich seine Finger um ihre schlossen, lächelte er.

»Nein!« Nicks Schrei ließ die beiden herumfahren. Ihr Bruder blickte starr geradeaus und als Henriette seinem Blick folgte, wurde ihr kalt. Sie sah Phil zurücktaumeln. Der Alb aber zerrte Anobiums Tochter aus den Händen des alten Buchhändlers. Als Herr Anobium ihn daran hindern wollte, stieß ihn der Alb so mühelos weg, als sei er ein kleines Kind.

Wieder bebte der große Saal und Henriette wusste, dass sie nicht mehr viel Zeit hatte. »Nick?«, rief sie ihrem Bruder zu, doch der schien sie nicht zu hören. »Nikolaus!« Er zuckte zusammen, als sie ihn bei seinem ganzen Namen nannte. »Wir können nicht bleiben. Du hast gehört, was Phil …«

Ihr Bruder schnitt ihr mit einer Handbewegung das Wort ab. »Geht. Ich komme nach.« Seine Stimme klang mit einem Mal fremd in Henriettes Ohren und ehe sie begreifen konnte, was er gesagt hatte, war er schon losgelaufen.

»Nick!«, rief Henriette ihm hinterher. »Spiel nicht den Helden. Bleib stehen!«

Doch Nick blieb nicht stehen. Er konnte nicht zulassen,

dass dieses Wesen Anobiums Tochter stahl. Nick hörte die Rufe seiner Schwester, aber sie wurden leiser, je weiter er lief und er wusste, dass sie ihm nicht nachkam. Habib war bei ihr. Egal wie Henriette das angestellt hatte, er würde auf sie aufpassen. Wer auf ihn selbst aufpassen würde, war Nick gerade egal. Er war viel zu wütend, um darüber nachzudenken. Er musste den Alb aufhalten. Für Zweifel daran gab es in seinem Kopf keinen Platz.

Der Boden bebte wieder und Nick fiel hin. Einmal. Zweimal. Er stand beide Male wieder auf. Dann war er bei Phil und Anobium. Der Traumdieb kam nur mühsam auf die Beine. Der Buchhändler aber lag auf dem Boden. Blut kam stoßweise aus seiner Brust. Messerscharfe Krallen hatten seine Haut aufgerissen. »Emilia«, stöhnte er und versuchte vergeblich auf die Füße zu kommen.

Nick wollte schon weiterlaufen, da spürte er Anobiums Hand an seinem Arm. »Bitte«, flüsterte der Buchhändler. »Ich will meine Tochter nicht vergessen. Bitte. Nick.«

»Vergessen?« Und da verstand Nick, was der Alb vorhatte. Vergessen. Für immer. Der Alb wollte sie hinabstoßen. Dorthin, wo nichts mehr war. Nick mochte den alten Buchhändler für das verabscheuen, was er seiner Schwester und Phil angetan hatte, und er erinnerte sich an jedes Mal, da Anobium ihn mit seinem kühlen Blick gestraft hatte. Doch Henriette hatte ihm vergeben und selbst Phil hasste seinen Freund nicht.

Er hat dich beim Namen genannt, dachte er. Nick sagte nichts. Er sah Anobium direkt in die Augen. Sie waren so blau wie die seiner Tochter. Eine Wärme, die er in ihren Augen erkannt hatte, fand Nick zu seiner Überraschung hier wieder. Und in diesem Moment machte er seinen Frieden mit Konradin Anobium.

Er nickte ihm stumm zu, dann lief Nick weiter. Eine Waffe, dachte er, während er die Verfolgung des Albenkönigs aufnahm. Er brauchte eine Waffe. Nick sah sich um. Von Phils Schwert fand er keine Spur. Nur Steine und Schutt, die sich in der Halle auftürmten, während alles um Nick auseinanderbrach.

Er hatte nur das Traumbuch. Dieses verdammte, unheilbringende Buch. Nicks Hände hielten es noch immer verkrampft umklammert. Schon wollte er es fortschleudern, da verharrte er. Es war doch so mächtig, dachte er. Voll von Wissen über Träume und Traumwesen. Voll von Sprüchen und Anleitungen. Es war nur eine vage Hoffnung, aber vielleicht stand dort auch etwas darüber, wie man einen Alb tötet oder ihn wenigstens verscheucht. Nick rannte, so schnell er konnte, weiter. Er dachte an das Mädchen in den Armen dieses Wesens. Und auf einmal glaubte er zu verstehen, warum Henriette sich immer so seltsam benommen hatte, wenn Habib in ihrer Nähe gewesen war.

Auf dem Boden wand sich eine Spur aus schwarzem Blut. Der Alb schleppte sich und seine Geisel nur noch langsam vorwärts und schließlich blieb er stehen. Er hatte sein Ziel erreicht. Eine Tür im Boden. In der einen Hand hielt er Emilia. Ihre Schreie hallten laut durch den Saal, unterbrochen

nur von dem andauernden Ächzen und Stöhnen in Anobi-
ums Kopf. Die andere Hand des Alben suchte nach einem
Griff im Boden. Darunter lauerte das Vergessen. Wie hatte
Henriettes Traummeister es noch genannt? Das Ende jeden
Gedankens.

Schlitternd kam Nick zum Stehen. Der Alb war nur wenige
Meter von ihm entfernt und funkelte ihn boshaft an. Während
Emilia sich erfolglos aus seinen Krallen zu befreien suchte,
schlossen sich die Finger des Wesens um den Griff der Tür.

»Rache«, krächzte der Alb und seine Stimme klang … alb-
traumhaft. Besser vermochte es Nick nicht zu beschreiben.
Sie war schrill und voll Hass. Kalt und unbarmherzig. Hoch
und tief zugleich. Es schmerzte, ihr zuzuhören. »Jahrelang
gefangen. Durfte keine Angst schmecken. Endlich frei. Rache.« Der Alb lachte hinterhältig, als er die Tür öffnete.

Leere. Nichts. Es war unvorstellbar, was sich jenseits der
Falltür befand. Nick wandte unwillkürlich den Blick ab. Zeit
für das Buch. Hastig öffnete er es. Er blätterte es durch. Doch
die Hoffnung, dass es ihm eine Waffe gegen den Alb sein
würde, erfüllte sich nicht. Er konnte kein einziges Wort entziffern, ja, nicht einmal sagen, in welcher Sprache das Buch
geschrieben war. Enttäuscht klappte Nick es zu und blickte
wieder nach vorne.

Emilia. Er sah nur sie.

Der Alb zog das Mädchen an den Rand der Falltür.

Hätte ich doch nur Phils Schwert!, dachte Nick verzweifelt.

Gleich würde der Alb Emilia hinabwerfen.

Nick stand da, vor Verzweiflung wie gelähmt. Er versuchte, sich alles an Emilia einzuprägen. Sie hatte Sommersprossen und auf ihrer Stirn erkannte er eine kleine Narbe.

Genau wie bei Henriette.

Nick erinnerte sich an jenen Tag im Buchladen *Anobium & Punktatum*, an dem Henriette durch ihn ihre Narbe erhalten hatte. Das Traumbuch wog schwer in Nicks Händen. Er lächelte grimmig.

Mit vielem hatte der Alb gerechnet, aber nicht mit einem der besten Werfer, die es an Nicks Schule gab.

Das Traumbuch flog haarscharf an Emilia vorbei und traf den Alb am Kopf.

Verwunderung lag in seinem Blick, als er es auffing und das Mädchen dabei losließ. Für einen Moment taumelte der Albenkönig, dann rammte Emilia ihren Ellenbogen gegen die haarige Brust und mit einem gellenden Schrei fiel der Alb in das Loch unter der Falltür.

Es war das Ende jeden Gedankens.

Und mit ihm vergaß Konradin Anobium den König der Alben und das Traumbuch und überhaupt alles, was mit ihnen zu tun hatte.

Nick stürzte auf die Tür zu und griff nach der Hand des Mädchens, das taumelnd am Abgrund stand.

Sieh nicht hinab, Nick!, sagte er sich.

Er konnte das Vergessen hören. Nie in seinem Leben hatte er je eine so dichte und erdrückende Stille wahrgenommen wie am Rand der Falltür. Sie übertönte selbst sein eigenes Herz. Und als er seinen Mund aufmachte, um etwas zu sagen, schien er auch seine Stimme verloren zu haben. Er erkannte die Angst in Emilias Blick. Und da war noch etwas. Wieder fand es den Weg tief in ihn hinein. Es war Nick egal, was geschehen würde, doch Anobiums Tochter würde er nicht loslassen.

In diesem Moment sah er einen Schatten aus den Augenwinkeln. Phil! Dem Traumdieb versagten die Beine, während er auf sie zuwankte, doch er zwang sich vorwärts und drückte schließlich gegen die Falltür.

Ein Beben durchlief den großen Saal und ihre Füße verloren den Halt. Fast hätte Emilia Nick mit in den Abgrund gerissen, doch er zog sie mit einer Kraft, die ihm selbst rätselhaft erschien, zurück. Dann bebte die Erde noch einmal, stärker als zuvor, und sie fielen beide zu Boden. Als Nick sich wieder aufrappelte, war die Tür geschlossen.

Von Phil fehlte jede Spur. Nick fürchtete, dass er hinabgefallen war, aber er war sich nicht sicher.

Danke.

Nick las ihr das Wort von den Lippen ab.

Emilia lächelte ihn an und gab ihm einen Kuss auf die Wange.

»Kein Problem«, stammelte Henriettes Bruder. Dann

drehte sich alles. Die Knie wurden ihm weich und er fiel zu Boden.

Als er die Augen wieder öffnete, schwankte er, als würde er auf dem Meer treiben. Jemand trug ihn und es war vollkommen dunkel. Um sie herum hörte er Dutzende, vielleicht sogar Hunderte Stimmen. Ihre Schreie vermischten sich mit dem Lärm, den der sterbende Kopf machte.

»Henriette?«, fragte Nick vorsichtig. Einige Augenblicke lang hörte er nichts.

»Ja«, kam schließlich die erlösende Antwort. »Da vorne«, hörte er Henriette zu jemand anderem sagen. »Siehst du es?«

»Ja.« Das war Habibs Stimme.

»Wo …?«, begann Nick, doch seine Schwester unterbrach ihn.

»Wir müssen gehen. Keine Zeit für Fragen.«

»Aber …«

»Auch dafür nicht.«

»Und …«

»Später! Da vorne ist der Lichtschein. Da geht es raus.«

Sie erreichten das Tor, das aus dem Traumkabinett führte. Es war weit aufgestoßen und das Licht schien von draußen hell in den Gang hinein. Als sie das Tor durchschritten, waren sie im Freien. Erst jetzt blieb Habib stehen und ließ Nick vorsichtig zu Boden gleiten. Mühsam rappelte er sich auf, dann sah er sich blinzelnd um. Ihm stockte der Atem. Die Landschaft um sie herum war nicht mehr leer und verlassen. Überall waren Gestalten. Hulmis, einige grau und formlos, andere in der Gestalt von Personen, von denen Anobium einmal geträumt hatte. Sie waren alle aus ihren Gefängnissen entlassen und schienen nicht zu wissen, was sie mit ihrer plötzlichen Freiheit anfangen sollten.

»Sie wissen nicht, was geschehen ist«, sagte Henriette.

Nick hatte Mitleid mit ihnen, wie sie planlos umherirrten. Sein Kopf schmerzte.

»Nein«, sagte Habib. »Und wir sollten es ihnen nicht sagen. Niemand kann sie mehr retten. Sie werden mit ihrem Träumer vergehen.«

Die drei gingen weiter, so schnell es Nicks Beine erlaubten. Hinein in die Ödnis, die einst der Nachtschattenwald gewesen war. »Haben wir gewonnen?«, fragte Nick irgendwann.

Henriette antwortete eine Weile nicht, als müsste sie über alles nachdenken. »Ja«, sagte sie schließlich mit fester Stimme. »Wir haben Herrn Anobium erlöst und du hast Emilia gerettet. Und der Albenkönig ist fort. Ebenso wie das verfluchte Buch.«

»Und was ist mit Phil?«

Henriettes Gesicht verdüsterte sich. »Ich weiß es nicht. Ich habe ihn in all dem Chaos aus den Augen verloren. Aber er war nicht mehr in dem Traumkabinett, als wir dich herausgeholt haben.«

»Dann ist er wie der Albenkönig in das Loch gefallen und

vergessen worden.« Nick flüsterte, als fürchtete er sich vor den eigenen Worten.

»Wir wissen es nicht«, erwiderte Henriette bestimmt. »Vielleicht hat er eine Tür geöffnet und hat sich in einen anderen Kopf gerettet. Herr Anobium war nicht mehr sein Feind und hätte ihn nicht mehr daran gehindert.« Sie lächelte Nick an. »Wenn du eines Morgens nicht mehr weißt, was du geträumt hast, hat vielleicht er dich besucht.«

Nick lächelte zurück. Und wischte sich heimlich die Tränen aus den Augenwinkeln. Henriette musste ja nicht alles wissen.

Sie aber sah gar nicht hin, sondern warf einen letzten Blick auf das Traumkabinett ihres alten Freundes. »Diesmal werden wir unsere Geschichte nicht beenden können«, sagte sie, als könnte Herr Anobium sie hören. »Es ist keine Zeit mehr da.«

Dann kamen die erlösenden Tränen und ließen die Welt vor ihren Augen verschwimmen. Henriette wandte sich ab und folgte Habib und Nick auf dem Weg in den Nachtschattenwald. Hinter ihnen aber starb Konradin Anobium.

Sie erreichten den Saum des Waldes. Habib ging voran und Henriette folgte ihm. Obwohl die beiden nichts sagten, fühlte Nick, dass es noch etwas gab, das zwischen ihnen stand. Der Weg schien diesmal kurz zu sein. Vielleicht war er es wirklich. Vielleicht hatte der Wald für Nick aber auch nur einen Teil seines Schreckens verloren.

Henriette sah ihm die Veränderung an, die er durchgemacht hatte. Sie sah es selbst in der Finsternis, die zwischen den Bäumen hing.

Er schien ernster zu sein. Älter. Gereift.

Du bist nun auch gezeichnet, Nick, dachte sie. Und es steht dir gut.

Schließlich erreichten sie das Ende des Waldes und fanden sich in Henriettes Traum wieder. In einiger Entfernung erkannte Nick die Hochhäuser der Riesenstadt und als er sich umwandte und den Saum des Waldes betrachtete, glaubte er, Dutzende kleiner Augenpaare zu sehen und grimmige Stimmen wispern zu hören.

»Hier endet es für uns«, sagte Henriette.

Hinter ihr zwischen den Bäumen war die goldene Tür, die Nick in seinen Kopf führen würde, und er wusste, was sie meinte. Es war, als hätte die Tür schon immer dort gestanden, umrahmt von Buchen und Birken. Schwarze Blätter an dünnen Ästen tasteten an ihrem Rahmen entlang. Die Tür aber glänzte so hell im Schatten, als wollte sie alle blenden, die sie ansahen.

»Phil hat gesagt, was wir mit ihr machen sollen«, sagte Henriette.

»Wir sollen sie schließen«, meinte Nick. Und zu seiner Überraschung fand er den Gedanken fürchterlich. Zwischendurch hatte er den Durchgang innerlich verflucht, der ihn in dieses Abenteuer hatte stolpern lassen. Doch nun, da er ihn zum letzten Mal benutzen sollte, wollte er ihn am liebsten offen stehen lassen. Wie würde es sein, wieder alleine zu träumen? Nie mehr so zu träumen, wie es nur seine Schwester konnte?

Nick seufzte und trat auf die Schwelle. Dann, ehe er den letzten Schritt machte, blieb er zögernd stehen und drehte sich um. »War sie echt?«

Henriette lächelte ihren Bruder vielsagend an. Er musste ihr nicht sagen, wen er meinte. »In dieser Welt war sie es.«

Einen Moment sagte Nick kein Wort. Dann nickte er. Der Kuss brannte noch immer auf seiner Wange. »Das ist gut.« Er sah über seine Schwester hinweg. »Auf Wiedersehen, Habib«, rief er, obwohl er wusste, dass es wohl kein Wiedersehen geben würde, und winkte dem Beduinenjungen zu. Dann machte Nick einen schnellen Schritt über die Schwelle der goldenen Tür.

Henriette sah ihrem Bruder nach, wie er durch die Tür verschwand. Das letzte Mal. Es war seltsam. Fast schien es ihr, als wäre es nie anders gewesen. Als hätte sie nie ohne ihn geträumt. Sie seufzte und wandte sich zu Habib um. Ein verhuschtes Lächeln flog über ihr Gesicht. Nun war der Augenblick gekommen, vor dem sich Henriette mehr als vor allen anderen gefürchtet hatte. Sie hatte das Gefühl, dass sie hierfür mehr Mut brauchte als in den Gängen in Anobiums Kopf.

Liebe ist nichts für Feiglinge.

Nein, das war sie wirklich nicht.

Nick fühlte, wie die Klarheit aus seinem Kopf wich, sobald er einen Schritt aus Henriettes Traum herausgemacht hatte. Ohne seine Schwester würde er nicht lange wach bleiben in seinen Träumen.

Du bist zurück in deinem Kopf, sagte er sich. Schließ die Tür, solange du noch weißt, was zu tun ist.

Nick gab ihr einen Stoß und sie fiel zu. Doch gerade als er gehen wollte, sprang sie wieder auf. Nick verharrte und runzelte die Stirn. Hatte er sie nicht fest genug ins Schloss geworfen? Er stieß die Tür erneut zu, und wieder sprang sie auf. Verdammt, dachte er. Was war los? Dann erinnerte er sich an Phils Worte. *Wer weiß, ob sie sich noch schließen lässt, wenn ihr zu lange wartet.*

»Henriette!«, rief Nick. Er ging durch die Tür zurück in ihren Traum und sofort schien es ihm, als würde ein Schleier von seinen Augen genommen. »Wir haben hier ein … oh.« Und dann sagte er noch einmal: »Oh.« Er starrte einige Sekunden zu Henriette und Habib hinüber, die sich küssten. Sie befanden sich in ihrer eigenen Welt, in der es nur sie beide gab. Ein seltsamer Anblick, fand Nick. Und noch seltsamer war, dass ihm nichts Dummes dazu einfiel. Neben sich nahm er eine Bewegung wahr. Ein paar der winzigen Riesen waren zwischen den Bäumen erschienen.

»Was tut er da?«, hörte Nick einen von ihnen bedrohlich flüstern. »Beißt er sie?«

»Weiß nicht«, antwortete ein anderer.

»Sollen wir uns um ihn kümmern?«

Nick glaubte scharfe Zähne und ein Monokel in den Schatten aufblitzen zu sehen.

»Nein«, sagte ihr Anführer. »Es scheint ihr zu gefallen.«

Ein Lächeln spannte sich über Nicks Gesicht. »Das Problem mit der Tür können wir auch noch kommende Nacht lösen«, murmelte er leise zu sich.

Und dann ging er wieder hinüber in seinen Kopf. Die goldene Tür aber blieb einen Spalt offen.

© Julia Reibel

Akram El-Bahay hat als Schüler vier Wochen lang in einer Buchhandlung gejobbt und dann festgestellt, dass ihm das Schreiben viel mehr Spaß macht als das Verkaufen. Er hat anschließend viele Jahre als Journalist gearbeitet und schreibt nun mit Vorliebe Bücher, die ebenso märchenhaft wie fantastisch sind. Nicht selten finden sich in ihnen orientalische Motive – ganz so, wie es sich für Geschichten eines Halbägypters gehört. Er lebt mit Frau und drei Kindern in einem kleinen Haus mit großem Garten am Niederrhein.